에이전시 ❷

시계탑의 시체

에이전시 ❷
시계탑의 시체

지은이 잉 리
옮긴이 정해영
펴낸곳 김언호
펴낸곳 (주)도서출판 한길사
등록 1976년 12월 24일(제74호)
주소 413-120 경기도 파주시 광인사길 37
홈페이지 www.hangilsa.co.kr 전자우편 island@hangilsa.co.kr
전화 031-955-2012 팩스 031-955-2089

부사장 박관순 총괄이사 김서영 관리이사 곽명호 영업이사 이경호 경영담당이사 김관영
편집 홍희정 이인영 마케팅 윤민영 관리 이중환 김선희 문주상 이희문 원선아
디자인 창포 출력 및 인쇄 한영문화사 제본 한영제책사

THE AGENCY 2 : THE BODY AT THE TOWER
Copyright © 2010 by Y. S. Lee
Korean translation copyright © 2015 Hangilsa Publishing Co., Ltd.
All rights reserved.
This edition published by arrangement with PFD(Peters Fraser&Dunlop)
through Shinwon Agency Co.
이 책의 한국어판 저작권은 신원 에이전시를 통한 저작권사와의 독점 계약으로 한길사가 소유합니다.
신저작권법에 의하여 한국 내에서 보호를 받는 저작물이므로 무단 전재와 무단 복제를 금합니다.

제1판 제1쇄 2015년 9월 10일

값 15,000원
ISBN 978-89-356-6942-4 03840

• 잘못 만들어진 책은 구입하신 서점에서 바꿔드립니다.
• 이 도서의 국립중앙도서관 출판시도서목록(CIP)은 서지정보유통지원시스템 홈페이지(seoji.nl.go.kr)와
  국가자료공동목록시스템(www.nl.go.kr/kolisnet)에서 이용하실 수 있 습니다.
  (CIP제어번호: CIP2015023618)

에이전시 ②

시계탑의 시체

잉 리 지음 · 정해영 옮김

아일랜드

이 책의 중간까지 동행해 준 S에게

그리고 내내 곁을 지킨 N에게

메리 퀸
(랩)

이국적인 외모의 매력적인 아가씨. 어릴 때 빈집털이로 체포되어 교수형을 선고받았지만 스크림쇼 여성 아카데미와 에이전시 관계자들에 의해 구출되어 새 삶을 찾는다. 에이전시의 정식 요원이 되기 앞서, '마크 퀸'이라는 소년으로 위장해 웨스트민스터 궁 건설 현장에 잠입하는 임무를 맡았다.

제임스
이스튼

이스튼 가의 차남이자 유능한 건축 기사. 가업을 물려받아 이스튼 엔지니어링을 형 조지와 함께 운영한다. 소롤드 가문을 조사하던 중 메리와 처음 만났다. 사업차 인도로 떠났지만 말라리아에 걸려 영국으로 돌아왔다. 웨스트민스터 궁 재건축 현장의 공사 감리를 맡았다.

하크네스

웨스트민스터 궁 건설 현장의 소장. 독실한 기독교도이자 금주주의자로 '마크 퀸'으로 위장한 메리에게 일자리를 준다. 이스튼 가와는 오랜 친분이 있어 제임스에게 공사 감리를 부탁한다. 늘 초조하고 불안해 보인다.

키넌

웨스트민스터 궁 건설 현장의 인부로 조적공들의 십장이다. 덩치가 크며 거칠고 폭력적인 성격이다.

레이드

웨스트민스터 궁 건설 현장의 조적공. 얼굴의 상처 때문에 다소 거칠어 보이는 인상이나 실제로는 쾌활하고 다정한 성격이다.

윅 웨스트민스터 궁 건설 현장의 조적공. 근무 시간 후 세인트 스티븐스 타워에서 추락해 사망했다. 그의 사망으로 25년이나 늦어지고 있는 웨스트민스터 궁 건설 현장에 대한 공사 감리가 진행된다.

젠킨스 웨스트민스터 궁 건설 현장의 잡역부 소년. 메리에게 차 심부름을 빼앗기고 분개하지만 싸우고 난 후에는 감정을 풀고 메리에게 현장에 대한 여러 가지 정보를 알려준다.

존스 선정적인 가십 신문인 「런던의 눈」의 기자. 웨스트민스터 궁 건설 현장 주변을 자주 돌며 정보를 캔다.

앤 트렐리븐 스크림쇼 여성 아카데미의 교장이자 에이전시의 관리자. 매사 침착하고 차분한 성격으로 메리를 죽음에서 구해냈다. 메리에게 교육 받을 수 있는 기회를 주고, 에이전시의 수습 요원 자리를 제안하는 등 메리를 무척 아낀다.

펠리시티 프레임 스크림쇼 아카데미의 책임자이자 에이전시의 관리자. 아름답고 여성스러운 외모로 그녀를 둘러싼 소문이 끊이지 않는다. 때때로 에이전시의 임무를 위해 남장을 하기도 한다.

조지 이스튼 이스튼 가의 장남이자 이스튼 엔지니어링의 사장. 말라리아에 걸렸던 동생의 건강을 무척 염려한다.

일러두기

- 이 책에 등장하는 이름, 인물, 장소, 사건은 작가의 상상력을 기반으로 한 픽션으로,
  실제 사건이나 인물과는 관계없습니다.
- 책 속에 등장하는 세인트 스티븐스 타워는 런던 시계탑을 건축하던 당시에 사용되던 이름입니다.
  오늘날 정식 이름은 엘리자베스 여왕 즉위 60년을 기념하여 명명된 엘리자베스 타워이지만
  당시 건축 책임자였던 벤자민 홀의 이름에서 따온 '빅 벤'이라는 별명으로 더욱 잘 알려져 있습니다.

1859년 6월 30일 자정
웨스트민스터 궁, 세인트 스티븐스 타워

남자는 깊은 곳에서 올라오는 공포를 억누르려 두 눈을 가리고 난간 뒤에 웅크리고 있다. 주위가 칠흑같이 어두워 아무것도 보이지 않기에 그의 공포는 터무니없는 것인지도 모른다. 설사 본인이 원한다 해도, 섬뜩한 장면을 낱낱이 묘사하는 것은 고사하고 자기가 무슨 짓을 저질렀는지 정확히 인식할 수조차 없다. 그러나 마음의 눈에는 어떤 장면이 각인되어 지워지지 않는다. 유혈이 낭자하고 선명한, 결정적인 장면이다. 격렬한 공포의 핵심에는 후회가 아니라 상상이 놓여 있다.

아마 1시간도 지나지 않아 남자는 기진맥진해져 잠깐 동안 잠에 빠져들 것이다. 그리고 화들짝 놀라 깨어나면 또다시 정신이 돌아오고, 그와 동시에 체념이 뒤따를 것이다. 지금 남자의 앞에는 두 갈래 길이 있지만 선택은 더 이상 그의 몫이 아니다. 남자는 애써 난간 너머로 눈길을 두지 않고 조심스럽게 일어나려 한다. 옷매무새를 가다듬고 양손을 주의 깊게 살핀 후 집으로 돌아갈 것이다. 그런 뒤 앞으로 벌어질 일들을 그대로 지켜볼 것이다.

그리고 죽는 날까지 진실을 밝히지 않겠다고 다짐할 것이다.

1

7월 2일 토요일
런던, 세인트 존스 우드

과연 소년은 누릴 수 있는 자유가 많다고 메리는 생각했다. 걸을 때마다 팔을 힘차게 흔들 수 있었고 마음대로 뛸 수도 있었다. 그녀의 차림새는 경찰의 의심을 피할 만큼 단정하면서도 주변의 이목을 끌지 않을 만큼 허름했다. 짧게 자른 머리에서 묘한 홀가분함마저 느껴졌다. 머리를 자르기 전까지는 그동안 긴 머리가 얼마나 무거웠는지 깨닫지 못했다. 가슴을 단단히 동여매 조금 아프긴 했지만 적어도 이제는 남자들처럼 가려울 때 남들 앞에서 벅벅 긁어도 흉이 되지 않았다. 누릴 수 있을 때 실컷 누려야 마땅한 자유였다. 때문에 지금 상황을 즐기지 못하고 있는 것은 안타까운 일이었다. 남장은 편하고 재미있었다. 첫 임무를 수행할 당시에는 이런 일탈을 무척 즐겼다.

그런데 오늘은 전혀 달랐다. 어쩐지 심각한 기분이 되었고 이유는 여전히 알 수 없었다.

메리가 받은 지령은 충분히 간결했다. 열두 살 소년의 차림으로 오늘 오후 3시에 에이전시 모임에 참석할 것. 그 이상의 설명은 없었고, 이제 메리는 이럴 때 꼬치꼬치 더 캐묻지 않을 정도의 눈치쯤은 가지고 있었다. 앤과 펠리시티는 언제나 자신들이 꼭 필요하다고 생각하는 만큼만 정보를 줬다. 그 점을 알면서도 메리는 어제 낮과 밤, 그리고 오늘 아침까지 이런저런 가능성을 고민하느라 안절부절못했다. 지난 1년 동안 그녀는 기꺼이 훈련을 받았다. 수업과 테스트, 앞으로 펼쳐질 삶을 미리 맛보여준 간단한 임무도 있었다. 그런데 웬지 오늘 아침만큼은 별로 즐겁지가 않았다. 앤과 펠리시티가 원하는 것이 무엇일까? 이번처럼 남장이 필요한 임무는 과연 어떤 것일까?

구성원 전원이 여성인 기관, 에이전시의 특징은 여성에 대한 고정관념을 이용한다는 데 있었다. 비밀 요원들은 하녀와 가정교사, 점원, 말동무처럼 보잘것없고 힘없는 인물로 위장했다. 어떤 위험한 임무라도 대부분의 경우 여성들이 전문 스파이로서의 능력은커녕 어느 정도의 지능이나 관찰력을 갖추었으리라고 의심하는 사람조차 거의 없었다. 메리에게 남장을 시킨 것은 아무래도 에이전시의 원칙이자 이념에 반하는 일이었다.

메리는 손가락으로 머리를 빗어 넘기다가 갑자기 동작을 멈추었다. 여자들이 하는 행동이었기 때문이었다. 맡은 임무를 이해하지 못하는 것보다 유일하게 더 나쁜 것이 있다면 임무를 제대로 해내지 못하는 것이다. 에이전시 본부가 위치한 아카시아 로드 끝에 가까워지자 메리는 입을 앙다물고 몇 차례 심호흡을 했다. 겁쟁이처럼 그대로 돌아서서 레전트 공원이나 한 바퀴 더 돌며 문제에 대해 좀 더 생각할 시간을 갖고 싶다는 충동이 고개를 들었다. 벌써 2시간이나 세인트 존스 우드 곳곳을 돌아다녔다는 사실을 잊어버렸거나 부지런히 몸을 움직이면 마음이 평온해지고 긴장이 가라앉을 거라고 믿는 것처럼, 아니면 마음을 어지럽히는 감정의 소용돌이를 가만히 들여다볼 수 있을 만큼 침착한 상태인 것처럼 말이다.

이제 생각할 때가 아니라 행동할 때였다. 빠른 걸음으로 몇 걸음만에 연철 대문과 반질반질 광을 낸 황동 문패가 걸린 건물에 이르렀다. 스크림쇼 여성 아카데미. 여러 해 전부터 지금껏 그녀의 집이 되어준 곳이다. 그러나 오늘은 그 문패를 이방인의 눈으로, 정확히는 열두 살 소년의 눈으로 보고 싶다는 생각이 들었다. 커다란 건물은 잘 관리되고 있었으며 깔끔한 정원과 판석이 깔린 보도가 인상적이었다. 그러나 이웃집들과는 다르게 앞쪽 계단이 깨끗이 비질은 되었으나 걸레질이 되어 있지 않았다. 걸레질은 그 집이 하인을 두고 있고 방문객이 계단에 발자국을 남길 때마다 고용된 이들이 흔적을 지운다는 사실을 세상에 공표하기 위한 필수적인 작업이었다. 아카데미라는 독특한 기관의 정체성을 암시하는 유일한 흔적은 이것뿐이었다.

갑자기 정문이 활짝 열리더니 아가씨라는 호칭이 어울리는 두 소녀가 나왔다. 패션 감각이 특별히 돋보이지도, 그렇다고 그리 촌스럽지도 않은 그저 깔끔한 차림이었다. 즐겁게 이야기를 나누던 그들은 대문에서 코가 닿을 듯한 거리에 서 있는 메리를 신기한 듯 쳐다보았다.

"길을 잃은 건가요?"

두 소녀 중에 키가 큰 쪽이 대문으로 다가오며 물었다.

메리가 고개를 저으며 말했다.

"아닙니다, 아가씨."

목소리가 의도한 것보다 더 높게 나왔다. 그녀는 서둘러 헛기침을 했다.

"분부를 받고 왔습니다."

소녀가 이마에 잔주름을 잡으며 물었다.

"무슨 분부죠?"

"그러니까…… 전 편지를 전하러 왔습니다."

소녀가 손을 내밀었다.

"그럼 제가 전해 드릴게요."

메리가 또 고개를 저으며 말했다.

"안 됩니다, 아가씨. 프레임 부인께 직접 전해 드려야 하고, 그 외의 분께는 안 됩니다. 여기가 프레임 부인 댁이 맞죠?"

메리는 목소리를 굵게 유지하면서 제대로 된 억양으로 말하기 위해 아침 내내 연습했다.

소녀의 태도는 고압적이었다.

"난 믿어도 돼요. 이 아카데미의 학생 대표거든요."

메리는 학생 대표의 이름을 정확히 알고 있었다. 오호, 앨리스 페르니로군! 확실히 학생 대표이긴 하다. 다만 자기 학년의 대표라서 그렇지.

"죄송합니다, 아가씨. 명령받은 것이 있어서요."

한바탕 훈계를 늘어놓으려는 듯 학생 대표의 얼굴이 일그러졌지만 입을 여는 순간 그녀의 동행이 말렸다.

"신경 쓰지 마, 앨리스. 여기서 이 남자와 말씨름을 하다가 늦으면 어쩌려고."

"난 **말씨름**을 하려는 게 아니라, 그저……."

두 번째 소녀가 빗장을 열며 상냥하게 고개를 끄덕였다.

"그럼 들어가세요."

메리는 정중하게 모자를 앞으로 살짝 들어 인사하고는 인상을 찌푸린 앨리스를 모른 척하고 두 소녀를 돌아 안으로 들어갔다. 정문은 누추한 차림의 심부름꾼 소년에게 어울리지 않기에 옆문으로 걸어가면서 메리는 활짝 웃었다. 그녀의 남장이 일단 앨리스와 마사 메이슨에게 통한 것이다.

그러나 무거운 부츠를 질질 끌며 양탄자가 깔린 익숙한 복도를 걷는 동안 그나마 약간 생겼던 자신감마저 곤두박질쳤다. 여학생 두 명을 슬쩍 속여 넘긴 것과 에이전시의 관리자들을 바로 앞에서 대면하는 것은 전혀 다른 문제였다. 앤 트렐리븐의 사무실에 달린 육중한 참나무 문이 가까워지자 위장이 꼬이고 현기증이 파도처럼 밀려왔다. 잔뜩 긴장한 나머지 아침도 먹지 못했던 것이다. 전날 저녁도 사정은 마찬가지였다.

손을 들어 노크를 하려는 순간, 갑자기 바로 1년 전 지금과 똑같은 기분을 느꼈던 기억이 떠올랐다. 메리가 에이전시의 존재를 처음으로 알게 되고 비밀 요원으로서 훈련에 돌입했던 때였다. 그리고 그로부터 열네 달이 채 지나지 않은 지금, 메리는 그때처럼 혼란과 불안을 느끼며 이곳에 서 있었다. 그 생각을 하니 갑자기 용기가 났다. 메리는 이제 작년 봄의 훈련되지 않고 무지하고 성급했던 소녀가 아니었다. 지난 1년 동안 많은 것을 배웠다. 그러나 그녀가 그동안 얼마나 성숙해졌는지를 보여주는 것은 날랜 손재주나 변장술, 격투술 같은 신체적인 단련이 아니었다. 메리의 변화와 성장을 보여주는 척도인 동시에 앞으로도 여전히 배워야 할 그것은 사람들의 심리와 예상되는 위험을 파악하는 능력이었다. 모든 것이 두 여인 덕분이었다. 메리는 그들을 믿었고 그 믿음으로 위장을 꼬이게 만드는 두려움을 정복할 수 있을 거라 생각했다.

어떻게든 되겠지.

"그 의뢰를 받아들이지 말았어야죠, 펠리시티."

펠리시티 프레임의 자신에 찬 미소는 흔들리지 않았다.

"하지만 썩 괜찮은 의뢰인걸요. 흥미롭고, 돈도 되고, **웨스트민스터의 실세들**에게 주목받을 기회인데 마다할 이유가 없잖아요. 이번 일로 그들에게 좋은 인상을 준다면 에이전시는 완전히 새로운 시대를 맞을 거예요."

앤 트렐리븐은 무표정한 얼굴을 유지하려 애썼다.

"그렇게 거창한 이유를 둘러댄다 한들 당신이 부적절하게 행동한 사실은 변하지 않아요. 우리가 어떤 의뢰건 상호 합의 없이 수락한 적이 있었나요?"

"상의할 시간이 없었어요. 의뢰인을 안심시키기 위해 신속하게 결단을 내려야만 하는 상황이었으니까요."

펠리시티가 말을 멈추고 앤의 표정을 살폈다.

"아직도 내게 화가 났군요."

"'화가 난' 게 아니에요."

앤이 감정을 억누르고 떨리는 목소리로 말했다.

"당신의 행동과 임무에 대한 계획이 걱정될 뿐이죠."

펠리시티가 갑자기 지친 듯 말했다.

"제발 그렇게 말하지……."

가벼운 노크 소리 네 번에 대화가 중단되었다.

펠리시티가 재빨리 앤을 돌아보았다.

"누가 오기로 했나요?"

"아니요."

앤의 탁상시계가 거의 11시를 가리켰다.

"들어와요."

문이 열리며 호리호리하고 꾀죄죄한 소년이 나타났다. 깨끗하지만 누덕누덕 기운 옷과 둥근 챙이 달린 모자, 광내지 않은 부츠 차림이었다. 걸을 때마다 부츠에 바닥이 쿵쿵 울렸다.

앤은 인상을 찌푸렸다.

"누구더라?"

소년은 천천히 모자를 벗어 팔꿈치와 옆구리 사이에 끼웠다. 아무렇게나 자른 검은 머리가 드러났다.

"마크입니다."

소년은 잠시 말을 멈추고 삐딱하게 웃었다.

"마크 퀸이요."

앤의 입이 딱 벌어졌다.

펠리시티는 이상하게 높은 음조로 괴성을 질렀다.

메리는 두 사람 모두에게 나부시 인사했다.

멍하니 쳐다보던 앤이 벌떡 일어나 메리의 어깨를 붙잡았다.

"맙소사! 도저히 믿을 수가…… 대체 어떻게……."

메리는 싱긋 웃으며 전혀 소년답지 않은 몸짓으로 한 바퀴 빙 돌았다. 말을 더듬는 앤이라니 난생처음 보는 광경이었다.

펠리시티도 다가와서 메리의 얼굴을 살폈다.

"다른 쪽으로도 돌아보렴."

앤은 곧 정신을 수습했다.

"그래, 상당히 매력적인 소년이 되었구나."

그리고 애써 침착하게 말했다.

"머리는 직접 자른 거니?"

펠리시티가 물었다.

"네, 프레임 선생님."

펠리시티의 얼굴에 만족스러운 표정이 살짝 스쳤다.

"제법 과감하구나. 그렇지?"

"중요한 일이 아니라면 제게 남장을 시키지 않으실 거라 생각했어요."

"두말하면 잔소리지."

"원래는 오늘 오후에 만나기로 되어 있었던 걸로 아는데. 혹시 일부러 일찍 온 거니?"

앤의 물음에 메리는 고개를 끄덕였다.

"그편이 위장을 시험하기 더 좋을 거라고 생각했어요."

"사려 깊은 판단이었어."

"감사합니다. 트렐리븐 선생님."

절제된 칭찬에 메리의 얼굴이 상기되었다. 앤은 절대 칭찬을 남발하지 않았다. 이 정도도 메리에게는 큰 의미가 있었다.

"너도 왔으니 이제 회의를 시작하는 게 좋겠구나."

펠리시티는 아주 만족스럽다는 듯 입을 열었다.

"트렐리븐 선생님, 혹시 다른 의견 있으신지요?"

두 사람 사이에 메리가 읽을 수 없는 눈빛이 오갔다. 한동안 침묵이 이어졌지만 마침내 앤이 운을 뗐다.

"시작하시죠, 프레임 선생님."

펠리시티가 미소를 지으며 선정적인 빛깔의 삽화가 인쇄된 신문을 메리에게 건넸다.

"여기부터 시작하는 게 좋겠네요."

런던의 눈

1859년 7월 1일 금요일

"시민을 위한 신문"

시계탑의 저주
국회의 유령, 공격 재개?

지난밤 의사당에서 비극이 벌어졌다. 램버스에 사는 32세의 공사 도목수 존 웍 씨가 의사당 시계탑으로 더 유명한 세인트 스티븐스 타워 꼭대기에서 추락해 사망한 것이다. 공사가 진행 중인 3백 피트 높이의 탑에서 그가 떨어지게 된 경위는 아직 밝혀지지 않았다. 런던 경시청은 웍 씨의 죽음이 단순 사고사인지 확실하게 밝혀지지 않았으며, 오늘 아침 공사 현장의 출입이 통제되었으며 온종일 통제될 것이라고 했다. 오전 내내 건설업자와 인부들이 공사 현장을 에워싸며 경찰과 관련 부서 담당관들이 업무를 진행하는 모습을 가까이에서 관찰했다.

의사당 건너편에서 작은 커피숍을 운영하는 베티 하우덴 부인이 오늘 아침 일찍 시신을 수습하는 장면을 목격했다고 했다. "정말 끔찍했어요. 생각만 해도 무서워요." 부인은 몇 시간이 지난 뒤에도 심한 충격이 가라앉지 않은 듯했다. "끔찍하게 훼손된 시신하며…… 그 표정이라니, 정말 끔찍해요!" 하우덴 부인의 카페는 건축 현장과 가깝다는 이유로 고인의 동료와 지인들이 '최신 소식'을 들으러 오는 통에 아침 내내 북새통이었다. 그리고 그 '최신 소식'에는 당국이 계속 부인하고 있는 주제인 시계탑의 저주도 포함되었다. 본지, 「런던의 눈」은 계속 이 사건을 파헤칠 것이다.

기사 뒤에는 문제의 기사와는 무관한 싸움과 피비린내 나고 공포스러운 장면들을 생생하게 묘사한 삽화가 실렸다.

메리는 고개를 저으며 앤과 펠리시티를 쳐다보았다.

"제가 엉뚱한 기사를 읽었나 봐요. '의사당의 유령'에 대한 기사가 맞나요?"

앤이 고개를 끄덕였다.

메리는 재빨리 삽화를 훑어보고 다시 한 번 고개를 저었다.

"죄송하지만 이 기사가 에이전시와 어떤 관련이 있는지 모르겠습니다. 솔직히 왜 저희가 이런 가십 신문을 보고 있어야 하는지도 모르겠고요."

메리의 손끝에는 벌써 싸구려 잉크가 묻어났다.

펠리시티는 고개를 한쪽으로 기울였다.

"저속한 신문에서도 얻을 게 있다고 생각하진 않니?"

"사실의 측면에서 보자면 없는 것 같습니다."

메리가 말했다.

"다만 관점의 측면에서 보자면 유용할 수 있다고 생각합니다. 런던 어딘가에 사는 누군가는 시계탑의 유령을 믿을 수도 있겠지요. 하지만 저희는 그렇게 어리석지 않잖아요."

메리는 두 고용주의 얼굴을 살폈다.

"그렇지 않습니까?"

펠리시티는 숙녀답지 않게 이가 보이도록 활짝 웃었다.

"물론 그 말이 맞아. 하지만 이 기사는 에이전시와 분명히 관련 있어. 특히 너와 말이야."

메리가 만약 펠리시티와 단둘이었다면 '초자연 현상 전담 에이전시'에 대한 농담이라도 던졌을 것이다. 그러나 앤의 존재 때문에 그냥 간결히 말했다.

"좀 더 설명해 주십시오."

"유령 문제는 일단 접어두렴. 이틀 전에 세인트 스티븐스 타워에서 의문스러운 사망 사건이 일어났어."

펠리시티가 말했다.

"눈에 아주 잘 띄는 지역에 위치한 의사당에서, 야간 경비원까지 있었음에도 그런 사고가 발생한 거지. 그리고 그 사고는 근무 시간 이후에 발생했어. 뭔가 낌새가 이상하지 않니?"

메리는 침을 꿀꺽 삼켰다. 사망 사고를 비롯한 사건의 전모가 전부 날조된 것이라고 너무 빨리 단정하고 말았기 때문이다.

"그러니까 당국은 그 윅이라는 도목수의 사망 원인에 관심이 있는 건가요?"

"사실 윅 씨는 도목수가 아니라 조적공(공사장에서 벽돌 등을 쌓는 인부—옮긴이)이었어. 너도 예상했겠지만 그 기사에는 잘못된 정보가 가득하지."

펠리시티의 도톰한 입술이 곡선으로 휘어진 것을 보니 무척 재미있는 모양이었다.

"어쨌든 사고에 대한 원인 규명이 필요한 건 사실이야. 물론 이런 건 보통 경찰의 영역이긴 하지. 그런데 런던 경시청의 현장 조사에서는 결정적인 증거를 찾지 못했어. 목격자도 나타나지 않았고. 수요일에 사인 심문(부자연스러운 사망 사건에서 검시관이 사인을 조사하기 위해 밟는 공개 심문 수속—옮긴이)이 있을 예정인데 다른 증거가 발견되지 않는다면, 우발적 사고로 평결이 날 수밖에 없어."

우발적 사고라. '무시무시한 사고'를 지칭하는 어리석고 우회적인 표현으로 들렸다.

"그래서 에이전시가……?"

메리가 물었다. 이제야 상황이 이해되기 시작했다. 그러나 방금 전에 성급하게 단정을 지었던 터라 이번에는 섣부르게 추측하기가 조심스러웠다.

"우리는 건설부 장관으로부터 두 가지를 알아봐 달라는 의뢰를 받았어. 하나는 윅 씨의 죽음에 대한 소문이나 현장의 불안을 살피는 거야. 비공식적인 자격으로 투입될 테니 런던 경시청이 발견할 수 없는 정보를 얻을 수 있겠지."

우리라는 말에 메리는 피부가 따끔거리는 것을 느꼈다. 6개월 정도 뒤면 메리는 에이전시의 정식 요원이 될 수도 있다.

메리가 열심히만 한다면.

그리고 계속 발전한다면.

앤과 펠리시티가 그것을 인정한다면 말이다.

"두 번째 문제에 대해 언급하자면 새로 부임한 건설부 장관은 공사 현장의 잦은 사고도 그렇고 시계탑 완공이 예정보다 늦어지고 있는 것 때문에 걱정이 많아. 이게 바로 예의 가십 신문에서 히스테릭하게 언급한 '유령'과 '저주'의 핵심이지. 어떤 사람들은 의사당을 불태운 1834년의 화재에서 사망한 남자가 유령이 되어 나타나는 거라고 수군대고 있어. 이런 소문은 현장 질서에 치명적일 수 있지. 물론 장관은 이 문제에 대한 공식 조사가 불가능하다는 점을 알고 있어. 유령이 문제의 핵심인 것처럼 보이지만 직접 물어봤을 때 누구도 그걸 믿는다고 고백하지 않았으니까. 때문에 장관은 현장에 누군가를 심어두는 편이 유용할 거라고 생각하고 있어. 어쩌면 유령에 대한 미신 때문에 공사가 지연되고 있는 것인지도 모르지. 아니면 보고할 입장이 아니었는지도 모르고. 인부들이 안전 수칙을 지키지 않았거나 현장의 십장(인부들을 감독하는 우두머리—옮긴이)이 그것을 묵인했을 수도 있어. 또 어쩌면…….”

펠리시티가 웅변이라도 하듯 열심히 몸짓을 하며 말했다.

“아무튼 가능성은 여러 가지야.”

“그리고 건설 현장에 대한 에이전시의 지식은 한계가 있어.”

앤이 말했다.

“그래서 장관이 연락을 해왔을 때 정말 의외였지.”

메리는 화들짝 놀랐다.

“그럼 장관은 전부 알고 있는 겁니까?”

펠리시티가 고개를 저었다.

“아니. 요원들 모두 여성이라는 사실은 아직 비밀이야.”

“늘 궁금한 게 있었습니다, 프레임 선생님. 의뢰인을 만나실 때 어떻게 비밀을 지킬 수 있는지요?”

메리는 소심하게 물었다. 펠리시티는 대체로 앤에 비해 솔직하게 답해주는 편이지만 너무 주제넘은 질문일지도 몰라 조심스러웠다. 에이전시의 내부 운영에 대해 캐묻는 것처럼 들릴 수도 있기 때문이다.

펠리시티는 다시 한 번 싱긋 웃었다.

"몇 가지 요령이 있지. 대부분 우편으로 서신을 교환하고, 직접 만날 때에는 우리 중 한 명이 에이전시 대표를 대리하는 직원이나 비서인 척해. 필요하면 내가 남자로 변장하기도 하고."

메리는 헉 소리가 나는 것을 간신히 억눌렀다. 펠리시티는 키는 크지만 굴곡 있는 몸매에 아름답고 여성스러운 얼굴이었다. 넥타이를 매고 수염을 기른 펠리시티를 상상하는 것은 메리의 능력 밖의 일이었다. 차라리 깡마르고 근엄한 인상인 30대의 앤 트렐리븐이 훨씬 더 그럴듯하지 않을까?

"요점으로 돌아가서, 이번 임무에는 발각되지 않고 공사 현장에 투입될 수 있는 요원이 필요해."

앤이 말했다.

"그런데 우리는 실제 상황에 대해서는 거의 아는 게 없어."

그리고 잠시 말을 멈추고 머뭇거리다가 말했다.

"이 임무를 거절할 수도 있었지만……."

앤은 의미심장한 눈으로 펠리시티를 쏘아보았다.

"그러지 않았지."

펠리시티가 단호하게 말했다.

"그럴 만한 이유가 이 자리에서는 일일이 열거할 수도 없을 만큼 많아. 문제는 성인 남자가 경력도 없이 공사장에서 일할 수는 없다는 거야. 그리고 나 같은 성인 여자가 10대 견습공으로 위장하는 것 역시 더없이 어려울 테고. 신사와 노동자의 복장에는 꽤 엄격한 차이가 있기도 하고 말이야."

펠리시티는 수심에 잠긴 목소리로 말했다.

"에이전시는 건설 현장처럼 남성적인 환경에 대한 전문 지식이 없어."

앤이 조용히 말했다. 또다시 두 관리자 사이에 긴장된 기류가 흘렀다.

펠리시티는 몸을 앞으로 숙였다.

"우리에게는 두 가지 선택안이 있어. 하나는 인근 술집이나 가게에서 일하거나 거리에서 음식을 파는 식으로 현장 주변에 요원을 배치하는 거야. 아니면 보조공으로 들어갈 어린 소년이 될 수 있는 요원을 찾는 거지."

메리는 눈을 깜빡였다.

"알겠습니다."

어쩐지 원래 알고 싶었던 것보다 더 많이 알게 된 듯했다. 가슴에 묘한 공허감이 밀려왔지만 굳이 그것을 분석하고 싶지 않았다.

앤은 앞으로 몸을 숙이며 흔들림 없는 눈빛으로 메리를 쳐다보았다.

"프레임 선생님께서 좀 더 자세히 말씀하시기 전에, 늘 하던 질문부터 먼저 해야겠다. 이 임무에 대해 더 알고 싶니? 아니면 거부하겠니?"

가끔은 앤이 자신의 생각을 이토록 정확히 읽어내는 것이 당혹스러웠다.

"하루 정도 생각할 시간을 주마."

딱 부러지는 앤의 평소 말투와는 다른 부드러운 목소리에 메리는 오기가 발동했다.

"그럴 필요 없습니다. 임무를 받아들이겠습니다."

메리의 말투는 거의 화난 것처럼 들렸다.

앤은 메리를 유심히 쳐다보았다.

"확실한 거니? 육체적이나 정신적으로 철저히 준비되지 않은 상태에서 임무를 받아들이는 건 현명하지 못하다는 점을 굳이 상기시켜 줄 필요는 없겠지?"

앤은 '정신적'이라는 단어에 조금 더 힘을 주었다.

"혹시라도 네가……."

"저는 괜찮습니다."

메리는 처음으로 앤의 말을 끊었다. 과거에는 앤에 대한 경외심이 너무 커서 그런 행위가 대단히 무례하게 느껴졌다.

"임무를 위해 무엇을 해야 하는지 말씀해주십시오. 어떤 것이든 수행하겠습니다."

짧은 침묵이 흘렀고, 앤과 펠리시티는 또다시 시선을 교환했다. 메리는 나무 의자를 꽉 움켜쥐고 가슴속의 긴장이 사라지기를 바랐다.

마침내 펠리시티가 목청을 가다듬고 말했다.

"건설 현장에서 처음 일하는 열두 살 소년으로 위장하는 임무야. 그런 사정이면 경험이 없는 것이 용인될 테니까. 그리고 뢱 씨의 죽음에 대한 정보와 함께 현장에서 일어나는 부상 사고와 공사가 지연되는 원인을 알아보는 거야. 여기에는 유령에 대한 조사도 포함되지. 물론 그런 이야기들이 비논리적일 수도 있지만 말이야. 우선은 인부들을 상대로 탐문을 하고 귀를 열어놓는 것부터 시작할 거야. 현장 책임자인 하크네스 소장이 이미 장관에게 직접 보고하고 있고 서류 역시 모두 복사되어 건설부로 전달되고 있으니, 네가 찾는 증거는 모두 비공식적으로 처리될 거야. 물론 이후의 행동은 네가 찾은 정보에 따라 좌우될 거고. 너도 짐작하겠지만 시작은 단순해도 어디로 튈지 모르는 임무가 될 거야."

잠시 말을 멈추었으나 메리가 아무 말 하지 않자 펠리시티는 서둘러 이야기를 재개했다.

"네가 소년으로 위장할 수 있다는 건 이미 증명됐고, 세부적인 부분들은 내가 잠깐 시간을 내서라도 가르쳐줄게. 너도 알다시피 복장보다 동작과 자세가 중요해. 넌 어리고 호리호리한 데다 힘도 세니 겉모습은 충분히 비슷하게 보일 거야. 게다가 그 나이에는 아직 변성기를 겪지 않았을 테니 목소리도 크게 문제되지 않겠지."

메리는 고개를 끄덕였다. 이제 그녀의 손가락은 몹시 차가웠고 이상하게 저릿했다. 펠리시티의 말에는 늘 설득력이 있었다. 언어 구사력 때문이 아니라 목소리 때문이었다. 메리는 실망시키고 싶지 않았다.

"알겠습니다."

그렇게 말한 뒤 다시 물었다.

"언제부터 시작할까요?"

메리의 표현이 걸렸는지 앤이 살짝 얼굴을 찌푸렸다.

"위장 임무를 위해 아직 몇 가지 조율할 문제가 있다. 예를 들어 현장에서 네가 들어갈 자리를 마련하는 일 말이지. 하크네스 씨는 믿을 만한 것 같지만 그렇다고 네 정체를 밝힐 수는 없으니까. 거기에 남장을 연습할 시간까지 더하면…… 아마 수요일이나 목요일 이전에는 어려울 것 같구나."

펠리시티가 입술을 앙다물었다.

"너무 늦어요. 월요일에 시작하는 게 좋을 것 같군요."

메리가 고개를 끄덕였다.

"잘 알겠습니다."

"내일 점심시간 이후에 다시 와서 보고하렴."

펠리시티가 말했다. 그녀는 메리를 향해 경쾌하게 고개를 끄덕인 뒤 앤을 쳐다봤다. 회의는 끝났고 나갈 시간이었다.

메리는 둘둘 만 「런던의 눈」을 들고 어색하게 일어섰다.

"감사합니다."

그러나 과연 무엇에 감사해야 할지 알 수 없었다.

2

벨이 울렸다.

불규칙하게 쨍그랑거리는 또렷한 고음이었다.

솔(sol) 정도인가? ……뭐, 아무래도 상관없었다.

메리는 베개를 더 꽉 움켜쥐고 벨 소리가 지친 머릿속에서 그대로 공명하도록 내버려뒀다. 소리를 분석하며 특정 의미와 연결 짓고 싶지 않았다. 아카데미에서는 항상 벨이 울렸다. 열두 살 이후로 줄곧 벨이 그녀의 삶을 다스렸지만 거기에 불만을 품은 적은 한 번도 없었다. 적어도 오늘까지는.

마침내 귀찮은 벨 소리가 멈추자 메리는 한 바퀴 굴러서 벌렁 드러누웠다. 페티코트가 그녀의 무게에 눌려 찌그러졌다. 짧고 들쭉날쭉해서 익숙하지 않은 머리카락이 왼쪽 눈을 찔렀다. 회반죽을 바른 천정은 짜증 날 정도로 하얗고 완벽했다. 버틸 만큼 버티다가 드디어 작년 여름에 회반죽을 다시 바른 결과물이었다. 그런데 어쩐지 메리는 군데군데 금이 가고 움푹 팬 자국까지 있었던 예전의 누렇게 바랜 천정이 그리웠다.

마음속 긴장은 더욱더 커져갔다. 그것과 싸우려 메리는 베개를 더 꽉 끌어안았다. 대체 무엇이 잘못되었지? 방금 그녀는 그간의 짧은 경력 중에서 가장 흥분되는 임무를 맡게 되었다. 그런데 자신이 보인 반응은 극심한 공포와 구역질이었다. 염탐을 하고 은밀하게 관찰하는 일들이 사실 적성에 맞지 않는 것일까? 어쩌면 메리에게는 어리고 참한 가정교사나 친절한 간호사, 사무원 정도가 어울리는지도 모른다. 런던에서 가장 운 좋고 누구보다 배은망덕한 소녀 대신.

그런데 아직 '소녀'이긴 한 걸까? 불안정하고 불우한 어린 시절 때문에 정확한 생일은 알 수 없지만 어쨌든 메리는 올해로 열여덟 살이 되었다. 이제 소녀가 아닌 숙녀가 된 것이다. 어른이 되면 그에 걸맞은 지혜와 안목, 자신감도 자연스레 따를 거라 생각했는데 안타깝게도 착각이었다.

세 번의 가벼운 노크가 상념을 깨뜨렸다. 메리는 대답하지 않았다.

잠시 후 또다시 노크 소리가 세 번 울렸다.

"메리?"

당연히 여자 목소리였는데, 두꺼운 나무 문 때문에 잘 들리지 않았다.

세 번, 아니 여섯 번의 의도적인 노크. 메리는 여전히 벙어리처럼 입을 다물고 있었다.

황동 손잡이가 돌아가는 소리에 메리는 얼굴을 찌푸렸다. 명색이 비밀 요원이라면서 문 잠그는 것을 잊어버린 모양이었다.

"여긴 사적인 공간입니다."

살짝 열린 문을 향해 메리는 자신이 낼 수 있는 가장 차가운 목소리로 말했다.

"문 닫고 나가주세요."

갑자기 문틈으로 앤 트렐리븐의 마르고 안경 쓴 얼굴이 나타났다.

"너와 얘기를 좀 나누고 싶구나, 메리. 지금 당장 곤란하다면 오늘 저녁에라도 말이야."

메리는 현기증이 날 만큼 벌떡 일어났다.

"트렐리븐 선생님! 죄송해요. 전 다른 학생인 줄 알았어요. 물론 변명이 되지 않겠지만, 제 말은, 만일 선생님이신 줄 알았다면……."

앤은 손을 들어 메리의 변명을 저지했다.

"그럴 필요 없어, 메리. 그저 얘기를 하고 싶어서 온 거야."

"예, 알겠습니다."

메리는 허겁지겁 책상 의자를 뺐다. 앤은 의자에, 메리는 침대 가장자리에 서로 마주 앉았다. 무거운 침묵을 먼저 깬 것은 앤이었다.

"기숙학교에서는 사생활을 지키기 어려울 때가 많지."

메리의 얼굴에서 새빨간 홍조가 조금은 가셨다.

"1인실을 쓰게 된 건 행운이었죠. 저도 알고 있습니다."

앤은 갑자기 몸을 앞으로 기울이며 특유의 학교 선생님 같은 자세로 메리의 두 손을 맞잡았다.

"메리, 이번 임무에 대해 네 생각을 듣고 싶어."

메리는 심장이 조여드는 것 같았다.

"트렐리븐 선생님, 이미 결정된 것으로 알고 있습니다만."

앤이 고개를 끄덕였다.

"그래. 하지만 내가 보기에는 이번 임무가 너에게 유난히 버거운 것 같다. 이 문제에 대해 얘기하러 온 거야."

메리는 바로 자신의 결의를 피력하려 했지만 앤의 눈에 담긴 무엇인가가 메리의 입을 막아버렸다. 결국 그녀가 간신히 꺼낼 수 있었던 것은 "무슨 뜻입니까?"라는 말이었다.

"내가 추측해볼 테니, 우선은 끝까지 다 들어줄 수 있겠니?"

질문이 아닌 정중한 명령에 메리는 침을 꿀꺽 삼키고 고개를 끄덕였다.

앤은 나직한 목소리로 천천히 이야기를 시작했다.

"너의 어린 시절은 여러 모로 비극적이었어. 아버지를 잃고 어머니의 고통스러운 죽음을 목격했지. 열 살도 되기 전에 굶주림과 위험, 폭력도 알게 됐고. 길거리에서 지내던 시절에는 신변 보호를 위해 소년으로 위장했는데, 그편이 돌아다니기도 쉽고 강간을 피할 수도 있어 생존 가능성이 커졌으니까. 아카데미에 들어와서야 넌 비로소 학대나 착취에 대한 두려움 없이 여성으로서 살아갈 자유를 얻었지. 여기까지 맞니?"

메리는 간신히 고개를 한 번 끄덕였다.

"그런데 다시 소년 옷을 입는다면…… 예전의 궁핍하고 위험한 삶으로 돌아간 것처럼 느껴질 것 같구나."

앤은 매우 신중히 단어를 고르는 것처럼 보였다.

메리는 조용히 듣기만 하겠다는 약속을 잊어버렸다.

"그렇지 않습니다! 남자아이로 돌아가는 건 가상일 뿐이고 일시적이라는 것을 잘 알고 있으니까요."

앤은 고개를 끄덕였다.

"물론 넌 똑똑하니 다른 쪽으로 생각할 리 없겠지. 하지만 내가 우려하는 건 너의 잠재의식이야. 네 마음 한구석에는 여전히 그런 두려움이 존재할 거라고 생각한다. 아무리 임무일 뿐이고 임무를 마친 후에는 당연히 '실제' 삶으로 복귀하겠지만 그 시절을 다시 체험한다는 생각 자체가 어쩌면 너에겐 엄청난 스트레스가 될 수도 있어."

앤은 조금 답답하다는 듯한 몸짓과 함께 말을 이었다.

"내가 제대로 설명하지 못한 것 같구나. 내 말은 아무리 연극이라도 소년이 되어야 한다는 것이 불쾌한 과거를 떠오르게 만들 수 있다는 뜻이야."

메리의 눈 뒤쪽이 따끔거렸다. 그녀는 앤을 쳐다볼 엄두를 내지 못하고 말했다.

"소롤드 저택에서…… 첫 임무를 수행하는 동안에도…… 남장을 했는데 바지를 입고 다니는 것이 싫지 않았습니다."

메리는 아랫입술을 깨물었다.

"전…… 그때 오히려 즐겼어요."

'즐겼다'는 말을 할 때 메리의 목소리는 갈라졌다.

"그래. 하지만 그때는 그 행동을 다르게 받아들였을 가능성은 없었니? 모험이나 게임처럼 말이야."

"이번과 달리요?"

"그럴 수도 있지. 어떻게 보면 소롤드 사건 때는 남장이 너자신의 선택이었지만 이번에는 임무의 일부니까."

앤이 한숨을 쉬었다.

"마음과 기억, 그리고 감정이란 무척 복잡하단다."

메리는 무릎 위에 꽉 움켜쥔 자신의 손을 응시했다. 손의 윤곽이 희미해지더니 곧 두 개로 보였다. 그러나 첫 번째 눈물방울이 떨어질 때까지는 이유를 알지 못했다.

"메리."

앤은 깨끗한 손수건을 건네며 말했다.

"임무와 상관없이 우리가 가장 중요하게 생각하는 건 바로너 자신이야. 절대 강요하지 않을 거다. 네가 만일……."

"두렵다면요?"

"그래."

메리는 훌쩍이며 눈물을 닦았다. 앤의 말이 맞는지는 알 수 없었다. 앤의 가정은 어딘가…… 비현실적이었다. 초자연적이면서 터무니없기도 했다. 그러나 메리는 그 가정을 전적으로 부인할 수 없었다.

그들은 몇 분간 말없이 앉아 있었다. 창문으로 들어오는 진한 금빛이 방 안의 모든 것을 따뜻하고 부드럽게 물들였다. 유난히 화창한 여름날을 알리는 전조였다. 방 안은 따뜻했지만 메리의 손은 여전히 차갑고 얼얼했다.

"자리를 비켜줄 테니 한번 생각해보렴."

마침내 앤이 말했다.

"그리고 저녁을 방으로 가져오도록 얘기해두마."

그러고 보니 어느새 저녁 식사 시간이었다. 아까의 벨 소리는 저녁 식사를 알리는 것이었던 모양이다.

메리는 고개를 끄덕였다.

"감사합니다."

앤은 일어서서 메리의 머리에 아주 잠시 손을 살짝 얹었다.

"밤새 고민할 것까지는 없어."

앤이 덧붙였다.

"너의 직감을 믿으렴."

잠시 후 메리는 홀로 남겨졌다.

3

다음 날 오후 메리가 '마크'의 복장으로 에이전시 사무실을
다시 찾았을 때, 자신이 앤과 펠리시티의 대화를 방해한 것 같
다는 느낌이 들었다. 이유는 분명치 않았다. 앤과 펠리시티는
평소와 다름없이 늘 앉는 의자에 앉아 짧은 인사로 메리를 맞
았다. 그러나 앤의 신중한 무표정과 펠리시티의 눈에 잠재된
번뜩임에는 주저하게 만드는 무엇인가가 있었다. 하지만 그런
분위기는 곧 사라졌다.

앤은 몸짓으로 메리에게 의자를 권했다.

"임무를 받아들이기로 결정한 이유가 뭐지?"

앤의 목소리는 건조했고 거의 아무 감정도 드러나지 않았으
나 걱정하는 기색이 어려 있었다.

메리는 몸을 꼿꼿이 세우고 앉았다.

"어제의 대화에 대해 많이 생각해봤습니다."

메리가 신중하게 운을 뗐다.

"선생님께서 말씀하실 때까지 저는 저의 두려움에 대해 파악하지 못했습니다. 생각하고 싶지 않았던 거죠. 솔직히 믿고 싶지도 않았고요. 하지만 선생님 말씀이 맞습니다."

메리는 거리낌 없이 앤의 눈을 보며 살며시 미소 지었다.

"이제 제가 가진 두려움을 무시하기보다 정복하는 법을 배워야 할 것 같습니다."

펠리시티의 눈길이 잠시 앤에게 향했다가 다시 메리에게 돌아왔다.

"그러니까 여전히 두렵다는 얘기군."

앤이 말했다.

"예. 하지만 이제 그 사실을 알게 되었습니다. 두려움이 남아 있지만 저는 이 임무를 받아들이기로 결정했습니다."

메리는 자신의 입 밖으로 흘러나오고 있는 이 말이 스스로 느끼는 것보다 더 자신 있게 들리길 바랐다.

긴 침묵이 흘렀다. 앤과 펠리시티 둘 다 메리를 뚫어져라 응시했다. 마치 메리가 굴복하기를 기대하는 것처럼 보였다. 아니면 마음을 바꾸기를 기대하는 것일 수도 있었다.

메리는 그들의 시선을 견디며 기다렸다.

마침내 펠리시티가 고개를 끄덕였다.

"매우 훌륭하구나. 스스로 선택했다는 거지. 우리는……."

"한 가지 더 있습니다."

앤이 한쪽 눈썹을 치켜 올리며 물었다.

"뭐지?"

메리는 침을 꿀꺽 삼켰다.

"정말 제가 '마크 퀸'으로 위장하려면 하숙집에 묵어야 할 것 같습니다. 그래서 오늘 아침 램버스에 방을 얻었습니다."

앤과 펠리시티 모두 놀란 나머지 아무 말도 못했다.

몇 초 뒤에 메리가 망설이며 말했다.

"현실적인 이유부터 말씀드리겠습니다. 현장에서 마주치게 될 인부들은 아마 제가 어디 사는지 물어볼 겁니다. 그런데 '마크'가 세인트 존스 우드에 산다는 건 좀 이상할 것 같습니다. 남자아이가 여성 기숙학교에 사는 것도 굉장히 이상한 일이고요. 그리고 흔하게 알려진 주소가 있는 편이 유용할 것 같아요. 혹시 누군가 제 뒤를 밟더라도 하숙집 주소라면 알아낼 수 있는 게 없겠죠."

"현실적인 이유 말고 다른 이유는 뭐지?"

앤이 지체 없이 물었다.

메리는 숨을 깊이 들이쉬었다.

"진짜 저와 마크 사이를 오가지 않는다면 좀 더 수월하게 적응할 것 같습니다. 그러니까 제가 여성의 생활에서 완전히 벗어나면 좀 더 제대로 남자 역할을 할 수 있지 않을까 싶어서요.

그리고⋯⋯."

메리의 목소리가 떨렸다. 그녀는 잠시 가라앉길 기다렸다가 다시 말을 시작했다.

"어린 시절 남장을 하고 다닐 때에는 소년 역할에서 벗어났던 적이 없었습니다. 그 상황을 다시 한 번 만들어보고 싶어요."

앤이 얼굴을 찌푸렸다.

"어째서지? 무엇 때문에 굳이 두렵고 위험했던 시절로 돌아가겠다는 거니?"

메리는 망설이며 말했다.

"어떻게 설명해야 할지 모르겠습니다. 저⋯⋯ 제 생각에는⋯⋯ 그 일이 두려움을 없애는 데 도움이 될 것 같아요."

"확실한 이유로군."

앤이 중얼거렸다.

"다른 것은 없니?"

메리는 생각했다.

'그리고 아카데미의 안락함으로 돌아오지 않는다면 중도에 포기하거나 항복하고 싶은 유혹이 덜 들 것 같아서요.'

"없습니다."

메리가 말했다.

침묵이 흐르고 앤과 펠리시티는 서로 마주 보았다. 잠시 후 앤이 고개를 한 번 끄덕였다.

"그렇다면 네가 임무를 수행하는 동안 우리와 연락할 수 있도록 연락망을 조직해야겠구나. 웨스트민스터 근처에 주점이 하나 있는데, 그곳에서 암구호를 댄 다음 암호로 메시지를 남기려무나. 하지만 우리 쪽에서 메시지를 보낼 때에는 램버스에 있는 다른 곳을 이용할 거야. 컷 가의 빵집에 있는 연락책이 유용할지도 모르겠다."

앤은 메리를 쳐다보았다.

"하지만 마음이 바뀌면 언제라도……."

메리는 이미 일어서 있었다.

"감사합니다. 하지만 그럴 일은 없을 겁니다."

"잠깐 기다리렴."

펠리시티가 말했다.

"얘기했던 추가 교육 말인데, 오늘 저녁 식사 전에 만나서 산책을 가도록 하자. 어쩌면 주점에 갈 수도 있고."

메리는 그 얘기에 분명 기뻐해야 했다. 아니, 흥분해야 마땅했다. 그러나 메리가 할 수 있었던 유일한 행동은 고개를 끄덕인 뒤 도망치듯 방에서 뛰쳐나오는 것이었다. 간신히 문을 닫고 나오자마자 무릎이 후들거렸다. 잠시 눈을 감고 벽에 기댔다. 이제 됐다. 그런데 안도감 대신 또다시 격렬한 공포가 덮쳐왔다. 물론 흥분되는 임무였고, 그만큼 위험하기도 했다. 너무 무리한 것일까?

"물론 아니에요."

사무실에서 들려온 목소리에 메리는 흠칫 놀랐다. 앤의 목소리였다.

"그래서 이 계획에 찬성하는 건가요?"

이번에는 펠리시티의 목소리였다.

잠시 잠잠하더니 곧 메리가 알아들을 수 없을 만큼 낮은 대답이 들렸다. 앤과 펠리시티는 말소리가 두꺼운 참나무 문을 뚫고 나올 만큼 평소보다 훨씬 언성을 높이고 있었다. 메리는 꼼짝도 하지 않고 서 있었다. 전에는 앤과 펠리시티가 말다툼을 한다는 것을 몰랐다. 가끔 숙녀답게 반대 의견을 정중히 표현하긴 했지만 이렇게 심각하게 화를 내는 것은 처음이었다.

메리는 이제 자신이 무엇을 방해했는지 알 것 같았고 그 깨달음이 달갑지 않았다. 그녀는 논쟁의 중심에 서게 된 것이었다. 사건에 대한 논쟁일까? 에이전시에 대한 논란? 아니면 메리에 대한 것일까? 그녀로서는 알 방법이 없었지만 거기 서서 계속 엿듣는 저속한 짓을 할 수는 없었다. 설령 내용을 알아들을 수 있더라도 고용주들의 대화를 엿들을 수는 없었다.

무거운 발걸음을 억지로 옮기던 메리는 어느덧 두려움이 사라져 버린 것을 느꼈다. 그러나 여전히 안도감은 아니었다.

이제 두려움은 걱정으로 바뀌었다.

4

7월 4일 월요일
웨스트민스터 궁으로 가는 길

웨스트민스터 궁의 공사 현장은 램버스에 있는 메리의 새 하
숙집에서 템스 강을 건너 조금만 걸어가면 나왔다. 임무 첫날
의 긴장을 떨치려 메리는 애써 관심을 밖으로 돌려 이제 곧 훤
히 꿰게 될 거리들에 집중하려 했다. 메리의 옆으로 수많은 여
자와 남자, 아이들이 직장으로, 또는 야간 교대를 마친 뒤 집으
로 천천히 걸음을 옮겼다. 아침 대신 술을 찾는 노동자들 덕분
에 주점은 꾸준히 성업 중이었다. 빵집에서 흘러나오는 갓 구
운 빵 냄새나 손수레에 가득 실려 꽃집으로 향하는 백합 냄새
처럼 이따금 실려 오는 신선한 향기가 탁하고 속된, 자극적인
도시의 냄새를 꿰뚫었다. 메리는 쇠고기 옆구리 살이 산처럼
쌓인 수레를 잽싸게 피한 뒤 기대에 부풀어 그 뒤를 쫓아가는

개 떼를 보고 싱긋 웃었다.

이런 전경 위로 메리의 목적지인 세인트 스티븐스 타워가 모습을 드러냈다. 화려하고 웅대해 보여야 마땅한 시계는 네 면 중 두 면에 바늘이 없어 메리가 있는 쪽에서는 효과가 반감되었다. 때문에 강가에 버려진 껑충하고 무력한 맹인처럼 보일 뿐이었다. 웨스트민스터 브리지에 발을 내딛는 순간, 메리는 자신이 숨을 밭게 내쉬고 있음을 깨달았다. 그걸로 강 냄새를 덜 들이킬 수 있다고 생각하다니 얼마나 어리석은지! 메리는 조심스럽게 숨을 들이쉰 뒤 악취의 정도를 가늠했다. 과연 비록 서늘한 날씨 덕분에 조금 덜 역겨운 것처럼 느껴졌으나 여전히 익숙하고 강렬한 냄새였다. 지난해의 '대악취'에 경악했던 시민들은 여러 달 동안 템스 강 정화의 필요성을 논의해 왔다. 활동가들은 운동을 벌였고, 신문들은 비판을 쏟아부었으며, 정치인들은 거들먹거리며 열변을 토했다. 그러나 다른 대부분의 시민들과 마찬가지로 메리는 결과가 보일 때까지는 큰 기대를 하지 않기로 작정했다. 지금은 그나마 작년보다 심해지지 않은 것에 감사할 따름이었다.

다리를 건너다 걷는 속도를 늦추고 웨스트민스터 궁을 한참 눈여겨보았다. 그곳이 상원의사당과 하원의사당이 함께 있는 정부 청사라는 것은 삼척동자도 아는 사실이었다. 그러나 메리는 지금까지 한 번도 그 자체로 위엄을 풍기며 넓게 펼쳐진 실제 건물들을 주의 깊게 살펴본 적이 없었다. 이 건물들은 그녀가 태어나기 훨씬 전부터 짓고 있는 상태였다. 대부분의 런던 시민들에게 장장 25년에 걸친 궁전 재건축이란 그저 정부와 지배 계급에 대한 뻔하고도 썰렁한 농담에 지나지 않았다.

팰리스 야드 안쪽에는 아무런 움직임도 없었다. 의원들이 출근하기에는 너무 일렀고 야간 경비원이 남아 있기에는 너무 늦은 시간이었다. 건설 현장의 입구는 따로 나 있어서 궁 쪽으로 들어갈 필요가 없었고, 귀족과 노동자가 섞이는 위험천만한 상황도 일어나지 않았다. 그런데도 메리는 엄청난 규모와 정교한 장식에 매료되어 궁 주변을 한 바퀴 돌았다. 뜻밖에도 웨스트민스터 궁에는 고전적인 절제미 대신 강렬하고 사치스러운 고딕 양식이 사용되었다. 복잡하고 정교한 설계가 정신을 혼미하게 만들 정도로 압도적이었으며, 그것이 상징하는 오만과 전통이 가슴속까지 전해졌다.

메리는 넋 놓고 길게 뻗은 궁을 통과해 세인트 스티븐스 타워 쪽으로 향하며 지금 자신은 메리 퀸이 아닌 다른 누군가임을 스스로에게 상기시켜야 했다. 괜스레 신경이 쓰여 뒷목을 만져보았다. 외양은 얼추 열두 살 소년처럼 보였지만 여전히 그렇게 느껴지지 않았다. 지난밤 펠리시티가 주점에서 맥주와 햄 파이를 앞에 두고 실시한 추가 교육은 어느 정도 도움이 되었다. 그러나 한편으로는 남자들의 세계가 자신이 속한 세계와 얼마나 다른지 더욱더 강하게 인식하는 계기가 되었다. 수년간의 여학교 생활이 메리를 바꿔놓았다. 이제 담 너머 공사 현장에는 성인 남성과 소년들이 우글거릴 것이다. 인부들은 작업을 준비하는 동안 고함을 지르고 욕설을 내뱉거나 거칠게 행동할 것이다. 메리를 훑어보다 뭔가 이상한 점을 느끼면 즉시 그녀의 정체를 알아차릴 것이다. 돌아가기에는 너무 늦었다. 메리는 숨을 깊게 들이쉬고 축축해진 손바닥을 바지에 슥 문질러 닦은 뒤 현장으로 이어지는 좁은 출입문을 통과했다.

메리는 시끌벅적하고 의심 많은 남자들이 만들어낼 엄청난 소음에 단단히 대비했다. 그런데 현장은 오히려 거리보다 조용했다. 인부들은 삼삼오오 모여 연장을 풀고 아침으로 챙겨 온 음식을 삼키면서 전날의 작업을 살피며 한담을 나누고 있었다. 지나가는 메리에게 눈길을 주는 사람은 한 명도 없었다.

이 현장은 그다지 기강이 강한 것 같지 않았다. 적어도 외부인의 출입에 대해서는 느슨한 듯했다. 오른쪽에 보이는 작은 가건물이 사무실인 모양이었다. 안에는 서류가 쌓인 책상이 하나 놓여 있었으나 아무도 없었다. 누구 하나 메리의 존재에 의문을 품지 않는 듯했다. 덕분에 메리는 현장을 천천히 구경할 수 있었다.

직접 보기 전까지 메리는 건설 현장이란 공장과 개미탑이 뒤섞인 모습일 거라고 상상했다. 수십 명의 남자들이 크게 하는 일 없이 서성거리다가 작업 시작을 알리는 커다란 종이 울리면 규칙에 따라 일사불란하게 움직이며 일하는 모습을 머릿속에 그렸던 것이다. 그런데 눈에 비친 풍경은 훨씬 더 여유롭고 자율적이었다. 조적공 두 명은 벌써 모르타르를 개기 시작했고 다른 사람들도 자기 자리를 찾아가는 중이었다. 누구도 메리의 존재를 알아차리지 못했는데 단지 그녀의 남장이 완벽해서만은 아닌 것 같았다.

공사장 남쪽으로 대여섯 명쯤 되는 성인 남자와 소년들이 궁의 그늘에 다분히 의도적으로 무리 지어 있었다. 가까이 다가간 메리는 그들이 한 남자를 중심으로 모여 있다는 것을 알아차렸다. 40대 후반쯤 된 남자로, 흔한 스타일의 턱수염과 콧수염을 길렀고 잘 먹었는지 배가 불룩했다. 이 현장에서 유일하게 셔츠에 넥타이 차림인 것을 보면 현장 소장인 하크네스일 가능성이 컸다. 게다가 피곤하고 지친 듯한 표정이 그 가능성을 더욱 뒷받침해주었다.

"자네 팀에 지금 일손이 부족한 건 나도 잘 아네."

하크네스가 이야기하는 중이었다.

"이번 주 내로 자네를 보조해 줄 사람을 찾아는 보겠지만, 팀에 새로운 사람을 들이는 건 원래 자네 일이잖나."

30대 중반의 훤칠하고 건장한 십장은 불만스러운 눈으로 노려보았다.

"누가 그걸 모릅니까? 하지만 시간이 걸린단 말입니다. 우린 숙련된 조적공이 필요합니다. 쓸모없는 견습공 말고요."

하크네스의 왼쪽 눈 밑 근육이 씰룩거렸다.

"알고 있네."

달래는 투였다.

"말했다시피 최선을 다해보겠네."

십장은 노여움에 어두워진 얼굴로 사람들을 밀치고 나왔다.

"최선을 다해보겠네."

그리고 바보같이 히죽거리며 하크네스를 흉내 냈다.

"아무짝에도 쓸모없는 늙은이……."

그는 메리와 눈이 마주치자 분노로 이글거렸다.

"뭘 봐, 애송이?"

메리는 재빨리 눈을 돌리고 살금살금 사람들 틈으로 들어갔다. 그러니까 이 남자는 윅의 동료였던 셈이다. 메리는 두 사람이 친했을지 궁금했다.

하크네스가 인부 각각에게 지시를 내리기까지 한참 걸렸다. 마침내 메리가 자기소개를 하자 남자는 충혈된 눈으로 그녀를 빤히 쳐다보았다.

"누구라고?"

충분히 또렷하게 말하지 않은 걸까?

"마크 퀸입니다, 소장님. 괜찮으시다면 오늘부터 잡역부로 일을 거들러 왔습니다."

또다시 눈에 경련이 일었다. 하크네스는 지친 손으로 말을 듣지 않는 눈을 눌렀다.

"그냥 잡역부 말인가?"

메리는 당당해 보이려고 애쓰며 말했다.

"그렇습니다, 소장님."

뭐가 잘못된 거지? 에이전시에서 메리의 자리를 마련하는 데 실패한 것일까? 생각만 해도 심장이 쿵 내려앉았다. 아니면 설마 그녀가 남자로 보이지 않는 걸까? 메리가 하크네스를 부르자마자 근처의 인부들이 멈춰 서서 호기심 어린 시선을 던지고 있었다. 어쩌면 다들 눈치챘는지도…….

하크네스는 한 손으로 얼굴을 문질렀다.

"그래, 몇 살이지? 이름이 뭐라고?"

"마크 퀸입니다. 열두 살이고요."

"마크 퀸, 열두 살. 잡역부로 일하고 싶다고?"

"그렇습니다."

메리의 머릿속에 하크네스는 원래부터 좀 굼뜬 인물일 거라는 생각이 들기 시작했다.

"음."

하크네스는 뭔가 가늠하려는 듯한 눈으로 메리를 응시했다.

"말씨가 곱군."

젠장. 그동안 걸걸하면서도 주눅 든 목소리와 제대로 된 억양을 구사하기 위해 열심히 연습했다. 그런데 방금 전, 잘못된 어휘를 사용함으로써 시작부터 임무를 망쳐버렸다. 대체 어떤 소년이 '노가다 뛰러' 대신 '잡역부로 일을 거들러'라고 하며, 간단하게 '별거 없으면' 대신 '괜찮으시다면'이라고 한단 말인가? 작전에 투입된 지 불과 몇 초 만에 벌써 첫 번째 실수를 저지른 것이다.

하크네스는 외투 안주머니를 뒤져 너덜너덜한 종이 뭉치를 꺼냈다.

"한번 읽어봐."

부끄러움에 화끈거리는 얼굴로 메리는 종이 뭉치를 받아 들고 아무 생각 없이 위에서부터 읽기 시작했다.

"금번 화이트채플 주물공장에서 제작한 종의 개주(改鑄, 주조 불량으로 다시 주조하는 것―옮긴이)는 단지 첫 번째⋯⋯."

하크네스가 메리의 손에서 종이를 낚아챘다.

"맙소사, 글을 읽을 줄 아는군."

물론 읽을 줄 알았으나 하크네스가 그 사실을 알게 되자 토할 것 같은 기분이 들었다. 메리 퀸이야 당연히 능숙하게 글을 읽겠지만, '마크' 퀸이라면 읽지도 쓰지도 못하는 편이 훨씬 자연스러웠다. 기껏해야 이름 정도만 쓸 수 있어도 감지덕지랄까. 다른 사람은 몰라도 메리는 반드시 알고 있어야 했다. 하지만 첫 번째 실수를 자책하는 데 정신이 팔려 두 번째 실수까지 저지른 것이다. 게다가 어쩌면 이번 것이 첫 번째 실수보다 훨씬 더 치명적일 수 있었다. 맥박이 요동치고 얼굴이 화끈 달아올랐다. 스스로에게 화가 났지만, 그러다가 세 번째 **실수**까지 저지르게 될까 두려웠다. 뭐가 **잘못된** 거지? 자연스레 주변 인부들이 메리를 뚫어져라 쳐다봤다.

하크네스가 다시 노련한 눈으로 메리를 똑바로 보았다.

"다시 묻지. 왜 여기서 잡역부로 일하려는 거지?"

이제는 뻔뻔해지는 수밖에는 도리가 없었다.

"예?"

"퀸이라고 했나? 자네는 남을 속이는 데 소질이 없군."

하크네스의 말이 옳았다. 그래도 한번 시도는 해볼 참이었다. 메리는 주머니에 손을 찔러 넣고 바닥을 응시했다.

"달리 할 수 있는 일이 없습니다, 소장님. 학교 등록금은 당연하고, 견습직 자리를 살 돈도 없으니까요."

하크네스가 팔짱을 끼고 처음으로 흥미를 보였다.

"자네처럼 똑똑한 소년이 말인가?"

"그렇습니다, 소장님."

"자네가 계속 공부할 수 있도록 도와주려는 교회 자선단체도 없나?"

"없습니다."

"음."

긴 침묵이 흘렀다. 그동안 메리는 새로 산 중고 신발 끝에 시선을 집중했다. 이런 사적인 질문들에 대해 그녀가 꾸며낸 대답은 효력이 오래가지 않을 것이다. 친절하신 고용주께서 사연을 꼬치꼬치 캐묻는 일만큼은 정말이지 없길 바랐다. 마침내 메리가 눈을 들었다. 그녀의 얼굴은 긴장으로 화끈거렸지만, 하크네스는 마치 그동안 애타게 찾던 것을 발견한 듯했다.

"자신의 잘못에서 비롯된 것이 아니라면 가난을 인정하는 것을 결코 부끄러워 말게."

하크네스가 조용히 말했다.

메리가 고개를 살며시 끄덕였다.

"예, 소장님."

이 대화가 과연 어떤 결과로 이어질까?

"당장은 자네에게 더 마땅한 자리가 없군."

메리가 인상을 찌푸렸다.

"그 말씀은……?"

"잡역부 말고 더 마땅한 자리가 없다는 뜻이야. 당장은."

"자…… 잡역부면 충분합니다, 소장님."

메리는 일부러 말을 더듬으며 실수를 만회하려 애썼다.

"제게 필요한 건 그저……."

그러나 하크네스는 고개를 저었다.

"자네 능력에 적합한 자리가 언제 나올지는 장담할 수 없지만, 아무튼 최선을 다해 능력을 입증해보게. 우리가 지켜볼 테니까. 그럼 그분께서 마련해 주시겠지."

"그분이라뇨?"

"주님 말일세, 꼬마 친구."

"아, 그렇지요. 주님께서요."

이것도 미리 헤아렸어야 하는 사항이었다.

"앞으로 조적공들 밑에서 일하면서 그들이 시키는 잡다한 일들을 하게 될 걸세. 조적공 십장 이름은 키넌이야. 그리고 인부 열한 명을 위해 제때 차를 준비하는 일도 맡아야 해. 젠킨스라는 다른 잡역부 아이를 보고 배우게. 참, 여긴 금주 구역일세, 퀸. 그러니 누가 술을 사 오라고 시키더라도 그 말에 따를 필요는 없네. 기운을 돋우는 데에는 따뜻한 차 한 잔이면 충분하지. 주점에서는 절대 제공할 수 없는 것 말이야."

메리는 고개를 끄덕였다. 기운에 대해서는 잘 모르겠지만 인부들 사이에서 하크네스의 평판이 어떨지는 잘 알 것 같았다.

"그리고, 에, 그러니까 자네가 일반적인 잡역부들보다 많이 배웠잖나, 퀸. 아마 사람들이 자네를 같은 계층의 소년처럼 쉽게 받아들이지 않을 수도 있다네. 그럴 땐 이 말을 기억하게. 오른쪽 뺨을 때리거든 왼쪽 뺨도 내주라. 그리고 많은 것을 가진 사람에게는……."

하크네스는 메리가 자신의 말을 받아 마무리해주기를 기대하는 표정으로 말을 멈추었다.

"더 많은 것이 기대된다."

메리가 중얼거리듯 말했다. 하크네스의 얼굴에 또다시 만족스러운 기색이 떠올랐다.

"가도 될까요, 소장님?"

씰룩.

"그래, 그래. 어서 가봐."

메리는 다리가 풀려 뗄 수 없었다. 겨우 3분 동안 엄청난 실수를 두 번이나 저지르다니. 이런 속도라면 1시간도 채 못 버

틸 것이다. 머리를 자르고 펠리시티에게 따로 훈련을 받는 등
온갖 노력을 기울였건만 첫 번째 도전부터 실패한 것이다. 더
욱 치욕스러운 점은 가난한 노동 계급 소년의 역할이 메리에게
전혀 낯설지 않다는 점이었다. 어머니가 돌아가신 뒤 메리는
실제로 가난하고 교육받지 못했으며 절망적인 아이였다. 때로
는 노숙까지 했다. 늘 굶주렸다. 강간을 피하려 소년 행세도 했
다. 그러나 오늘 메리가 보여준 최악의 연기는 그녀가 어린 시
절과 얼마나 깊이 단절되었는지를 여실히 드러냈다. 그 사실은
심각하고 달갑지 않은 충격으로 다가왔다.

5

메리는 공사장을 돌며 벽돌 더미와 흙손을 들고 있는 남자들을 찾았다. 걸어 다니며 현장을 구석구석 살펴볼 수 있는 좋은 기회였다. 공사 현장은 작업하기에 비좁고 어수선한 공간이었다. 거대한 탑을 중심으로 수많은 인부들이 불편하게 움직이고 있었다. 세인트 스티븐스 타워는 웨스트민스터 궁의 마지막 요소였다. 의사당은 이미 날마다 사용되고 있고 촘촘한 도로가 주변을 둘러싸고 있는 탓에 현장 말고는 따로 건축 자재와 장비를 보관할 장소가 마땅치 않았다. 인부들이 있는 곳마다 의사당 건물이 머리 위로 우뚝 솟아 원래도 초라한 공간이 더욱 협소하게 느껴졌다.

그래도 이보다는 더 효율적인 업무 방식이 있을 거란 생각이 들었다. 메리는 이곳에서 자신의 무지를 느꼈다. 만일 메리가 건축 쪽 일에 대해 좀 더 알았다면 현장 소장으로서의 하크네스를 제대로 평가할 수 있을 터였다. 임무를 받아들인 뒤로 불쑥불쑥 제임스 이스튼이 떠올랐다. 비싼 값을 치르더라도 현장과 이번 임무에 대한 제임스의 의견을 듣고 싶은 욕심이 굴뚝같았다. 물론 어디까지나 욕심에 불과했다. 제임스는 인도에 있고 다시는 만날 수 없을 테니.

마침내 메리는 휘파람을 불며 흙받기에 모르타르를 치대고 있는 금발의 남자를 발견했다.

"죄송하지만…… 혹시 키넌 씨세요?"

메리는 일부러 조금 머뭇거리며 또렷하지 않게 말했다. 억양을 조금 더 흐릴 수도 있었지만 그래도 이미 티를 낼 만큼 냈다는 사실은 변하지 않았다. 상황을 바로잡기에는 너무 늦었다.

남자가 눈을 들어 메리를 보았다. 쾌활해 보이는 성격과 어울리지 않는 얼굴이었다. 붓고 멍든 눈과 찢어진 입술. 주먹다짐의 흔적이 고스란히 남아 있었던 것이다.

"뭐지?"

"하크네스 소장님이 도와드리라고 보내셨습니다."

"아하, 키넌을 찾는군. 저쪽의 가무잡잡한 친구야."

금발 남자는 조금 떨어진 곳에 있는 키가 크고 건장한 체격의 남자를 가리켰다. 잔뜩 인상을 쓰고 있었는데 짜증스러운 표정이 아니었더라도 30분 전에 자신에게 소리쳤던 남자임을 대번에 알아볼 수 있었다.

메리는 속으로 한숨을 쉬었다. 저 성질 더러운 조적공이 십장일 것이다. 그러나 어쩌면 그것이 웍의 죽음과 관련이 있을지도 모른다는 생각이 들었다. 키넌이라는 자는 일에 몰두하고 있는 것이 분명해 보였기에 잠시 망설이다가 다가갔다.

"더럽게 작네."

메리의 설명을 들은 뒤 키넌이 내뱉었다.

"보기보다는 힘이 셉니다."

"그래? 제발 그러길 바라."

키넌이 하는 말은 늘 어딘가 위협처럼 들렸다. 심지어 간단한 지시를 내릴 때도 마찬가지였다. 게다가 그 지시조차 인색했다. 키넌은 고갯짓으로 땅바닥에 놓인 긴 막대를 가리키며 내뱉었다.

"오늘은 레이드 보조나 해."

그런 뒤 성큼성큼 걸어가 버렸다.

메리는 기다란 막대 끝에 세 개의 널빤지로 각각 바닥과 옆의 두 면을 대, 흡사 만들다 만 것 같은 상자가 달린 그 물건이 무엇인지 파악하려 애썼다. 불행히도 그것이 어디에 쓰는 물건인지, 그리고 누구에게 물어봐야 할지 알 수 없었다. 쾌활해 보이던 아까 그 청년은 어떨까? 그러나 그는 이미 흙손과 흙받기를 가지고 사라진 뒤였다.

몇 분 후 돌아온 키넌의 얼굴이 짜증으로 달아올랐다.

"왜 아직까지 꾸물거리고 있지? 어서 움직이라고 얘기했을 텐데."

"죄송하지만 어떻게 사용하는지 몰라서요."

키넌의 얼굴이 조금 더 어두워졌다.

"쓸모없는 녀석. 질통을 한 번도 본 적 없단 말이야?"

"저, 예, 십장님."

"그럼 여기서 대체 뭘 하고 있는 거야?"

"배우고 싶습니다."

키넌이 욕설을 퍼부었다.

"나한테 망할 보모 노릇을 기대하지 마. 난 할 일이 태산인 사람이라고."

키넌은 잠시 두리번거리더니 소리쳤다.

"스텁스!"

연한 적갈색 머리에 주근깨투성이인 청년이 나타났다.

"부르셨습니까, 키넌 씨?"

"이 녀석한테 일이 어떻게 돌아가는지 좀 가르쳐줘라."

키넌과의 안전거리가 어느 정도 확보되었을 때, 스텁스가 메리에게 물었다.

"뭘 알고 싶지?"

"질통을 지고 레이드 씨를 보조하는 법이오."

메리는 머뭇거리며 그 낯선 단어를 입에 올렸다.

"이게 질통인가요?"

메리는 장대가 달리고 옆구리가 터진 상자를 들어 올리며 물었다.

스텁스는 잠시 코웃음을 친 뒤 웃으며 말했다.

"그래. 이렇게 지는 거야."

스텁스는 민첩한 동작으로 원을 그리며 막대를 휘둘러 단번에 한쪽 어깨에 걸쳐서 상자가 어깨 뒤쪽으로 오도록 했다.

"여기에 벽돌을 채워. 너무 많이는 말고 네 능력에 맞게. 서너 장 정도면 될 거야. 그리고 그걸 담당 조적공에게 가져가. 레이드라고 했지? 저쪽 구석에 있는 사람이 레이드야."

"그게 다인가요?"

어처구니없을 만큼 간단해 보였다.

"그리고 뭐든 레이드가 가져오라는 물건을 가져다주면 돼. 모르타르든 흙손이든 원하는 건 뭐든지 말이야."

스텁스가 질통을 건네주자 메리는 시험 삼아 들어보았다. 나쁘지 않았다. 하지만……

"왜 손수레를 쓰지 않는 거죠?"

"가끔은 벽돌을 지고 높은 곳에 올라가야 할 때가 있어. 예를 들어 비계(높은 곳에서 공사를 할 수 있도록 설치한 가설물—옮긴이) 같은 곳 말이지."

메리의 표정을 본 스텁스가 싱긋 웃었다.

"하지만 오늘은 아냐. 손이 모자라서 나도 까다로운 작업에 배치되었거든."

"질통을 지는 사람이 한 명 빠진 건가요?"

메리는 스텁스를 따라 벽돌이 잔뜩 쌓여 있는 곳으로 걸어가며 물었다.

스텁스가 그녀를 보며 인상을 찌푸렸다.

"새로 왔니?"

메리는 고개를 끄덕였다.

"오늘 아침부터 시작했어요."

"흠. 그럼 아직 듣지 못했겠구나."

스텁스가 말을 중단했다. 둥근 얼굴이 어두워졌다.

"사실은 지난주에 우리 공사장 조적공 한 명이 죽었어. 키넌이 새로 사람을 찾을 때까지 보조공인 스미스가 대신 그 자리를 때우고 있지. 스미스는 엄밀히 따지면 조적공이 아니지만, 뭐, 키넌과 레이드가 작업하는 동안 간단한 벽 정도는 쌓을 수 있으니까."

메리는 인상을 찌푸렸다. 설명을 들으나마나 상황이 혼란스럽기는 마찬가지였다. 그러니까 조적공과 보조공들이 한 팀으로 일하는데, 키넌네 팀이 다섯 명으로 이루어진 문제의 팀인 것 같았다. 웍, 키넌, 레이드, 이렇게 세 명의 조적공이 스텁스와 스미스의 보조를 받아 일했던 모양이었다. 웍의 사망으로 결원이 생기자 하크네스가 다른 조적공을 고용하기보다 키넌이 직접 새로운 조적공을 구해 자신의 팀에 고정 팀원으로 들이도록 한 모양이었다. 질통이라는 단어만큼이나 이상한 구조였지만 잘 생각해보면 합리적인 방법이었다. 인부들은 서로 손

발을 맞춰 일하는 데 익숙해졌을 테고 저마다 효율적인 습관과 방식이 있을 것이다. 팀 단위로 조적공을 고용하면 처음부터 순조롭게 일할 수 있겠다고 메리는 생각했다.

"여기야."

스텁스가 벽돌 더미 옆에 섰다.

"이제 그대로 버티고 있어."

스텁스가 벽돌 세 장을 질통에 올리는 동안 메리는 어깨에 힘을 단단히 주었다.

"어이, 괜찮아?"

"하나 더 올려도 될 것 같습니다."

스텁스는 메리를 못 미더운 눈으로 쳐다봤다.

"무리하지 않는 게 좋을걸. 힘을 아껴, 친구. 몇 시간 동안 이 짓을 계속 해야 하니까."

훌륭한 충고였다. 질통 자체도 가볍지 않은데 거기에 벽돌 세 장을 얹으니 이리저리 장애물을 피하며 공사장을 누빌 때 메리가 간신히 감당할 수 있는 정도의 무게가 되었다. 스텁스가 위치만 대강 알려줬지만, 메리는 곧 금발 머리의 레이드를 찾았다. 레이드는 바닥에 주저앉아 아까처럼 휘파람을 불며 지금까지의 작업이 어떤지 살펴보고 있었다. 레이드 역시 주먹깨나 쓰는 것 같았지만 호전적인 키넌과 대조적으로 무척 쾌활한 사람인 것 같았다. 그래서 키넌의 직속 보조공으로 일하지 않게 된 것이 더더욱 다행스러웠다.

"벽돌 세 장?"

메리가 질통을 내려놓자 레이드가 큰 소리로 외쳤다.

메리의 얼굴이 달아올랐다.

"죄송합니다. 다음에는 더 가져오도록 하겠습니다."

"몸조심해야지."

레이드가 다정하게 말했다.

"어쨌든 지금까지 내가 본 보조공 중에 네가 가장 삐삐가 아니라면 얼마나 좋을까!"

"아직 자라는 중입니다."

메리는 우물거렸다.

"더 자라지 않는다면 다른 일을 찾는 게 나을 거야."

레이드가 충고했다.

"유리 끼우는 일 같은 것 말이야."

메리는 고개를 끄덕이고 쏜살같이 벽돌이 쌓인 곳으로 뛰어갔다. 아침나절이 지나면서 메리는 질통에 벽돌을 실어 나르는 데 점점 요령이 생겼다. 정확하지는 않지만 몇 분보다는 몇 시간에 가까운 시간이 지났을 때 메리는 웬 소년이 자신을 지켜보고 있다는 것을 깨달았다. 소년은 20야드쯤 떨어진 곳에서 손을 주머니에 찔러 넣은 채 대놓고 쳐다보고 있었다.

메리는 바닥에서 모르타르 가루와 벽돌 부스러기를 쓸어 담다가 몸을 꼿꼿이 세우고 소년을 뚫어지게 쳐다보는 것으로 응수했다. 잠시 뒤 메리는 고개를 까딱하며 퉁명스럽게 인사했다. 그러나 소년은 대답 대신 계속해서 메리를 적대적으로 노려볼 뿐이었다. 메리는 작업으로 돌아갔다.

몇 분 뒤, 마침내 소년이 입을 열었다.

"네가 퀸인가 보네."

메리가 다시 눈을 들었다. 소년은 아까보다 가까이 다가왔지만, 적대감은 누그러진 것 같지 않았다. 그녀는 고개를 한 번 끄덕이고는 비질을 계속했다.

"그렇게 잘사는 것처럼 보이지 않는데."

아뿔싸! 아까의 말실수가 벌써부터 따라다니게 된 것이다.

"잘산다니, 누가 그래?"

"잘살면서 왜 내 일을 훔친 거지?"

"뭐? 이 일자리 말이야?"

메리는 진심으로 놀랐다.

"너도 아직 일하고 있는 거 아냐?"

"멍청한 소리 하지 마. 차 심부름 얘기잖아."

아아! 무알콜 차 심부름.

"네가 젠킨스구나."

"그래. 그리고 **넌 내 일을 훔쳐 갔지.**"

대체 이 공사장은 주먹다짐과 무슨 인연이라도 있는 것일까? 처음에는 레이드가 싸움의 흔적을 훈장처럼 달고 있더니 이제 이 콩알만 한 바보가 아무것도 아닌 일로 길길이 날뛰고 있었다. 메리는 등을 돌리고 바닥을 계속 쓸었다.

젠킨스는 빙 돌아 앞으로 오더니 소리쳤다.

"너무 고상하셔서 나랑은 말도 섞기 싫다, 이거냐?"

"아니."

"그럼 뭔데? 말해 봐."

"아무것도 아냐."

"아무것도 아닌 거 좋아하시네. 순 거짓말쟁이."

이 상황을 끝내는 방법은 한 가지뿐이었다. 메리는 소년을 똑바로 쳐다보며 물었다.

"나더러 거짓말쟁이라고 했냐?"

"그래! 거짓말쟁이에 날도둑이라고 했다!"

메리는 코웃음을 쳤다. 싸우고 싶다면 싸워줄 수밖에. 그리고 이길 것이다. 거리에서 보낸 세월은 메리에게 싸움을 가르쳐줬다.

"넌 멍청이 중에서도……."

"멍청이라고 하지 마!"

소년의 몸이 분노로 뻣뻣해지더니 메리를 향해 돌진했다. 젠킨스는 왜소했다. 키도 그녀보다 크지 않았고 뼈만 앙상한 것이 마치 자기 텃밭을 지키려 발악하는 싸움닭 같아 몹시 우스꽝스러웠다. 장담하건대 평생 한 번도 싸움에서 이겨본 적이 없을 것이다. 그래도 소년은 바람개비처럼 맹렬하게 팔을 휘저으며 달려들었다.

메리는 경제적으로 움직였다. 몸을 왼쪽으로 살짝 비켜 주먹을 피한 뒤 상대의 턱을 날카롭게 쳐서 비틀거리게 만들었다.

소년은 겨우 넘어지지 않았고 빙글 돌아 다시 몸을 날렸다.

메리가 옆으로 비키자 소년이 자기 무게를 못 이기고 앞으로 고꾸라졌다.

머리 끝까지 화가 치민 소년이 고함을 지르며 일어나더니 다시 한 번 달려들었다.

도저히 게임이 되지 않았다. 메리는 제대로 싸우지도 않고 방어만 하며 상대를 계속 궁지에 몰아 힘이 빠지기만 기다렸다. 하지만 그 절제가 오히려 젠킨스를 더욱 약 오르도록 부추겼다. 열정과 분노로 가득 찬 젠킨스는 죽을 각오로 덤벼들었지만 기술이 부족했다. 그 때문에 이 우스꽝스러운 상황이 더욱 비극적으로 보였다. 메리가 마음만 먹으면 1분도 안 돼 끝내버릴 수 있는 싸움이었다. 그러나 그들의 주먹다짐은 계속되었고 결국 관심 없던 인부들까지 불러 모았다. 그들은 야유하거나 훈수를 두었고 그와 비슷한 빈도로 욕을 퍼부었다.

마침내 새로운 목소리가 왁자지껄한 소음을 갈랐다.

"뭐하는 짓들이야? 당장 그만두지 못해!"

메리가 목소리가 나는 곳을 쳐다보았다. 소장인 하크네스였다. 바로 그 순간 젠킨스가 회심의 일격을 날렸다. 휘두른 주먹에 맞는 바람에 어이없게도 코피가 터졌다. 메리는 놀라서 숨을 헐떡였다. 날카로운 분노가 밀려왔다. 거리의 싸움에 룰이 있는 건 아니지만 어쨌든 이건 반칙이었다. 메리는 한 바퀴 돌아 젠킨스의 어깨를 붙잡고 날쌔고 야무지게 때렸다. 메리의 손마디와 젠킨스의 머리에서 둔탁한 소리가 울려 퍼졌다.

"멈추지 못해? **당장!**"

마침내 두어 명의 남자가 앞으로 나와 건성으로 싸움꾼들을 붙잡았다. 그러나 전혀 불필요한 행동이었다. 메리가 똑바로 서자 코에서 걷잡을 수 없이 피가 솟아 포석 위로 뚝뚝 떨어졌다. 젠킨스는 맞은 얼굴을 감싸고 조용히 몸부림쳤다.

"대체 무슨 일이지?"

하크네스가 젠킨스와 메리를 번갈아가며 쳐다보았다.

둘 다 말이 없었다.

"퀸! 설명해!"

뭘 설명하라는 걸까?

"젠킨스와 저는 싸우는 중이었습니다, 소장님."

구경꾼들이 킥킥거리며 웅성거렸다.

하크네스의 정수리가 분홍빛으로 물들었다.

"모두 해산! 각자 제자리로 돌아가!"

사람들이 킬킬거리며 물러나자, 하크네스는 다시 메리에게 집중했다.

"둘이 **왜** 싸우고 있었지?"

"젠킨스가 저에게 거짓말쟁이에 날도둑이라고 했고, 저도 젠킨스를 멍청이라고 불렀기 때문입니다."

"알 만하군. 그럼 애초에 이 유치한 짓을 시작한 건 누구지?"

메리가 젠킨스를 쳐다봤다. 그는 여전히 얼굴을 감싸고 있었다. 아마도 눈물을 삼키고 있는 것 같았다. 마침내 젠킨스가 간신히 내뱉었다.

"접니다, 소장님."

하크네스는 한동안 두 사람을 노려보았다. 눈 밑이 계속 씰룩거렸다.

"두 사람에게 이만저만 실망한 게 아닐세. 젠킨스, 여기서 2년 가까이 일한 자네가 어떻게 이럴 수 있나. 그리고 퀸, 자네가 이럴 줄은 몰랐어. 자네는……."

또 그 뻔한 설교가 시작되자, 메리는 문득 하크네스가 문제의 근본 원인을 조사할 것인지 궁금해졌다. 대체 차 심부름이 뭐기에 젠킨스가 공격한 것일까? 또한 현장에 자연스럽게 섞이지 못하는 자신에게도 화가 치밀었다. 임무를 시작한 지 5분 만에 두 번이나 정체가 탄로 날 뻔하더니, 이제 주먹다짐으로 현장에 있는 인부들 대부분의 이목을 끈 것이다.

"……내 말 알아들었나?"

메리는 고개를 끄덕였다.

"예, 소장님."

젠킨스는 여전히 얼굴을 감싼 채 "예, 소장님."이라는 뜻으로 이상한 소리를 웅얼거렸다.

"그럼 남자답게 악수해."

젠킨스가 얼굴에서 손을 떼고 손을 내밀었을 때 메리는 그가 진짜 울고 있는 것을 보았다. 그러나 눈물을 흘리면서도 젠킨스는 중얼거렸다.

"너무 기분 나쁘게 생각하지 마."

젠킨스의 눈을 보고 깜짝 놀란 메리가 조심스레 대꾸했다.

"너야말로."

"앞으로 더 이상 자네들 간에 말싸움이고 주먹다짐이고 없길 바라네."

메리가 소매로 코를 훔쳤다. 출혈은 줄어든 것 같았다.

"아이고, 맙소사."

커다란 리넨 손수건이 메리의 얼굴에 날아들었다.

메리는 손수건을 잡았다.

"감사합니다."

손수건에서는 향기가 났다. 수수하지만 값비싼 물건 같았다.

"이제 가서 일들 해, 둘 다."

하크네스가 돌아간 후, 메리와 젠킨스는 서먹함에 어쩔 줄 모르고 가만히 서 있었다. 마침내 젠킨스가 입을 열었다.

"차 심부름을 시작하는 게 좋겠어."

메리가 깜짝 놀라 눈을 들었다. 시계탑의 시계 바늘이 10시 15분을 가리켰다.

"지금? 좀 이르지 않아?"

젠킨스가 조심스러운 시선을 던졌다.

"할 일이 많아. 어서 와."

이런 게 남자구나 싶었다. 여자들끼리는 싸우고 나면 뒤끝이 긴 경우가 많은데, 젠킨스는 조금 전 싸움을 정말 잊어버린 것 같았다. 두 사람이 현장 주위를 걸을 때 젠킨스가 메리에게 이것저것 질문을 던졌다.

"너도 하키(하크네스의 별칭—옮긴이)네 교회에 다녀?"

"아니."

"그런데 어떻게 **자리**를 얻은 거야?"

메리는 어깨를 으쓱했다.

"일자리가 필요하다고 직접 얘기했어."

젠킨스는 가늘게 찢어진 눈으로 그녀를 살펴보았다.

"흥."

"그러는 넌 어떻게 들어왔는데?"

그런데 직접 일자리를 부탁해서 얻는 것이 그렇게 희한한 일일까?

"여기 있는 애들은 다 똑같아. 아는 어른을 통해 들어왔지."

"넌 몇 살이야?"

"몇 살처럼 보이는데?"

메리는 주의 깊게 훑었다. 주근깨투성이에 뼈만 앙상하고 왜소한 소년이었다. 어른들 눈에는 여덟 살쯤으로 보일 것이다.

"열세 살."

젠킨스는 만족한 것 같았다.

"다음 달이면 열세 살이 돼. 그러는 넌 몇 살이냐?"

"열두 살."

"그럼 여기가 첫 일자리는 아니겠네."

"공사장은 처음이야."

메리는 사실대로 말한 뒤 퍼뜩 주변을 둘러보았다.

"지금 어디 가는 거야?"

젠킨스의 부어오른 얼굴에 교활한 빛이 스쳤다.

"교회에 안 다니는 거 확실하지?"

"아니라고 했잖아."

"금주주의자도 아니고?"

"금주주의자?"

젠킨스 같은 소년에게는 너무 거창한 단어였다.

"맥주 약간도 독이라고 생각하는 사람들 말이야."

"아니야."

"그럼 어떻게 하키의 총애를 받게 된 거지?"

"오늘 막 일을 시작했는데 무슨 총애를 받는다는 거야?"

정확히 메리가 두려워하던 반응이었다. 그러나 젠킨스의 대답이 그녀를 놀라게 했다.

"차 심부름을 하게 됐잖아. 나는 차 심부름을 맡는 데 1년 반이나 걸렸는데, 넌 첫날 그 일을 맡게 되었고."

메리는 혼란스러웠다.

"솔직히 모르겠어. 그리고 차 심부름이 뭐가 특별한데?"

젠킨스는 의심스러운 눈으로 그녀를 쳐다보았다.

"말해주면 몫을 나눌래?"

몫이라고? 메리는 문득 뭔가 짐작이 갔다. 금주와 차 심부름
이 만나면 꽤 짭짤한 수입이 될 것 같았다.

"무슨 말인지 잘 모르겠지만 나누는 건 상관없어. 그런데 그
게 뭐냐니까?"

"그럼 반반으로 하자."

젠킨스가 집요하게 물고 늘어졌다.

"그러니까 뭘 반으로 하자는 거야?"

젠킨스는 또다시 동요하는 것 같았다. 그의 발걸음이 빨라졌
다. 그들은 벌써 두 바퀴째 공사장을 돌고 있었다.

"하키에게는 말하지 않기다."

"좋아."

메리가 즉시 대답했다.

"약속해!"

"약속할게."

"너네 엄마 목숨을 걸고 맹세할 수 있어?"

"엄마는 돌아가셨어."

"그럼 무덤에 대고 맹세해."

젠킨스가 계속 고집스레 우겼다.

"맹세한다고. 이제 얘기해. 아까부터 무슨 소리야?"

젠킨스가 씩 웃다가 맞은 곳이 아픈지 움찔했다. 뺨에 벌써
멍이 들기 시작했다.

"따라와."

그들은 목수들 쪽부터 돌기 시작했다. 목수들은 마치 하소연이라도 하듯 안도감을 표현하며 젠킨스를 맞았다. 오늘 아침에는 왜 이리 늦은 거냐. 모두 포기하고 있었다. 그런데 다른 친구는 누구냐? 새로운 차 심부름꾼이구나. 그런데 얼마 달라고 하더냐. 이런, 순 노상강도 같으니……. 그러더니 그들은 하나같이 주머니에서 동전을 두 개씩 꺼내 젠킨스에게 줬다. 겉으로는 투덜대지만 내심 만족스러운 표정이었다.

젠킨스와 함께 공사장 전체를 도는 동안, 메리는 이 일이 자신의 임무에 완벽한 해답임을 깨닫고 흥분했다. 이런 식으로 현장에서 일하는 거의 모든 기술자와 인부들을 만날 수 있었다. 다들 메리가 누구인지 알았고, 이제 곧 그녀도 그들의 영역을 알게 될 것이다. 그리고 정기적으로 만나면 잠깐씩 여담을 나눌 구실이 생길 것이다. 거의 기적에 가까운 일이었다. 마치 하크네스가 그녀의 진짜 임무를 알고 있는 것 같았다.

"다들 너에게 돈을 주니?"

메리가 물었다.

"하크네스 씨만 빼고?"

젠킨스가 한심하다는 듯 그녀를 보았다.

"당연하지! 누가 안 주겠어?"

현장의 모든 인부에게 주문을 받은 뒤, 젠킨스는 메리를 근처의 주점으로 데려갔다. 불룩해진 주머니 안에서 동전이 기분

좋게 짤랑거렸다. '푸른 종'이라는 주점은 상호를 제외하면 신선하거나 매력적인 구석이 하나도 없었다. 실내는 어둡고 습했으며, 수천 밤 동안 진에 찌든 탁한 공기가 눈에 보일 듯했다. 게다가 사람들로 꽉 찼는데, 대부분이 지난밤부터 줄곧 거기 있었던 것 같았다.

젠킨스는 한 손을 주머니에 찔러 넣은 채 으스대며 카운터로 걸어가더니 잘난 척하며 카운터에 몸을 기댔다. 그러나 카운터가 어깨 높이여서, 젠킨스가 노렸던 효과는 제대로 나타나지 않았다.

"오늘은 늦으셨네, 젠킨스 도련님."

바텐더가 말했다. 얼굴이 땀으로 뒤범벅된 뚱뚱한 남자였다.

젠킨스는 과장된 동작으로 어깨를 으쓱했다.

"동료가 생겼어요. 앞으로는 저를 못 볼 거예요, 램 씨."

아직 가늘고 높은 소년의 목소리가 동굴 같은 주점에서 더더욱 새되게 들렸다.

램 씨는 별 관심 없는 눈으로 메리를 쳐다봤다.

"평소대로?"

메리가 젠킨스를 보았다.

"평소대로라니, 무슨 소리야?"

"럼 1파인트."

젠킨스가 위엄 있게 말했다.

"평일에는 럼, 토요일에는 위스키지."

램 씨가 젠킨스의 감독하에 지저분한 술병을 채우는 동안 메리는 주점 안을 둘러보았다. 니스 칠이 되지 않은 바닥이 부츠 밑창에 끈끈하게 달라붙었다. 실내 곳곳에서 언뜻언뜻 느껴지는 작고 은밀한 움직임이 쥐가 있음을 암시했다. 건너편 벽에는 작은 창문이 하나 있었는데 어찌나 더러운지 처음에는 검댕이 잔뜩 묻은 그림이라고 생각했을 정도였다. 그리고 실내 곳곳에는 만취의 마지막 단계에 접어든 남녀가 썩어가는 가구를 망가뜨릴 듯 위태롭게 모여 앉아 있었다. 이 주점에서는 누구도 즐거워하지 않았다. 이미 그 단계는 한참 전에 지난 것이다. 대신 사람들은 게슴츠레하고 충혈된, 그리고 전혀 특별할 것 없다는 듯한 눈으로 메리와 젠킨스를 응시했다. 그들은 단조롭고 규칙적인 동작으로 술잔을 입으로 가져갈 뿐 그 외에는 아무런 움직임도 없었다.

"그럼, 건배!"

젠킨스가 메리의 옆구리를 쿡쿡 찔렀다.

호박색 액체가 담긴 커다란 잔 두 개가 카운터 위에 놓였고, 젠킨스가 그중 하나를 손에 쥐었다. 예리한 시선이 메리의 얼굴에 고정되어 그것이 시험임을 알아차렸다. 자신이 하크네스의 금주주의 충견이 아님을 증명해야 했다.

메리는 남아 있던 잔을 집어 들었다.

"건배."

독주가 처음 목구멍에 닿은 순간 메리는 지금까지 한번도 단숨에 술을 들이켠 적이 없다는 사실을 깨달았다. 목구멍이 수축되었고 배 속은 요동쳤다. 눈에는 물기가 어렸다. 간신히 꿀꺽 삼키자 불덩이 같은 액체가 식도를 타고 내려가다 그만 사레가 들리며 눈앞이 번쩍했다.

아카데미에서는 종종 저녁 식사 때 와인을 곁들였고, 펀치나 희석된 다른 술들을 몇 번 마셔보기도 했다. 그러나 아무것도 타지 않은 독주를 접해본 적은 없었다. 젠킨스는 순진한 다른 손님들에게 하듯 램 씨가 럼주에 물을 타지 못하도록 제대로 감시한 모양이었다. 똑바로 서 있을 수 있게 되었을 때, 젠킨스와 램 씨는 메리를 보고 웃는 듯했다. 메리는 거친 숨을 쉬지 않으려 애쓰며 눈물을 훔치고 축축해진 이마를 닦았다.

"런던에서 가장 센 럼주야."

젠킨스가 자랑스럽게 선언했다.

메리는 목청을 가다듬고 말했다.

"나쁘지 않은데."

목에서 쉰 소리가 났다. 그러나 마크 행세를 하기에는 오히려 더 유리했다.

젠킨스가 히죽거리며 말했다.

"금주주의자는 아닌 것 같네."

젠킨스는 시간을 정확히 맞추었다. 큰 주전자에 진짜 차를 끓이고 별도의 찻주전자에 럼주를 따르자, 거의 11시였다. 젠킨스의 주머니에서 여전히 동전 몇 개가 짤랑거렸다. 젠킨스는 만족스러운 듯 동전을 꺼냈다.

"4펜스야."

젠킨스가 정성스레 반 페니짜리 동전 네 개를 세더니 머뭇머뭇 메리에게 건넸다.

"반반이라고 했지. 아까 맹세했잖아."

"알고 있어."

분명 메리보다는 젠킨스에게 더 가치 있는 돈이지만, 그렇다고 돈을 받지 않는 것은 맡은 역할에서 한참 벗어난, 있을 수 없는 행동이었다. 메리가 동전을 주머니에 넣는 동안 젠킨스의 시선이 그녀의 손을 쫓았다. 메리는 하루를 마쳤을 때 동전이 여전히 주머니에 있을지, 아니면 젠킨스가 그것을 훔치려 들지 궁금했다. 아마 그러지는 않을 것 같았다. 아까의 싸움으로 둘 사이의 문제는 해결되었으니까.

"'푸른 종' 말고 다른 집은 가지 마. 다른 집은 비싸."

젠킨스의 말투가 마치 하인에게 지시를 내리는 알뜰한 가정주부처럼 들려 메리는 웃음을 삼켰다.

"하키는 술 냄새를 못 맡나? 어떻게 모를 수 있지?"

"몰라. 하지만 지난 몇 달 동안 이런 식으로 준비했는데 그동안에는 아무 말도 한 적 없어."

종이 울리지 않았는데도 정확히 정시에 노동자들이 연장을 내려놓고 '차 테이블'로 모이기 시작했다. 말이 좋아 차 테이블이지 사실 톱질 받침대 두 개 사이에 널빤지를 올려놓은 것에 불과했다. 당연히 하크네스가 맨 앞줄에 섰다. 메리는 여전히 아까 삼킨 럼주의 영향이 남은 것을 느꼈다. 목구멍이 얼얼할 뿐 아니라 취기도 약간 남아 있어서 눈에 띄지 않을까 걱정스러웠다. 아직도 볼이 빨갛고 술 냄새도 날 것이 분명했다. 그런데도 하크네스는 전혀 눈치채지 못한 것 같았다.

하크네스가 사무실로 돌아가자, 인부들은 신이 나서 차 테이블로 모여들었다. 저마다 손에는 머그잔과 갑자기 어디서 났는지 버터를 바른 빵 조각이며 식힌 수육, 드물지만 페이스트리 따위의 잡다한 음식이 들려 있었다. 옷차림이나 주변 상황은 달랐지만 첼시에서 안젤리카 소롤드를 도와 손님들에게 차를 따라주던 기억이 저절로 떠올랐다. 이번에는 메리가 커다란 주전자를 어색하게 꼭 붙잡고 있었다. 차 시중은 주로 여성들의 일이기 때문에, 너무 능숙한 것처럼 보이지 않으려 노력하며 머그잔에 연한 홍차를 반쯤 채웠다. 그러면 젠킨스가 거기에 럼주를 부었다.

하크네스가 갔으니 전반적으로 분위기가 들떠야 마땅했다. 사실 음식과 마실 것을 앞에 두고 기분을 전환하는 시간만큼 경박하게 수다를 떨기 좋은 때가 또 있을까? 그런데 대부분의 인부들은 엄숙하게 침묵을 지켰다. 그중 몇 명은 **차를 너무 많이**

따르지 말라는 둥, **악마의 음료에 대해 잘 모르는 거냐**는 둥의 말로
메리를 놀렸고, 젠킨스에게는 **인색하게 굴지 말고 한 방울 더 넣으
라거나, 하나는 눈에 멍이 들고 하나는 코피가 터졌으니 환상의 콤비**
라는 둥의 농담을 걸었다. 그러나 일단 찻잔을 받아 들고 나서
는 유리공은 유리공끼리, 석공은 석공끼리 분야별로 하나둘씩
모였다. 그리고 심드렁하게 금지된 럼주를 마셨다.

"아무도 얘기를 안 하네."

젠킨스가 중얼거렸다.

그제야 인부들 사이에 감도는 팽팽한 긴장감을 눈치챘다.

"왜 저러는데?"

"어이, 넌 아무것도 모르잖아, 안 그래?"

"똑똑한 네가 좀 알려주면 되겠네."

젠킨스는 슬쩍 주변을 둘러보았다. 이제 모든 사람에게 차를
돌렸고, 근처에는 아무도 없었다. 그런데도 젠킨스는 들릴락말
락 한 소리로 속삭이듯 말했다.

"조적공 중 한 명, 윅이라는 작자가 얼마 전에 자살했어. 그
인간 시체가 바로 저기 놓여 있었다니까."

갑작스러운 충격이 메리를 강타했다.

"자살했다고?"

"그렇다니까."

젠킨스가 소리 죽여 말했다.

"시계탑에서 뛰어내렸어."

"네가 어떻게 알아?"

젠킨스가 주변을 둘러보았다.

"뻔하지. 윅이 올라간 시간이 밤이었는데도 경찰에서 움직이질 않잖아. 누군가 밀어서 떨어뜨린 거라면 경찰……, 런던 경시청에서 당장 체포했을걸."

젠킨스는 '런던 경시청'이라는 단어를 내뱉으며 유난히 자랑스럽게 발음했다.

"아직 범인을 찾는 중일 수도 있잖아."

젠킨스는 코웃음을 쳤다.

"경시청에서 그럴 리 없어. 아직까지 못 찾았으면 애초에 범인이 없는 거지."

메리는 생각에 잠겨 젠킨스를 쳐다보았다. 처음에는 이 소년이 머리가 나쁠 거라고 생각했다. 그렇지 않다면 왜 승산도 없는 싸움을 걸겠는가? 그런데 지금은 확신할 수 없었다. 소년은 차 심부름을 짭짤한 사업으로 만들 만큼 영리했다. 게다가 윅의 사망에 관해 나름의 합리적인 추정을 내놓고 있었다. 이 소년을 좀 더 지켜봐야 할 것 같았다. 그리고 젠킨스 앞에서 행동을 조심할 필요가 있었다. 경시청에 맹목적인 신뢰를 보이는 소년이라도 혹여 마크 퀸 역할을 하다 실수라도 하면 알아차릴 수 있을 만큼 눈치가 빨랐다.

만일 윅이 정말로 시계탑에서 뛰어내렸다면 갈등이나 살인은 존재하지 않는 것이다. 그렇더라도 자살 동기는 여전히 의문으로 남았다. 한 남자가 목숨을 끊도록 몰아간 것은 무엇일까? 절망? 빚? 그리고 왜 그런 방법을 택한 거지? 자살을 시도하는 사람들 중에는 익숙하다는 이유에서 강을 선택하거나, 빠르고 깔끔하기 때문에 독약을 선택하는 사람들이 많았다. 탑에서 뛰어내리는 것은 그야말로 극적인, 최후의 몸짓이다. 뭔가 특별한 의도가 있었던 것일까? 어쩌면 고용주를 겨냥한 어떤 메시지일 수도 있을 것이다.

"정리할 시간이야."

젠킨스가 럼주 주전자를 들고 마지막 몇 방울을 주둥이에서 입으로 직접 떨어뜨렸다.

둘러보자 아닌 게 아니라 인부들이 대부분 흩어져 있었다.

"남은 차는 어쩌지?"

젠킨스는 엄지손가락으로 어깨 너머 강을 가리켰다.

메리는 고개를 끄덕였다. 보통 잘 관리되는 집에서는 차 찌꺼기를 카펫을 청소하는 데 쓰거나 넝마주이에게 팔았다. 그러나 이 현장에서는 템스 강이 개수대이자 하수구 겸 욕조였다.

차 찌꺼기를 버리고 돌아왔을 때 젠킨스는 이 빠진 우유 주전자에 코를 대고 킁킁거리고 있었다.

"반씩 마실래?"

메리가 고개를 저었다. 공짜 음식을 마다하는 것도 마크에게 어울리지 않는 행동이었지만 주전자 가장자리에 응고된 우유가 달라붙은 데다 색도 거무튀튀해서 도저히 마실 엄두가 나지 않았다.

젠킨스는 우유를 꿀꺽 삼키고는 인상을 찌푸렸다.

"에이, 조금 상했잖아."

메리는 싱긋 웃었다. 자신 역시 눈을 질끈 감고 우유를 삼키던 때가 떠올랐다.

"나머지는 내가 치울게. 그다음엔 뭘 하면 돼?"

"네가 소문대로 범생이라면 어서 일하러 가야지."

"아니라면?"

"그거야 네 마음이지."

6

"길이 꽤 미끄럽습니다."

마차 계단을 내리며 마부가 말했다. 마부는 귀부인에게 하듯 한쪽 팔을 내밀었다.

마차에서 나온 부츠는 분명 남자의 것이었다. 마부의 도움을 사양하며 흔드는 손도 마찬가지였다.

"세 계단쯤은 도움 없이 거뜬히 내려갈 수 있어, 바커."

증명이라도 하듯 남자는 재빨리 내려와 손수 마차 문을 쾅 닫았다. 검은 머리카락에는 새치조차 섞이지 않았고, 얼굴에 주름살도 없어 노화와는 거리가 멀었으나 남자의 움직임은 젊은이 같지 않았다. 걸음걸이도 어딘가 뻣뻣했다.

바커는 동요하지 않았다.

"알겠습니다."

신사는 미간을 잔뜩 찌푸린 채 건설 현장을 훑어보았다. 개미탑 앞에 쭈그리고 앉은 볼품없는 아이처럼 오랜 세월이 지났음에도 아직껏 완성되지 않은 거대한 궁전이 인부들을 굽어보고 있었다.

"자네는 그만 가보게. 일이 끝나면 전세 마차를 탈 테니까."

"괜찮으시면 그냥 기다리겠습니다. 이 구역에서는 전세 마차 잡기가 어려우실 겁니다."

전세 마차 잡기가 어렵다고? 망할 의사당 앞에서? 남자의 날카로운 시선이 마부를 향했다.

"조지 형이 기다리라던가?"

바커는 당황하는 기색도 없이 당당하게 말했다.

"그렇습니다."

남자는 한숨을 쉬었다. 여기서 소란을 피워봐야 무슨 의미가 있겠는가. 하지만 사사건건 간섭하려 들고 툭하면 잔소리를 늘어놓는, 지긋지긋한 보모 같은 형을 만나면 대판 싸워서라도 자신이 완전히 회복되었다는 것을 의심하지 못하도록 담판을 지으리라.

"30분 안에 돌아오지."

"좋습니다."

젊은 노인은 보도에 서서 현장을 눈여겨보았다. 영국의 건설 현장으로 돌아오니 기분이 묘했다. 안개 낀 런던의 햇빛 아래에서 인부들은 유난히 창백하고 핼쑥해 보였고 연장들은 무뎌 보였다. 뿌연 햇빛은 쓰다듬는 것마다 잿빛으로 물들였다. 인도에서 겪은 수많은 일들에도 불구하고 남자는 지금 어떤 사물에도 반짝반짝 윤을 내고 선명한 색을 입혀주는 눈부신 열대의 햇살을 그리워하는 자신을 발견했다. 인도에 가기 전까지는 빛의 의미를 온전히 깨닫지 못했다.

갑자기 덮친 오한에 무의식적으로 몸을 떨다가 혹시 바커가 눈치챘는지 확인하려 어깨 너머로 돌아보았다. 온통 잿빛으로 그을린 것 같은 풍경이야 그렇다 치고 최근의 런던은 축축하기까지 했다. 조지 앞에서는 죽어도 인정하지 않겠지만 요즘에는 겨울옷을 입고 있어도 항상 추웠다. 어쨌든 더 신경 쓰지 않기로 했다. 남자는 몸을 꼿꼿이 세우고서 안정적이고 규칙적인 발걸음으로 현장 출입구를 통과해 조잡한 가건물 사무실 문을 두 번 두드렸다.

"이게 누구야, 꼬마 제임스 이스튼 아니야!"

필립 하크네스가 의자에서 벌떡 일어나더니 제임스의 손을 잡고 열렬하게 흔들었다.

"자네를 다시 보게 되어 얼마나 기쁜지 모르겠네. 이게 얼마만이지?"

하크네스는 꼭 노인에게 얘기하듯 귀청이 떨어져 나가라 큰소리로 말했다.

제임스는 하크네스를 마지막으로 본 뒤 자신의 모습이 많이 변했다는 것은 알았지만, 그래도 동정 어린 시선에 의기소침해지는 건 어쩔 수 없었다.

"안녕하세요, 하크네스 아저씨. 2년 조금 넘은 것 같군요."

"그래, 그런 것 같네. 최근까지 인도에서 사업을 벌이고 있는 줄로 알고 있었네만!"

속이 훤히 보이는 발언이었다. 하크네스는 제임스가 왜 해외로 나갔고 무엇 때문에 영국으로 돌아왔는지 너무나 잘 알고 있었다. 어쩌면 와달라고 청한 것도 그 때문일 것이다. 다른 사람들과 똑같이 그 얘기를 본인에게 직접 듣고 싶었을 테니까.

"1년도 못 있었어요."

"그럼 거기서 얻을 만큼 얻었나, 응?"

제임스는 상대가 원하는 대로 해주지 않을 작정이었다.

"그쪽이 원하는 대로 다 내준 거죠, 뭐."

"말라리아에 대해 들었네. 운이 나빴지. 끔찍한 늪지대와 공기 때문이었겠지?"

"원인은 모르겠습니다. 정말이에요. 하지만 지금은 괜찮습니다. 완전히 회복되었지요."

제임스는 잠시 말을 멈추었다가 다시 이었다.

"아저씨는 잘나가시는 것 같네요."

마지막으로 봤을 때보다 하크네스는 머리가 더 벗겨졌고 눈에 띄게 살이 쪘다. 그러나 혈색 좋고 후덕한 시골 농부처럼 보기 좋게 살이 붙은 게 아니라, 창백하고 퉁퉁 부은 것 같은 모습이었다. 볼과 턱살이 얼굴선 밖에 또 다른 테두리를 만들었고 목살은 셔츠 칼라 위로 불거져 나왔다. 안색도 런던 하늘처럼 잿빛이었다.

"어서 앉게나. 그런데 자네 좀 창백해 보이는군. 이렇게 말한다고 기분 상한 건 아니지?"

물론 기분은 상했다.

"염려해 주셔서 고맙습니다만 괜찮습니다. 전 그냥 책상에 걸터앉겠습니다."

어쩌면 아버지의 옛 친구를 만나러 온 것이 실수인지도 몰랐다. 수년 전, 필립 하크네스는 이스튼 가에 주기적으로 들르는 손님이었다. 그러나 아버지가 돌아가신 뒤로는 연락이 끊겼다. 오늘의 하크네스는 제임스 기억 속의 친절하고 능력 있는 남자와는 거리가 멀었고 어딘가 좀 어색하고 호들갑스러웠다.

"형은 어떻게 지내나?"

그들은 잃어버린 시간들을 어색하게 더듬었다. 제임스의 교육과 견습 과정, 과거에 진행했던 사업 이야기, 조지의 관심사, 형제의 사생활 따위였다. 제임스는 하크네스와 건설 현장에 대해 이야기하고 싶었다. 어떻게 이 일을 맡게 되었고 어려운 점은 무엇인가? 그리고 무엇보다 가장 감질나게 궁금한 점은 바로 이것이었다. 도대체 무엇 때문에 공사가 예정보다 25년이나 지연되고 있는가? 그러나 제임스가 그 주제를 꺼내자마자 하크네스의 긴장감은 두 배로 커졌다. 말을 더듬는가 하면 질문의 요점을 피해 얼버무렸고, 새로 산 고급 만년필을 괜히 만지작거리다가 손가락에 잉크를 묻혔다. 제임스가 집요하게 나올수록 하크네스는 점점 회피했다. 결국은 제임스의 연민이 호기심을 억눌렀다. 하크네스의 초조함은 이 현장의 재앙과 직접적으로 관련된 것이 분명했다.

제임스는 시계를 확인했다. 하크네스와 겨우 15분 같이 있었는데도 끔찍하게 긴 시간이 흐른 것처럼 느껴졌다.

"더 이상 시간을 빼앗지 않는 게 좋겠습니다."

제임스는 낮은 목소리로 말한 뒤 문가를 향해 발을 뗐다.

하크네스는 벌떡 일어더니 손을 내저으며 만류했다.

"이렇게 일찍? 이런, 난 자네와 점심이라도 들까 했는데. 내 단골집에서 말이야. 거기 구이 요리가 괜찮거든. 듣기로는 와인도 나쁘지 않다고 하던데."

제임스의 얼굴이 굳었다. 친절한 제안이었지만 이보다 더 내키지 않는 제안도 없었다.

"어, 솔직히 아저씨께서 너무 바쁘신 것 같아서요. 현장 상황이……."

또 한차례 억지웃음이 이어졌다.

"사실은 그래서 자네와 이야기를 나누고 싶었던 걸세, 이 친구야. 보다시피 상황이 이 모양이니 말이야!"

현장이 그토록 어렵다면서 어떻게 그처럼 길게 점심을 즐길 수 있단 말인가? 그런 태만은 하크네스에게 어울리지 않았다. 적어도 제임스의 아버지가 존경했던 인물은 그런 사람이 아니었다. 오늘의 방문은 분명 실수였다.

"그럼 다른 날 같이 들지요."

제임스가 슬쩍 피했다.

"아니면 저녁에 다시 오든가요. 조지 형이 아저씨를 보면 기뻐할 거예요."

하크네스는 문가로 뛰어가 제임스가 나가지 못하게 막았다.

"사실은 말일세……."

억지로 발이 묶인 제임스는 멍하니 그를 쳐다보았다.

"제안할 게 있네. 그게…… 너무 세세하게 얘기하긴 그렇지만…… 자네에게 제안할 게 있어."

"제안이라뇨?"

다시 한 번 꾸며낸 웃음이 뒤따랐다.

"앉게, 앉아. 그렇게 의심스러운 눈으로 볼 필요 없다네."

제임스는 마지못해 앉았다.

"대체 무슨 말씀이세요?"

처음 몇 번은 실패했지만 마침내 하크네스는 입을 열었다.

"그럼 얘기하지. 지난주에 일어난 끔찍한 사고에 대해 아는지 모르네만……."

제임스가 고개를 끄덕였다. 「타임스」에 예의 사고에 대해 한 문장 정도 기사가 실렸다.

"조적공이 근무 시간 후에 시계탑에 올라갔다 떨어졌다면서요. 목격자는 없고."

하크네스가 움찔했다.

"어…… 맞네. 비극적인 사고였지. 젊은 친구였는데. 가족도 있었고……. 끔찍한 사고였어."

하크네스가 구깃구깃하고 커다란 손수건을 꺼내더니 이마를 훔쳤다.

"정말 끔찍했지."

몇 분을 기다렸지만 하크네스는 입을 열지 않았다.

"공사 감리(설계도에 따라 공사가 진행되고 있는지 확인하는 절차—옮긴이)나 사인 심문이 잡혔습니까?"

제임스가 추측해서 물었다.

하크네스는 얼굴을 찡그렸다.

"자넨 항상 총명했지. 건설부 장관께서 현장의 안전 상태에 대한 독립적인 전문 건축 기사의 보고서를 바라신다네. 다만 내게 책임을 물으려는 건 아니라고 하셨네."

그리고 서둘러 덧붙였다.

"하지만 건설부는 문제를 철저히 규명하기를 바라네. 그 친구가 근무 시간 후에 현장에 있었고, 장비는 모두 안전했다면……. 무슨 뜻인지 알겠지?"

하크네스가 이야기를 끝마쳤다.

알만 했다. 죽은 남자가 본인의 부주의로 사망했음을 입증할 수 있다면 하크네스와 건설부는 책임을 면할 수 있다는 소리였다. 지금 중대한 기로에 서 있다는 것은 누가 봐도 분명한 사실이었다. 제임스는 또한 하크네스의 고뇌와 그가 왜 이 문제로 쩔쩔매는지 이해할 수 있었다. 사람이 죽었다. 본인에게는 책임이 없음을 밝히고 싶은 마음이 절실한데 자신의 무고를 입증하기 위해 나설 수 없는 입장인 것이다. 적절한 자격을 갖추고 중립적인 제삼자의 보고서만이 살길이었다.

"그래서 누가 임명되었죠?"

하크네스가 부자연스러운 웃음을 지었다.

"아, 그게 말일세. 임명권을 나에게 맡기셨다네!"

"하지만 이해가 걸린 일이잖습니까! 그런 보고서를 어떻게 공정하다고 할 수 있죠?"

제임스는 자기도 모르게 벌떡 일어나 좁은 사무실 안을 서성이고 있었다. 조금씩 숨이 가빠졌고 그 때문에 짜증스러웠다.

하크네스는 고통스러워 보였고, 눈 밑의 근육이 심하게 씰룩거려 손으로 눌러 진정시켜야 했다.

"자네 나이 때에는 나도 이상주의자였지."

그럼 지금은 뭡니까? 제임스는 조소를 애써 눌렀다. 속물 같으니. 속도 훤히 보이고. 하크네스는 스스로를 현실주의자라고 생각하는 것 같지만, 그의 모습을 보니 어쨌거나 이 사건 때문에 건강을 해칠 만큼 양심의 가책을 느끼고 있는 것 같았다.

잠시 뒤 하크네스가 다시 입을 열고 천천히 어휘를 골라가며 말했다.

"장관께서는 당신을 비롯한 건설부가 이 불행한 죽음을 내

책임으로 보지 않는다고 입장을 분명히 했어. 하지만 동시에 사고였다는 점을 확인하고 싶어 하지. 더할 나위 없이 비극적인 일이긴 하지만 어쨌든 사고였다는 걸 말이야."

열변을 토하는 하크네스의 목소리에 점점 확신이 생겼다.

"게다가 장관 측은 즉각 수사를 시작하라는 어마어마한 압력을 받고 있어. 한데 건설부가 직접 감리를 맡을 건축 기사를 임명하기에는 적절한 때가 아니지. 회의도 많고 토론도 많은 시기 아닌가. 자네도 이해하지? 시간도 촉박하네."

"그래서 장관께서 효율을 위해 이번 임명권을 아저씨 손에 맡긴 거군요."

물론 결과야 뻔하지만.

"정말 곤란한 경우라는 건 인정하네. 분명 공정하진 않지."

제임스는 고개를 끄덕였다. 적어도 그 말에는 동의할 수 있었다.

"자네는 똑똑하니 내가 무슨 부탁을 하려는지 짐작했을 거라 믿네. 그러니 단도직입적으로 묻겠네. 혹시 이 감리를 맡아 줄 용의가 있나?"

제임스의 즉각적인 본능은 거절하라고 속삭였다. 호기심을 자극하는 동시에 불쾌한 임무이기도 했다. 공정함의 문제는 접어두고라도, 감리 결과 자체가 누군가에게 피해를 입힐 수 있었다. 제임스가 거절하려고 숨을 들이쉬는 찰나 하필 폐에서 몹시 거슬리는 소리가 들렸다. 그 한 번의 호흡이 말라리아와 사업 실패를 떠올리도록 만들었다. 제임스는 캘커타에서 심하게 앓아 누워 거의 죽을 뻔했다. 지역 정치에서도 똑같이 잔인한 교훈을 얻었다. 유력한 후원자가 없다는 이유로 방해가 들어왔고 급기야 프로젝트가 뒤집어진 것이다.

제임스는 배우는 것이 빨랐다. 어쩌면 영국에서도, 아니 더군다나 영국에서라면 건설부 장관에게 잘 보이는 것이 이스튼 엔지니어링에 이로운 결과를 가져올 수도 있다. 장관은 제임스의 사회적 능력과 사생활 모두에 지대한 영향을 미칠 수 있는 인물이었다. 제임스가 캘커타에서 딱 한 가지, 사업에 있어서 가장 중요한 것이 인맥이라는 사실만 알았더라면 쓰디쓴 실패를 맛보지 않았을 터였다. 어쩌면 제임스 역시 현실주의자가 되어가고 있는지도 몰랐다.

그래도, 아무리 그렇다 하더라도, 제임스는 하크네스의 제안을 선뜻 받아들일 수 없었다.

자신이 할 수 있을까?

하크네스가 한 번 더 미소 지었다. 진짜 대화가 시작된 뒤 처음으로 보인 자연스러운 미소였다.

"자넨 생각이 너무 많아. 정말 괜찮은 건이라네. 자네 형제에게 주어진 기회지. 생각이나 한번 해보게. 현장, 간단한 보고서, 그리고 장관의 진심 어린 감사에 대해 말이야."

하크네스가 굳이 짚어주지 않더라도 제임스 역시 그 정도는 알았다. 제임스는 사무실을 둘러보았다. 캐비닛에서 떨어져 책상과 바닥에 아무렇게나 쌓여 있는 서류 더미와 더러운 벽, 임시로 대충 만든 가구들이 눈에 들어왔다. 정말 자신은 아버지의 옛 친구에 대해 감리를 진행하고 싶은 걸까? 어떻게 하크네스에게 불리한 보고를 할 수 있지? 양심의 소리를 들으면서도 그대로 덮는 것이 가능하긴 할까?

거절하는 것은 또 얼마나 겁쟁이 같은 행동인가. 의뢰를 받아들인다 하더라도 제임스는 하크네스의 꼭두각시 노릇은 하지 않을 것이다. 정확히 장관이 규정한 역할을 해내리라. 독립적인 전문 건축 기사. 직업적 긍지 때문에라도 제임스는 반드시 공정해야 했다. 그렇다고 정의나 진실 따위에 대단히 관심 있는 것도 아니었다.

말이야 좋지. 제임스는 자조했다. '정의와 진실'. 대단히 듣기 좋은 말이었지만 그의 가족과 하크네스의 오랜 친분이 알려지면 누가 제임스의 말을 믿을 것인가? 아무리 매력적이더라도 이 건을 거절해야 하는 이유가 바로 그것이었다. 차라리 중요한 인맥을 쌓을 수 있는 다른 경로를 찾는 것이 나았다.

"제임스 자네와 자네 형 둘 다 일류 건축 기사지. 난 자네들이 건설부 장관 같은 인물과 알아두면 장래에 유용할 거라고 생각했네."

왜 하크네스는 제임스에게 감리를 맡기려는 것일까? 이미 거절한 후보가 많나? 그렇다면 그 이유는 무엇인가? 자신이 두각을 나타내는 건축 기사가 아니라는 것을 제임스 스스로 알고 있다. 어느 모로 보나 아직은 아니었다. 이스튼 엔지니어링은 아직 규모가 작은 회사였고 제임스의 명성 역시 쌓이지 않았다. 누구에게든 최고의 선택은 될 수 없었다.

"왜 저입니까?"

제임스가 천천히 물었다.

하크네스는 당황한 것처럼 보였다.

"음, 방금 말했잖나. 자네는 유능한 친구야. 일류 건축 기사에다……. 물론 우리의 오랜 친분과 자네 부친에 대한 나의 우정이 자네에게 도움이 된다면 기쁠 것 같네. 설마 현장 평가 같은 간단한 업무를 수행하는 데 스스로의 능력을 의심하는 건 아니겠지?"

"그건 아닙니다."

제임스가 말했다. 머리가 빠르게 돌아가고 있었다. 어쩌면 지나치게 빠른지도 몰랐다. 제임스는 평소 우유부단과는 거리가 멀었다. 그런데 오늘은 마음속에서 유혹과 반감이 팽팽히 맞서고 있었다. 그때 해결책이 떠올랐다.

"장관께서 직접, 독자적으로 저를 임명하신다면 기꺼이 받아들이겠습니다."

"하지만 이보게. 그거나 이거나 마찬가지야. 벌써 얘기했잖나. 장관께서 이 문제를 전적으로 나에게 일임하셨다고. 내 선택이 곧 장관의 선택이라니까."

하크네스의 꾹 참는 듯한 어조에서 제임스를 답답하게 여기는 것이 느껴졌다.

"대단히 죄송하지만 그건 전혀 다른 문제입니다."

"자넨 항상 고집이 셌지."

하크네스가 미소를 보였지만 긴장된 미소였다.

"하지만 어리석지는 않았어. 순전히 형식적인 문제 때문에 기회를 날리는 위험까지 감수할 셈인가?"

제임스는 숨을 깊이 들이쉬었다.

"그렇습니다."

'이 정도 타협으로는 절대 완벽하지 않아.'

그의 지친 양심이 속삭였다. 하지만 매혹적인 제안을 완전히 거절하는 것보다는 덜 위험하지.

하크네스는 짜증이 난 것 같았다.

"좋아. 내가 장관께 자네의…… 양심에 대해 말씀드리지. 자네를 위해서라도 장관께서 자네의 일시적인 기분을 받아들여 주시길 바라네."

마차를 타고 돌아오는 길에 제임스는 출입구에 잠시 머물며 공사장의 인부들을 관찰했다. 보는 것만으로는 현장에 무슨 문제가 있는지 정확히 집어낼 수 없지만 왠지 펠리스 야드 내의 모든 것이 제대로 되어 있지 않다는 강렬한 인상을 받았다. 많은 사람들이 본능이나 직감을 무시하지만 제임스는 지난 몇 년간의 경험을 통해 직감을 믿게 되었다. 만일 임명된다면 어쩐지 일이 그리 단순하지는 않겠다는 예감이 들었다.

갑자기 오한이 나며 부르르 떨렸다. 어깨 너머로 혹시 바커가 눈치챘는지 살폈다. 바로 그 순간 공사장을 가로질러 가볍게 달려가는 검은 머리 소년이 눈에 들어왔다. 처음에는 반사적으로, 그다음에는 의도적으로 제임스의 눈이 소년을 쫓았다. 제임스가 인상을 찌푸렸다. 이상하게 익숙한 느낌이었다. 소년의 움직임이 독특한 걸까? 아니. 어쩌면 얼굴 윤곽일지도 모른다. 전에 그 꼬마를 만난 적이 있던가? 그러나 소년은 몇 초 만에 시야에서 사라졌고, 제임스는 눈을 깜빡이며 고개를 저었다. 인구 수백만 명인 도시에서 어린 소년 한 명을 분간한다는 것은 불가능했다.

유일하게 합리적인 설명은 그 소년에게 알프레드 퀴글리를 연상시키는 구석이 있다는 것이었다. 오래전 어린 조수가 살해된 뒤로 제임스는 어딜 가나 조그맣고 재주 많던 소년의 메아리에 시달렸다. 변성기를 거치지 않은 날카롭고 높은 목소리. 얼기설기 엉킨 지저분한 머리. 그리고 특히 유쾌하게 통통 튀는 걸음걸이. 이 모든 것들이 제임스를 따라다니며 양심을 무겁게 짓눌렀다. 이 기억은 아마도 영원히 계속될 것이다.

제임스는 머릿속의 안개를 걷어내기 위해 다시 고개를 저었다. 그러다 그 안개가 사방을 둘러싸고 있음을 깨달았다. 알프레드 퀴글리에 대한 기억은 언제나 또 다른 기억, 제임스로서는 곱씹을 여력조차 없는 기억으로 이어졌다. 지난해 동안 메리 퀸을 생각하는 횟수를 줄이는 데 성공했다. 그러나 지금도 상상력을 느슨하게 풀어놓기만 하면…….

그래서 어떻단 말인가? 다 의미 없는 짓이었다.

아무 의미도 없었다.

제임스는 도와주려는 바커의 손을 뿌리치고 다시 마차에 올라탔다. 그러나 마차에 앉자마자 다시 한 번 몸을 떨었다.

이상한 예감이 제임스를 휘감았다.

7

누군가 뚫어지게 보고 있다. 메리는 그 시선을 느낄 수 있었다. 뒷목에 내려앉은 따스한 햇살 같은 느낌이었다. 그러나 누군지 확인하려고 뒤돌았을 때, 공사장 밖으로 나가고 있는 훤칠하고 후리후리한 남자 말고는 아무도 없었다. 메리는 남자의 뒷모습에 대고 인상을 찌푸렸다. 움직임을 봐서는 동작이 굼뜬 노인이거나 환자인 것 같았다. 그것을 제외하면 의사당 밖에서 흔히 마주치는 양복 차림에 모자를 쓴 수많은 남자들과 구분되는 특징이라고는 없었다.

그건 분명한데…….

메리는 여전히 인상을 찌푸리며 남자가 마차에 올라타는 모습을 지켜보았다. 뭐라고 꼬집어 말할 수는 없었지만 어딘지 익숙한 모습이었다. 마부는 평범한 중년 남자였으나 분명 전에 본 적이 있는 얼굴이었다. 언제, 어디서 봤는지 기억해내려 애쓰는 동안 마차는 오가는 차량과 행인들 속으로 사라졌고, 메리는 그 모습을 물끄러미 지켜보았다.

"유령이라도 봤냐?"

귓가에 새된 목소리가 들렸다.

화들짝 놀라 돌아보니 젠킨스가 히죽히죽 웃고 있었다.

"그래, 시계탑의 유령이 있더라."

젠킨스가 코웃음을 쳤다.

"유령이 벽돌 나르는 걸 도와주진 않을걸."

메리는 한숨을 쉬었다.

"진짜 무겁다니까."

"벽돌이? 식은 죽 먹기인데. 한 번에 몇 장씩 옮기는데?"

"세 장."

"세 장이라고? 연약한 계집애 수준이잖아!"

"너도 그 이상은 힘들 거야."

주변을 둘러보았지만 조적공들은 보이지 않았다. 좋아. 잠시만 더 농담을 주고받자. 혹시 운이 좋으면 다시 윅이라는 죽은 남자 얘기로 유도할 수 있을지 모르니까.

"잘 봐!"

젠킨스가 질통을 가까운 벽에 45도로 대고 무게가 골고루 분산되도록 조심스럽게 벽돌을 채웠다.

"준비 됐어?"

질통이 채워지자 젠킨스가 소리쳤다.

"여섯 장은 엄청 무거울 텐데."

메리가 말했다.

"이 방법을 쓰면 껌이지."

젠킨스는 호기롭게 말했다.

"아까 말한 것처럼 식은 죽 먹기라니까."

"맘대로 해."

젠킨스는 몸으로 질통을 받치고, 있는 힘을 다해 받침대를 한쪽 어깨 뒤로 넘겼다. 이론상으로는 가능한 방법이었지만 현실적으로 소년의 키가 너무 작았고 힘도 부쳤다. 자루 길이가 어른 키에 맞게 만들어졌기 때문에 벽돌 여섯 장이 채워진 받침대가 어깨에 안착하지 못하고 뒤로 넘어가 불안하게 매달렸다. 곧 쏟아질 듯 질통이 위태롭게 흔들리기 시작했다.

메리가 질통의 균형을 잡으려고 팔을 뻗었다.

"나 혼자 할 수 있어!"

젠킨스는 안간힘을 쓰느라 시뻘게진 얼굴로 고집을 부렸다.

"도와줄게!"

"내버려 두라니까!"

젠킨스는 메리의 손을 쳐냈다. 그 순간 질통을 겨우 버티고 있던 힘이 사라졌다. 메리에게는 벽돌 여섯 장이 땅에 떨어져 깨질 때 간신히 발을 피할 정도의 시간밖에 주어지지 않았다.

"대체 무슨 일이야!"

누군가 으르렁거렸다. 50야드쯤 떨어진 뒤쪽에 서 있던 남자가 격노해 외친 것이었다.

메리는 주눅이 들어 얼어붙었다.

젠킨스는 부랴부랴 난장판에서 빠져나가 도망치려 했지만, 키넌이 순식간에 따라붙었다. 그리고 잠시 후, 두 사람의 귀를 한 쪽씩 잡았다.

젠킨스는 비명을 질렀다. 메리는 날카로운 숨을 삼켰으나 소리는 내지 않았다.

"이 자식 좀 붙잡아."

키넌이 고함치며 젠킨스를 다른 남자에게 밀쳤다. 메리는 그게 누구인지 확인할 여유조차 없었다. 이제 키넌의 온 신경은 메리에게 집중되었다. 키넌은 쭈글쭈글한 빨랫감이나 되는 것처럼 메리를 마구 흔들었다. 머리가 앞뒤로 흔들리고 눈에 물기가 차올랐다.

"대체 여기가 어디라고 생각하는 거야? 귀족 도련님들의 유치원인 줄 아나, 어? 여긴 공사장이야. 이 게으른 쥐새끼만 한 빌어먹을 자식아!"

키넌는 대답을 기대하지 않는 것처럼 보였고 메리를 흔들어 대는 것도 멈추지 않았다.

"멍청하고 쓸모없고 얼간이 같은 짓거리는 죄다 하더니만! 애초에 왜 젠킨스 녀석이 여기 있는 거지? 어째서 망할 놈의 질통을 네가 메고 있지 않은 거냐고? 대체 무슨 장난을 치고 있었던 거냐, 퀸?"

키넌은 메리가 기절하기 전까지는 놓아주지 않을 작정인 것 같았다. 그런데 분노와 메스꺼움의 폭풍 속에 누군가의 말리는 목소리가 들렸다.

"이봐, 키넌. 아직 애잖아. 차라리 때려. 그렇게 흔들어서 혼 빼지 말고."

끔찍한 몇 초 동안은 변화가 없었으나 잠시 후 속도가 느려졌다. 그러더니 마침내 흔들림이 멈췄다. 그러나 키넌은 메리의 머리를 잡은 손을 놓지 않았다. 서서히 세상이 다시 제대로 보이기 시작했고 눈앞의 번쩍임도 가라앉았다. 이제 다시 사람들의 얼굴을 구분할 수 있었다. 바로 코앞에서 광분하고 있는 키넌의 이목구비가 유독 눈에 띄었다.

메리는 안도감이나 후회 대신 끓어오르는 분노에 사로잡혔다. 키넌을 공격하고 싶었다. 자신이 겪고 있는 고통을 그가 알 때까지 발로 차고, 주먹으로 치고, 물어뜯고 싶었다. 그러나 분노가 솟구치는 와중에도 냉정한 상식이 메리의 마음을 압도했다. 키넌이 자신을 산산조각 낼 수도 있다는 사실이었다. 키넌은 크고 힘센 남자였고, 자신은 작고 연약한 여자였다. 전혀 상대가 되지 않았다.

메리는 있는 힘을 다해 최대한 가만히 서서 숨을 들이쉬며 흐트러진 앞머리 사이로 키넌을 노려보았다. 그들은 몇 분간 그대로 서 있었다. 매섭게 쳐다보며 상대에 대한 증오를 발산

하는 조적공과 보조공이라니. 키넌 역시 메리를 흔드느라 힘을 쓴 탓인지 숨을 헐떡였다. 키넌은 떨어진 벽돌로 애써 시선을 돌렸다. 세 장은 이가 빠졌고 한 장은 두 토막 났다. 그나마 젠킨스의 키가 작아서 다행이었다. 더 높은 곳에서 떨어졌다면 모조리 못 쓰게 되었을 것이다.

"이가 빠진 것들은 사용할 수 있을 것 같아요."

스텁스가 멀쩡한 벽돌 두 장과 함께 이 빠진 벽돌을 집어 들었다.

"방향을 돌려 쌓으면 되니까요."

키넌이 여전히 어질러진 벽돌을 노려보며 투덜거렸다. 마침내 그의 시선이 다시 메리에게 돌아왔다.

"운 좋은 줄 알아."

키넌이 중얼거렸다.

"깨진 벽돌 한 장 값 4펜스만 일당에서 까면 되니."

메리는 애써 고개를 끄덕였다.

"하지만 네 녀석에게 버르장머리를 가르쳐줘야겠어."

키넌은 오싹하고 단호한 얼굴로 말을 이었다.

"교육이 끝나면 이제 공사장에서 장난질 따위를 하면 안 된다는 걸 확실히 알게 될 거다. 너도 마찬가지야."

키넌은 몸을 돌려 젠킨스를 손가락으로 찔렀다. 젠킨스는 스미스의 손아귀에서 힘없이 늘어져 있었다.

"이놈 잡고 있어!"

키넌이 날카롭게 말하며 메리를 레이드에게 밀쳤다.

비틀대던 메리는 강인하고 냉정한 손아귀에 붙들렸다. 레이드의 묵직한 손이 그녀의 어깨를 잡았다. 레이드가 그쪽을 붙든 데 대해 갑자기 고마운 생각이 들었다. 단단히 동여매긴 했지만 만일 가슴 쪽을 잡았다면 동여맨 붕대를 눈치챘을 것이 분명했다. 그 생각을 하니 안 그래도 세차게 뛰던 맥박이 더욱 더 빠르게 내달렸다. 이제는 분노와 함께 또 다른 감정이 날카롭게 찔렀다. 두려움이었다.

변명은 소용없다는 것쯤은 메리도 알고 있었다. 애원은 더더욱 안 될 말이었다. 대신 메리는 키넌이 벨트를 푸는 것을 도전적으로 노려보았다. 키넌이 벨트를 손에 단단히 감고 가죽의 두께와 버클의 무게를 가늠할 때, 메리는 미동도 없이 가만히 서 있었다.

"자, 누가 먼저 나올래!"

키넌은 새삼스레 부드러운 목소리로 말했다. 그는 입가에 불쾌한 미소를 흘리며 젠킨스 쪽으로 시선을 옮겼다.

침묵이 흘렀다. 메리는 젠킨스를 보지 않았다. 키넌의 야만적이고 불그스레한 얼굴 말고는 아무것도 보이지 않았다. 메리는 온 마음을 다해 키넌을 증오했고, 그 사실을 굳이 감추고 싶지 않았다. 그 순간 메리의 모든 감각이 예민해졌다. 현장 담장 너머의 도로와 템스 강을 오가는 행인과 마차의 소리가 들렸고, 이마를 덮은 축축하고 묵직한 공기와 목에 닿는 셔츠의 거친 질감이 느껴졌다. 입에서는 분노의 쓴맛이 느껴졌다. 끈끈하고 복잡한 도시의 냄새 속에서 메리는 낯설고 날카로우며 따뜻한 어떤 냄새를 맡았다. 암모니아 냄새와 비슷한…….

젠킨스가 옆에서 아주 조용히 훌쩍였다. 그 순간 메리는 무슨 일이 벌어졌는지 짐작했다. 그리고 눈으로 한 번 훑어 그 짐작을 확인할 수 있었다. 바지의 한 부분이 유난히 진한 색으로 물든 채 다리에 달라붙었고, 오른발 옆에 소변이 작은 웅덩이를 이루었다.

키넌이 그것을 놓칠 리 없었다. 가학적인 비웃음으로 입가가 뒤틀리더니 연장의 결함을 검사하기라도 하듯 젠킨스를 자세히 뜯어보았다.

"더러운 놈. 집에서 그렇게 가르치든? 응?"

젠킨스의 목구멍에서 꺽꺽 소리가 났다.

"뭐라고?"

메리는 힘을 내기를 바라는 마음으로 젠킨스를 똑바로 쳐다봤다. 두려움을 내비치면 내비칠수록 젠킨스는 스스로를 통제하기 힘들어질 테고, 키넌은 그럴수록 상황을 더욱 즐기며 잔혹한 열정을 쏟아부을 것이다. 그러나 젠킨스는 겁에 질려 아무 생각도 없는 듯했다. 메리가 날씨를 다스릴 수 없는 것처럼 젠킨스 역시 자신의 방광과 목소리를 통제할 수 없었다.

"대답 안 해?"

키넌의 목소리는 여전히 불길할 만큼 부드러웠다.

젠킨스는 이에서 덜덜 소리가 날 만큼 격렬히 몸을 떨었다.

"역겨운 놈."

키넌이 말했다.

"스미스, 그놈 이리 줘."

신속한 동작으로 키넌은 단번에 젠킨스의 젖은 반바지를 땅바닥에 떨어뜨렸다. 메리가 소년을 향해 느끼던 일말의 동정은 엄청난 공포에 잠식되었다. 이제 끝이다. 몇 분 후면 사람들이 보는 앞에서 문자 그대로 메리의 정체가 노출될 것이었다. 목에서 시작된 작은 떨림이 팔다리로 퍼졌다. 필사적으로 두려움과 싸웠지만 역부족이었다. 폐가 쪼그라드는 느낌이었다. 숨을 충분히 들이쉴 수 없었다.

"긴장 풀어."

레이드가 메리의 어깨를 지그시 누르며 속삭였다.

"긴장 풀라니까."

망아지 타이르는 것 같잖아. 메리는 신경질적으로 생각했다.

벨트가 공기를 가르며 휘파람을 불었다. 결코 상투적인 표현이 아니었다. 벨트가 젠킨스의 창백하고 비쩍 마른 엉덩이를 후려치자 정적이 흐르는 현장에 철썩 소리가 또렷하게 울려 퍼졌다. 모두들 연장을 내려놓고 지켜봤다. **쉬익-철썩-쉬익-철썩.** 규칙적인 벨트의 리듬 외에 들리는 소리라고는 젠킨스의 반쯤 억눌린 비명과 키넌의 기합뿐이었다.

두 대.

세 대.

그리고 네 대째부터 젠킨스의 살갗에 선홍색 핏방울이 맺혔다. 메리는 시선을 피하지 않으려 안간힘을 쓰며 세세한 것까지 하나하나 눈 부릅뜨고 지켜보았다. 사방은 완벽하게 고요했고, 아무도 키넌의 쇼를 방해하지 않고 숨죽인 채 구경했다. 나서서 말리는 사람도, 이의의 제기하는 사람도 없었다. 상황을 **즐기는** 증오스러운 돼지들뿐이었다.

다섯 대.

가느다란 핏줄기가 소년의 다리를 타고 반바지 위로 흘러내리더니 땅바닥을 물들였다.

여섯 대.

젠킨스는 비명을 멈추고 울기 시작했다. 아기처럼 서러운 울음소리가 억눌린 공포를 뒤흔들었다. 연약하기 짝이 없는 발육부진의 소년을 저렇게까지 야만적으로 때리다니. 키넌은 젠킨스에게 장애가 생길 때까지 매질을 멈추지 않으려는 작정인가? 아니면 그런 것쯤은 안중에도 없는 것일까?

일곱 대.

뭔가 할 수 있는 일이 없을까? 전혀?

여덟 대.

입에서 피 맛이 났다. 아랫입술을 깨문 모양이었다.

"키넌."

메리의 머리 위에서 목소리가 울렸다.

쉬익—철썩.

쉬익—철썩.

"키넌!"

이번에는 더욱 힘이 들어갔다.

"이만하면 충분해."

잠시 리듬이 멈췄다.

"닥쳐, 레이드."

다시 시작되었다. 열한 대째던가?

땀방울이 눈에 들어가 따끔거렸다. 하지만 그 따끔거림이 오히려 반가웠다. 덕분에 후들거리는 팔다리와 공포에 움츠러든 폐를 잠시나마 잊을 수 있었기 때문이다. 매질의 고통이 문제가 아니었다. 메리의 소원은 오직 자신의 정체가 탄로 나는 과정을 겪지 않는 것뿐이었다.

그 순간 새되지만 권위적인 고함이 들렸다.

"지금 뭐하고 있는 건가?"

뭐하고 있는 것처럼 보이나요? 다행히 메리의 목에서 울리는 히스테릭한 조소는 사람들의 귀에 들릴 만큼 높지 않았다.

키넌은 마지막으로 한 번 더 벨트를 휘둘렀지만 게임이 끝났다는 것을 인정하는지 이번에는 힘이 빠져 있었다.

"다들 여기서 뭐하고 있는 건가? 돌아가서 일이나 해. 키넌, 자네만 빼고. 대체 이게 무슨 소동이지?"

하크네스가 앞에 서 있었다. 다른 인부들은 각자의 작업 장

소로 서서히 흩어졌다.

키넌의 태도는 반항적이었다. 그는 한참 동안 씩씩거리며 하크네스를 노려보았다. 가슴이 빠른 속도로 오르내렸다.

"이런, 하크네스 소장님."

키넌이 마침내 입을 열었다. 부드럽고도 위험한 어조였다.

"현장 기강에 관심을 가져주시니 몸 둘 바를 모르겠습니다."

하크네스의 두 뺨과 벗겨진 정수리가 선홍빛으로 물들었다.

"무슨 일이냐고 물었네!"

하크네스의 목소리는 날카로웠고, 눈 밑의 경련은 두 배로 빨라졌다.

또다시 정적이 흘렀다. 이제 유일한 소리는 젠킨스의 훌쩍거림뿐이었다. 마침내 키넌이 말했다.

"저 녀석이 벌 받을 짓을 했습니다."

"무슨 짓?"

"얼간이 짓을 하다가 자재를 망가뜨렸습니다."

하크네스가 숨을 한 번 깊이 들이쉰 후 메리에게 물었다.

"사실인가?"

메리는 곁눈으로 분노로 일그러진 키넌의 얼굴을 보았다.

"그렇습니다, 소장님."

하크네스는 놀란 것 같았다.

"의도적으로 키넌의 자재를 망가뜨린 건가?"

"고의는 아니었습니다. 하지만 저와 젠킨스가 실수로 벽돌을 한 장 깼습니다."

"벽돌 한 장!"

하크네스가 다시 키넌에게 고개를 돌렸다.

"고작 벽돌 **한 장** 때문에 아이들을 때려서 반쯤 죽여놓았다는 말인가?"

"바보짓을 해서 때린 겁니다. 저 녀석들은 자재를 함부로 다뤄서는 안 됩니다. 피해가 훨씬 더 커질 수도 있었고요."

하크네스의 얼굴이 창백해졌다. 그가 이를 악물고 말했다.

"자네 팀 전체가 해고되기를 원치 않는다면 이 현장의 책임자가 누구인지 똑똑히 기억해야 할 걸세, 키넌. 퀸은 더 이상 자네 팀을 돕지 않을 거야. 다른 조적공을 찾을 때까지 일손이 부족하면 부족한 대로 일하게. 물론 작업은 평소대로 진척될 거라 기대하겠네."

키넌은 얼굴이 짙은 빛으로 달아올랐지만 대꾸하지 않았다.

"알아들었나?"

하크네스가 호령했다.

"네, 소장님."

키넌이 쓴 것을 뱉듯 말을 내뱉었다.

"그리고 이번 일은 기억해두겠습니다."

하크네스가 그 위협에 동요했는지는 모르지만 겉으로는 그런 기미가 보이지 않았다.

"너희들은 따라와."

하크네스가 메리와 젠킨스에게 손짓했다. 그때서야 그녀는 자신이 숨을 죽이고 있음을 불현듯 깨달았다. 다른 인부들은 다시 일하는 척했지만 세 사람이 지나가자 다들 대놓고 노려보았다. 앞장선 하크네스 뒤로, 젠킨스가 최선을 다해 절뚝거리며 따랐고, 메리는 맨 뒤에서 걸었다.

메리는 목덜미에서 키넌의 눈초리를 느꼈다. 따스한 햇살과는 거리가 먼, 차가운 송곳이 두개골을 관통하는 듯한 느낌이었다. 머리는 혼란스럽고 다리가 맥없이 후들거렸다. 여전히 몸이 떨렸으나 이번에는 안도의 떨림이었다. 그러나 하크네스와 젠킨스를 따라가던 중 하크네스의 구조가 무엇을 의미하는지 의문이 고개를 들었다. 하크네스는 젠킨스가 야만스러운 매질을 당하고 있을 때에는 나서지 않았다. 하지만 메리가 똑같은 위기에 처하자 그녀를 구해 정체가 탄로 나지 않도록 지켜주었다. 그가 진실을 전부 혹은 일부분이라도 알고 있는지 확인해야 할 것 같았다. 만일 그렇다면 그녀에게 무엇을 기대하는지도.

8

플락스 양의 하숙집
램버스, 코럴 스트리트

저녁이 되자 코럴 스트리트에 활기가 돌았다. 아이와 여자들은 길이나 담장을 사이에 두고 서로를 소리쳐 불렀고, 빨랫줄에는 빨래가 걸렸다. 떠돌이 장사꾼은 저녁에 팔 물건을 인력거에 채웠으며, 어느 집 대문 앞에서 우산 수리공 한 명이 고장 난 우산을 고치고 있었다. 여전히 메리의 가슴에 먹먹한 향수를 불러일으키는, 시끌벅적한 가정의 일상이었다. 오늘밤 그 광경이 그녀의 눈을 따끔따끔 찔렀다. 아버지가 살아 계셨다면 메리네 가족은 어땠을까? 소박하지만 안락한 집, 귀여운 동생들, 매일 밤 오순도순 둘러앉아 함께 먹는 저녁 식사.

인정하고 싶지 않았지만 메리는 자신이 마음속에 그리는 풍경이 현실과는 거리가 멀다는 것을 알고 있었다. 부모님들은 대단히 가난했고, 아버지는 집에 있을 때보다 바다에 나가 있을 때가 많았으며 동생들은 사산되었다. 그럼에도 메리는 그 가능성에 고집스레 집착했다. 용감하고 총명하면서도 원칙적인 사람이었던 아버지의 죽음은 가족의 삶을 파괴했다. 적어도 메리가 아는 바로는 그랬다. 반사적으로 그녀의 손이 목으로 올라가 아버지가 남긴 비취 펜던트를 만지려 했다. 다음 순간 펜던트가 없단 것을 깨달았다. 젊은 숙녀로서의 정체성과 함께 펜던트 역시 아카데미의 책상 서랍에 고이 넣어두고 온 것이었다. 지금 그녀는 마크라는 이름의 소년이다. 임무를 완전히 망치고 싶지 않다면 그 점을 기억하는 편이 좋을 터였다.

메리는 옆문을 통해 플락스 양의 하숙집으로 들어갔다. 계단을 하나 오르자마자 끓는 물과 양잿물, 표백제와 뜨거운 풀이 쏟아내는 빨래하는 날 특유의 숨 막힐 듯 후텁지근한 열기가 느껴졌다. 메리가 안으로 들어가자 주방에서 침대보를 다림질하던 나이 어린 하녀 위니가 눈을 들어 메리를 쳐다보았다.

"저녁은 찬장에 있어요."

숨이 찬 목소리였다. 열두세 살로 보이는 외모보다도 목소리가 더 앳되었다.

"고마워."

메리는 갑자기 식욕을 느꼈다. 그래서 '저녁'이랍시고 준비된 버터 바른 얄팍한 식빵 두 장을 순식간에 뚝딱 해치웠다.

위니는 다리미를 다시 불에 올려놓고 메리에게 맥주 한 잔을 가져다줬다. 그녀의 시선이 메리의 얼굴에 고정되었다. 눈이 마주치자, 위니는 얼른 시선을 피하더니 잠시 후 다시 그녀를 쳐다보기 시작했다. 위니는 처음 본 순간부터 '마크' 퀸에게 푹 빠져 있었다.

메리는 맥주를 삼키고 아무것도 모르는 척했다. 위니가 입을 벌리고 메리를 바라볼 만한 이유는 얼마든지 있었다. 새로 온 하숙생이라 신기할 수도 있다. 혹은 메리의 얼굴에 땟국이 묻어 있는 것인지도 모른다. 아니면…… 결국 메리는 포기했다. 그녀는 위니가 호기심 가득한 눈으로 자신을 뜯어보는 이유를 잘 알고 있었다. 위니는 메리의 아버지와 마찬가지로 중국인이었고, 그래서 메리의 외모에 호기심을 느낀 것이었다. 검은 머리와 독특한 이목구비. 사람들이 종종 말하는 '이국적인' 분위기. 어쩌면 이런 것들이 합쳐져 위니에게는 대단히 구체적인 무엇을 의미하게 된 것이리라.

메리는 최대한 빨리 부엌을 빠져나왔다. 위니의 관심에 어떻게 대처해야 할지 알 수 없었다. 그리고 뾰족한 전략을 세울 때까지는 대화를 일체 피하고 싶었다. 전부 잡아떼야 할까? 사실 메리는 일반적인 혼혈아처럼 보이지 않았다. 피부는 희고 눈도 동그랗고 컸다. 아일랜드계와 라틴계의 혼혈로 통할 때도 많았다. 집요하게 캐묻는 사람조차 라틴계 중에서도 이탈리아계인지 스페인계인지 궁금해하는 정도가 고작이었다. 메리로서는 그편이 다행스러웠다. 중국계 혈통에 대해 인정하면서 초래

될 온갖 질문과 적대감을 감당해야 하는 상황만큼은 어떻게든 피하고 싶었다. 적어도 아직까지는 사양이었다. 메리는 방으로 가는 두 번째 계단을 오르는 동안 이런 생각들을 애써 떨쳐내며 다음 도전을 위해 마음을 단단히 먹었다. 이제는 오늘 처음 들어온 룸메이트 역할을 할 차례였다.

방문을 열자 부츠를 벗은 채 침대 위에 앉아 있는 남자가 눈에 들어왔다. 좁은 방 안에 땀내가 진동했다. 피곤에 찌든 남자는 경계하는 눈빛으로 그녀를 올려다봤다.

"안녕하세요."

메리가 침을 꿀꺽 삼키며 말했다. 어떻게 들어도 긴장한 티가 역력한 목소리였다.

"안녕."

이런 상황에서는 어떻게 하는 것이 관례일까? 오늘 밤 메리는 이 낯선 남자와 함께 침대를 쓰게 될 것이다. 하숙비는 싸지만 침대가 비쌀 때 벌어지는 불편한 진실이다. 그런데 남자들끼리 있을 때 서로 대화를 많이 할까? 침대의 어느 쪽을 쓸 것인지 남자들은 어떤 식으로 정하지? 그리고 과연 이 남자에게서 비밀을 지켜낼 수 있을까?

"퀸이라고 합니다."

메리가 머뭇거리며 말을 꺼냈다.

남자가 고개를 끄덕였다.

"나는 로저스야."

더 이상 할 말이 없는 것이 분명해졌을 때 메리는 모자와 재킷을 문 옆에 박힌 못에 걸었다. 조그만 세면대에는 반쯤 찬 물 주전자와 신경 써서 절반만 사용한 풀 먹인 수건이 있었다. 메리는 기운차게 세수를 했다. 얼굴과 목을 빡빡 문지르고 머리를 적셔 때를 대충 씻어냈다. 당분간은 이 정도가 최선이었다. 플락스 양의 하숙집에서는 목욕을 하려면 따로 요금을 지불해야 했고 그나마도 수요일과 토요일에만 가능했다. 그러나 설사 돈이 있다 해도 욕실을 혼자 쓸 수는 없었다.

로저스의 끈질긴 시선은 참아내기 힘들었다. 적대적인 시선은 아니었다. 아마 혼자 방을 쓰는 것이 아님을 알게 되면서 든 실망감이리라. 메리 역시 그 기분을 정확히 알았다. 어쨌든 뭔가 할 일이 필요했다. 긴장되는 침묵 속에 멀뚱히 앉아 있는 것을 피할 수만 있다면 무엇이든 좋았다.

다시 웨스트민스터로 가는 어스름한 길이 이번에는 길게 느껴졌다. 길을 따라 이어지는 커튼 달린 창과 그 뒤에서 은은히 빛나는 노란 불빛은 안락하면서도 어딘지 배타적인 느낌을 자아냈다. 메리는 아카데미 기숙사의 자기 방을 향한 날카롭고 달곰쌉쌀한 그리움을 느꼈다. 평소 같으면 안락의자와 차 한 잔을 떠올렸을 때 지루할 만큼 가정적인 풍경이라고 여겼을 텐데, 오늘 밤에는 그보다 더 매력적인 것은 없을 것만 같았다. 다리를 건너 웨스트민스터로 접어들자 거리는 인상적일 만큼 고요했다. 이 부근은 주거 지역이 아니어서 낮에만 북적였다. 발이 아팠고 근육도 뻐근했다. 연신 하품이 터져 나오는 바람에 하마터면 공사장과 거리를 가르는 높은 목재 담장을 따라 걸어가는 시커먼 형체와 마주칠 뻔했다.

그간의 훈련 덕분에 다행히 위기를 모면했다. 그자가 누구인지 파악하고 계획을 세울 때까지 일단 그림자 속에 숨어서 꼼짝도 하지 않았다. 그런데도 남자는 뭔가 감지한 것 같았다. 가만히 서서 어깨 너머로 길 쪽을 돌아보았던 것이다. 길게만 느껴지는 몇 초가 흐른 뒤 남자가 다시 움직이기 시작했다. 이번에는 움직임이 조금 더 은밀했고 이따금 두리번거리며 주변을 살피기도 했다.

메리는 여전히 담장에 등을 기댄 채 꼼짝 않고 서 있었다. 그림자로 봐서는 키 크고 건장한 남자였다. 그러나 희미한 불빛으로는 이목구비는 고사하고 대강의 윤곽조차 알아볼 수 없었다. 정장이 아닌 평상복 차림이었으나 별로 쓸 만한 정보는 아니었다. 어떤 사람이 이 밤중에 정장 차림으로 거리를 배회한단 말인가? 런던에서 일하는 남자 백만 명 중 그 누구일 수도 있었다.

남자는 맹꽁이자물쇠로 잠긴 출입문에서 시간을 낭비하는 대신 목재 담장 쪽을 골랐다. 또 한 번 재빨리 주변을 훑어본 뒤, 남자는 주머니에서 조그마한 뭔가를 꺼내더니 민첩하게 손을 움직여 목재 담장에 찔러 넣었다. 누군가의 허벅지를 칼로 찌르는 것을 연상시키는, 짧고 폭력적인 동작이었다. 그는 길

쪽을 한 번 더 훑더니 만족스러운지 단번에 유유히 담장을 올라갔다. 끝까지 올라가 잠시 숨을 돌린 다음 몸을 날리더니 가볍게 쿵 하는 소리와 함께 땅에 착지했다.

메리는 싱긋 웃으며 남자가 있던 곳까지 미끄러지듯 걸어갔다. 아니나 다를까, 담장에는 작은 반달형 금속이 박혀 있었다. 가로 2인치, 세로 1인치 정도밖에 되지 않았지만 훈련된 사람이 발판 삼아 담을 넘기에 충분했다. 메리 역시 과거에 더러 이 방법을 쓰곤 했다.

메리는 금속 발판을 이용해 담을 넘는 방법을 신중하게 고려했다. 하지만 그러려면 그를 쫓아가지 않을 수 없었다. 문제는 남자의 목적지가 하크네스의 사무실임이 분명한데 그곳에서는 이 진입 지점이 정면으로 보인다는 점이었다. 남자의 경로를 따르면서 걸리지 않기를 기대하는 것은 무리였다. 그렇다고 발판을 담장 다른 곳으로 가져가 이용할 수도 없었다. 그랬다가는 남자가 돌아왔을 때 발판이 사라진 것을 알아차릴 것이었다. 이런 이유에서 메리는 다른 진입로를 개척해야 했다. 그러한 도전이 오히려 매혹적으로 느껴지자 정신이 맑아졌고, 의욕이 샘솟았다.

가장 먼저 할 일은 야간 경비원의 위치를 파악하는 것이었다. 메리의 기억으로는 하루 일과를 마친 뒤 하크네스에게 보고하는 경비원은 두 명이었다. 궁 내 다른 위치에 배치되어 상원의사당과 하원의사당을 지키는 경비원들도 있지만 일단 경비원 모두 각자의 관할 구역에 남아 있을 것이라고 가정했다. 신중함과 충동이 서로 다투었고 결국 신중함이 이겼다. 훈련 초기에 비해 얼마나 많이 발전했는지를 보여주는 증거였다. 은근한 자부심이 느껴졌다. 메리는 건설 현장을 한 바퀴 돌며 귀를 쫑긋 세우고 경비원의 존재를 알려주는 불빛을 찾았다.

아무도 없었다.

경비원들은 자고 있는 걸까? 아니면 어딘가에서 느긋하게 잡담을 나누고 있을까? 어느 쪽이든 그들은 지금 본래의 임무를 수행하고 있지 않았다. 메리는 혐오감으로 입을 삐죽였다. 근무 태만은 질색이었다. 비록 그 덕에 자신의 임무가 한결 수월해진다 해도 말이다. 메리는 다시 한 번 멈춰 서서 귀를 쫑긋 세웠다. 한쪽에서는 템스 강의 소리가 들렸다. 쓰레기를 뒤지는 사람과 동물들의 끈적끈적한 발소리, 흥분에 찬 외침, 뱃사공의 목소리와 노 젓는 소리, 어디선가 엉엉 우는 소리 따위였다. 다른 쪽에서는 도시의 소음이 높아졌다. 포석에 부딪치는 말발굽과 마차 바퀴 소리, 주점과 가정집에서 흘러나오는 고성, 수백만 명이 번갈아가며 내는 웅얼거림이 꾸준히 이어졌다. 그러나 공사 현장은 으스스할 만큼 고요했다.

메리는 현장의 동쪽 벽을 진입로로 고른 뒤 담장을 손으로 쓸며 걷다가 손끝의 감각에 의지해 원하는 지점을 찾았다. 담장의 널빤지 하나가 헐거워진 것이 느껴져 손으로 밀어보니 뒤로 젖혀졌다. 미소가 번졌다. 길에서 멀리 떨어져 잘 보이지 않고 감시가 소홀한 담장은 잡역부 소년들에게 강렬한 유혹이었다. 아마도 젠킨스와 그 동료들이 이 널빤지 앞에서 고민하다가 결국 하크네스의 눈을 피해 현장을 드나들 수 있는 개구멍을 만들었을 것이다.

메리의 작은 체구는 구멍을 통과하기에 충분했다. 안으로 침입한 메리는 자세를 잔뜩 낮추고 다시 한 번 귀를 기울였다. 여전히 아무 소리도 들리지 않았다. 현장을 훑어볼 좋은 기회였다. 어느 장소건 밤에는 다르게 보이기 마련인데 아직 낮에도 익숙하지 않은 이 공사장의 경우에는 더욱 심했다. 거리와 차원이 왜곡되어 보일 정도였다. 건축 자재 더미와 비계들은 어딘가 초자연적으로 보이는 동시에 우스꽝스러우면서 기묘한 형태를 띠었다. 세인트 스티븐스 타워 자체 역시 평소보다 훨씬 높고 웅장해 보였다.

희미하게 긁히는 소리가 당면한 임무를 상기시켰다. 메리는 소리가 나는 곳을 향해 이동하기 시작했다. 하크네스 사무실 근처의 어딘가였다. 이상하게도 작은 가건물 안에는 불을 켠 흔적이 없었다. 침입자는 등을 가져오지 않은 것이었다. 그러나 문은 조금 열려 있었다. 그녀는 조금씩 문설주 옆으로 다가가서 문틈을 통해 안을 들여다봤다.

거의 암흑에 가까운 상태에서 메리가 남자를 볼 수 있었던 것은 그의 빠른 움직임 덕분이었다. 남자는 세 발짝 만에 하크네스의 책상으로 걸어가 맨 위 서랍에서 뭔가 꺼낸 뒤 읽어보지도 않고 주머니에 쑤셔 넣었다. 메리는 전율로 몸서리쳤다. 침입자는 평범한 좀도둑이 아니었다.

아무 소리도 내지 않았건만 갑자기 남자의 태도에 경계하는 기색이 드러났다. 유심히 지켜보는 그녀의 시선을 감지한 듯했다. 메리는 천천히 뒤로 조금 물러났다. 그는 그녀를 볼 수 없을 것이다. 그러나…….

남자가 입구를 향해 몸을 돌렸다. 메리는 본능적으로 사무실 문에서 멀찌감치 떨어져 가건물 모서리 쪽으로 돌았다. 곧 탁월한 선택이었음을 확인하고 안도했다. 잠시 후 남자의 머리가 불쑥 튀어나와 고요한 어둠 속을 유심히 살핀 것이었다. 조금만 망설였으면 발각될 뻔했다. 그러나 그의 의심은 여전히 가라앉지 않았는지 남자는 조심스러우면서도 인상적인 속도로 사무실 밖을 샅샅이 수색했다. 이제 메리는 사냥감을 지켜보는 동시에 그 사냥감의 사냥감이 되어 후퇴하고 있었다.

이상하고 조용한 추적은 계속되었다. 메리가 들어왔던 길로 서둘러 움직이는 동안, 남자는 무언가 있거나 뭔가 찾아야 할 것이 있다고 점점 더 확신하는 것 같았다. 모퉁이를 돌았을 때 단단한 벽처럼 보이는 것이 나타났다. 그녀는 멈춰 서서 눈을 깜빡였다. 벽이라면 몇 분 만에 세워졌을 리가 없다. 설마 길을 잘못 든 것일까? 그때 눈이 어둠에 적응하면서 그 '벽'이 달빛이 드리운 비계의 그림자였음을 깨달았다.

달. 메리가 사무실 밖에서 도둑을 염탐하고 있는 동안 달이 모습을 드러낸 것이었다. 평소라면 달을 반겼을 테지만 오늘은 탈출에 방해만 되었다. 발각되기 쉬워졌을 뿐 아니라 현장 전체의 형태를 바꿔놓았기 때문이다. 그래도 메리는 침착하게 소리 없이 빠르게 움직였다.

이제 그녀와 담장 사이에는 훤히 뚫린 길고 좁은 공간이 놓여 있었다. 남자는 더 이상 추적하면서 소리를 내지 않으려 애쓰지 않았다. 이쪽 길을 잘 모르는 것일까? 아니면 일부러 소리를 내서 그녀를 공황 상태에 빠뜨려 실수를 이끌어내려는 것일까? 어느 쪽이건 이제 남자는 메리의 뒤를 바짝 쫓고 있었다. 고스란히 드러난 지점을 건널 시간이 있을까? 메리는 숨을 곳을 찾으려고 주변을 두리번거렸다. 석재 더미, 목재 보관 창고, 시계탑으로 들어가는 입구. 막다른 곳뿐이었다. 남자가 따라올 경우 몸을 숨길 수 있는 가망성은 전혀 없었다.

메리는 그가 듣건 말건 상관하지 않고 마지막으로 숨을 길게 들이쉬었다. 마지막 기회였다. 메리는 있는 힘을 다해 뚫린 곳을 가로질러 달렸다. 부츠 바닥이 포석에 부딪히는 소리가 또렷하게 울렸다. 담장을 향해 몸을 날려 좁은 틈새를 꿈틀꿈틀 통과했다. 틈새 양쪽에 서 있는 널빤지에 옷이 걸려 골반과 정강이가 쓸렸다. 온몸을 비틀며 간신히 틈새를 빠져나왔다. 추적자가 낑낑대며 내뱉는 욕설이 들리자 메리는 조용히 웃었다. 메리가 빠져나온 뒤 나무판자가 다시 제자리로 내려가면서 밖으로 나오려던 추적자의 머리를 후려친 모양이었다. 애초에 어른이 통과할 수 있는 크기가 아니었다. 좀 더 정확히 말하면 성인 남자에게는 무리였다.

메리는 일어서서 계속 달렸다. 이제 안전하다는 것을 알고 있었지만 에너지가 솟구쳐 계속 움직일 수밖에 없었다. 어서 그 장소에서 벗어나기 위해, 무섭고도 짜릿한 모험에서 벗어나기 위해 달렸다. 플락스 양의 하숙집에 거의 도착할 무렵에야 속도를 줄이고 걷기 시작했다. 이제 어두운 밤이었다. 너무 뛰었는지 속이 울렁거렸다. 골반과 정강이의 살갗이 까져 따끔거렸다. 좁은 출입문에 들어서자 갑자기 깊은 피로가 몰려왔다. 넓적한 석판으로 만들어진 첫 번째 계단이 무척이나 반갑게 맞아주는 것 같았다. 당장이라도 그 위에 누워 잠에 빠져들 수 있을 것만 같았다. 그러나 메리는 휘청휘청 3층으로 올라가서 로저스의 울룩불룩한 형체나 코골이 따위는 아랑곳하지 않고 옷을 모두 입은 채 침대 위로 쓰러졌다. 그리고 불과 몇 초 만에 잠에 빠져들었다.

9

7월 5일 화요일

단잠은 오래가지 못했다. 일찍 찾아온 새벽과 함께 의식도 돌아온 것이다. 메리는 눈을 번쩍 뜨고 잔뜩 긴장한 채 가만히 누워 대체 여기가 어디인지, 옆에 누워 있는 사람은 누구인지 생각했다. 그 순간 기억이 돌아오며 긴장이 조금 누그러졌다. 거무칙칙하고 누렇게 바랜 벽과 가운데가 움푹 팬 따가운 매트리스. 덜거덕거리며 거리를 지나가는 수레바퀴 소리. 이 모든 것이 메리가 램버스에서 새로이 시작한 삶의 일부였다. 아니, 마크 퀸의 삶이라고 하는 게 옳겠지.

로저스는 그녀의 옆에서 코를 골며, 원래는 둘이 함께 쓰게 되어 있는 닳아서 반들반들해진 담요를 혼자서 푹 뒤집어쓴 채 몸을 이리저리 뒤척였다. 차라리 그 편이 나았다. 메리는 가만히 누워 '햇빛'이라고 말하기도 민망한 잿빛의 뿌연 빛이 점점 강해지는 것을 지켜보았다. 갑자기 배 속 깊은 곳에서 찌릿한 통증이 느껴졌다. 허기가 아니었다. 급박한 수분 배출의 욕구였다. 그러나 로저스가 방에 있으니 당장은 해결할 수 없었다. 대신 메리는 애써 어제의 사건들에 대해 생각해보았다.

제일 먼저 떠오르는 것은 젠킨스의 운명이었다. 그렇게 두들겨 맞았으니 며칠은 제대로 걷지도 못할 테고 상처가 감염될 위험도 컸다. 하크네스는 일당을 쥐어 돌려보내며 회복되는 즉시 다시 일하게 해주겠노라 약속했다. 그러나 상처가 제대로 아물어 현장에 복귀한다 해도 낫는 동안 어떻게 생활할지는 여전히 의문이었다. 임금도 없고, 치료할 약도 없는데. 너무나 잔인한 일이었다. 금주주의자에 상투적인 경구나 남발하고 교회일에 열심인 하크네스가 그 이상 어떤 조치도 취하지 않는다면 적어도 메리 자신이 젠킨스를 도우려 나서야 할 것이었다. 그녀는 오늘 에이전시와 접촉해서 젠킨스의 주소를 찾을 생각이었다.

젠킨스에 대한 하크네스의 의무를 떠올리니 자연스럽게 다른 노동자와 하크네스의 관계까지 생각이 이어졌다. 하크네스의 건설 현장은 공식적으로는 금주 구역이었지만 노동자들의 음주를 막는 것은 사실상 불가능했다. 점심 때 몰래 주점에 갈 기회도 있었고, 아니면 술병을 현장으로 가져올 수도 있었다. 그렇다면 하크네스는 지독하게 순진하거나 아니면 교묘한 방법으로 비용을 절감하고 있는 셈이다. 대부분의 현장에서는 인부들의 사기를 돋우기 위해 맥주를 제공했고 을씨년스러운 날에는 체온을 높이기 위해 증류주를 줬다. 그러나 하크네스는 싸구려 차만 그나마도 넉넉치 않게 내놓을 따름이었다. 그렇다면 여기서 약간이나마 예산 절감이 있을 것이다. 대단한 일이었다. 하크네스는 술을 제공하지 않음으로써 소정의 이문을 남기고, 젠킨스는 사람들에게 술을 조달해주며 약간의 이익을 챙기는 구조였다. 완벽한 자유 시장 경제의 실현이었고, 유일하게 손해를 보는 사람이 있다면 바로 인부들 자신이었다.

그런데 하크네스가 그런 짓을 저지를 만한 위인일까? 그의 성격은 좀처럼 파악할 수 없었다. 유감스러운 눈 밑의 경련을 제외하면 하크네스는 깔끔하게 다듬은 수염과 벗겨진 머리를 가진 영국의 수많은 중년 신사와 다를 바 없었다. 표정은 온화하지도 엄격하지도 않았고, 잘 먹어 통통해진 볼살은 불안해 보이는 이마의 주름살과 왼쪽 눈 밑 경련을 중화시켜 주었다. 하크네스는 모든 면에서 온갖 가능성을 지닌 인물처럼 보였다. 게다가 맥주 대신 차를 제공하는 것이 명백한 불법 행위는 아니었다. 그리고 현장 예산에서 그 정도 변화를 줄 수 있는 재량쯤은 가지고 있을 수도 있다.

메리의 생각은 다시 조적공들에게로 돌아갔다. 키넌의 폭력이 레이드의 눈에 든 멍에 대한 의심을 증폭시켰다. 레이드는 상습적인 싸움꾼일까? 술만 마시면 공격적으로 변해 취미 삼아 주먹다짐을 하는 부류 말이다. 아니면 얼굴에 든 멍에는 다른 사연이 있는 것일까? 얼굴의 멍만 빼면 레이드는 키넌과는 정반대인 비폭력적인 인물로 보였다. 물론 황록색으로 멍 든 눈에 어떤 의미도 없을 수도 있지만 어쨌든 생각해볼 가치는 있었다.

교회 종이 7시를 알렸다. 로저스는 여전히 코를 골고 있었다. 혹시 깨지는 않을까? 메리는 계속 가만히 누워 집 안 전체가 바스락거리며 깨어나는 소리를 들었다. 삐걱대는 마루. 숨넘어갈 듯한 기침. 카펫이 깔리지 않은 계단에서 신발이 저벅거리는 소리. 밖에서는 누군가 우물에서 물을 퍼 올려 양동이를 몇 통째 채우고 있었다. 약 올리는 듯한 물소리에 그녀의 방광이 요동쳤다. 모험을 감수해야 할까? 로저스가 계속 일어나지 않으면 지각할 판이었다. 그리고 어쩌면 '그것'도 늦어버릴 것이다. 하지만 만일 요강에 앉아 있는 동안 로저스가 깨어나기라도 하면 어쩔 것인가? 메리는 괴로워하며 천정을 응시했다. 모험을 할 수밖에 없었다.

메리가 조심스럽게 침대에서 다리를 내리는 순간 로저스가 발작적으로 콧김을 내뿜으며 재채기를 했다. 메리는 즉각 도로 누웠다. 그리고 눈을 감고 잠든 척했다. 로저스가 하품을 하고 재채기를 하더니 다시 하품을 했다. 그리고 마침내 일어나 앉았는지 침대에서 그의 체중이 이동하는 것을 느꼈다. 로저스는 구시렁거리더니 또 재채기를 했다. 그러더니 한숨을 쉬며 침대

밑에서 무거운 요강을 끌어냈다. 오줌 줄기가 쏟아지면서 쏴 하고 물 튀기는 소리가 한참 이어졌다. 그 소리에 메리의 방광도 항의하듯 비명을 질러댔다. 메리는 이를 악물고 그의 동작에 귀 기울였다. 로저스는 부츠 끈을 매고 잠시 쿵쿵대며 돌아다니다가 드디어 문을 쾅 닫고 나갔다. 메리는 10초쯤 더 기다렸다. 그 정도가 그녀가 참을 수 있는 최대치였다. 그리고 침대에서 허둥지둥 내려와 넘칠 듯 가득 찬 요강을 찾았다.

번개처럼 씻은 뒤 포리지(오트밀 등의 곡물에 우유와 물을 부어 끓인 죽—옮긴이) 한 그릇을 뚝딱 해치우고, 부리나케 팰리스 야드를 향해 뛰어갔다. 땀에 젖은 채 숨을 헐떡이며 현장에 도착해 보니 가장 먼저 도착한 축에 속했다. 그런데 이상하게도 어젯밤 침입에 대한 이야기는 들리지 않았다. 아무도 눈치채지 못한 것일까? 하기야 하크네스의 사무실은 평소에도 마치 도둑이 든 것처럼 엉망진창이었으니 약간 더 어수선해진 것쯤이야 알아차리지 못했을 수도 있었다. 게다가 그 남자는 자신이 무엇을 찾는지 이미 아는 것처럼 보였다. 찾는 물건을 주머니에 넣기까지 불과 몇 초밖에 걸리지 않았던 것을 떠올리면 틀림없었다. 제발 그렇게 된 것이기를 바랐다. 그것보다 메리를 훨씬 더 긴장시키는 또 다른 가능성은 인부들이 메리가 있을 때에는 대화하기를 꺼린다는 것이었다.

메리가 목수들 앞을 지나갈 때, 한 명이 굽은 손가락으로 그녀를 불렀다.

"예?"

"어이, 꼬마, 너 혹시 못 박아본 적 있냐?"

"없습니다."

"알았다. 그럼 서두르지 말고 천천히 해봐. 안 그러면 손가락은 손가락대로 박살 나고 못도 못 쓰게 되니까. 그럼 나도 너를 때려줄 수밖에 없어."

목수는 자신의 농담에 킬킬대며 시범을 보여주었다.

"이렇게 하는 거야. 한번 해봐. 어떻게 하는지 보자."

메리는 목수가 건네준 망치를 들고 그의 능숙한 동작을 흉내 내려 했다. 결과는 아주 끔찍한 정도까지는 아니었다. 못이 심각할 정도로 휘어지지는 않았던 것이다. 그러나 수직과는 거리가 멀었다.

"다음번에는 더 잘하겠습니다."

목수가 코웃음을 치며 말했다.

"망치를 그렇게 쥐면 안 되지. 이게 프라이팬인 줄 알아?"

그러고는 망치 잡는 시범을 보여주었다.

"자, 다시 해봐."

메리는 다시 시도했다. 조금 나아졌다.

"딱 보니 이런 일에 익숙하지 않구나."

그가 유쾌하게 말했다.

"손도 꼭 부잣집 도련님 같구먼. 다시 해봐."

메리는 얼굴이 붉어졌다. 손톱에 낀 때는 제법 진짜처럼 보였지만 굳은살 없는 손은 숨길 수가 없었다. 망치를 단호히 내려치자 이번에는 기적적으로 못이 구부러지지 않았다.

"됐구먼. 이제 이건 네 몫이야."

목수가 가죽 주머니를 짤랑거리며 말했다. 그런데 갑자기 뭔가 이상한 점을 느꼈는지 주머니 안을 들여다보았다.

"뭐야, 절반도 안 되잖아. 캠! 나머지 못들은 어디 있어?"

"주머니에 있잖아!"

덩치가 큰 남자가 소리쳤다.

"주머니는 내가 갖고 있는데!"

"그럼 거기 있는 게 다겠지!"

목수는 인상을 찌푸렸다.

"귀신이 곡할 노릇이네. 분명 2주분 못이 들어 있었는데."

그는 다시 한 번 이마에 주름을 잡고 주머니 안을 들여다보았다. 그러더니 어깨를 으쓱하며 주머니를 메리에게 넘겼다.

"끝나면 불러. 혹시 알아? 그때쯤이면 없어진 못들이 다시 나타날지도 모르지."

"예, 알겠습니다."

못 박는 작업은 소위 말하는 '막노동'의 진면목을 제대로 보여주었다. 메리의 시간은 아무 가치도 없었다. 어쩌면 휘어진 못만도 못할 것이다. 그러나 이 가장 하찮은 임무에서도 여전히 배워야 할 것이 많았다. 목수들은 기꺼이 관심을 끄고 메리가 나름대로 최선을 다해 일하도록 내버려둔 듯했다. 어제와는 사뭇 다른, 기분 좋은 변화였다. 업무 경험을 쌓는 데 있어서 윗사람의 역할이 얼마나 큰지 다시 한 번 실감할 수 있었다. 메리가 무엇보다 싫어하는 것은 무력감이었다. 지금은 순전히 임무라는 더 큰 목적을 위해 현장에서의 부당한 대우를 참고 있었다. 그런데 언제나 이렇게 무력감에 젖은 채 살아가야 한다면 과연 어떨까?

목수들은 가까운 거리에 있었다. 못을 박으면서 메리는 그들이 나누는 대화를 띄엄띄엄 주워들었다. 주로 자재에 대해 묻거나, 그날 일정을 짜며 대략적인 의견을 공유하는 정도였다. 그러다 레몬이라고 불리는 남자의 말이 들렸다.

"오늘 아침에 하키가 완전히 이성을 잃었던데."

레몬의 친구가 히죽거렸다.

"뭐 때문인지는 뻔하지."

"쉿."

다른 목수가 턱으로 메리가 있는 곳을 가리키며 의미심장하게 눈썹을 치켜 올렸다.

레몬은 일에 몰두한 채 구부러진 못 때문에 얼굴을 찌푸리고 있는 메리를 보더니 입을 열었다.

"그러니까 자네 생각은……."

목수는 어깨를 으쓱했다.

"아마."

세 남자는 한동안 그녀를 곁눈질했다. 그때 레몬이 단호하게 고개를 저었다.

"설마. 아직 꼬마인데."

그러나 다른 목수는 여전히 목소리를 낮춰 말했다.

"이틀 전에 나타났는데? 거기다 하키의 총애를 받는데도? 쟤에 대해 아는 게 아무것도 없는데도 그렇게 생각한다고?"

그때 세 번째 남자가 몸을 앞으로 숙이고 부인할 수 없는 결정적인 증거를 제시했다.

"그리고 잘 봐. 하키는 키넌에게서 저 녀석을 구해줬어. 젠킨스는 호되게 당했는데 말이야."

"그거야 어떤 아이도 그렇게 심하게 맞으면 안 되잖아."

"그래. 하지만 그렇게 따지면 젠킨스도 마찬가지지. 아무리 시끄러운 꼬마라도 말이야."

레몬이 코웃음을 쳤다.

"좋아. 그거야 그렇다고 치지만 하키가 뭐하러 충견 따위를 심어두겠어?"

의심 많은 목수는 답답한 듯 한숨을 쉬었다.

"자넨 정말 모르는 거야? 이 현장에서 하키의 입장이 곤란해졌어. 유령에 대한 헛소문이 돌고, 윅 사건도 있지. 그리고 어제 어떤 유리공이 그러는데 공사에 대해 조사하러 누가 나온다는 거야. 보통 일이 아니잖아."

레몬은 잠시 생각에 잠겼다.

"하지만 그게 무슨 상관이지? 저런 꼬마가 하키를 위해 뭘 할 수 있겠어?"

"엿듣고 소문을 내는 거지. 그래서 누군가 해고하고……."

그는 의미심장하게 말꼬리를 흐렸다.

세 남자는 한 번 더 메리를 빤히 쳐다보았다. 그녀는 의식하지 않는 것처럼 보이려 애쓰며 일에 몰두하는 척했다. 처음 목수들이 수군거리기 시작했을 때 메리가 우려한 것은 자신의 성별 문제였다. 그들이 혹시 마크 퀸이 열두 살짜리 소년이 아니라고 상상하는 건 아닐까 걱정스러웠던 것이다. 그런데 그녀가 하크네스의 스파이일지도 모른다는 쪽으로 얘기가 흘러가자 더더욱 안심할 수 없었다. 이 또한 어떤 면에서는 지나치게 진실에 근접한 것이었다.

메리를 의심하는 것은 목수들만이 아니었다. 아침 시간이 지나 럼주 배급을 위해 돈을 받으려 다닐 때 더욱 분명해졌다. 물론 남자들은 돈을 냈지만 어제 같은 호의적인 농담은 훨씬 줄어들었다. 어떤 이들은 동전을 찾아 건네기만 할 뿐 목소리가 닿을 만한 곳에 그녀가 있을 때에는 용의주도하게 입을 다물었다. 티타임 동안에도 인부들은 멀리 흩어져서 분야별로 모여 이야기를 나눴다. 단순한 착각일까? 어제보다 더 소리를 죽인 것 같았다. 인부들의 말수가 부쩍 줄어든 것이 단지 젠킨스가 없기 때문만은 아니라는 확신이 점점 더 강해졌다.

10

제임스는 걸어서 팰리스 야드에 도착했다. 바커는 물론 이 사실을 몰랐다. 바커는 제임스를 30분 전에 공사장 입구에 내려주었고, 젊은 고용주가 곧장 안으로 들어갔으리라 굳게 믿고 떠났다. 그러는 대신 제임스는 이 기회에 의사당 주변을 한 바퀴 돌아보기로 했다. 걸으면서 건물들을 눈여겨보고 작업 속도를 평가하며 현장의 전반적인 분위기를 파악했다. 아마도 이번이 익명으로 현장 구석구석을 누비고 다닐 수 있는 유일한 기회이리라.

밖에서 봐도 이 현장의 운영은 엉성했으며 안전시설이라고 부를 만한 것도 거의 없었다. 현장의 구조적인 문제, 아니 구조 자체의 부재는 인명에 대한 하크네스의 안이하기 짝이 없는 태도를 여실히 보여주었다. 하크네스는 한 번에 종탑으로 올라갈 수 있는 인원수를 제한하거나 고층 비계 작업에 대한 특별한 규칙을 만들지도, 정기적으로 장비 점검을 실시하지도 않았을 것이다. 그러나 이 정도는 아직까지 업계의 관행이었다. 제임스는 맡은 현장에서 안전에 철두철미한 것으로 정평이 나 있었지만, 하크네스처럼 나이 든 부류의 많은 동료들은 그런 철저함을 지나친 것으로 여기곤 했다.

그러나 무슨 이유에선지 하크네스는 제임스에게 감리를 부탁했다. 그 점이 지금껏 골치를 썩였다. 그저 제임스가 젊다는 이유 때문일까? 하크네스는 그의 젊음이 미숙함이나 유순함으로 이어질 것이라고 생각하기라도 한 것일까? 집안 간의 관계도 고려했을 것이다. 하크네스는 제임스에게 일종의 존경을 기대하고 있을지도 몰랐다. 하크네스가 둘 중 하나를 예상하고 있다면 머지않아 단단히 놀라게 될 것이다. 어떤 이들에게는 오만하다는 소리를 들을 만큼 제임스는 능력에 자신 있었고, 자신이 옳다고 생각하는 경우에는 여간해서는 뒤로 물러서는 법이 없었다.

그러나 어쩌면 제임스가 너무 냉소적인지도 몰랐다. 따지고 보면 그는 거의 1년간 인도에 있었고 업계의 소문에 무지했다. 기대하지도 않았는데 이토록 오래 끌고 있고 뒷말이 무성한 건설 현장에 오게 된 건 행운일 것이다. 그리고 어쩌면 정말 하크네스는 본인의 주장처럼 단지 제임스가 인맥을 쌓는 데 도움을 주고 싶었던 것인지도 모른다. 제임스는 불안을 억누르고 성큼

성큼 출입구를 통과하며 생각했다. 그저 과대망상에 빠진 것뿐이다. 공사 감리보다 더 간단한 일도 없다.

현장으로 들어가는 순간, 어떤 움직임이 제임스의 눈을 사로잡았다. 어제 본 잡역부 소년이었다. 다시 한 번 제임스는 이상한 파동을 느꼈다. 저 아이를 전에 어디서 봤더라? 두 번째로 보니 저 소년은 알프레드 퀴글리와 전혀 닮지 않았다. 나이도 두세 살쯤 더 먹은 것 같았고 스타일도 전혀 달랐다. 그렇다면 혹시 아는 사람의 아들일까? 전에 자신이 고용했던 노동자라든가. 그러나 그렇다면 소년이 자아내는 충격적일 만큼 익숙한 분위기는 과연 어떻게 설명할 것인가?

제임스는 자신이 허공을 응시하고 있음을 깨달았다. 고개를 저으며 의도했던 것보다 더 크게 사무실 문을 두드렸다.

"하크네스 씨."

"우리 제임스가 왔구나! 아니, 친애하는 **이스튼 군**이라고 불러야겠군. 이제 우린 동료이니 말일세."

갑작스러운 승격에 제임스의 입꼬리가 올라갔다.

"장관님과 협상이 잘되셨나 봅니다. 오늘 아침에 눈뜨자마자 임명장을 받았네요."

"뭐, 꼭 그런 건 아니고."

하크네스가 얼굴을 붉히며 말했다.

"어제 설명한 것 같네만 워낙 긴박한 사안이라서 그렇지, 뭐. 장관께서 워낙 효율적인 분이시기도 하고……."

하크네스는 헛기침을 하더니 서둘러 이야기를 계속했다.

"이제 자네도 조수가 필요할 것 같네만……."

"혼자서도 충분합니다."

제임스는 즉시 사양했다.

"완전히 회복되지 않았다면 애초에 이 임무를 맡지도 않았을 겁니다."

"아니, 그런 게 아닐세."

하크네스가 웃으며 말했다.

"자네 건강 때문이 아니야. 난 그저 측량이나 잡다한 일을 도와줄 잡역부를 붙여주겠다고 말한 것뿐일세. 실례를 무릅쓰고 벌써 마련해놨다네. 그러니 그냥 부르겠네."

제임스가 미처 답할 겨를도 없이 사무실 밖으로 나간 하크네스는 잠시 후 검은 머리 소년을 데리고 들어왔다.

"이분은 이스튼 엔지니어링의 이스튼 씨란다."

하크네스가 입을 열어 제임스를 소개했다.

"이스튼, 이 녀석은 내가 고용한 사람들 중에 가장 똑똑한 소년일세. 제법 도움이 될 거야."

그리고 덧붙였다.

"이름은 퀸일세. 마크 퀸."

제임스의 귀에는 하크네스의 소개가 거의 들리지 않았다. 그의 시선은 이미 '소년'에게 고정되어 있었다. 발밑에서 땅이 요동쳤다. 마치 소규모의 지진이 몸속의 모든 신경을 흔들어대는 것 같았다. 소년의 눈동자 외에는 아무것도 보이지 않았다. 오늘은 짙은 고동색이었다. 그러나 불빛 아래서 보면 초록색으로 빛난다는 것을 제임스는 너무나 잘 알았다. 그 눈을 감싸고 있는 짙고 검은 속눈썹과 아치형 눈썹, 덥수룩하고 숱 많은 검은 머리. 놀람과 경악이 얼굴에 떠올랐다. 보는 즉시 단번에 알아볼 수 있는, 너무도 익숙한 표정이었다.

제임스의 얼굴이 창백해졌다. 피가 발가락을 향해 돌진하는 것 같았다. 속이 거세게 요동쳤지만 불쾌한 기분은 아니었다. 제임스는 잠시 멍청하게 입을 벌리고 서 있었고 그동안 '소년' 역시 그를 응시했다. 소년의 얼굴에 여러 가지 표정이 연속적으로 스쳤다. 당혹감. 공포. 그리고 다른 무엇인가…….

"이런!"

그러나 제임스가 입을 열자마자 목에서 바람이 훅 빠지는 바람에 짜증스럽게도 마치 어린 소년의 헐떡임 같은 소리가 났다. 또한 그로 인해 발작 같은 기침까지 터져 나왔다. 그는 몸을 웅크린 채 악화된 건강을 저주하며 이렇게 망가진 폐로 침착하고 권위적인 모습을 보이는 것이 과연 가능할지 의심했다. 눈을 들었을 때에는 귓전에 이상한 소리가 울렸고 눈앞에 검은 점들이 떠다녔다.

"제임스, 이 친구! 괜찮나?"

제임스는 아직 입을 열 엄두를 내지 못하고 고개만 끄덕였다. 슬쩍 손수건을 보니 피는 묻어 있지 않았다. 정말 다행이었다. 몇 초가 흘렀고 무슨 말이라도 지껄여야 했다. 에잇, 빌어먹을. 무척 애를 먹긴 했지만 제임스는 결국 하크네스의 친절한 말을 끊고 내뱉었다.

"가벼운 기침일 뿐입니다. 말라리아와는 관계없어요."

그렇게 말하면서 메리를 똑바로 보았는데 이제 그녀의 표정은 무덤덤해졌다. 제길. 그녀가 먼저 충격에서 회복할 시간을 내준 셈이었다.

"그렇게 말한다면야, 뭐……."

하크네스는 믿지 않는 눈치였다.

"아까 말한 것처럼 퀸은 자네에게 도움이 될 걸세. 아주 똑똑한 아이이고, 건축에 대해 좀 더 배우고 싶어 하지. 그렇지, 얘야?"

"예, 소장님."

"그럼 다 해결됐군. 현장을 둘러보고 싶을 테지, 이스튼?"

너무나 많이 변한 나머지 처음에는 그를 길에서 우연히 마주친다면 과연 알아볼 수 있을지 의심스러웠다. 키는 여전히 훤칠했지만 넓은 어깨에 비해 너무 말라 보였다. 볕에 그을었는데도 건강하고 여유로워 보이기는커녕 짙은 긴장에 휩싸여 동요하는 것처럼 보였다. 그리고 그의 태도에서 전에는 없었던 냉혹함이 엿보였다. 매사 진지하고 때로는 엄격하기까지 한 그였으나 지금처럼 음침한 표정은 영 낯설었다. 그 순간 메리의 시선이 그의 시선과 얽혔고, 그녀는 전신에 깊고 강렬한 온기가 물결치는 것을 느꼈다. **당연히** 메리는 그를 알아볼 수 있을 것이다. 어디에서라도 그 눈을 단번에 알아볼 것이다. 숨이 막힐 것 같았다. 메리는 어렵사리 시선을 돌렸다. 그런데 문득 너무 수줍어하는 것처럼 보인 건 아닌가 싶었다.

현장 순회는 몇 시간 동안 이어진 것 같았다. 하크네스는 살짝 초조한 발소리를 내며 걸었고, 제임스는 고개를 끄덕여 이해했다는 뜻을 비쳤으며, 메리는 말없이 두 남자를 따라다녔다. 소년으로 위장하고 투입된 곳에서 제임스를 다시 만나다니. 이 무슨 어처구니없는 운명의 장난인가. 제임스 쪽에서 조수를 요청한 걸까? 아니면 하크네스가 꾸민 일일 수도 있다. 다시 한 번 의심이 고개를 들었다. 대체 하크네스가 그녀에게 기대하는 것은 무엇일까? 아무리 생각해도 하크네스가 메리의 위장에 대해 알 리가 없었다.

과연 그럴까?

그리고 이제는 제임스와 단둘이 남았다. 메리는 공격에 대비해 정신을 가다듬고 가만히 서 있었다. 그녀는 현재 곤경에 처한데다 자칫 수치를 겪을 수 있는 상황에 놓여 있었다. 제임스가 평소 즐겨 마지않는 오만하고 신랄한 발언을 내뱉기에 안성맞춤이었다. 보나마나 순회를 하는 내내 특유의 그 거만하고 느릿한 말투로 악의는 없는 척 상대의 기를 죽일 말들을 수없이 준비했을 것이다. 하크네스가 있는 자리에서 자제할 수 있었던 것이 오히려 놀라울 따름이었다.

메리는 기다렸다.

계속 기다렸다.

그리고 또 기다렸다.

꼬박 5분 동안 침묵이 흐른 뒤, 메리는 눈을 들어 제임스의 얼굴을 보았다.

제임스는 탑 아래에서 일하는 인부들을 응시하고 있었다. 그러나 곧 메리의 암묵적인 질문을 감지한 듯 그녀에게 눈을 돌리더니 아무렇지 않은 투로 말했다.

"내 생각에는 석공들부터 시작해야 할 것 같군. 음…… 퀸이라고 했지. 그렇지 않나?"

오후 내내 이런 식이었다. 그들, 아니 제임스는 인부들을 관찰하고 비계를 점검하고, 안전시설을 검사하면서 어렵거나 위험한 작업에 주목했다. 서두르지 않았음에도 제법 많은 일을 처리했다. 그리고 일하는 내내 딱 어린 조수를 대하는 만큼 적당한 예의를 갖추고 서먹하게 메리를 대했다.

1년이 넘도록 그를 보지 못했고, 솔직히 다시 볼 수 있으리라는 기대도 하지 않았다. 그렇다 하더라도 제임스가 '퀸'이라는 성을 들은데다 이렇게 얼굴까지 맞대고 있음에도 정말 자신을 알아보지 못한다는 것은 있을 수 없는 일 같았다. 맹세하건대 조마조마하던 첫 만남의 순간, 제임스는 자신을 알아보았을 것이다. 그때의 헐떡거림은 놀람 때문이 분명했다. 기침 발작으로 상황을 무마하려 했을지 모르지만 메리는 그의 눈에서 자신을 알아본 기미를 놓치지 않았다.

그냥 착각이었을까? 이성적으로 제임스가 정말 아무것도 기억하지 못했다면 메리로서는 기뻐해야 마땅한 일이었다. 만일 그렇다면 단연코 가장 깔끔하고 가장 안전한 상황일 것이다. 그런데 한 치의 거짓도 없이 솔직한 심정으로는 이 깔끔하고도 안전한 상황이 메리의 자존심에 상처를 입혔다. 그를 뭐라고 불러야 할까? '남자'라고 하기엔 아직 어리지만 분명 '소년'은 아닌, 젠장……. 아무튼 제임스는 그녀에게 키스까지 하지 않았던가! 물론 당시의 그는 뇌진탕을 일으키고 연기를 마셔 어지러운 상태였고 어쩌면 의식이 혼미했을지도 모른다. 그러나 그는 그녀를 벽에 밀어붙이고 키스했다. 그것도 두 번이나. 그때를 떠올리니 기쁨으로 몸이 떨렸다. 마음 한쪽에서는 제임스가 '마크 퀸'에게 동요되지 않은 것이기를 바랐다. 그로 인해 골치 아픈 상황이 초래된다 하더라도 말이다.

그러나 만일 그가 그녀에게서 뭔가 떠올렸다면, 단순히 그녀의 얼굴이 막연하게 어쩌면 아주 조금 익숙하게 느껴졌기 때문일까? 그렇다면 더욱 기분이 상할 일이었다. 제임스는 얼마나 많은 여자에게 키스한 거지? 그날의 키스로 판단하건대 한두 명이 아닐 것이다.

그런데 그걸 어떻게 알지? 마음속에서 자조 섞인 목소리가 속삭였다. **다른 사람과 키스해본 적이나 있어?**

어쨌든 만일 제임스가 메리의 얼굴을 알면서도 알아보지 못한 거라면 더 심각한 상황이었다.

이성적으로 생각하자. 이번에는 마음속에서 냉정하고 분석적인 목소리가 말했다. 제임스가 남장한 그녀를 본 적이 있긴 하지만, 지금 알아보지 못하는 것은 사실상 변장이 훌륭하다는 칭찬으로 받아들일 수 있다. 그리고 설사 그녀의 이목구비가 조금 익숙하게 느껴졌더라도, 그것은 그 또래 아이들이 대부분 그러려니 생각했을 것이다. 아직 완전하게 형성되지 않은 아이들의 얼굴은 어른들 눈에는 그 얼굴이 그 얼굴처럼 보이는 법이다.

하루를 마칠 무렵에야 비로소 제임스는 그녀를 그럭저럭 쓸 만한 도구가 아닌 한 사람의 인간으로 본다는 징후를 보였다.

"퀸."

메리는 눈을 들었다. 숨이 막혔다. 제임스가 그녀를 빤히 쳐다보고 있었다.

"아, 네."

"하크네스 씨 말씀으로는 네가 이 업계 신참이라던데."

메리가 천천히 고개를 끄덕였다.

제임스의 눈이 삐뚤삐뚤하게 자른 그녀의 머리카락과 지저분한 소년의 옷을 훑었다. 제임스의 입꼬리가 올라가며 희미한 미소가 스쳤다.

"여긴 어떻게 오게 된 거지?"

"네?"

"이 현장에 오게 된 경위 말이야. 경력이나 인맥 없이 어린 소년이 공사 현장에서 일자리를 찾는 경우는 드물거든. 하크네스 씨에게 아주 잘 보인 모양이야."

"소장님께서는 제게 잘해주십니다."

"그렇겠지."

제임스의 시선이 메리의 허리께 어딘가 고정되었다. 그녀는 도면 뭉치를 들고 있었다. 오랫동안 그 상태로 가만히 서 있었던 터라 불편해서 좀이 쑤실 지경이었다.

"여기 오기 전에는 무슨 일을 했지?"

메리는 머뭇거렸다. 마음 한구석에서는 이렇게 외치고 싶은 충동이 일었다. **흥, 꼭 모르는 것처럼 말씀하시네!**

"온갖 잡다한 일을 했습니다. 딱히 어떤 일이라고 꼬집어 얘기할 만한 것은 없었고요."

두루뭉술하긴 했지만 어느 정도는 진실이었다.

"글쎄, 딱 보니 아닌데."

잠시 기다렸지만 제임스는 부연 설명을 덧붙이지 않았다.

"무슨 말씀이십니까?"

메리는 마침내 물었다.

제임스가 도면 뭉치를 향해 고갯짓을 했다.

"곱고 흰 손이군. 일을 한 손이 아니야."

예의 희미한 미소가 다시 떠올랐다. 이번에는 제임스의 눈이 반짝였다.

"여자 손이라고 해도 믿겠어."

메리는 얼어붙었다. 숨조차 제대로 쉴 수 없었다. 이제 명쾌하고 기지 넘치는 대꾸로 반박할 때였으나 재치마저 얼어붙고 말았다. 그녀가 할 수 있는 최선이란 고작 그저 입을 꼭 다문 채 그를 멍하니 쳐다보는 것뿐이었다.

제임스는 어깨를 으쓱하더니 보란 듯이 시계를 확인했다.

"이런, 벌써 6시군. 더 붙잡아두면 안 될 것 같은데, 퀸 군."

그 말을 이해하는 데 한참 걸렸다. 그리고 마침내 이해했을 때에는 몹시 화가 났다. 그럼에도 메리가 안전을 위해 할 수 있는 말은 "예."가 전부였다. 그리고 망할 인간은 싱긋 웃어 보일 뿐이었다.

"내일 보자, 꼬마야."

11

플락스 양의 하숙집에서 그리 멀지 않은 컷 가에 빵집이 하나 있었다. 앤 트렐리븐과 약속한 대로 메리는 저녁마다 그곳에 들러 '가게에서 가장 갈색이 도는 둥근 빵 한 덩이'를 샀다. 그리고 밖으로 나오자마자 허겁지겁 빵을 뜯었다. 요즘 메리는 늘 허기졌다. 하지만 오늘 밤에는 빵 조각 가운데에서 완두콩 크기의 종이 뭉치부터 찾았다. 종이를 펴자 휘갈긴 버먼지 주소의 약도가 보였다. 부둣가 인근은 표지판이 없어서 길을 찾기 어려운 경우가 많다. 순식간에 약도를 암기한 뒤 종잇조각을 더러운 물웅덩이에 버리자 이내 지나가는 마차에 의해 흔적도 없이 사라졌다.

저녁 무렵의 런던은 교차로였다. 수천 명의 사람들이 일을 마치고 이제 시내 중심지에서 교외로 쏟아져 나가고 있었다.

터벅터벅 다리를 건너는 낡은 양복 차림의 사무원, 남은 물건을 손수레에 싣고 가는 지친 얼굴의 장사꾼, 연장통을 등에 멘 노동자 들이었다. 그러나 이러한 인파와는 반대로 움직이는 사람들도 있었다. 이미 도착해 커피를 파는 노점상들이 눈에 띄었고, 당일 또는 어제, 심지어 지난주에 팔다 남은 물건을 헐값에 처분하는 야시장 상인들도 그날 장사를 준비하고 있었다. 긴 하루의 흙먼지와 쓰레기를 쓸어내는 사람들도 있었다.

매일 저녁 버러 마켓(런던 서더크에 있는 오래된 재래시장—옮긴이) 외곽에 늘어선 허름한 노점들의 싸구려 음식은 사실 그리 매력적이지 않았다. 그러나 주변에 다른 것을 살 여유가 없어 무르다 못해 끈적거리는 채소와 벌레 먹은 과일, 상한 고기를 사려고 흥정을 벌이는 사람들이 이곳에는 득실거렸다. 전날 티타임 때 상한 우유 찌꺼기를 꿀꺽꿀꺽 마시던 젠킨스의 모습이 떠올랐다. 오늘은 벌이가 없었으니 더욱 굶주리고 있을 것이다. 그 생각을 하니 발걸음이 빨라졌다.

타워 브리지 근처에 이르자 제혁소의 악취가 메리를 강타했다. 둔기로 얻어맞은 기분이었다. 썩어가는 짐승의 살과 부식성 석회, 동물 배설물의 악취가 뒤섞인, 버먼지에서는 항상 풍기는 냄새였다. 템스 강의 역한 냄새조차 참을 만하게 만드는 악취였다. 젠킨스의 집은 대형 제혁소에서 100야드도 채 떨어지지 않은 후줄근하고 작은 연립 주택이었다. 연립 주택 밖에는 꼬질꼬질한 아이들이 배수로 주변에 우글우글 모여 있었다. 한창 떠들썩하게 뛰어놀 나이인데도 아이들은 주변 환경만큼이나 짓밟힌 것처럼 보였다. 아이들 사이에 벌어졌던 사소한 말다툼을 제외하고는 대체로 무기력하게 그저 길가에 앉아 지친 눈으로 지나가는 메리를 멍하니 지켜보는 것 말고는 아무것도 할 수 없는 것처럼 보였다.

메리는 현관문을 똑똑 두드리고 대답을 기다렸다. 아무 반응도 없었다. 다시 두드렸다. 이번에는 안에서 날카로운 목소리가 날아왔다.

"무슨 일이야?"

"실례하지만 피터 젠킨스를 찾아왔습니다."

긴 침묵이 흘렀다. 메리가 다시 입을 열려는 찰나 문이 손바닥만큼 빼꼼 열리며 충혈된 눈이 의심스럽게 메리를 훑었다.

"젠킨스라고?"

"예, 부인."

메리는 상대의 성별을 추측해 대답했다. 문틈이 좁아서 상대의 모습이 잘 보이지 않았지만 테너보다는 알토에 가까운 목소리였다.

문이 좀 더 열리고 후광이라도 되는 것처럼 부스스하게 들뜬 희끗희끗한 머리카락과 굽은 등 위에 걸쳐진 엉성한 원피스가 보였다.

"젠킨스는 아래 있어."

목소리의 주인이 퉁명하게 말하더니 턱으로 안으로 들어오라는 신호를 보냈다.

메리는 그녀를 맞는 더러운 체취와 곰팡이, 땀, 부패한 쓰레기, 배설물 등이 뒤섞인 집의 악취에 움찔하지 않으려 애썼다. 그녀는 조심스럽게 걸어 들어갔다. 거리가 어둑어둑한 정도면 집 안은 어둠 그 자체에 가까웠다. 어둠에 적응하기까지 몇 분이 걸렸다. 마침내 그녀는 집 뒤쪽에서 사각형 나무 뚜껑문을 발견했다. 뚜껑문을 들어 올리니 끽 소리와 함께 지하 창고처럼 보이는 곳으로 내려가는 썩어가는 나무 사다리가 나타났다.

메리가 허락을 구하려 뒤를 돌아봤으나 집주인은 이미 흥미를 잃고 다른 일을 하고 있었다.

"안녕?"

메리는 망설이며 아래를 향해 소리를 질렀다. 용감한 영웅이 몽둥이로 머리를 얻어맞고 몇 시간 뒤 악당의 소굴에서 손발이 묶인 채 깨어나는 선정 소설(노동 계급과 여성이 주 독자층인 가정 범죄, 이중혼, 치정 사건 등을 주로 다룬 빅토리아 시대의 대중 소설 장르—옮긴이)의 한 장면이 떠올랐다. 메리는 불현듯 고개를 돌려 보았지만 물론 아무도 없었다.

아래에서는 아무런 대답도 없었고, 인간이 내는 것일지도 모르는 부스럭대는 소리만 희미하게 들렸다. 주머니에 골풀 양초가 있었지만 여기서는 별로 소용없을 것 같았다. 메리는 속으로 한숨을 쉬며 내려갈 준비를 했다. 여기까지 온 마당에 그냥 돌아갈 수는 없는 노릇이었다.

호리호리하고 가벼운 체구였지만 체중을 싣기 전에 발판을 주의 깊게 밟아보면서 한 칸 한 칸 조심스럽게 내려갔다. 간신히 여섯 칸을 내려가니 나무 바닥이 아닌 흙바닥에 발이 닿았다. 메리는 다시 멈추고 새로운 차원의 어둠에 적응하기를 기다렸다. 길에서 가까운 벽에 난 작은 격자창이 유일한 채광창이자 통기구였다.

"잘 지냈어, 젠킨스?"

완전한 정적이 아니었다면 구석에서 들려온 부스럭대는 소리쯤은 놓쳤을 것이다.

메리는 눈을 가늘게 떴지만 또렷이 보이는 것이라고는 하나도 없었다.

"젠킨스? 나 퀸이야."

침묵.

부스럭거리는 소리가 멈춘 것을 보니 분명 쥐는 아니었다.

"듣고 있는 거 다 알아."

마침내 소리가 난 쪽 구석에서 성마른 한숨과 함께 날카로운 목소리가 울렸다.

"꺼져!"

메리가 싱긋 웃었다. 분명 젠킨스였다. 그녀는 본능에 우선적으로 따라 그쪽 구석으로 움직였다.

젠킨스는 지푸라기 매트리스 위에 쫓기는 듯한 자세로 엎드린 채 반항기 어린 눈으로 그녀를 노려보았다.

"꺼지라고 했잖아! 오라고 한 적도 없는데 뭐하러 온 거야?"

메리는 젠킨스의 말을 무시했다.

"줄 게 있어."

"필요 없어."

반사적인 반응이었다.

"일단 보고 나서 말해."

메리는 주머니를 뒤져 1페니짜리 동전과 반 페니짜리 동전을 꺼냈다. 마크 퀸의 전 재산이었다.

"이래도 필요 없어?"

인상을 찌푸리기만 할 뿐 아무 말도 못하는 젠킨스를 보며 메리는 싱긋 웃었다. 그녀는 동전을 젠킨스 팔꿈치 옆에 얌전히 쌓아 두고 다른 주머니에서 길쭉한 종이 봉지를 꺼냈다.

"그건 뭐야?"

말투는 퉁명스러웠지만 눈에는 호기심이 역력했다.

"버드나무 껍질 가루야."

젠킨스의 멍한 표정을 보며 메리가 설명했다.

"진통제지."

"아아."

이제 젠킨스의 눈은 메리가 마치 마술사라도 되는 듯 그녀의 움직임을 쫓았다.

메리는 외투에서 2파운드짜리 빵 한 덩이를 꺼냈다. 노릇노릇한 껍질로 덮인 최고급 흰 빵이었다.

젠킨스는 눈을 크게 뜨고는 감탄하며 코를 킁킁댔다.

마지막으로 그녀는 주머니에서 작은 병 하나를 꺼내서 찰랑찰랑 흔들었다.

"이래도 꺼지라고 할 거야?"

"에이, 엿이나 먹어."

말은 그렇게 하면서도 젠킨스의 목소리는 지극히 유쾌했다.

처음 듣는 경쾌한 목소리에 메리는 깜짝 놀랐다. 공사장에서는 한가로이 노닥거릴 때에도 이렇게 행복해하지는 않았다. 아니, 천진하지 않았다고 할까? 메리는 젠킨스가 쓰디쓴 가루를 인상 한 번 쓰지 않고 입에 털어 넣는 것을 지켜보았다.

그런 뒤 젠킨스는 럼주를 한입 가득 삼키고 탄성을 질렀다.

"후아!"

메리는 조용히 주머니칼로 빵을 두툼하게 잘랐다. 젠킨스가 빵을 우적우적 씹으며 럼주를 마지막 남은 한 방울까지 꿀꺽꿀꺽 삼킬 때 메리는 동전 더미를 발끝으로 쿡 찔렀다.

"또 필요한 거 있니? 가져다줄게."

순간 솔깃한 것 같았지만 곧 단호하게 고개를 저었다.

"아니, 네 돈은 받을 수 없어."

"차 심부름으로 번 것 중 네 몫이야."

"차 심부름에서 이렇게 많이 번 적은 없는데."

말은 그렇게 하면서도 시선은 최면에라도 걸린 듯 동전에 고정되어 있었다.

"오늘만 그래."

새빨간 거짓말이었지만 떠올릴 수 있는 가장 그럴싸한 구실
은 이것뿐이었다. 젠킨스가 돈이 너무 궁한 나머지 그 얘기를
믿게 되기만을 바랄 따름이었다.

"오늘은 레이드와 다녔거든. 윅 부인을 위해 모금했어. 다들
마지못해 내놨지, 뭐."

"음."

"물론 내면서 그리 내켜 하는 것 같지는 않았지만. 어쨌든 레
이드가 모금을 했어."

"윅을 위해서 말이야? 아니, 그럴 리가. 그 인간은 타고난 악
질인데. 틀림없이 유리공들은 한 푼도 안 내놨을 거야."

"맞아. 어떻게 알았어?"

젠킨스는 인상을 찌푸렸다.

"그냥 알아. 윅과 키넌에게 한 푼이라도 주고 싶어 하는 사람
은 없어. 둘 다 호시탐탐 기회를 노리거든."

흥미로운 정보였다.

"무슨 뜻이야?"

젠킨스는 그녀를 날카롭게 쳐다볼 뿐이었다.

"내가 모든 걸 일일이 설명해줄 수는 없어. 너도 지켜보다 보
면 알게 될 거야."

젠킨스는 그 주제에 대해 더 이상 언급하려 하지 않았다.

메리의 눈은 이제 거의 암흑에 가까운 상태에 익숙해져 사물

의 형체를 대강 알아볼 수 있었다. 젠킨스의 집은 좁고 천정이 낮은 흙바닥 지하 창고였다. 가구나 난로, 식사할 공간은 물론 씻을 곳도 없었다. 이곳에서 인간이 살고 있음을 보여주는 유일한 단서는 침대 대신 지푸라기와 누더기를 쌓아 만든 매트리스 두 장, 손잡이 없는 찌그러진 양동이, 그리고 쓰다 남은 양초한 토막뿐이었다.

메리는 동정 어린 시선으로 젠킨스를 보지 않으려 노력했다. 심하게 찢어진 엉덩이는 치료를 받아야 할 것 같았고, 지난번에 본 옷을 여전히 입고 있었다. 젠킨스가 가진 유일한 옷일 가능성이 컸다. 그가 살고 있는 지저분하고 열악한 환경을 생각하면 아직까지 감염으로 죽지 않은 것이 오히려 놀라울 따름이었다.

"여기 또 누가 사니?"

메리가 물었다.

잠시 망설이던 젠킨스가 대답했다.

"아빠와 동생들."

엄마는 없었다. 특이한 경우는 아니었다.

"남동생이야?"

"여동생이야. 이젠 그렇게 애도 아니야. 내년이면 제니도 일할 만한 나이가 될 거야."

일할 만한 나이란 어디까지나 상대적이었다. 젠킨스처럼 가난한 가정이라면 제니는 아마 대여섯 살 정도일 것이다.

"아버지는 뭘 하셔?"

"그게 너랑 무슨 상관이야?"

"물론 상관없지. 그냥 전에 건설업 쪽에 계시다고 했던 것 같아서. 그 덕에 일자리를 얻었다고 했잖아."

"신경 꺼."

"알았어."

메리는 마치 쫓겨나는 사람처럼 조심스럽게 말했다.

"괜찮으면 며칠 뒤에 다시 올게."

젠킨스는 다시 한 번 동전 더미에 시선을 고정한 채 퉁명스럽게 말했다.

"그러시든가."

꼬았던 다리를 풀고 일어서다가 천정에 머리가 부딪쳤다. 여자인데다 키 작은 그녀에게도 천정이 이렇게 낮은데, 젠킨스네 아버지 같은 성인 남자가 대체 어떻게 이곳에서 살 수 있을까? 그리고 아들은 왜 그토록 아버지를 보호하려는 것일까?

"그럼 나중에 보자."

젠킨스는 툴툴거릴 뿐이었다. 그러나 그녀가 곧 무너질 듯한 사다리를 올라갈 때 젠킨스가 부르는 소리가 들렸다.

"퀸."

음습한 구덩이에서 탈출하기 위해 손을 사다리 맨 위 칸에 얹은 채 잠시 동작을 멈췄다.

"응?"

젠킨스는 자신이 환각을 보고 있는 것이 아닌지 확인이라도 하듯 동전 더미를 찔러보고 있었다. 메리와 눈을 맞추는 것을 어려워하는 것 같았다.

"고마워."

메리는 고개를 한 번 끄덕이고 미소를 지어 보이려 했지만, 갑자기 모든 것이 버겁게 느껴졌다. 지하실, 악취, 주변을 둘러싼 절망감. 그녀는 허겁지겁 올라와 집 밖으로 뛰쳐나가다가 하마터면 들여보내 주었던 구부정한 노파와 부딪힐 뻔했다. 그러나 멈춰 서서 사과도 하지 않고 줄행랑쳤다. 그리고 늘 굶주림과 아편 연기에 노출되어 있는 탓인지 마치 약에 취한 올빼미처럼 눈을 껌뻑이며 자신을 쳐다보는 아이들을 지나쳐 맹렬히 질주했다. 다시 램버스로 돌아올 때까지 뜀박질을 멈추지 않았다.

코럴 스트리트 근처에 이르러서야 메리는 휘청대며 조용한 골목으로 들어가 토했다. 빵, 에일 맥주, 나중에 먹은 빵, 단출한 저녁의 전부였다. 그러나 위를 싹 비워냈음에도, 헛구역질은 발작적으로 길고 격렬하게 계속되었고, 그때마다 몸이 들썩이면서 숨이 제대로 쉬어지지 않아 헐떡였다. 입술에서 느껴지는 짠맛에 자신이 울고 있다는 사실을 깨달았다. 하지만 무엇 때문에 우는 거지? 피터 젠킨스 때문은 아니었다. 젠킨스네 동네에서 본 다른 사람들 때문도 아니었다. 우스운 일이었다. 유치하고 나약했다. 알면서도 메리는 몇 분 동안 눈물을 멈출 수가 없었다.

마침내 울음이 그치자 완전히 텅 빈 느낌이었다. 눈물도 말
랐고, 속도 비었다. 갑자기 한기가 밀려왔다. 지친 나머지 몸이
떨렸다. 그녀는 여전히 마크 퀸의 옷을 입은 채 램버스의 골목
에 서 있었다. 입안에 남은 쓴맛을 꿀꺽 삼키며, 메리는 그것
이 무엇을 의미하는지 생각했다. 코럴 스트리트를 향해 몇 걸
음 내딛으며 자신을 기다리고 있는 것들을 맞을 준비를 했다.
로저스, 울퉁불퉁한 침대, 선잠. 그러나 긍정적인 것들도 떠올
랐다. 긴 산책, 자신만의 방, 과분하도록 안락한 메리 퀸의 삶으
로 돌아갈 수 있는 가능성. 메리 퀸은 여전히 존재했다. 그리고
오늘이든 내일이든 이 사건만 끝나면 바로 에이전시로 돌아갈
수 있었다. 적어도 오늘밤만큼은 그 사실을 아는 것만으로 충
분했다.

12

7월 6일 수요일
웨스트민스터, 팰리스 야드

사인 심문 당일 아침이었다. 제임스와 하크네스 모두 심문에 참석하게 되어 있었다. 한 명은 참관인이었고, 다른 한 명은 증인 자격이었다. 공식적인 사인 심문은 마크 퀸이 낄 자리가 아니라는 것을 잘 알면서도 현장에 남은 메리는 왠지 소외감을 느꼈다. 팰리스 야드의 분위기는 늘 긴장되었지만, 적어도 오늘만큼은 다들 그런 긴장감을 느낄 만한 구체적인 이유가 있었다. 물론 예외인 사람들도 있었다. 예를 들어 두 명의 인부는 손수레에서 천천히 짐을 내리는 동안 계속 옥신각신했다.

"중국차를 몽땅 줘도 하키가 되는 건 절대 사양이야."

"아니, 왜?"

"사인 심문에 가야 하잖아? 그것도 몰라?"

"그게 뭐 별건가. 그냥 사람 많은 방일 뿐인데."

"그래. 하지만 시체도 있다는 게 문제지."

"무슨 소리야?"

"맙소사. 자네 정말 무식하구먼, 바테시. 사람들이 다 보는 앞에서 의사가 윅의 시체를 잘라서 전부 보여줄 거란 말이야. 사인 심문이란 그런 거라고, 이 무식한 친구야."

"맙소사……."

"그래, '맙소사'지. 나라면 판사가 뭐라고 하든 절대 못 볼 거야. 그 자리에서 토해버릴걸. 틀림없어."

전반적으로 긴장된 분위기에도 불구하고, 메리는 바테시의 박식한 친구 덕에 웃음을 참기 힘들었다. 메리라면 사인 심문과 사체 부검의 차이를 알려줄 수 있겠지만 마크 퀸으로서는 당연히 불가능한 일이다. 이런 가벼운 순간들은 매우 드물었고, 대팻밥을 비롯한 쓰레기들을 모닥불용 땔감 더미까지 실어 나르는 오전 작업을 잠시 중단할 만한 사건은 거의 일어나지 않았다.

두어 시간 후 메리는 웬 낯선 남자가 코를 후비며 출입문으로 들어오는 것을 발견했다. 신사 치고는 후줄근한 행색이었다. 바지는 무릎이 튀어나왔고, 외투 소매 한쪽은 분필처럼 보이는 허연 뭔가가 길게 묻어 있었다. 하크네스의 사무실을 들여다보았는데, 자신이 본 것에 흥미를 느끼는 것 같았다. 남자는 한 걸음 더 다가가 주변을 둘러보다가 몇 야드 거리에서 호기심 어린 눈으로 자신을 지켜보고 있는 메리를 발견했다.

남자는 즉시 몸을 바로 세우고 그녀를 향해 돌아섰다.

"어이, 꼬마야. 하크네스 씨 계시니?"

남자의 음성은 따스하고 다정했다. 상대로 하여금 긴장을 풀고 신뢰하도록 만드는 힘이 있었다.

오히려 그 때문에 메리는 더욱 긴장했다.

"안 계십니다."

"현장에 안 계시다고? 그럼 언제 오실까?"

"모르겠습니다. 딱히 말씀하신 것은 없어요."

그는 인상을 찌푸렸다.

"현장 관리를 이런 식으로 하나? 그럼 그동안 너는 뭘 하고 있지?"

남자는 이제 아주 가까이, 사실상 코앞까지 와 있었다. 메리는 어깨를 으쓱하며 살짝 한걸음 뒤로 물러났다.

"그냥 하던 일을 합니다."

남자는 얼굴을 기억하려는 듯 메리의 얼굴을 뚫어져라 응시했다. 그 시선에 그녀는 안절부절못했다. 하크네스와 키넌에게 그랬던 것처럼 특별히 시선을 끌 만한 특이한 짓을 하지 않는 이상, '마크'를 눈여겨보는 어른은 거의 없었다. 그렇다면 지금 또 뭔가 튀는 짓을 한 것일까?

"새로 온 친구로군."

남자가 단정적으로 말했다.

"사흘 됐습니다."

혹시 전에 만난 적이 있는 걸까? 문제는 그가 지극히 평범하다는 점이었다. 짧게 다듬은 평범한 수염에 이목구비마저 평범한 금발 머리 남자. 젊지도 늙지도 않았고, 잘생기지도, 그렇다고 못생기지도 않았다.

"일은 아직 할 만하니?"

"할 만합니다."

뭔가 수상쩍은 일을 꾸미고 있는 게 분명했다. 합법적인 업종에 종사하는 신사라면 한낱 잡역부에게 이렇게 많은 시간을 허비할 리 없었다.

"하크네스 씨가 자리를 비울 때 대신 현장을 관리할 비서나 사무원이 있을 줄 알았는데."

태평스러운 투로 남자가 말했다.

"그런데 어디 가셨다고?"

아하! 그의 목적은 이거였다. 메리는 다소 새침한 목소리로 대답했다.

"아무 말씀도 없으셨습니다."

남자가 싱긋 웃었고 메리는 눈을 깜빡였다. 그의 얼굴에서 온화하고 어중간한 표정이 사라지며 다소 뒤틀린 듯한 느긋한 매력이 그 자리를 대신했다.

"똑똑한 친구로군. 나 같은 부류에겐 너무 예리해."

메리도 답례의 미소를 짓지 않을 수 없었다.

"아닙니다."

"아니, 내가 보기엔 그래. 잘 알았네. 솔직히 얘기하지. 사실 하크네스 씨가 윅의 사망 건으로 사인 심문에 참석한 것은 이미 알고 있어. 하지만 심문이 미뤄졌지."

메리의 눈이 커지는 것을 본 남자가 싱긋 웃었다.

"어, 아직 못 들었나? 자네 같은 친구는 무슨 일이든 일어나자마자 곧바로 알 줄 알았는데 말이야."

메리는 고개를 저으며 물었다.

"왜 미뤄졌습니까?"

"내가 그걸 왜 알려줘야 하지? 직접 알아보라고, 게으름 부리지 말고."

"지금 알아보기 위해 선생님께 여쭤보고 있습니다만."

남자는 히죽거렸다.

"건방진 꼬마 같으니."

그러나 메리가 대답을 기다리며 계속 서 있자 남자가 그녀를 좀 더 유심히 살폈다.

"게다가 고집불통이군. 음…… 좋아. 자네가 이미 알고 있을지 모르지만 아직 평결은 나지 않았어. 대신 이 현장에 대한 공사 감리 결과를 기다리고 있지. 고백하자면 그 얘긴 나도 처음 들은 거라네. 감사를 맡기로 한 친구에 대해서도 처음 들었지. 이스튼이라는 친구던데."

남자는 날카로운 눈으로 메리를 응시했다.

"혹시 그를 아니?"

그녀는 애매하게 대답했다.

"이곳 사람들은 모두 알지요."

"흥. 당연히 그럴 테지. 어…… 내가 어디까지 얘기했더라? 아, 맞아. 난 존 윅 사건의 **사인 심문에 대해** 하크네스 씨와 이스튼 씨를 인터뷰하러 온 기자야. 그리고……."

남자가 경고의 의미로 손가락을 들어 올리며 덧붙였다.

"자네가 제일 덩치 큰 석공을 불러와 나를 쫓아내기 전에 한 가지 명심할 게 있네. 우리 같은 언론인들은 비록 초라해 보이지만 알고자 하는 열망과 진보에 대한 대중의 갈망을 채워주려 밤낮 노력하는 동시에 여론 형성에도 이바지한다는 점이지."

남자에 대한 불신과는 별개로 메리는 흥미를 느꼈다.

"신문에 글을 쓰시나요?"

"바로 그거야! 똑똑한 친구일 줄 알았다니까."

"무슨 신문입니까?"

그가 더욱 흥미로운 눈으로 그녀를 보았다.

"나, 아니…… 우린 말이야. 일일 뉴스 전문이지."

아차 싶었다. 어쩌면 이 질문은 자신의 배역에 맞지 않는 질문일 수 있었다.

"내가 몸담고 있는 훌륭하고 고매한 조직은 진실을 전파하고 국민을 계몽하며, 무엇보다 대중에게 즐거움을 제공하는 데 전념하고 있다네. 어떤 신문인지 짐작이 가나?"

"아니요."

"솔직히 무척 유감스럽군. 바로 「런던의 눈」이야. 물론 자네도 알고 있지?"

메리는 웃음을 꾹 눌렀다.

"예, 압니다."

「런던의 눈」이라고? 아주 절묘하군. 사람들의 잡담보다도 내용이 없기로 유명한 신문이었다.

남자가 주변을 두리번거렸다. 무심한 듯 보였지만 결코 방심하고 있지는 않을 거라고 메리는 확신했다.

"젠킨스라는 친구는 없나?"

"다쳤습니다. 적어도 일주일 정도는 안 나올 겁니다."

"아이고, 저런."

말은 이렇게 했지만 크게 안타까워하는 것 같지는 않았다.

"그런데 자네는 이름이 뭔가?"

메리는 잠시 머뭇거리다 대답했다.

"퀸입니다. 마크 퀸."

"난 옥타비우스 존스야. 필요한 게 있으면 말하게."

존스는 메리와 진지하게 악수하며 말했다.

"우린 서로 도움을 줄 수 있을 것 같군, 퀸."

"네?"

"자네 같이 똑똑한 친구라면…… 틀림없이 일하는 동안 온갖 것들이 보일 거야."

"어떤 온갖 것들 말입니까?"

남자는 다시 한 번 싱긋 웃으며 예리한 시선을 던졌다.

"말 그대로야. 이 현장에는 부당한 일들이 많지. 단지 인부 한 명의 죽음만을 가리키는 것이 아니야. 아마 자네도 들은 얘기가 있을 텐데."

메리는 고개를 천천히 끄덕였다. '호시탐탐 기회를 노린다'는 젠킨스의 말이 머릿속에서 메아리쳤다. 에이전시에 도움이 되려면 알아내야 할 것이 많았다.

"음, 내 관심사는 진실을 밝히는 거야. 지금 당장은 그 진실이란 게 뭔지 모르지만 좀 이상하다 싶은 걸 보거나 듣게 되면 내게 알려주면 고맙겠어. 그럼 그 정보가 헛되지 않게끔 만들어주지. 어떡할래?"

남자의 바지 주머니에서 동전이 짤랑거렸다.

메리는 고개를 끄덕이며 속으로는 어떤 일이 있어도 옥타비우스 존스를 피해야겠다고 다짐했다. 지나치게 위험해 보이는 인물이었다. 어떻게 그에게서 벗어날지 궁리하고 있는데 바로 뒤에서 호통이 들렸다.

"퀸!"

메리는 죄지은 사람처럼 화들짝 놀랐다. 제임스가 험악한 얼굴로 그들을 향해 다가오는 게 보였다.

"이스튼 씨!"

메리는 숨이 넘어갈 듯 대답했다. 그러고는 제임스가 자신의 반응을 그저 깜짝 놀란 것으로만 해석하기를 바랐다.

옥타비우스 존스가 먼저 정신을 차리고 뒤로 돌아 제임스를 보았다.

"이스튼 엔지니어링의 이스튼 씨, 맞으시죠?"

제임스는 계속 메리를 노려보며 말했다.

"어슬렁거리며 잡담이나 하는 건 그만두지. 할 일이 많아."

제임스는 존스를 본체만체 지나쳐 들어가며 내뱉었다.

"이곳은 출입이 제한된 공사 현장입니다. 당장 나가주시죠. 그렇지 않으면 쫓아낼 수밖에 없습니다."

"정말 죄송합니다."

존스가 예의 바르게 모자를 들어 올리며 비위를 맞추는 듯한 말투로 말했다.

"나쁜 의도는 없었습니다."

존스는 뒤로 돌며 메리에게 윙크했다.

"잘 지내게."

제임스는 그를 노려보면서 계속 걸었다.

"뭐하나, 퀸."

말 잘 듣는 잡역부 소년답게 메리는 제임스를 따라갔다. 그러나 종종거리며 제임스의 뒤를 쫓아가는 동안 불현듯 어떤 생각이 떠올라 고개를 돌리고 옥타비누스 존스의 뒷모습을 쳐다보았다. 중간 체격. 쳇. 월요일 밤 공사장에 침입했던 자는 절대 아니었다.

바로 그 순간 존스가 고개를 돌려 인상을 찌푸린 메리를 보았다. 그는 활짝 웃더니 주머니에서 동전 하나를 꺼내 그녀를 향해 튕겼다. 동전이 가파른 포물선을 그리며 날아왔다. 반사적으로 동전을 잡아버린 메리는 그렇게 행동한 자신을 향해 저주를 퍼부었다. 사실 마크 퀸이라면 당연히 그렇게 했을 것이다. 그러나 차가운 동전이 손아귀에서 따뜻해지는 것을 느끼며 메리는 언제, 어떻게 존스의 아량에 보답해야 할지 고민하지 않을 수 없었다.

13

세인트 존스 우드, 아카시아 로드
에이전시 본부

이것은 무척 이례적인 경우였다. 일전에 메리는 마크 퀸의
역할에 온전히 빠지기 위해 하숙집에 묵어야 할 필요성을 역
설했다. 그리고 앤과 펠리시티가 자신의 뜻을 이해했다고 믿었
다. 그런데 오늘의 소환은 그동안의 노력을 충분히 무너뜨릴
수 있었다. 익숙한 다락방 문을 노크하면서 메리는 화를 삼키
려 애썼다. 언짢고 답답한 심정을 내색해봐야 얻을 게 없었다.
그런 감정조차 앤과 펠리시티의 입장에서는 임무를 수행할 능
력이 없다는 증거로 받아들일지 모를 일이었다.

"들어오렴."

앤과 펠리시티는 여느 때와 마찬가지로 의자에 앉아 차를 마
시고 있었다. 그들의 표정에는 변화가 없었으나 메리는 놀란

기색을 읽을 수 있었다. 지금 입고 있는 마크의 유일한 옷은 지독히도 더러웠다. 거리의 온갖 오물이 부츠며 종아리에 볼썽사납게 달라붙어 있었다. 메리는 자신에게서 얼마나 냄새가 날지 그저 상상만 할 따름이었다.

"안녕하세요, 트렐리븐 선생님, 프레임 선생님."

메리는 그대로 서 있었다. 손이라도 댔다가는 가구가 더러워질 것 같았다.

"안녕. 오늘 저녁에 부른 건 어떻게 진행되어 가고 있는지 묻기 위해서다. 사건보다는 마크 퀸의 역할과 관련해서 말이야. 물론 사건에 대한 상세한 보고도 기대하고 있지만."

메리는 침을 꿀꺽 삼켰다. 뭔가 이상했다. 어젯밤 골목에서 수치스럽게 무너졌던 일을 두 사람이 눈치챈 것만 같았다.

"저는 괜찮습니다, 트렐리븐 선생님. 예상대로 이따금 어려운 일도 있지만 맡은 역할에서 아주 잘 지내고 있습니다."

앤은 말이 없었다. 메리의 이야기에는 그다지 관심을 기울이고 있지 않는 듯한 인상이었다. 대신 앤은 메리의 목소리에 귀 기울이며 표정을 가늠하고 신체적으로 드러나는 괴로움의 흔적을 찾는 듯했다. 그러나 앤과 펠리시티 덕분에 메리는 이 모든 시험을 통과할 수 있도록 훈련받았다. 그녀는 차분한 목소리와 신중한 표정을 유지했다. 두 사람 중 어느 쪽도 너무 오랫동안 쳐다보지 않았다. 또한 고민은 하되 결의에 차 있다는 인상을 줄 수 있는 어조로 말했다.

"식사나 다른 것들은 어떠니?"

"견딜 만합니다. 훌륭하지는 않지만 어차피 잠깐이니까요."

"옛날로 돌아간 것으로 인한 감정적 영향은?"

앤의 말이었다.

"어린 시절을 대면하는 과제 말이다. 너무 버겁진 않니?"

메리는 잠시 말없이 혼란이 엄습하는 것을 가만히 음미했다. 요즘 일어나거나 잠들며 마크에서 메리로, 메리에서 마크로 오갈 때마다 이런 혼란이 몰려와 순간적으로 자신이 누구인지 망각하곤 했다. 그리고 젠킨스의 집에 다녀온 이후 골목에서의 사건도 있다……. 그 기억을 떠올리니 다시금 속이 뒤틀렸다. '버겁다'는 말은 그런 지옥을 표현하기에 충분하지 않았다. 그러나 앤의 근엄하고 흔들림 없는 회색 눈은 여전히 메리에게 고정되어 있었다.

"해낼 수 있을 것 같습니다."

세 여자는 침묵 속에 서로를 쳐다보았다. 앤과 펠리시티가 무슨 생각을 했으며 그들 사이에 어떤 무언의 대화가 오갔는지 메리는 짐작할 수 없었다. 마침내 앤이 고개를 끄덕였다.

"알았다. 보고를 하기 전에 혹시 필요한 거라도 있니? 먹을 거라든지? 마실 것도 좋고."

"아니면 목욕은 어때?"

펠리시티가 싱긋 웃으며 말했다.

메리도 따라 웃었다.

"목욕은 무리인 것 같고, 나가다가 음식이나 좀 가져가겠습니다. 하지만 존 윅의 가정생활에 대해 조사하고 싶은 게 있어요. 그 집에 사람을 보내 탐문할 수 있을까요? 집안 사정이 어떤지도 살펴야 할 것 같습니다. 사망 원인을 밝히려면 그의 성격을 좀 더 알 필요가 있고요."

앤이 고개를 끄덕였다.

"좋은 지적이야."

"내부 사정을 살펴보고 싶습니다. 윅 부인과 대화를 나누거나 해서요. 사망자가 원래 어떤 사람이었는지 도통 정보를 얻을 수 없습니다. 하지만 위장 신분으로는 아무래도 윅 부인을 만나기 힘들고요."

"얘기를 들어보니 네가 직접 만나봐야 할 것 같구나. 네가 가보는 게 어떠니?"

메리는 멍하니 쳐다보며 말했다.

"메리 퀸으로요?"

"아니면 숙녀로서 방문하는 것도 가능하지. 이를테면 자선 활동의 일환에서 들른 부유한 귀부인이 되는 거야. 선물이 든 바구니를 들고 가서 윅 부인에게 직접 이것저것 자세히 묻는 거지."

펠리시티의 눈이 반짝 빛났다.

"윅 부인 입장에서는 마다할 이유가 없을 테고."

사실이었다. 자선 활동을 벌이는 여인들이 당연히 관대한 은

인으로서 환영받을 것이라는 오만한 가정하에 가난한 집에 불쑥불쑥 쳐들어가는 경우가 종종 있었다.

"하지만 마크 퀸으로서 할 일이…… 장례식이 내일이어서 거기도 가야 하고, 내일 아침 작업도 나가야 합니다만……."

앤은 손목시계를 보았다.

"지금 바로 움직이면 오늘 저녁에는 윅 씨네 집에 방문할 수 있을 것 같구나. 물론 펠리시티 선생님이 마차를 몰 의향이 있다면 말이에요."

펠리시티가 고개를 끄덕이며 일어났다.

"물론이죠."

앤과 펠리시티가 순식간에 방에서 나가는 모습을 메리는 망연자실 지켜보았다. 윅의 집을 염탐하고 싶은 것은 분명했지만 이런 생각은 아니었다. 이렇게 빨리 역할을 바꿀 수 있을지 솔직히 자신할 수도 없었다. 그 집에서 무엇을 찾아야 하는지에 대한 뚜렷한 생각도 없었고, 마크 퀸의 삶을 잠시 중단했다 다시 시작해야 한다는 것도 썩 내키지 않았다. 그러나 앤과 펠리시티가 옳았다. 이것이 가장 효과적인 방법이리라. 그리고 양심을 찌르긴 하지만 목욕도 할 수 있었다. 따뜻한 물과 비누 거품으로 가득한 황홀한 숙녀의 목욕이 떠올랐다.

앤이 운영하는 에이전시는 과연 혀를 내두를 정도로 효율적이었다. 불과 10분 뒤 메리는 김이 모락모락 피어오르는 욕조에 몸을 담그고 있었다. 메리가 몸을 문질러 닦는 동안 앤은 병

풍 뒤에 앉아 보고에 귀 기울였다. 메리는 현장에 투입되어 적응하는 과정에서 겪은 일들을 설명하는 것으로 보고를 시작했다. 글 읽기와 말씨에 관한 실수부터 하크네스가 자선 사업이라도 하듯 메리를 키워주고 있다는 것, 그리고 열두 살 소년이라고 가정하더라도 현장에서 받아들여지기 어려울 정도의 심각한 경험 부족에 대한 내용이었다.

"우려했던 대로군."

숨을 쉬기 위해 잠시 말을 멈추었을 때 앤이 중얼거렸다.

"우리로서는 아는 게 없는 분야니까."

"뭐라고 하셨습니까? 트렐리븐 선생님?"

"아니다, 메리. 계속하렴."

"현장에 있는 동안 많은 걸 알아내지는 못했지만……."

옆에서는 앤이 펜으로 뭔가 끄적이는 소리가 속삭임처럼 들려왔다. 처음에는 필기 소리가 드문드문 들렸다. 차 심부름과 젠킨스의 소소한 부수입에 대해 설명할 때는 주로 흥미로운 듯 작게 탄식하는 소리였다. 그러나 레이드가 웍 부인을 위해 모금한 변변찮은 액수와 '호시탐탐 기회를 노린다'는 키넌의 평판에 대해 언급하자 펜 놀림이 갑자기 빨라졌다. 현장 침입과 이후의 사건, 옥타비우스 존스의 등장에 대해 서술할 즈음에는 앤의 펜이 쉴 새 없이 날아다니고 있었다.

"젠킨스의 이름을 대는 것으로 봐서, 젠킨스가 존스에게 정보를 줬던 것 같습니다. 다음에 젠킨스를 만나면 확인할 생각입니다. 아마 내일 저녁쯤이 되지 않을까 싶습니다."

"좋아."

마지막으로 한바탕 휘갈긴 뒤 앤이 말했다.

"키넌이라는 자는 끔찍한 악당 같구나."

"젠킨스가 확실한 증인이죠."

메리가 그날 젠킨스가 호되게 맞고 자신은 가까스로 봉변을 면했던 일을 간략하게 설명했다.

"그러고 보니 생각나는 게 있습니다, 트렐리븐 선생님. 혹시 하크네스 씨가 현장에서 제가 맡은 임무에 대해 아는 게 있습니까?"

"물론 아무것도 몰라."

앤은 그런 질문 자체가 다소 의외라는 듯 말했다.

"그 사건 말고 또 의심스러운 점이 있었니?"

"제게 무척 친절합니다. 유별날 정도로요. 뭔가를 의심해서 인지 혹은 나름대로 다른 꿍꿍이가 있어서인지, 그도 아니면 정말 자기 현장의 인부들에게 아버지 같은 마음을 품기라도 한 건지 판단이 서질 않아요."

"어쩌면 정말 그저 선량한 기독교인답게 행동하는 것뿐인지 도 모르지."

다시 펜이 속삭이기 시작했다. 그러나 이번에는 손놀림이 한 결 여유로워져서 필기라기보다 낙서처럼 들렸다.

"물론 얘기를 들어보니 좀 이상하긴 하다만, 하크네스 씨는 대단히 열성적으로 교회 활동을 하고 있어. 내가 알기로는 복음주의 교파에 속한 교회야. 더 보고할 건 없니?"

보고해야 할 것이 한 가지 더 있었다. 제임스 이스튼의 등장이었다. 그러나 말을 꺼내려고 입을 여는 순간, 메리는 어느덧 변명을 꾸며내고 있는 자신을 발견했다. 제임스의 감리원 임명은 이미 공개적으로 알려진 사실이었다. 게다가 제임스가 그녀를 알아보았다는 증거도 없었다. 만일 알아보지 못했다면 그대로 모두에게 최선이라고 계속 스스로에게 상기시켰다. 그러나 그런 굴욕적인 사실을 굳이 입 밖에 내는 것이 꺼려졌다.

"없습니다."

"배가 고프겠군."

"요즘은 늘 그렇습니다."

메리는 인정했다. 욕조에서 일어나 마지막 온수 한 바가지를 머리 위에 끼얹었고는 커다란 수건으로 몸을 감쌌다.

"하지만 오늘 밤에는 음식보다 목욕이 더 간절했어요."

"다행히 둘 중 선택할 필요는 없는 것 같구나."

앤은 엷은 미소를 지으며 말했다.

식탁에 식사 1인분이 차려졌다. 메리는 봉긋이 솟은 은색 뚜껑을 들어 올리고 기쁨의 탄성을 내질렀다. 구운 닭, 각종 채소와 감자, 그리고 디저트로 레몬 타르트 한 조각. 하지만…….

"너무 늦지 않았나요? 곧 출발해야 할 것 같습니다."

"편히 앉아서 먹도록 해."

앤이 근엄하게 말했다.

"굶주린 채로는 숙녀답게 행동할 수 없잖니."

어찌 감히 앤 트렐리븐의 말을 거역하겠는가? 유일한 문제는 며칠 만에 처음으로 제대로 된 식사를 마주한 지금 예전의 식사 예절을 떠올리는 것이었다. 마크 퀸의 점잖지 못한 식사 습관이 이제 거의 몸에 밴 것이었다.

메리가 식사를 하는 동안 앤은 조용히 움직이며 완벽한 변신에 필요한 것들을 챙기고 있었다. 섬세한 모슬린 속옷, 검은색 실크 드레스, 수놓인 비단 숄, 챙 넓은 모자. 앤이 몇 가지 물건을 추가로 사이드 테이블 위에 늘어놓는 동안 살갗이 찌릿찌릿해지는 것을 느꼈다. 에이전시의 임무를 수행하며 가장 마음에 드는 점은 가끔 바로 이런 느낌이었다. 몸에 멍이 들고 발은 욱신거리지만 흥분으로 가득 차는 듯했다.

옷을 입는 데는 오랜 시간이 필요하지 않았다. 크리놀린이 얼마나 거대한지 문을 드나들 때 몸을 옆으로 틀어야 할 정도였다. 메리는 몇 분 동안 사뿐사뿐 소리를 내며 걸어 다니는 것을 연습했다. 처음에는 원래 신던 신발을 다시 신는 것이 어색하게만 느껴졌지만 그런 기분은 곧 즐거움으로 바뀌었다. 드레스는 놀라울 정도로 꼭 맞아 잘 어울렸다. 메리는 앤을 보며 말했다.

"그런데 어떻게……?"

앤은 그저 미소 지을 뿐이었다.

"여기 앉아보렴. 머리를 손질해줄 테니까."

메리는 얼굴을 찡그리고 싶은 것을 간신히 억눌렀다. 메리의 매끄러운 직모는 상태가 좋을 때에도 쪽머리나 트레머리를 올리기 힘들었다. 그런데 이제 짧게 자르기까지 했으니 그 어느 때보다 숙녀와는 거리가 멀 것이었다. 앤이 익숙하지 않은, 말총이 가득 든 작고 동그란 망을 꺼냈을 때 메리는 체념했다. 핀이란 핀은 모조리 쓴데다 앤의 손길이 결코 부드럽지만은 않았지만, 어쨌든 작업을 마쳤을 때 메리의 진짜 머리는 가짜 쪽 안으로 자연스럽게 숨겨졌고 원래의 머리칼이 끝나는 지점에 가짜 머리 뭉치가 고정되었다. 보닛까지 쓰니 놀라울 정도로 자연스럽게 보였다.

"출발할까요?"

메리가 숄을 어깨에 두르고 묵직한 고리버들 바구니를 들어올리며 말했다.

"그게 좋겠구나."

집 밖에서는 제법 큰 마차가 대기하고 있었다. 마부는 눈에 익은 인물이 아니었다. 마부석에서 내려와 메리의 손에서 바구니를 받아들며 찡긋 윙크하기 전까지는 말이다. 메리는 눈이 휘둥그레지고 저절로 헉 소리를 흘릴 만큼 놀랐다. 펠리시티 프레임은 진짜 남자처럼 보였다.

"어디로 모실까요, 부인?"

마부의 목소리는 유연한 테너였다.

"음…… 사우스워크 브리지 옆에 있는 아이레스 스트리트로 가주세요."

마차에 올라타며 메리는 그 어느 때보다 어색함을 느꼈다. 그렇게 그들은 가는 내내 각자의 역할을 고수했다.

마차가 빠른 속도로 남동쪽을 향해 달리는 동안 메리는 뒷좌석에 앉아 깨끗한 피부에서 풍기는 옅은 향기와 모처럼의 포만감, 살갗을 부드럽게 어루만지는 모슬린과 실크의 촉감을 한껏 만끽했다. 마크 퀸으로 겨우 며칠을 살았을 뿐인데도 그런 일상의 안락함이 기분 좋은 사치로 느껴졌다. 또한 이런 것들을 다시 경험함에 따라 강렬한 기시감도 동반되었다. 지금의 메리에게는 더 이상 특별한 일이 아니었으나, 아직 신기한 경험이었던 때가 떠올랐다. 몇 년 전 앤과 펠리시티가 사형을 선고받은 메리를 감옥에서 구해냈을 때까지만 해도, 메리는 일상적으로 하는 목욕과 레몬이니 오렌지 같은 과일들, 깃털 침대 따위를 알지 못했다. 늘 가난하고 배고팠기에 삼시 세끼를 챙겨 먹는 것 자체가 놀랍고 과분한 일이었다.

그러나 마크의 삶에서 가장 힘겨운 점은 고된 노동이나 불결한 환경, 굶주림 따위가 아니었다. 메리를 지치게 만드는 것은 마크가 결코 앞으로 나아가지도, 숨을 돌리지도, 편안하게 살지도 못할 것이라는 예감이었다. 마크의 박봉으로는 겨우 입에 풀칠할 정도의 식량과 초라한 잠자리밖에 기대할 수 없었다. 돈을 저축할 여유가 없으니 아주 사소한 변화나 휴식에 대한 희망조차 없었다. 그리고 젠킨스의 경우처럼 병에 걸리거나 사고라도 당하면 당사자뿐 아니라 딸린 식구 모두에게 치명적이었다. 메리 역시 어린 시절에 절실하게 느꼈던 무거운 멍에였다. 소매치기와 좀도둑질로 푼돈을 벌며 어쩌다 한 번 횡재를 하기도 했다. 그러나 바로 돈을 쓰지 않으면 누가 훔쳐가기 십상이었다. 그리고 늘 고개를 숙이고 진짜 정체를 감춰야 했다. 한시도 긴장을 늦출 수 없고 항상 주위를 경계해야 하는, 극도로 피곤한 삶이었다. 훔칠 때의 어지러울 정도로 짜릿한 위험을 제외하면 늘 외롭고 아무런 낙이 없는 삶이기도 했다. 절도 현장에서 붙잡혀 사형 선고를 받았을 때 목숨을 구할 필요를 느끼지 못했던 자신에 대해 한편 이해가 가기도 했다. 그러나 앤과 펠리시티는 달랐다.

마차가 멈춰 서자 메리는 눈을 깜빡였다. 눈가가 촉촉했다. 손수건으로 재빨리 눈가를 닦았다. 이 또한 사치였다. 현실로 완전히 돌아오기까지 잠시 시간이 걸렸다. 마차 문이 열렸을 때에야 비로소 메리는 다시 숙녀가 된 자신을 온전히 느꼈다. 숙녀라니!

메리는 우아한 동작으로 인도로 내려와 펠리시티가 바구니를 내려줄 때까지 기다렸다.

"여기서 기다리세요."

메리는 대충 마차가 있는 쪽을 보며 말했다.

"알겠습니다, 부인."

윅의 집은 일렬로 늘어선 좁은 2층 벽돌 건물들 중 가운데 집이었는데, 문고리에 묶인 쭈글쭈글한 검은 리본이 눈에 확 들어왔다. 메리가 문을 두드리자 안에서 새어 나오던 목소리가 잠잠해졌다.

헝클어진 머리의 조그만 사내아이가 문을 열더니 입을 헤벌리고 메리를 올려다보았다.

"어머님을 뵈러 왔단다."

메리가 또랑또랑한 음성으로 말했다.

예상했던 대로 메리의 목소리에 젊은 여인이 서둘러 문가로 나왔다.

"귀하신 숙녀분을 밖에 세워두면 안 되지, 조니(존의 애칭—옮긴이). 들어오시라고 하렴. 자, 착하지?"

여인이 메리에게 고개를 까닥여 인사했다.

"안으로 들어오세요, 부인."

메리는 눈으로 여인과 집의 내부를 훑었다. 깔끔한 거실에는 드문드문 가구가 놓여 있었고, 누군가 금이 간 머그잔에 꽂아둔 하얀색 야생화 장식까지 있었다. 소박했지만 아무리 숙련공이라도 노동자가 사는 집 치고는 제법 널찍하고 비싸 보이는 집이었다. 그러나 이 거실에서 가장 눈에 띄는 것은 집 안에 있는 아이들의 숫자였다. 한 번 훑기만 했는데도 네 명을 발견했고 문가에 서 있는 남자아이까지 합하면 다섯이었다.

"윅 부인이신가요?"

젊은 여인이 다시 고개를 까닥였다.

"그렇답니다."

스무 살가량의 금발 여인은 선이 너무 가늘어서 거의 투명하게 보일 지경이었다. 한쪽 눈에는 커다란 멍이 들어 있었는데, 한때는 짙었을 멍이 점차 황록색으로 엷어지는 중이었다.

"저…… 혹시 고인을 뵈러 오신 거라면 시신은 여기 없습니다. 그래서인지 조문객도 별로 없고요. 그것 때문이에요. 사…… 사인…….

부인이 갑자기 말을 더듬었다.

"사인 심문 말씀이신가요?"

"예, 그거예요."

윅 부인의 옷 속에서 뭔가 움직였다. 메리는 눈을 깜빡였다. 여섯 번째 아이인 갓난아기가 부인의 가슴에 안겨 있었다. 그녀는 메리의 표정을 보고 얼굴을 붉히며 미소 지었다.

"우리 막내 로버트예요. 이렇게 조그맣지만 태어난 지는 1년이 조금 넘었답니다."

메리는 몸을 숙여 아기를 보았다. 머리숱도 없고 얼굴이 쪼글쪼글한 작은 사내 아기는 그녀가 지켜보는 것도 모르고 열심히 젖을 빨고 있었다. 메리로서는 무슨 말을 건네야 할지 알 수 없었다. 예쁘거나 발육이 좋지도, 똑똑해 보이지도 않는 아이여서 아기들에게 으레 던지는 어떤 칭찬도 어울리지 않았던 것이다.

"그럼 저 애가 맏이인가요?"

메리는 문을 열어준 소년을 가리키며 물었다.

"예, 존이에요. 남편의 이름을 땄죠. 일곱 살이에요. 케이티, 마이클과 매튜, 아, 이 둘은 쌍둥이랍니다. 그리고 폴이고요. 내 정신 좀 봐. 일단 좀 앉으시겠어요? 제가 뭐라고 불러야 할지……."

"포담입니다. 포담 부인이라고 불러주세요. 감사합니다."

메리는 웍 부인이 권하는, 그 방에서 유일하게 튼튼한 의자에 앉아 아이들을 향해 미소 지었다. 아이들도 그녀를 응시했다. 아이들은 우스꽝스러울 만큼 서로 닮았는데 하나같이 어머니의 동그란 눈과 무방비한 표정을 빼다 박았다.

폴이 갑자기 가냘픈 소리로 울기 시작했고 그에 반응하듯 집 뒤쪽에서 저음의 목소리가 흘러 나왔다.

"울지 마, 폴. 준비 다 됐단다."

믿음직스러운 목소리와 함께 부엌문이 열렸다. 한 남자가 쟁반을 들고 들어왔다. 그는 메리를 보더니 갑자기 걸음을 멈추었다. 여전히 멍 든 얼굴 위로 놀라움과 민망함, 경계심이 한꺼번에 스쳤다.

레이드였다.

조적공 레이드.

어제 메리와 함께 현장을 돌며 웍 부인을 위해 모금하러 돌아다니던 레이드.

반쯤 울먹이는 윅 부인의 초조한 목소리에 침묵이 깨졌다.

"저를 어떻게 생각하실지 압니다. 남편을 아직 땅에 묻지도 않았는데 다른 남자를 집에 들였다고 생각하시겠죠?"

부인이 메리에게 물었다.

"하지만 그런 게 아니에요. 정말이에요. 그렇죠, 로버트 씨?"

레이드의 얼굴이 벌겋게 달아올랐고 탁자에 쟁반을 내려놓는 손이 파르르 떨렸다. 죄책감을 느끼는 듯한 모습에도 불구하고 메리를 바라보는 그의 표정에는 어설픈 진실 비슷한 것이 엿보였다.

"정말 아닙니다. 저는 윅의 동료예요. 우린 조적공이고 같은 팀으로 일했습니다. 그리고 오늘 저녁에는 그저 제인, 그러니까 윅 부인이 아이를 돌보는 것을 도와주러 온 것뿐입니다. 지금 부인은 남편을 잃고 아이들까지 돌봐야 하는, 무척 힘든 시간을 보내고 있거든요."

잠시 후 몇 가지 중요한 사실이 짐짓 냉담한 척, 차분한 척하는 메리의 뇌리를 뚫고 들어왔다. 하나, 아기의 이름이 레이드의 이름과 같다. 둘, 레이드는 윅 부인의 부엌에서 주인의 감시도 없이 달걀을 부칠 정도로 그녀와 친밀한 사이다. 셋, 그는 메리를 알아보지 못하는 것 같다. 사실 마지막 것은 한동안 좀처럼 확신할 수 없었다.

어른들 사이에 감도는 긴장감이 아이들을 주눅 들게 만들었다. 아이들은 어느 모로 보나 원래부터 얌전한 편이었지만 지금은 동그랗고 파란 눈이 더욱더 커졌고, 쌍둥이는 갑자기 동시에 오른쪽 엄지를 입에 물었다. 마침내 메리는 정신을 차렸다. 레이드는 '마크'를 알아보지 못한 것이 분명했다. 지금 이 순간 메리에게 중요한 사실은 그것뿐이었다. 다른 것들은 좀 더 기다릴 수 있었다.

"저녁이 식고 있구나, 얘들아."

메리는 의자에서 일어나며 말했다. 그녀는 자신의 자연스러운 말투에 만족했다.

"많이 배고플 텐데."

가장 대담한 존이 고개를 끄덕이더니 탁자로 돌진했다.

"달걀 프라이다!"

그 외침에 긴장감이 깨지고 나머지 아이들도 레이드를 향해 움직였다. 한눈에도 배가 몹시 고파 보였다.

워 부인은 용서를 받았는지 확인하려는 사람처럼 메리를 향해 초조한 미소를 지었다.

"아이들은 이분을 로버트 삼촌이라고 불러요. 저희 가족에게는 아주 고마운 은인이시죠."

갑자기 부인의 눈에서 눈물이 반짝였다.

"로버트 씨가 없었다면 제가 지난 한 주를 어떻게 버텼을지 모르겠어요."

메리는 고개를 끄덕였다. 갑자기 레이드와 워의 관계가 중요치 않아졌다. 적어도 당장은 아니었다.

"어려울 때 친구와 이웃이 함께라는 건 항상 축복이지요."

메리는 가식적이고 과장된 말투로 말했다.

"그리고 제가 이곳에 온 이유도 같고요."

메리는 윅 부인을 조용한 구석으로 데려가 바구니를 풀었다. 달걀과 삶은 햄, 시드케이크, 종이로 싼 버터, 차 1온스, 그리고 바구니 바닥에는 기다란 검은색 상장이 깔려 있었다.

"아이고, 하느님!"

윅 부인의 눈에 눈물이 차오르는가 싶더니 아예 소리 내 흐느끼기 시작했다.

"이런 바구니는 난생처음이에요, 포담 부인. 평생 단 한 번도 본 적 없어요. 정말로 좋은 분이시군요."

윅 부인은 앞치마 한 귀퉁이로 눈가를 훔쳤다.

"아이들도 이런 건 처음이랍니다……."

그녀는 간절한 눈으로 한 번 더 메리를 쳐다보았다. 두 여자의 키가 거의 비슷했음에도 윅 부인 쪽에서 마치 메리를 올려다보는 것 같았다.

"애들도 지금까지 이렇게 호화로운 간식을 먹어본 적이 없어요. 거의 없죠. 애들에게 간식을 만들어주자고 제안한 건 로버트 씨였어요. 요즘 아이들이 너무 슬퍼해서……."

메리는 갑자기 극심한 불편을 느꼈다. 물론 이 물건들을 윅 부인에게 준 것은 기뻤다. 그리고 분명 그녀에게는 그 음식들이 필요했다. 그러나 고작 이런 사소한 것에 그토록 터무니없는 감사라니! 윅의 아이들이 어째서 매일 밤 달걀 프라이 하나도 먹지 못할 정도로 빈곤하게 사는 걸까? 윅의 집안에 그 정도 여유도 없다는 것은 뭔가 문제가 있었다.

"제이니(제인의 애칭―옮긴이)."

레이드의 조용한 음성이 윅 부인의 초조한 횡설수설을 뚫고 나왔다. 윅 부인의 눈길이 즉시 그쪽으로 향했다.

"네, 로버트?"

"이만 가봐야겠어요. 당신 몫의 달걀도 남겨뒀으니 꼭 두 개 다 먹어요. 알았죠? 조니나 욕심꾸러기 쌍둥이에게 다 주지 말고요."

윅 부인은 얼굴을 살짝 붉히며 메리를 쳐다봤다.

"두 개나요? 하지만 그렇게 많이 먹을 수는……."

"먹을 수 있어요. 먹어야 해요."

레이드는 메리를 향해 고개를 돌리며 정중하게 인사를 건넸다.

"만나 봬서 반가웠습니다, 부인."

메리는 우아하게 고개를 끄덕여 보이고는 레이드가 아이들에게 엄마를 생각해 얌전하게 굴라고 당부하며 떠나는 모습을 지켜보았다. 그가 윅 가족에게 보여준 연민에 감탄을 금할 수 없었다. 레이드는 문 밖으로 나가며 한 번 더 거실 쪽을 쳐다보았다. 그의 시선은 본능적으로 제인 윅을 향했다. 표정은 조심스러웠지만 메리는 그의 눈에 어린 그리움과 애틋함을 보지 않을 수 없었다.

눈치챈 것이 미안할 정도였다. 이런 남자가 술집에서 주먹다짐이나 일삼는 주정뱅이일 리 없었다. 제인 윅에 대한 연심과 아이들에 대한 애정을 생각하니, 그의 눈에 든 멍은 상당히 의미심장하게 다가왔다. 월요일에 이미 멍이 희미해지고 있었으니 싸움은 아마 일주일 전쯤이었을 것이다. 윅의 시신에도 주먹다짐의 흔적이 있는지 궁금해졌다.

다시 아이들에게 관심이 쏠린 윅 부인이 여윈 손을 이마에 얹고 하품을 했다. 그 권태로운 몸짓에 입고 있던 옷이 몸에 달라붙으며 하늘하늘 야윈 몸과 볼록 솟아오른 아랫배가 도드라졌다. 또다시 메리의 시선이 고정되었다. 이토록 야윈 여인에게 튀어나온 배가 의미하는 것은 단 한 가지뿐이었다. 메리도 그 정도는 알았다. 물론 아닐 수도 있지만 레이드의 아기일 가능성은 있었다. 그 가능성은 폭력의 동기로 충분하고도 남았고, 나아가 살해 동기까지 이어질 수 있다.

레이드가 찰칵하고 문을 닫는 소리가 들렸고, 윅 부인은 메리에게 온순하지만 미안한 듯한 미소를 지었다.

"용서하세요, 부인. 요즘 왜 이렇게 기운이 없는지 모르겠어요. 뱃속까지 피곤한 느낌이에요."

메리는 힘든 시간을 보내고 있어 그럴 거라고 중얼거렸다.

"근처에 사는 친척이 있나요? 부인 대신 아이들을 봐줄 만한 사람은요?"

윅 부인이 고개를 저었다.

"저는 런던 출신이 아니랍니다. 하지만 윅이 여기에서 일하고 싶다고 해서 따라올 수밖에 없었죠. 사프론 월든을 떠나는 것이 아니었어요."

"앞으로 어떻게 할지 생각은 해보셨나요? 고향으로 돌아가실 계획인가요? 아니면 아이들만이라도 보내든지?"

잘사는 친척이 있다면 어쩌면 아이 하나쯤 맡아 키워줄 수도 있을 것이다.

"당장은 잘 모르겠네요, 부인. 너무 갑작스럽게 닥친 일인데다 아직 윅의 장례도 끝나지 않았고요. 그 사인…… 그 일 때문에요."

윅 부인은 어쩔 줄 모르겠다는 듯한 몸짓을 했다.

"따로 일을 하세요?"

"밀짚을 엮어요."

그래서 부인의 손이 굳은살과 상처투성이였던 것이다. 공사장 잡역부로서 메리 자신이 가졌어야 마땅한 그런 손이었다.

"아이가 여섯이나 되는데 밀짚을 엮을 시간이 있나요?"

"예, 부인. 기특하게도 케이티가 동생들을 잘 돌보는 데다 조니도 이제 많이 커서 나름대로 도와준답니다. 윅이 살아 있을 때에도 조적공 임금만으로는 여덟 식구가 먹고 살기엔 벅찼어요. 그래서 노동자의 아내는 어떻게든 부업으로 생계를 꾸려야 해요."

"멋지시네요."

메리가 말했다.

"틀림없이 두 분 모두 열심히 일하셨을 거예요."

웍 부인이 고개를 끄덕였다.

"그럼요, 부인. 가엾은 웍은 받은 임금만큼 열심히 일했어요. 아니, 야간 작업을 하느라 밤 9시, 10시, 어떤 때는 11시가 되어서야 돌아오곤 했다니까요! 흔히들 노동자의 삶이 힘들다고 하던데 웍의 경우에는 정말 그렇더라고요."

공사장에서 9시, 10시에 돌아왔다고? 술집에서 돌아온 거겠지. 메리는 아직도 부어서 살짝 일그러진 웍 부인의 멍든 눈을 의심스럽게 바라보았다. 제인 웍의 멍든 눈과 로버트 레이드의 멍든 눈이 똑같이 변색되어 있었다. 똑같은 사람, 바로 죽은 남자 때문에 그렇게 된 것이 거의 확실했다.

"웍은 좋은 남편이었나요?"

웍 부인은 얼굴을 붉히며 변명했다.

"이렇게 말씀드리는 걸 이해해주시면 좋겠어요. 사실 남자가 열심히 일하다 보면 피곤할 때가 많답니다."

하지만 임신한 아내를 때릴 만큼 피곤한 사람은 없지. 메리의 입이 경멸로 일그러졌지만 웍 부인이 남편의 폭력성을 감싸고 돈다면 이 문제를 파고들어 봐야 의미가 없었다. 게다가 그것을 인정한다 한들 과연 거기서 입증되는 것이 무엇인가? 웍이 영국의 다른 수많은 남자들과 마찬가지라는 결론뿐이다. 메리는 회유하는 듯한 어조로 말했다.

"이런 걸 여쭙는 이유는 뭐든 도와드릴 만한 일이 있을지 궁금해서랍니다. 더 필요한 것이 있으세요, 웍 부인?"

자존심이 센 여자라면 이쯤에서 거절했을 테고 현실적인 여자라면 이런저런 요청을 했을 것이다. 그러나 제인 웍은 어쩔 줄 모르고 그저 고개만 저었다.

"당장은 모르겠네요. 부인께서 이토록 친절을 베풀어 주셨는데……."

"장례식은 내일인가요?"

"예. 그리고 상복도 마저 만들어야 한답니다. 그래서 제가 좀 바빴어요. 아직 드레스 상체도 달지 못했거든요."

"아이들은 누가 돌보죠?"

똑똑똑 날카롭게 세 번 문을 두드리는 노크 소리에 그들의 대화가 중단되었다.

웍 부인은 또다시 불안해 하는 것 같았다.

"오늘은 손님이 많네요. 이런 적이 없는데."

부인은 변명하듯 말했다.

"조니, 네가 좀 나가볼래? 착하지?"

조니는 한 손에 버터 바른 빵 한 조각을 쥔 채 여전히 입을 오물거리며 탁자를 떠났다. 경첩이 뻑뻑해서 체중을 실어 문을 열어야 했다. 문밖에 서 있는 누군가를 보고 조니는 입을 떡 벌린 채 문고리를 놓고 엉덩방아를 찧었다. 그 바람에 버터 바른 빵이 바닥에 굴러 떨어졌는데 아이는 그것을 주울 생각도 하지 않았다.

"안녕, 꼬마야?"

남자의 낮은 음성이 들렸다.

"어머님은 집에 계시니?"

두려움과 믿을 수 없는 사실을 마주한 충격이 동시에 밀려오며 메리는 그날 저녁 두 번째로 얼어붙었다. 그러나 이번에는 정체를 숨길 수 있을 거란 희망이 전혀 없었다.

이번 상대는 제임스 이스튼이었다.

제임스는 자신이 그렇게 무시무시한 모습일 거라고 생각하지 않았다. 그러나 꼬마의 표정을 보니 귀신이나 다름없게 보이는 모양이었다. 물론 남의 집에 찾아가기에는 다소 늦은 시간이었지만 어쩔 수 없었다. 머릿속에서 죽은 남자의 모습을 그려봐야 했기 때문이다. 윅은 시계탑 위에서 안전 수칙을 무시할 만한 사람이었을까? 아니면 대단히 신중하고 조심스러워서 누군가 고의로 그를 밀었다고 밖에는 생각할 수 없는 부류인가? 그 답의 일부는 바로 윅의 집에 있을 것이었다. 윅 가족이 자신을 세금 징수관이나 집달관 같은 치라고 믿지만 않으면 될 거라는 느슨한 생각으로 찾아온 것이었다.

"어이, 꼬마야?"

아이가 계속 입을 벌린 채 올려다보자 제임스의 시선은 아이를 지나쳐 집 안으로 향했다. 그리고 그 역시 자신이 발견한 것을 멍하니 바라보았다.

깊은 대화를 나누고 있던 것으로 보이는 두 여자가 방 가운데 서 있었다. 한 명은 창백하고 수척했는데 아이들에게 둘러싸인 것으로 보아 윅의 미망인이 틀림없었다. 다른 여성을 보는 순간 제임스의 맥박이 요동치고 피가 거꾸로 치솟았으며 손에 힘이 빠졌다.

메리는 복잡한 눈으로 그에게 다가갔다.

"이스튼 씨."

메리가 과장되고 높은 목소리로 말했다.

"윅 씨의 유족을 방문하시다니 정말 친절하시군요. 물론 저를 기억하시겠죠? 세인트 앤드류 교회에서 나온 앤서니 포담 부인이랍니다."

제임스는 오랫동안 그녀를 노려보다가 마른침을 꿀꺽 삼키며 입을 뗐다.

"포담 부인."

목소리는 잠겨 있었지만 적어도 말은 나왔다.

"정말 예상치도 못했던 곳에서 뵙는군요."

제임스는 뒤늦게 고개 숙여 어색하게 인사했다.

"상상도 못했어요."

메리가 고개를 숙이며 동조했다. 움직일 때마다 모자에 달린, 파랗게 염색한 긴 깃털이 흔들렸다.

"방금 윅 부인과 대화를 나누던 중이었어요. 여자끼리의 대화요. 아시죠? 하지만 더 이상 부인을 귀찮게 하면 안 되겠네요. 물론 용무가 있어서 오신 거겠죠?"

"뭐, 용무랄 것까지야 없습니다만."

제임스가 말했다. 자신의 목소리가 어떻게 들리는지 알 수 없었지만 메리가 포담 부인이랍시고 사용하고 있는 목소리는 분명 마음에 들지 않았다. 그러나 메리는 그러거나 말거나 젊은 미망인을 향해 돌아서서 빠르게 몇 마디 속삭였다. 무슨 소리였는지 윅 부인이 어안이 벙벙한 얼굴로 고개를 끄덕였다. 메리 때문인가? 아니면 갑작스러운 자선가들의 방문 때문에? 아니면 그냥 전반적인 자신의 삶 때문에? 그러고 나서 연신 고개를 조아리며 메리에게 인사를 했다.

거실은 좁았다. 문으로 향하던 메리가 너무 가까이에서 지나가는 바람에 풍성한 치마가 그의 다리에 스쳤다. 그 순간 레몬 비누 향기가 났다. 제임스는 남몰래 숨을 들이쉬었다.

메리는 한 번 더 목례를 했다. 그녀의 담갈색 눈에 장난기가 희미하게 스쳤다.

"반가웠어요."

"마차까지 모셔다 드리겠습니다."

메리의 눈에 당황한 빛이 떠올랐다.

"정말 친절하시군요. 하지만 그러실 필요 없어요."

제임스 역시 당황했다. 그러나 그쯤은 감당할 수 있었다. 아니, 오히려 즐겼다.

"꼭 그러고 싶습니다만."

제임스는 윅 부인을 향해 고개를 돌렸다. 부인은 혼란스러운 듯 멍한 얼굴로 지켜보고 있었다.

"실례지만 2분만 양해해주시길 바랍니다."

제임스는 다시 메리에게 고개를 돌리며 도망갈 테면 도망가보라는 듯한 얼굴로 팔을 내밀었다.

차라리 악마와 걷는 게 낫겠다는 표정이었지만 메리는 마지못해 그의 오른팔 소매에 손가락 끝을 살짝 얹었다. 제임스는 왼손으로 그녀의 손을 쥐었다. 그녀는 눈이 휘둥그레졌지만 아무 말도 하지 않았다. 뒤에서 문이 닫히는 순간, 그는 그녀가 손을 비틀어 빼낼 것이라고 생각했다.

그러나 메리는 인도에서 얌전히 걸음을 멈추고 말했다.

"감사합니다. 저쪽에 있는 게 바로 제 마차예요."

제임스는 장갑 낀 메리의 손을 꼭 눌렀다. 장갑 속에 감춰진 그녀의 살결을 느끼려는 듯한 몸짓이었다.

"지금 뭐하는 거요, 메리?"

"무슨 말씀이시죠?"

여전히 포담 부인의 목소리였지만 미세한 떨림이 느껴졌다. 제임스는 그것을 즐겼다.

"대체 뭘 꾸미고 있는 건지 털어놓는 게 좋을 거요."

제임스가 잠시 말을 멈추고 그녀의 눈을 들여다보았다.

"여기, 그리고 **공사장**에서."

메리의 눈이 휘둥그레졌다.

그러자 제임스가 싱긋 웃었다.

"전…… 전 가봐야겠어요."

메리는 흥미로운 기색을 감추지 않고 두 사람을 주시하고 있는 젊은 마부를 흘끗 보았다.

제임스가 마부에게 인상을 찌푸리자 마부는 그저 능글맞게 웃었다. 무례한 웃음이었다.

"그래요?"

"저를 미행한 건가요?"

이번에는 온전히 메리의 목소리였다. 마크의 것도, 포담 부인의 것도 아니었다. 제임스는 그동안 이 목소리를 얼마나 그리워했는지 그제야 깨달았다.

"대답부터 해요."

메리는 다시 마차를 흘끗 보았다.

"지금은 시간이 없어요."

"그러니 얼른 털어봐요."

한숨을 쉬며 메리가 손을 빼내려 했다.

제임스는 감싸고 있는 그녀의 손을 아플 만큼 세게 움켜쥐었다.

"카터!"

젊은 마부가 마부석에서 뛰어내려왔다.

"예, 포담 부인."

제임스가 곧 손을 놓아주었다.

"그럼 내일 봅시다, 포담 부인."

메리는 대답하지 않았다. 그러나 제임스는 마차에 올라타면서 그녀가 지은 표정을 포착했다. 걱정과 짜증이 섞인 표정이었다. 좋아.

적어도 여기서는 두 사람이 비겼다.

14

에이전시로 돌아오는 길은 빠르고 긴장된 여정이었다. 적어도 메리의 입장에서는 그럴 수밖에 없었다. 마차 앞에 앉은 펠리시티의 얼굴은 보이지 않았지만 메리는 상상력이 풍부했다. 온갖 비난을 듣고 창피 당한 뒤 힘없이 쫓겨나는 자신의 모습이 보였다. 게다가 메리에게는 "저를 알아볼 줄 몰랐습니다."라는 궁색한 핑계 말고는 달리 변명할 말도 없었다. 어쩌면 그렇게 순진했을까? 어떻게 제임스의 존재를 에이전시에 숨길 만큼 멍청할 수 있지?

그러나 막상 사무실에 돌아오자 대화는 예상 밖의 방향으로 흘러갔다. 메리를 꾸짖는 대신 앤은 한숨을 쉬었다.

"솔직히 난 네가 눈에 띄지 않고 현장에 섞일 수 있을지 걱정이었다."

"임무의 긴박성을 고려할 때 최선의 방법이었어요."

펠리시티가 부드럽지만 조금은 변명하는 투로 말했다.

앤은 지체 없이 메리에게 물었다.

"이제 이스튼 씨에게 어떻게 설명할지 생각해봤니?"

메리가 천천히 고개를 끄덕였다.

"계획이 있긴 한데…… 대단히 훌륭한 생각은 아니지만, 그나마 그럴듯할 것 같습니다."

"그런데 잠깐만."

펠리시티가 몸을 앞으로 숙이며 느릿느릿 말했다.

"아무리 멋지고 그럴싸한 설명이 있다고 해도 말이야. 우리가 여기서 한 가지 놓치고 있는 것 같아."

메리와 앤은 의아한 표정으로 고개를 돌렸다.

"네가 제임스 이스튼을 만난 건 이번이 두 번째야. 그런데 그 사람이 소롤드 사건 때 너에게 도움을 주지 않았던가?"

"그랬습니다."

메리는 빨갛게 달아올랐을 것이 분명한 뺨을 저주했다.

"그리고 지금도 너의 활동에 분명 호기심을 느끼고 있어. 내 눈에도 보일 정도지."

메리는 윅 부인의 집 앞에서 자신과 제임스가 실랑이를 벌일 때 '카터'의 얼굴에서 보았던 능글능글한 미소를 떠올리며 고개를 끄덕였다.

"네가 마크 퀸을 아무리 완벽하게 연기했다 한들 분명 너를 알아봤을 거야. 어쩌면 첫눈에 알아봤으면서도 모종의 이유로 침묵하고 있었던 건지도 모르지."

"이스튼 씨가 절 알아볼 거라고 예상했으나 그쪽에서 아는 척하지 않아 그대로 두는 편이 최선이라고 판단했습니다."

"그리고 이스튼 씨는 인도에서 막 돌아온 참이지. 사실 이번 건은 평소의 그라면 꺼렸을 사소한 일이잖아?"

"그렇습니다."

"영리하고 진중한 데다가 능력 이하의 일을 하고 있다면."

펠리시티가 우아한 손동작과 함께 말했다.

"에이전시에서 그를 고용하면 어때요?"

"뭐라고요?"

앤은 어이가 없는지 말도 제대로 잇지 못했다.

메리는 멍하니 쳐다봤다. 지금까지 들어본 제안 중 최선이거나 최악이거나 둘 중 하나였다. 어쩌면 둘 다인지도 몰랐다.

"듣던 중 이렇게 터무니없고 충동적이며 부적절한 계획은 처음이네요!"

앤이 속사포처럼 쏘아붙였다.

"어떻게 그렇게 말도 안 되는 소리를 할 수 있죠?"

펠리시티의 두 뺨이 울긋불긋해졌다.

"아니, 어째서요? 이스튼 씨는 에이전시 요원 후보들에게 요구하는 모든 조건을 갖추고 있어요."

"하지만 그자…… 아니, 이스튼 씨는……."

"남자죠. 그게 문제가 되나요?"

"당연하죠. 에이전시에는 분명 문제가 됩니다. 우리는 스크림쇼 아카데미의 원칙에 따라 창립되었어요. 모든 면에서 가치가 저평가되는 여성들이 첩보 업무에서 유리하다는 원칙이죠."

"에이전시의 역사에 대해서는 저도 잘 알아요."

펠리시티가 말했다.

"그러나 이번 건에서 이스튼 씨를 고용한다면 이점이 있어요. 건설 현장 경험도 있고, 지금 현장에서도 권위 있는 위치에 있죠."

"그건 우리가 능력도 없이 의뢰를 맡았기 때문이에요! 이번 일에서 에이전시의 전문 분야 밖으로 나갔고 지금의 혼란이 그 결과입니다. 그리고 제임스 이스튼이 아무리 뛰어나도 통상적인 에이전시 업무에서 할 수 있는 역할은 없어요."

"에이전시의 '통상적인 업무'에 대해 다시 생각해볼 필요가 있네요."

펠리시티가 차분하게 말했다.

"이번 사건이 완벽하게 증명하고 있잖아요. 흥미롭고 보수도 좋으면서 의미 있는 의뢰를 받아들이지 못한다면, 우리 스스로 그어놓은 한계선에 의문을 제기해야 하지 않을까요? 조직으로 성장하기 위해 필요한 건 남성 요원일지도 몰라요."

"현재의 사건은 단지 우리의 활동 범위를 벗어날 뿐 아니라 우리 목적에 반하는 것이기도 합니다."

"실례합니다!"

어색하게 서 있던 메리가 말다툼을 중단시켰다. 앤과 펠리시티는 깜짝 놀라 그녀를 멍하니 쳐다봤다. 그들은 메리의 존재를 완전히 잊고 있었던 것 같았다.

"램버스로 돌아가겠습니다. 일단 두 분께서 결정을 내리실 때까지 적당히 둘러댈 만한 얘기가 있어요."

앤은 침을 꿀꺽 삼키고 평소와 비슷한 목소리로 말했다.

"시간이 너무 늦었는데 그냥 아침까지 있다 가지 그러니? 그 편이 안전할 것 같구나."

메리는 마지못해 고개를 끄덕였다. 어차피 마크 퀸으로서의 역할은 위태로워졌다. 제임스 이스튼이 완벽한 위장을 망쳐놓은 것이다. 이렇게 된 이상 여전히 그녀가 알고 있는 에이전시에서, 자신의 정든 침대에서 하룻밤 머문다고 더 잃을 것도 없을 것이다.

7월 7일 목요일

길었던 밤과 격렬한 말다툼, 임박한 제임스와의 대면. 세 가지 문제로 메리는 새벽이 되어서야 잠이 들었다. 그 결과 하마터면 지각할 뻔했다. 웨스트민스터까지 마지막 몇 백 야드를 달려가던 메리는 후줄근한 양복을 입고 앞에서 걸어가는 신사를 재빨리 피했다. 마지막 순간에야 그가 누구인지 알아보았다.

옥타비우스 존스는 과장된 몸짓으로 모자를 기울였다.

"안녕, 꼬마!"

존스는 큰 소리로 메리를 불렀다.

"오늘은 어떤 정보를 줄 거니?"

"드릴 정보가 없어요."

"너처럼 영리한 녀석이 그럴 리 없지. 뭐라도 얘기해보렴. 뭐든 괜찮아."

메리는 공사장 입구를 향해 한 걸음씩 뒷걸음질 쳤다.

"저…… 오늘이 장례식입니다."

"겨우 그 얘길 듣자고 돈을 줬다고 생각해?"

존스는 온화하지만 멸시하는 투로 내뱉었다.

"공개적으로 알려지지 않은 뭔가를 알려줘야지."

"무슨 말씀이신지 모르겠습니다."

"음. 예를 들어 이런 건 어떨까. 새 공사 감리원이 현장 안전에 대해 어떻게 평가할 것인가."

목재 담장에 메리의 날갯죽지가 눌리는 데도 존스는 여전히 다가오고 있었다. 누군가를 압박하기 위해 바짝 다가가는 그의 수법은 그리 정교하진 않았지만 상당히 효과적이었다.

"아직 작업 중입니다. 제게는 아직 말해주지 않았어요."

"그렇게 오랜 시간 그자와 함께 있었으면서 아무것도 추리

하지 못했단 말이냐?"

메리는 눈썹을 찡그리며 말했다.

"추…… 뭐라고 하셨습니까?"

"추리 말이야. 추측, 관측, **짐작**."

"추리야 있었지만 선생이 생각하는 종류는 아닐 거요."

뒤에서 신랄한 목소리가 들렸다. 메리는 눈을 꼭 감았다. 구조인 동시에 재앙이었다.

"여기 얼씬거리지 말라고 경고했을 텐데요."

"이스튼 씨!"

존스의 말투는 파티에라도 온 듯했다.

"다시 뵙게 되어 정말 반갑습니다. 어제는 제대로 인사도 못 나눈 것 같네요."

"서로 인사를 나눌 필요가 있습니까? 현장에서 나가주시죠."

"지금 공사장 안에 있는 것이 아니라는 점을 지적한다면 제가 너무 시시콜콜 따지는 걸까요?"

존스는 제임스의 표정을 보고 싱긋 웃었다.

"저희 쪽에 독점 기사를 주시도록 설득하기는 힘들어 보이는군요. 맞습니까? 안타깝군요. 그럼 이만 가봐야겠습니다. 그리고 저와 몇 마디 나눴다고 꼬맹이 퀸을 잡진 마세요. 제가 불러 세운 겁니다. 그 반대가 아니고요. 그럼, 안녕히."

존스가 도망치듯 자리를 뜨자 메리의 머릿속에 돌연 정적이 흘렀다. 거리는 여전히 시끌벅적했지만 제임스를 따라 현장 입구로 들어가면서 메리가 느낀 것은 제임스답지 않은 불길한 침묵이었다. 메리는 어제 제임스가 했던 말을 똑똑히 기억하고 있었다. 옥타비우스 존스와 얘기하다가 한 번만 더 걸리면 징계를 당할 것이라고 했다. 물론 그때는 제임스가 그녀를 알아보았다는 것을 밝히기 전이었지만 크게 달라질 것은 없을 것 같았다.

제임스는 뒤도 돌아보지 않고 시계탑 입구로 성큼성큼 걸어 들어갔다. 메리는 순순히 따라 들어갔다. 그녀에게는 선택의 여지가 없었다. 단둘이 있게 되자마자 메리는 불쑥 내뱉었다.

"제가 설명할게요."

제임스는 얘기를 듣지 않는 것처럼 보였다. 대신 메리의 머리 너머의 한 지점을 응시하며 낮고 긴장된 목소리로 말했다.

"말해봐요. 당신의 진짜 정체가 뭐지?"

메리는 대답하려 입을 열었다가 멈췄다. 대단히 훌륭한 질문이었다. 대답이 막혔다. 그녀는 물론 메리 퀸이었다. 동시에 메리 랭이기도 했다. 비밀 요원. 고아. 전직 도둑. 전직 교사. 영국인. 혼혈아. 어느 하나 그에게 보여준 적이 없는 모습들이었다. 그로서는 당연히 화낼 만했다.

"그것도 말해줄 수 없소?"

제임스가 볼멘 목소리로 물었다.

"그렇다면 이것만이라도 알려줘요. 포담이라는 자는 실존 인물이오?"

메리는 놀라서 눈을 깜박였다.

"아뇨. 물론 없어요."

잔뜩 굳어 있던 제임스의 턱에서 힘이 조금 빠졌다.

"그리고 하나 더. 존스 그자는 정말 기자요?"

"기자라면 기자겠죠. 「런던의 눈」에 기사를 쓴다니까요."

이건 메리가 예상했던 상황이 아니었다. 평소 제임스의 질문은 상당히 날카롭고 이성적이었다. 그런데 지금의 것들은 도무지 이성과는 거리가 먼 것들뿐이었다. 만일 그가 질투를 하고 있는 것이 아니라면……. 그리고 전부 냉철한 관찰의 산물이라기보다 어처구니없는 공상에 가까웠다.

"간밤에는 날 미행한 거요?"

적어도 이 점에 대해서는 메리도 할 말이 있었다.

"그게 가능하기나 해요? 먼저 도착한 건 나였어요."

"내가 어디로 갈지 예상했겠지."

"그 문제에 대해서라면 오히려 당신 쪽에서 저를 미행했을 수도 있죠."

그 가능성이야 말로 메리를 잠 못 들게 한 이유 중 하나였다.

"젠장, 당신이 누군지 안다면 그럴 수도 있겠지."

여전히 볼멘소리였지만 어투는 조금 부드러워졌다. 제임스의 검은 눈동자는 이제 그녀를 뚫어져라 응시하며 그녀의 마음을 읽으려 했다.

"남장까지 하고 도대체 공사 현장에서 뭘 하고 있는 거요, 메리? 그게 진짜 당신 이름인지도 알 수 없지만."

"물론 제 이름이에요."

이름은 자신의 정체와 관련해 솔직하게 보여줄 수 있는 유일한 부분이었다.

"그럼 거기서부터 시작하면 되겠군."

메리는 아랫입술을 깨물었다.

"내가 왜 여기에 있는지 정말로 알고 싶어요?"

제임스의 몸짓에 이상한 무력감이 깃들었다.

"누구라도 그럴걸? 내가 얼마나 엿 같은 기분일지 생각이나 해봤소? 작년에 당신은 내 목숨을 구해줬소. 빌어먹을 인도 선원 보호소에서 날 구출했지. 그런데 지금은 자신이 뭘 하고 있는지도 얘기하지 못할 만큼 나를 불신하고 있소."

제임스의 감정에 대해 그런 식으로는 한번도 생각해본 적이 없었다. 그러나 그의 말이 옳았다. 지금은 적어도 자신의 존재에 대해 일관되고 합리적인 설명을 제시할 수 있을 것이다. 물론 진실과는 거리가 멀지만 당분간은 제임스를 만족시켜 줄 것이다. 그로 인해 메리의 마음은 더욱 찜찜해지겠지만. 염탐은 그녀에게 잘 맞았다. 위장과 연기, 그동안 훈련받은 은밀한 기술들도 좋았다. 그러나 지금처럼 거짓말을 해야 하는 이중성만큼은 싫었다. 다른 사람도 아니고 자신이……

메리는 꼬리에 꼬리를 물고 떠오르는 생각을 끊어냈다. 그러고 있을 여유가 없었다. 그도 그럴 것이 제임스는 아직 설명을 기다리고 있었다. 이제 사연을 꾸며낼 시간이었다.

"나는 책…… 책을 쓰려고 현장을 조사하는 중이에요."

그 말이 입에서 튀어나오는 순간 대단히 바보 같은 소리라는 생각이 들었지만 이제 와서 되돌릴 수는 없었다.

"연구라고도 표현할 수 있죠."

메리는 잠시 말을 멈추고 눈을 마주치지 않은 채 반응을 기다렸다. 그가 아무 말도 하지 않자 다시 더듬더듬 말을 이었다.

"런던의 빈곤한 노동자들에 대한 내용이에요. 급료로 먹고 살 수는 있는지, 소년 잡역부들의 세세한 일상과 삶의 질감 같은 것들이에요. 그들이 실제로 어떻게 살아가는지 알려는 것이 지금 마크 퀸으로 여기 있는 이유예요. 어제 자선가 숙녀 행세를 하며 웍 씨네 집을 기웃거린 것도 마찬가지고요."

메리의 설명을 듣는 동안 제임스의 눈이 커졌지만 다른 사람들과 달리 쭉 조용히 듣기만 했다. 그녀의 말 한 마디 한 마디에 집중했고, 거짓말을 길게 늘어놓지 못하고 간단하게 이야기를 끝내자 길고 낮은 휘파람을 불었다.

"인생에서 따분할 틈이 없겠군요."

메리는 뒤틀린 미소를 지었다.

"말라리아를 이기고 인도에서 돌아오자마자 공사 감리를 맡은 사람에게 그런 말을 듣다니, 칭찬으로 받아들일게요."

제임스는 얼른 손사래를 쳤다.

"나야 판에 박은 듯한 전문직 종사자일 뿐이고, 당신이 하는 일은 그야말로 급진적이잖소! 물론 헨리 메이휴(영국의 언론인이자 사회학자. 풍자 만화 잡지 「펀치」의 창간자로 영국 빈민의 생활을 기록했다—옮긴이)가 「크로니클」에 런던 빈민층에 대한 기사를 쓰긴 했다만, 누군가, 그것도 여성이 그런 삶을 직접 체험할 생각을 하다니! 정말 독창적이오.”

메리는 움찔했다. 그렇지 않아도 충분히 사기꾼이 된 기분인데 저렇게까지 흥분과 감탄을 금치 못하니 몸 둘 바를 모를 지경이었다. 그리고 만일 집필 중인 원고를 읽게 해달라고 부탁하기라도 한다면 어떻게 할 것인가? 후회가 밀려오는 순간 그때쯤이면 더 이상 제임스를 만날 일이 없을 거라는 생각이 떠올랐다. 이것은 임무를 숨기기 위해 꾸며낸 이야기에 불과했다. 임무를 마치고 만일 비밀 요원으로서의 삶을 소중하게 생각한다면 제임스와 다시 얽히지 않기 위해 최선을 다할 것이다.

“아직 어떻게 될지 확신할 수 없는 걸요…….”

메리는 말꼬리를 흐렸다.

“사실 나도 잡역부의 삶이 늘 궁금했소. 다들 당신을 어떻게 대하오?”

제임스는 문득 새로운 생각이 떠올라 얼굴이 찌푸렸다.

“여성으로서 위험한 상황도 종종 있었을 텐데.”

“음…….”

의도와는 달리 걱정스러운 듯 살피는 제임스의 모습에 그만 얼굴이 달아올랐다.

"할 만해요."

"그럴 거라 믿소."

제임스는 메리를 위아래로 천천히, 주의 깊게 훑어보았다. 발가락이 달아오르며 간질간질해지는 것을 느꼈다. 남들이 자신을 소년으로 알 때에는 반바지 차림으로 뛰어다니는 것이 아무렇지 않았다. 그러나 지금은 마치 벌거벗은 기분이었다.

"바지가 잘 어울리는군."

제임스가 중얼거렸다.

"이제……."

메리는 헛기침을 했다.

"이제 일하러 가야 하지 않을까요?"

제임스는 싱긋 웃으며 대답했다.

"칭찬을 들었을 때 적절한 대답은 '감사합니다'요. 젊은 아가씨가 벌써부터 예의범절을 잊은 거요?"

"죄송합니다만, 이런 상황에서 예의범절이 필요하다고 생각하지 않아서요."

제임스는 몸을 숙이더니 목에 거의 입술이 스칠 만큼 가까이 다가와 숨을 들이쉬었다.

"으음. 향기도 좋군."

메리는 거의 숨이 막힐 뻔했다. 허겁지겁 뒤로 한 발 물러섰지만 차가운 돌에 등이 닿았다.

"가…… 감사합니다."

"그러니 훨씬 좋잖소. 키스해도 되겠소?"

제임스의 손가락이 셔츠 옷깃 안으로 들어와 부드러운 목덜미를 어루만졌다.

"음…… 그건 좋은 생각이 아닌 것 같네요."

"아니, 왜요? 우리 둘뿐인데."

그의 두 손이 메리의 허리에 감겼다. 메리는 심장이 조이다 못해 쪼그라든 것 같았다.

"누…… 누가 들어오면 어쩌려고 이러세요?"

제임스는 잠시 생각에 잠겼다.

"뭐, 아마 내가 지저분한 사내애에게 끌린다고 생각하겠지."

그 말에 메리는 웃음을 터뜨렸고, 분위기가 전환되며 그를 살짝 밀어낼 힘을 얻었다.

"하나 더 물어볼게요. 나를 언제 알아본 거죠?"

제임스는 마지못해 그녀를 놔주었다.

"물론 바로 알아봤소."

"그런데 왜 아는 척하지 않았죠?"

그는 조금 수줍어하며 싱긋 웃었다.

"상황이 어떻게 흘러가는지 두고볼 셈이었소."

"그럼 감리가 끝나고 말도 없이 사라졌을 수도 있었겠네요."

"그랬다면 실망했을 것 같소?"

"질문에나 먼저 대답하세요."

"물론 아니오. 그저 말할 타이밍을 보고 있던 것뿐이오. 이제 당신이 대답할 차례요."

"음, 아마 당신의 지적 능력에 깊이 실망했겠죠."

"그게 다요?"

제임스가 웃었다. 메리도 따라서 미소 지었다.

"아마도요."

"다른 질문은 없소?"

"있어요. 오늘 일을 하긴 할 건가요?"

"지난번 이후로 사람이 좀 따분해진 것 같소."

"그런가 보죠."

메리는 새침하게 대꾸했다.

제임스의 얼굴에 특유의 매력적인 미소가 다시 스쳤다. 아팠다더니 적어도 미소만큼은 변함없군. 그때 제임스의 어조가 갑자기 진지해졌다.

"이번에는 시계탑을 조사해야 할 것 같소."

시계탑에 오르는 동안 처음에는 활기찼던 그들의 걸음걸이가 점차 느려지기 시작했다. 처음에는 눈치채지 못할 수준이었지만 점점 명백해졌다. 흘끗 살피자 아니나 다를까 빨개진 얼굴에 양미간에는 주름이 잡혀 있었다.

제임스는 자신을 보고 있는 메리의 시선을 알아차렸다.

"제발 피곤하다고 하진 마시오."

메리는 고개를 저었다.

"전 괜찮아요."

30칸을 더 오르고 나니 그의 숨소리가 크게 들렸다. 일정하지만 숨찬 티가 역력한 소리였다. 메리는 용기를 내 한 번 더 그를 쳐다봤다. 이번에도 제임스는 곧바로 알아차렸다.

"뭡니까?"

"뭡니까라뇨?"

"뭘 그렇게 뚫어지게 보느냔 말이오."

좋다. 이렇게 나올 작정이라면.

"아마 당신의 로마인 같은 옆모습을 감상하고 있었을걸요."

제임스가 히죽거렸다.

"로마인이라! 부러진 코뼈에 대한 완곡한 표현이로군!"

두 사람은 다시 10여 계단을 올라갔다.

"당신이 내 코를 이렇게 만드는 데 일조했잖소."

제임스의 지적에 메리는 처음 부딪쳤을 때의 몸싸움을 떠올리며 싱긋 웃었다. 당연히 키도 작고 힘도 약한 그녀가 졌지만 그래도 제법 오래 버텼다.

"당신처럼 고압적이고 거만한 사람도 가끔 코가 부러질 수 있다는 걸 알아야 해요."

재미있다는 듯 코웃음을 친 제임스는 갑자기 발작적으로 기침을 하기 시작했다. 평범한 기침이 아니었다. 한참이나 이어지는 밭은기침에 두 사람은 좀처럼 앞으로 나아가지 못했다. 제임스는 시뻘게진 얼굴로 벽에 기대섰다. 그러다 결국 계단에 쭈그려 앉았다. 메리가 손을 내밀자 신경질적으로 그 손을 쳐냈다.

기침이 가라앉자 호흡이 다소 수월해진 것 같았다.

"휴."

제임스는 손수건을 꺼내 이마에 송골송골 맺힌 땀을 닦았다. 미소를 지어 보이려 했지만 눈에는 물기가 어려 있었다.

"무슨 얘기를 하던 중이었더라?"

기억나지도 않았고 관심도 없었다.

"말라리아 후유증인가요?"

제임스는 어깨를 으쓱했다.

"그런 것 같소."

"새로울 것도 없네요. 폐렴이나 기관지염과 비슷한 건가요?"

"그렇소."

제임스는 인상을 찌푸렸다.

"하지만 무리하면 악화되지 않나요?"

"호들갑 좀 그만 떠시오."

"질문 두어 개가 호들갑인가요? 난 그저 당신이 아픈지 궁금한 것뿐이에요."

"당신이 우리 어머니도 아니고."

"정말 다행스러운 일이죠."

제임스는 그녀를 노려보더니 있는 힘을 다해 벌떡 일어섰다. 그것만 해도 상당히 애쓰는 것이 보였다. 팔다리에 추라도 매달아놓은 것처럼 무거워 보였다.

"난 괜찮소."

"어휴…… 어련하시겠어요."

"난 온종일 이 계단에서 입씨름을 벌이고 있을 만큼 한가하지 않소. 올라갈 거요, 말 거요?"

대답을 기다리지 않고 제임스는 다시 계단을 오르기 시작했다. 그러나 이번에는 난간을 붙잡은 채였다.

메리는 멀어지는 그의 뒷모습을 올려다보았다. 확실히 말랐다. 그리고 이 각도에서 보니 입고 있는 정장이 너무 컸다. 넓은 어깨에 재킷이 헐렁하게 걸쳐져 있고 바지는 요즘 유행보다 통이 넓었다. 체중과 함께 기력도 많이 빠졌을 것이 분명했다. 순순히 제임스를 따라 10여 개의 계단을 또 올라갔다. 그리고 스스럼없는 말투로 말했다.

"아직 3분의 1도 못 왔어요."

"나도 알아요."

올라가는 속도가 무척 더뎠다. 그리고 3분의 1 지점에 도달했을 때, 제임스는 멈춰 서서 다시 이마와 목을 훔쳤다. 메리는 어떻게 해야 할지 몰라 가만히 서 있었다. 걱정하는 모습을 보이거나 조언을 했다가는 또 예의 황소고집을 부리며 아까처럼 완강히 거절할 것이 뻔했다. 게다가 그녀가 비판할 입장도 아니었다. 그녀는 자신에게도 그런 면이 있다는 것을 잘 알고 있었다. 그래서 그의 눈을 보지 않고 그냥 벽에 몸을 기댔다.

두 사람이 있는 곳에서 가장 크게 들리는 소리는 제임스의 빠르고 밭은 숨소리였다. 시계탑까지는 아직 2백 계단이나 남아 있었고, 팰리스 야드의 숙련공과 인부들은 5, 6층 밑에 있었다. 뺨에 닿은 거친 벽돌이 시원했다. 메리는 잠시 눈을 감고 이런저런 생각을 해보았다. 벽돌, 모르타르, 키넌, 매질. 메리는 다시 눈을 번쩍 뜨고 층계참을 두리번거리며 처음으로 제대로 주위를 둘러보았다. 두 사람이 있는 공간은 놀랍도록 넓었고 아직 앉을 곳은 만들지 않았지만 분명 휴식 공간으로 설계된 것 같았다. 이 지점부터 계단이 좁아지는 것 같았는데 거기다…… 이런, 그런 건가……. 왜 전에는 이 생각을 못했지?

메리는 몸을 휙 돌려 제임스를 불렀다.

"웍이 시계탑에서 무슨 일을 맡고 있었는지 알려준 사람은 없나요?"

제임스는 고통을 참으려는 듯 눈을 질끈 감았다.

"없었소."

그러더니 곧 발동한 호기심에 어쩔 수 없이 물었다.

"그런 건 왜 묻는 거요?"

"여기 계단들을 보세요. 돌벽이잖아요. 계속 이렇다면 조적공이 여기에 올라올 이유가 없지 않나요?"

제임스가 눈을 번쩍 떴다.

"쭉 돌벽이라면야."

"한번 가보자고요. 하지만 어쨌거나 이렇게 높은 곳에서 일하는 조적공은 없어요."

제임스는 다시 활기를 찾고 고개를 끄덕였다.

"분명 그렇소. 그리고 그날 저녁 공사장을 떠날 때 어떤 상황이었는지 유리공들에게 물어보면 설명해줄 거요."

제임스는 보이지 않는 위쪽까지 나선형으로 이어지는 좁은 계단을 힘없이 올려다보았다.

"음…… 어쩌면 당신이 앞서는 게 좋을지도 모르겠소."

"더 좋은 생각이 있어요. 내게 기대서 올라가요."

제임스는 난처한 기색으로 말했다.

"하지만…… 나는……."

메리는 그의 손을 잡고 자신의 어깨에 얹었다.

"나를 지팡이라고 생각하고……."

제임스가 불에 덴 듯 손을 홱 뺐다.

"난 못해요!"

"왜요? 내가 여자라서?"

"당신을 **버팀목으로 쓸** 순 없소."

"당연히 그래도 돼요. 나를 마크라는 이름의 열두 살짜리 사내아이라고 생각하세요."

메리는 그의 손을 다시 붙잡고 어깨에 얹었다.

"전 몸집에 비해 힘이 세답니다."

제임스가 다시 몸을 빼며 말했다.

"그게 문제가 아니잖소."

"지금 문제는 꼭대기까지 올라가는 것 아닌가요?"

메리는 조바심을 굳이 감추지 않았다.

"다른 방법이 있나요?"

"그냥 더 노력해보겠소."

"흥, 어련하시겠어요. 당신의 그 바보 같은 고집을 어떻게 이기겠어요?"

진심으로 화가 난 그들은 한참 동안 서로를 노려보았다. 그렇게 몇 분이 흐른 뒤, 제임스가 씁쓸하게 한숨을 쉬며 말했다.

"사돈 남 말 하시는군, 안 그렇소?"

메리는 어설픈 미소를 지어 보였다.

"그래요. 입장이 바뀌었다면 나도 똑같았을 거예요."

"동의하오."

잠시 어색한 침묵이 흐른 뒤 마침내 제임스가 입을 열었다.

"그럼, 가볼까요?"

처음 몇 계단은 제임스가 메리의 어깨에 손을 살짝 올린 채 그녀를 뒤따랐다. 좀 더 위로 올라가면서 메리는 그가 자신에게 몸을 기대기 시작한 것을 느꼈다. 처음에는 주로 계단을 오를 때만 살짝 기댔다. 그러나 한 계단 한 계단 더해질 때마다 어깨에 실리는 무게가 더 무거워졌고 숨소리도 한층 가빠졌다. 속도가 계속 느려지더니 마침내 두어 계단마다 쉬기 시작했다.

"걱정 말아요."

또다시 걸음을 멈추고서 제임스가 쉰 목소리로 말했다.

"전염되진 않소."

"알아요."

"절망적일 만큼 상태가 안 좋았소. 몇 달 동안 침대에 누워만 있었지."

메리는 고개를 끄덕였다. 정말 병이 위중했던 것이 분명했다. 제임스는 기어 다닐 정도의 힘만 있어도 절대 침대 신세를 지고 있을 사람이 아니었다.

"곧 정상으로 돌아올 거요."

믿을 수 없는 일이 일어났다. 세상에서 가장 거만한 남자가 자신의 나약함에 대해 사실상 사과한 것이다. 물론 직접적인 것은 아니었지만 뜻은 충분히 전해졌다. 메리는 그 사과가 무엇을 의미하는지, 아니 무엇을 의미하지 않는지 생각하기 두려웠다.

그들은 오르고 또 올랐다. 계속 올라갔다. 그리고 마침내 커브를 돌아 눈부신 빛으로 가득 찬 공간에 들어섰을 때, 충격이 머리를 휩쓸었다. 메리는 눈을 가늘게 뜨고 여러 번 깜빡였다. 눈이 빛에 적응되자 자신이 보고 있는 것이 유리와 연철의 벽이라는 것을 깨달았다. 아니, 아주 두껍고 진주처럼 뽀얀 유리로 만들어진 거대한 모자이크였다. 가장 작은 유리판이 그녀의 머리만 했다. 아름답게 배열된 유리판들은 복잡하면서도 균형 잡힌 원을 이루고 있었다. 머리를 뒤로 젖혀 전체를 살피니 숨이 멎을 것 같았다.

메리가 보고 있는 것은 시계탑의 한 면을 장식하는 시계의 뒷면이었다. 지상에서 보면 흰색 칠을 한 것처럼 새하얀 평면으로 보였다. 그러나 그 뒷면은 놀라울 정도로 빛났고, 날카로운 황회색 햇빛을 굴절시키고 누그러뜨려 마치 이 세상 것이 아닌 듯한 신비로움을 뿜냈다. 메리는 지금 어디 있는지, 자신이 누구인지조차 잊어버린 채 꿈꾸듯 멍하니 원을 응시했다. 화들짝 놀라 정신을 차렸을 때 그녀는 자신이 얼마 동안이나 황홀경에 빠져 있었는지 감을 잡을 수 없었다. 30초? 아니면 30분일까?

그 밖에도 볼 것이 많았다. 방 한가운데는 시계를 움직이는 톱니바퀴와 크랭크, 축 들이 복잡하게 얽힌 기계 장치가 받침대 위에 놓여 있었다. 시계는 놀랍도록 조용했다. 기름칠이 잘된 금속 부품들이 서로 스치며 돌아가며 지속적으로 사각거렸지만 손목시계처럼 째깍거리는 소음은 없었다.

약 50칸으로 이루어진 마지막 계단을 올라 마침내 탑에 이르렀다. 서까래 안쪽의 거대한 구조물에 종들이 매달려 있었다. 그들이 탑까지 올라간 이유였다. 지난해 이 커다란 종이 처음 울렸을 때 느꼈던 당혹스러움과 실망이 아직 모든 런던 시민의 머릿속에 남아 있었다. 성대한 가두행렬을 벌이며 말 열여섯 마리가 '빅 벤'을 끌고 뉴팰리스 야드에 당당하게 도착했지만, 곧바로 금이 가는 바람에 종을 녹여 다시 주조해야 했다. 교체되어 설치된 종 역시 여전히 빅 벤이라고 불렸다. 새로 설치된 종이지만 현장 안전에 대한 현재의 의심을 생각하면 빅 벤을 다시 울리기 전까지 현장의 모든 것을 점검하는 것이 제임스의 책임이었다.

사람과 비교하면 네 귀퉁이에 매달려 15분마다 울리는 종들도 충분히 컸으나 빅 벤 옆에서는 난쟁이처럼 작아 보였다. 중앙의 거대한 종은 몇 사람쯤은 가뿐히 숨을 수 있는 어두운 동굴처럼 보였다. 메리는 눈을 깜빡이며 본능적으로 그 종의 영향권 밖으로 뒷걸음질 쳤다. 물론 종은 단단히 고정되어 있어야 마땅했지만 제임스가 이곳에 있다는 사실 자체가 그렇지 않을 수도 있다는 가능성을 암시했다. 게다가 이 종에는 무언가 불길한 기운이 있었다. 금이 가서 녹인 뒤 재주조된 이 금속 야수는 다시 설치되자마자 한 남자의 죽음을 목격한 것이다.

강한 바람이 탑을 휘감았다. 메리는 바람이 부는 쪽으로 움직였다. 탑의 각 면마다 커다랗게 뚫린 아치를 통해 바깥 공기가 안으로 들어오고 종소리가 밖으로 나가도록 설계되어 있었다. 눈앞에 펼쳐진 장관에 그녀는 입을 벌린 채 본능적으로 석재 난간에 바짝 기댔다. 메리의 앞에는 방대하면서도 축소된 도시가 사방으로 펼쳐져 있었다. 한눈에도 런던임을 알 수 있었다. 크고 작은 건물들과 거미줄처럼 연결된 도로들, 손에 잡힐 듯한 시끄러운 북적임. 어떻게 보면 런던의 장난감 모형이나 정교한 지도처럼 보이기도 했다. 여기서 보니 모든 익숙한 기념물들이 손톱만한 크기로 축소되어 보이면서도 세부적인 특징을 고스란히 유지하고 있었다. 지붕 너머를 응시할 때 메리는 가벼운 현기증에 휩싸였고, 행여나 그 마법 같은 장면이 사라질까 눈을 깜빡일 수조차 없었다. 지금껏 이런 광경을 한 번도 본 적이 없었고, 앞으로도 다시 볼 수 있을지 의문이었다.

제임스를 향해 시선을 던졌을 때, 메리는 그의 얼굴에 비친 자신의 표정을 보았다. 자신을 향한 제임스의 미소에 그가 뭔가 부드럽고 친밀한 말을 건넬지도 모른다는 생각이 들었다. 그녀는 정신을 수습했다. 제임스와의 유희는 너무 위험했다. 단지 마크 퀸으로서 역할뿐 아니라 비밀 요원이라는 정체가 탄로 나는 데 대한 두려움이었다. 메리는 난간에서 뒤로 물러나며 비틀거렸다. 높이 때문이 아니었다. 그러나 제임스가 그것을 알면 곤란했다.

"대체 종을 어떻게 끌어올린 거죠?"

메리는 지나치게 밝은 목소리로 물었다.

제임스는 그녀를 보았다. 잠시 주저하다 천천히 입을 열었다.

"도르래 장치와 인력을 이용했소. 저곳을 통해 똑바로 끌어올렸죠."

'저곳'이란 폭이 8피트쯤 되는 정사각형 개구부를 가리키는 것이었다. 메리는 안을 들여다보았다. 탑 높이에 맞춰 전 층에 이어지는 듯했다.

"통풍구인가요?"

"그렇소. 중앙 통풍로죠. 처음의 종은 너무 커서 여기에 잘 맞지 않았는데, 처음 설계 과정에서 완성된 종의 정확한 크기를 가늠하지 못한 것 같소.

메리는 고개를 끄덕였다.

"엄청난 일이었겠군요."

"사람들이 팀을 짜 교대로 작업했는데도 며칠이 걸렸소. 하지만 당신도 이미 다 아는 내용이잖소, 메리? 배경을 조사했으니 말이오."

메리는 어깨를 으쓱했다.

"전문가에게 듣는 것은 또 다르니까요."

"그리고 대화를 피하면서 침묵을 메우려는 속셈 아니오?

메리는 제임스와 눈을 맞출 수 없었다.

"난 현장의 모든 부분을 완벽하게 이해해야 해요. 이제 일을 시작하는 게 좋지 않을까요?"

15

메리는 나이 치고 장례식에 참석한 경험이 없는 편이었다. 물론 거리에는 늘 장례 행렬이 있었다. 반들반들 윤기가 흐르는 검은 말이 티끌 하나 없이 매끈한 운구차를 끌고, 상장을 감은 마차들이 그 뒤를 줄지어 따랐다. 장례식에 쏟은 돈에 따라 조문객을 고용하는 경우도 있었다. 그런 이들은 돈을 받고 운구차와 온실에서 재배한 꽃들에 파묻힌 채 반짝반짝 광을 낸 관을 따라 무심히 걸었다. 이와는 반대로 말 한 필이 끄는 운구차와 뒤따르는 마차도 두어 대뿐인 비교적 소박한 장례식도 있었다. 그 정도 장례는 체면치레를 하기에는 턱없이 미흡하다고 여겨지지만, 이 비용만으로도 노동 계급의 가정은 파산할 수준이어서 유족들이 구빈원 신세를 지는 경우까지 있었다. 실제로 그런 일이 종종 일어났지만 그 뒤로도 이런 관례는 계속되었다. 특히 가난한 사람들은 살아서는 결코 누리지 못했던 호사를 마지막 가는 길에나마 누릴 기회를 선뜻 포기하지 못했다.

어떤 이들은 침통한 얼굴의 동원된 조문객 십여 명과 흰 장미꽃 수십 송이의 비용을 합산해 기록하며 내심 흐뭇해하기도 했다. 메리에게는 해당되지 않는 이야기였다. 그녀의 어머니는 바다에서 실종된 남편에 대한 희망을 버리지 못한 나머지 남편의 죽음을 기정사실화하는 의식을 일절 거부했던 것이다. 그리고 몇 년 뒤 어머니의 차례가 되었을 때, 장례식은 고사하고 관을 살 여력조차 없었다. 도리 없이 극빈자 묘소에 묻힐 수밖에 없었고, 무덤임을 알려주는 표식이라고는 메리가 손수 만든 애처로운 나무 십자가뿐이었다. 그때는 그것도 중요할 거라 생각했다. 그렇게 양친을 보냈고 자라면서 장례 행렬을 수백 번이나 보았지만, 어쩌다 보니 장례식 자체에 참석할 기회는 전혀 없었다. 메리는 조금은 두려운 마음으로 현장을 빠져나와 사우스워크로 향했다. 사인 심문이 연기되어 아직 제임스의 공사 감리 보고서를 기다리고 있는 중이었지만, 검시관은 시신을 매장해도 좋다고 판단했다. 다행스러운 일이었다. 무더위로 대악취가 발생했던 작년에 비하면 올해 7월은 서늘한 편이었지만 어쨌든 한여름은 한여름이었다.

가장이 사망했으니 앞으로 얼마나 더 이곳에 있을지 모르겠지만 현재 윅 가족이 살고 있는 거리는 화려한 운구차와 대비되어 더욱 지저분하고 초라하게 보였다. 그럭저럭 봐줄 만한 단조로운 검은색 굴레와 어울리지 않게 경쾌한 깃털 머리 장식을 쓴 검은 암말 한 쌍이 운구차를 끌고 있었는데 운구차 뒤에는 대형 마차 두 대가 대기하고 있었다. 현관은 열려 있었고, 문에 달아두었던 근조 리본은 중요한 날을 맞아 더 큰 것으로 바뀌었다.

이웃들은 모두 창가에 서 있었다. 거리의 모든 창문에서 커튼이 들썩였지만, 아무도 호기심 많은 사내애 같은 메리를 눈여겨보지 않았다. 윅의 집은 이미 여인들로 가득했다. 대부분 상복이 아닌 어두운색 평상복을 입고 있었다. 장례식에 참석하지 않지만 아이들을 돌봐주러 온 친구와 이웃들이었다. 메리는 집과 진입로 모두 잘 보이는 길모퉁이 자리를 발견하고 그곳에 자리 잡았다.

30분쯤 지났을까. 남자 한 무리가 일렬종대로 위엄 있게 걸어왔다. 선두는 키가 크고 잔뜩 화가 난 것처럼 보이는 검은 머리 남자였다. 입고 있는 검은 정장은 몸에 너무 꽉 끼어서 넓은 등판을 팽팽히 조였다. 키넌이었다. 짙은 회색 정장 차림의 레이드가 그 뒤를 따랐다. 포마드를 발라 금발을 뒤로 넘겨 빗은 탓에 평소보다 머리색이 한층 진했다. 보조공인 스미스와 스텁스는 레이드와 마찬가지로 정식 상복 차림은 아니었다.

키넌은 안으로 들어가기 전 문 앞에서 한참을 망설였다. 위험 말고는 어떤 것도 확신할 수 없는 낯선 공간으로 들어가려는 사람처럼 보였다. 흔히들 생각하는 것처럼 윅과의 각별한 친분을 떠올리면 이상한 일이었다. 조적공 팀 중에서 윅을 잃은 것에 크게 동요하는 사람은 키넌뿐인 듯했다. 레이드에게도 물론 나름의 동기가 있었다. 윅 부인을 향한 숨길 수 없는 연정은 윅의 죽음에 대한 어떤 추리에서도 레이드를 유력한 용의자로 지목하기에 충분했다. 그러나 보조공들은 윅의 죽음에 별 감흥이 없는 것처럼 보였다. 적어도 겉으로는 그랬다. 물론 사실은 크게 충격받았지만 짐짓 의연한 척하는 것일 수도 있었다. 그러나 키넌의 검은 상복과 다른 이들의 외출복이 이루는 뚜렷한 대비를 보면 그럴 것 같지는 않았다.

그들이 들어간 뒤 문이 닫혔다. 다시 30분이 흐른 뒤 문이 열리더니 남자 네 명이 이번에는 관을 어깨에 메고 나타났다. 정확한 동작을 사전에 세심하게 연습하기라도 한 것처럼 행진은 순조로웠다. 정말 연습했을지도 모르는 일이지만 아마도 매일 함께 일하면서 의도치 않게 얻게 된 결과일 것이다. 최소한의 장식만 되어 있는 운구차로 옮겨진 관은 꽃으로 둘러싸인 연단 비슷한 것 위에 놓였다. 관 위에는 흰 장미가 십자가 모양으로 장식되어 있었다.

운구차에 관을 실은 뒤 남자들은 다시 문 앞으로 향했지만, 이번에는 윅 부인이 나타날 때까지 밖에서 기다렸다. 상복을 입은 그녀는 평소보다도 더 창백하고 야윈 것 같았다. 멀찌감치 떨어져 있는 메리가 보기에도 상태가 좋지 않았다. 마지막 여행을 떠나기 위해 운구차에 실린 관을 본 것이 영향을 미친 것 같았다. 눈을 크게 뜨고 입을 씰룩거리며 관을 응시하는가 싶더니 곧 맥없이 풀썩 주저앉았다.

다른 남자들은 눈치도 못 채고 있었으나 레이드만은 부인이 완전히 쓰러지기 직전에 팔을 뻗어 붙잡아 일으켜 세웠다. 키넌의 얼굴에 습관적인 찡그림과 함께 어떤 강렬한 감정에서 비롯된 경련이 일었다. 분노였을까? 그러나 곧 인상을 펴고 애써 무덤덤한 표정으로 돌아섰다. 이웃들이 윅 부인을 레이드의 품에서 떼어내 부축한 뒤 부채질을 하고 스멜링 솔트(냄새로 정신을 들게 하는 약―옮긴이)를 코에 대주며 기운 차리게 하는 동안 키넌은 잠자코 기다렸다.

행진이 또다시 출발할 채비를 했다. 앳된 얼굴의 미망인은 고개를 들더니 검은 장갑을 낀 주먹을 불끈 쥐고 앞쪽 마차로 걸어갔다. 고용된 수행원의 도움을 받아 부인이 마차에 오르고, 이어서 네 명의 남자가 차례차례 두 번째 마차에 올라탔다. 그것으로 끝이었다. 1분 만에 행렬이 이동하기 시작했다.

장례 행렬을 따라가는 것은 생각보다 까다로운 일이었다. 우선 운구차와 마차가 움직이는 속도가 무척 느렸다. 일반 마차나 보행자와는 비교할 수도 없을 정도였다. 또한 적절히 조의를 표해야 하는 어려움도 있었다. 대부분의 사람들은 지나가는 운구 행렬을 향해 모자를 벗고 머리를 숙였다. 이런 정적인 광경들을 뚫고 움직이자니 보통 일이 아니었다. 그나마 사내아이처럼 입은 것이 다행이었다. 어린아이라면 아직 적절한 예의를 갖추지 못하거나 자신이 보고 있는 광경에 공감하지 못하더라도 다들 그러려니 이해해줄 것이기 때문이었다. 그럼에도 메리는 쓸데없는 주의를 끌게 될 것이 걱정스러웠다. 조적공 중 하나가 그녀를 발견하면 당장 알아볼 것이 뻔한데 키넌에게 또 변명을 늘어놓아야 하는 상황은 피하고 싶었다.

비라도 내렸다면 훨씬 수월했을 것이다. 시야가 흐려지는 데다 사람들이 우산을 쓰고 다녀 몸을 감추기도 쉬울 테니까. 하지만 오늘 오후는 기약은 없지만 곧 비를 뿌릴 것 같은 칙칙한 회색 하늘이 지붕을 계속 짓누르기만 할 뿐이었다. 말들은 거리마다 비교적 조용한 소음을 울리며 터벅터벅 걸었다. 사우스워크 브리지 로드처럼 도로가 워낙 넓어서 관이 실린 운구차와 뒤따르는 마차는 물론 은연중에 장례 행렬 자체의 중요성마저 축소되어 보이는 번잡한 도로에서도, 주변의 움직임이 한결 느려진 것이 보였다. 만일 조문객들이 그런 것을 중시하는 부류였다면 그런 엄숙한 분위기를 감사하게 여겼을 것이다.

마침내 행렬은 다시 좁은 길로 들어섰다. 조그마한 감리교 예배당 앞에서 행렬이 멈췄을 때, 메리는 웍의 집에서 겨우 도로 몇 개를 지났음을 깨닫고 살짝 놀랐다. 분명 장례 행렬은 적절한 의례를 치르려는 욕구를 채우면서 비싼 값을 치르고 빌린 운구차와 마차 두 대에서 최대한 본전을 뽑으려는, 다분히 형식적인 문제였다. 그러나 지금 그들은 웍의 집에서 가장 가까운 교회 앞에 이르렀다. 메리가 웍에 대해 알게 된 사실에 비춰

보면, 그는 교회에 다닐 만한 부류가 아니었다. 그러나 그의 부인이라면 교회에 다닐지도 몰랐다. 그처럼 버거운 가정을 꾸려가는 여자라면 누구라도 기도가 필요할 테니까.

메리는 장례식 도우미들이 마차의 계단을 내리는 것을 유심히 지켜보았다. 귀부인들은 심신이 너무 여리거나 지나치게 감정적이어서 쉽게 실신한다는 이유로 장례식을 지켜보지 않는 것이 보통이지만, 노동 계급 여인들은 달랐다. 적어도 통념은 그랬다. 만일 윅 부인이 동요 없이 남편의 시신을 염할 수 있다면 당연히 장례식에도 참석할 수 있을 것이다.

그러나 마차에서 내린 것은 조적공들뿐이었다. 엄숙하게 정장의 매무시를 가다듬으며 인도에 내린 네 남자는 관을 예배당으로 옮기는 대신 건물을 돌아 묘지로 곧장 갔다. 순조롭게 나아가던 행렬이 갑자기 입구에서 주춤거렸다. 메리는 뒤에 있어서 누구인지 구분할 수 없었지만, 보조공들 중 한 명이 살짝 비틀거린 것 같았다. 관이 약간 흔들리는 바람에 화환이 한쪽으로 미끄러졌다. 운구자들끼리 바쁘게 소곤거리는 동안, 레이드는 얼굴을 찡그리고 불안한 표정으로 마차를 흘끗 돌아보았다. 분위기가 다시 엄숙하게 가라앉자 행진이 재개되었다.

운구 행렬이 입구를 통과하고 나서야 메리는 이 작은 소동의 원인을 확인할 수 있었다. 우산을 움켜쥔 검은 정장 차림의 통통한 형체였다. 넓적한 얼굴이 눈을 반쯤 감은 기묘한 표정으로 안장을 위해 파놓은 무덤 옆에 서 있었다. 메리는 눈에 띨까 길 건너 행렬 가까이 다가갈 수 없었지만, 키넌의 얼굴에 떠오른 뚜렷한 화난 기색과 그럼에도 그와 하크네스 사이에 아무런 대화도 오가지 않는 것은 볼 수 있었다. 네 남자는 관을 관대(棺臺)에 내려놓은 뒤 간격을 벌려 주변에 둘러섰다. 그 결과 조적공들과 하크네스 사이에 의미심장한 간격이 생겼다. 조문객이 많아 보이게 하려는 시도였으나 쓸쓸한 실패로 돌아갔다. 존 윅이 다음 세상으로 가는 것을 지켜보고 싶어 하는 사람은 거의 없다는 사실이 애처로울 만큼 명확하게 드러났다.

성경을 손에 들고 흐트러짐 없는 자세로 서둘러 걸어오던 목사는 조문객의 수가 적은 사실에 다소 놀란 듯했다. 목사는 속도를 줄이고 잠시 상황을 살피더니 다시 엄숙한 표정으로 근엄하게 걷기 시작했다. 장례식을 시작하기 위해 목사가 목청을 가다듬을 때, 레이드가 마차 쪽을 한 번 더 슬쩍 쳐다보았다. 윅부인을 찾는 모양이었다. 초조한 기색이 떠올랐지만 이내 감추었다. 그 찰나에도 키넌은 레이드를 향해 인상을 썼다.

장례식은 짧았다. 짧은 개식사 뒤 펼쳐진 부분으로 짐작할 때 신약으로 추정되는 성경 낭독이 더욱 짧게 이어졌다. 찬송은 없었다. 10분도 채 되지 않아 장례식 도우미 두 명이 긴 밧줄을 능숙하게 감은 뒤 관을 천천히 무덤으로 내렸다. 네 명, 아니, 다섯 명의 조문객들은 축축하고 덩어리진 첫 흙이 관 위로 떨어지는 것을 지켜보았다. 물론 어떠한 울림도 없었지만 어쩐지 어색했다. 적당히 시간이 흐르고 사토장이가 모자를 벗은 채 고개를 한 번 끄덕였다. 이제 사토장이에게 마무리를 맡기고 떠나야 하는 시간이었다.

조적공들은 그 사실을 아는 것처럼 보였다. 그러나 무덤에서 눈을 떼지 못하고 있던 하크네스는 그를 둘러싼 미묘한 기대를 눈치채지 못한 것 같았다. 하크네스의 강렬한 시선은 어디에도 머물지 않았다. 그의 생각은 런던 남부의 벌거벗고 흉한 무덤에서 멀리 떨어져 있는 것이 분명했다. 하염없이 시간이 흘러 몇 초가 1분이 될 무렵, 길 건너에 있는 메리에게도 들릴 만큼 커다랗게 투덜대는 키넌의 목소리가 하크네스를 상념에서 흔들어 깨웠다. 하크네스는 난처한 얼굴로 뭐라고 중얼거렸다. 세 음절 아니면 겨우 네 음절이었는데 독순술을 연습했음에도 하크네스의 덥수룩한 수염과 그가 서 있는 위치 때문에 읽는 데 실패했다. 얻은 것이라고는 하크네스가 관습대로 '신의 가호가 있기를'이란 인사를 건네지 않았다는 것뿐이었다. 잠시후 하크네스는 조적공들을 쳐다보지도 않고 성큼성큼 걸어 나왔다.

네 남자는 걸어가는 하크네스를 무표정한 얼굴로 지켜보았다. 동료인 웍도, 공공의 적인 하크네스도 가버린 지금, 그들은 어쩔 줄 모르는 것처럼 보였다. 단결을 유지하기 위해 어떤 외적인 이유를 필요로 하는 것만 같았다. 조적공들은 방금 전까지 보여주었던 군대를 연상시키는 기강과는 대조적으로 무질서하게 다리를 질질 끌며 묘지를 빠져나오더니 대기하고 있던 마차에 재빨리 올라탔다. 공식적인 장례 행렬의 경로를 되밟지 않고, 윅의 집으로 직행하는 듯했다.

메리는 자신이 방금 목격한 광경에 대해 곰곰이 생각했다. 비용은 많이 들었지만 정작 죽음을 안타까워하는 이는 거의 없는 한 남자의 간소한 장례식. 재차 확인된 윅 부인을 향한 레이드의 연심. 망자의 친구와 동료들의 날 선 의심에도 죽은 조적공을 향해 하크네스가 보인 기이하고도 기묘한 집착. 물론 집착이라고 부를 만큼 거창한 건 아니었다. 미묘하게 긴장된 분위기, 그리고 짐짓 태연한 척하는 표정 뒤에 숨어 있는 무언의 뭔가가 잘못되었음을 느낄 수 있었다. 폭풍이 다가오고 있었다. 아니, 폭발에 가까운 것이다. 그러나 그것이 과연 어디에서 터질지는 알 수 없었다.

장례식 후 다과회가 시작될 윅의 집 앞에 서 있다니, 어리석은 짓이었다. 이제 공사장으로 돌아가야 했다. 그러나 메리는 계속 길모퉁이에서 어슬렁거리며 윅 부인이 레이드의 도움을 받으며 마차에서 내려 조적공들과 함께 집으로 들어가는 것을 지켜보았다. 이웃집 여자들이 집 안에서 음식을 준비하며 아이들을 챙기고 있었다. 식사가 시작되려면 아직 멀었을 것이다. 그래도 메리는 기다리기로 마음먹었다. 물론 그 판단을 정당화할 합리적인 근거가 있었다. 오후 임금을 포기할 수 없어 이제야 찾아올 조문객이 더 있을 수도 있다는 것이었다. 그렇다면 윅이라는 인물의 성격을 다시 생각해볼 근거가 될 것이다. 그러나 이 모든 이유를 뛰어넘어 맹목적인 본능 비슷한 어떤 것이 기다리라고 속삭이고 있었다. 메리는 그 속삭임을 따랐다.

3시간이 족히 흘러 날이 어둑어둑해질 무렵에야 비로소 무언가 일어났다. 예상했던 것보다 훨씬 더 인상적인 사건이었다. 늦은 오후가 되니 정말 친구 몇 명이 찾아왔고, 왁자지껄 떠드는 소리와 그릇이 쨍그랑거리는 소리가 커졌다. 그런데 갑자기 분노에 찬 날카로운 고성이 오가기 시작했다. 키넌과 레이드 사이에 말다툼이 벌어진 것이었다. 싸움을 말리는 목소리가 뒤따랐다. 대부분 여자였지만 메리의 짐작으로는 그중에 윅 부인의 목소리는 없었다. 말다툼은 몇 분에 걸쳐 이어지며 점점 더 고조되었다. 이제 말다툼이 아니라 난폭한 싸움이라고 불러야 할 만큼 요란해졌다. 야수처럼 으르렁대고 짖어대는 남자들의 목소리에 지나가는 행인들은 무슨 일인지 고개를 돌려 쳐다볼 정도였다.

몇 분 뒤 현관문이 벌컥 열리며 경첩 하나가 떨어져 나갔고, 광분한 두 남자가 서로 엉긴 채 굴러 나왔다. 메리는 뒤로 물러나 가로등 기둥에 몸을 바짝 붙였다. 그러나 전혀 불필요한 행동이었다. 지금이라면 설사 빅토리아 여왕이 그 좁은 골목에 납신다 한들 레이드나 키넌이 알아차릴 것 같지 않았다.

격렬한 싸움이었다. 과시나 보여주기용 싸움이 아니라 신뢰가 증오로 변한 두 남자 사이의 전투였다. 덩치가 더 큰 키넌이 당연히 유리해 보였지만 레이드도 죽기 살기로 결연히 싸웠다.

레이드는 일격을 가할 기회를 좀처럼 놓치지 않았고, 주먹을 날릴 때마다 신중하고 전략적으로 정확한 위치를 노렸다.

비틀거리며 밖으로 나온 윅 부인이 두 남자 사이에 뛰어들고서야 비로소 몸싸움이 끝났다.

"그만둬요! 그만두시라고요!"

윅 부인은 갸름하고 창백한 얼굴에 절망을 담고 소리쳤다.

두 남자는 찬물이라도 뒤집어쓴 것처럼 놀라 뒤로 물러났다.

"친구라는 분들이 어떻게 이러실 수 있죠? 돌아가신 분의 집에 와서 개처럼 싸우고 이웃들 앞에서 이렇게 망신을 줘도 되는 건가요?"

윅 부인은 숨을 헐떡이며 한 손으로 배를 보호하 듯 감쌌다.

"어떻게 감히!"

레이드가 입을 열어 해명하려 했지만 윅 부인의 날카로운 제지가 말문을 막았다. 키넌은 길을 향해 얼굴을 돌리고 헐떡이며 인상만 구길 뿐 아무 말도 하지 않았다.

세 개의 형체는 마치 흙길에 세워진 동상처럼 주변을 망각한채 서 있었다. 호기심 어린 눈으로 현관과 창문을 통해 내다보는 이웃들도, 집 안에서 들어오라고 설득하는 친구들도, 겁에질려 울면서 시끄럽게 엄마를 찾는 아이들조차 안중에 없었다.

마침내 윅 부인이 낮고 떨리는 목소리로 말했다.

"윅의 돈을 두고 당신이 이러쿵저러쿵할 권리는 없어요. 윅의 돈이었고, 이제 제 돈이에요. 저는 제 마음대로 돈을 쓸 거예요. 당신…….”

윅 부인은 뚱하고 무신경한 얼굴로 서 있는 키년을 손가락으로 가리켰다.

“키년 당신이 상관할 일이 아니라고요. 당신은 임금이 있고 다른 부수입까지 벌었잖아요. 아마 윅보다 더 많았을 걸요. 그래도 난 한마디도 하지 않았어요. 그리고 **당신**…….”

레이드에게 화살이 돌아가자 그는 마치 한 대 맞은 것처럼 움찔했다.

“당신에게는 나를 대변할 권리가 없어요.”

부인은 헐떡거리며 말을 마쳤다.

레이드와 키년은 선생님에게 혼나는 학생들처럼 보였다. 한 명은 퉁명스러우면서 무반응이고, 다른 한 명은 발을 질질 끌면서 감히 그녀와 눈도 맞추지 못했다.

윅 부인은 팔짱을 꼈다. 방어적이면서 반항적인 동작이었다.

“두 분 다 돌아가주세요.”

두 남자가 멍하니 입을 벌리고 자신을 쳐다보자, 윅 부인은 발을 굴렀다.

“어서요! 두 분은 장례식을 망치고 아이들에게도 나쁜 본을 보이고 있으니, 여기 계실 자격이 없어요.”

레이드가 강아지처럼 상처받은 얼굴로 쳐다봤지만, 윅 부인은 단호하게 입을 열었다.

“가세요! 두 분 다!”

레이드와 키넌은 조용히 떠났다. 키넌은 한 걸음 한 걸음 발을 똑바로 내딛은 뒤에야 체중을 싣고 조심스럽게 움직였다. 평소의 걸음과는 사뭇 달랐다. 술을 많이 마신 것이 분명했다. 레이드는 팔짱을 끼고 서 있는 윅 부인을 차마 돌아보지 못하고 기계적으로 키넌의 뒤를 따랐다. 그러나 이내 화가 난 듯 고개를 젓더니 속도를 높여 눈앞의 키넌을 앞질러 걷기 시작했고 곧 시야에서 사라졌다.

메리는 떨리는 숨을 길게 토해내고서야 그때까지 숨을 참고 있었다는 것을 깨달았다. 어찌나 주먹을 꽉 쥐고 있었는지 손가락이 저릴 정도였다. 기다리던 광경이었다. 윅 부인이 언급한 '다른 부수입'이란 대체 무엇을 의미하는 것일까? 키넌과 레이드, 윅 모두 '노리고' 있었던 것이 이제 분명해졌다. 어쩌면 보조공들도 연루되어 있는지 모른다. 키넌이 윅의 후임자를 고용하는 것을 미적거린 것도 놀랍지 않았다. 단순히 유능한 조적공을 찾는 문제가 아니었다. 키넌은 신뢰할 만한 누군가를 찾고 있었다.

정직하지 못한 누군가가 필요했다.

그들과 같은 부류인 누군가가.

16

오늘 저녁의 마지막 목적지는 피터 젠킨스의 지하 창고였다. 버먼지의 악취 나는 시궁창 사이를 조심스레 통과하는 동안 공기가 더 탁하고 습해져 목구멍에 먼지가 잔뜩 달라붙는 것 같았다. 닳아빠지고 여기저기 훼손된 문이 오늘은 살짝 열려 있었고, 아무도 노크에 답하지 않았다. 메리는 다시 문을 두드린 뒤 문을 밀어서 열었다.

"계세요?"

대답이 없었다. 집 안은 적막하고 조용하고 끈적거리며 악취가 진동했다. 메리는 희미한 빛에 적응되기를 기다렸다가 앞으로 나아갔다. 여전히 아무도 없었다. 그녀는 숨을 반쯤 참고 지하 창고의 뚜껑문까지 갔다. 문은 이미 활짝 열려 있었고, 메리는 뿌연 지하실 안을 한동안 내려다보았다.

"젠킨스? 안에 있니?"

역시 대답이 없었다. 메리는 한숨을 쉬며 썩어가는 사다리로 내려갈 준비를 했다. 부디 이번이 마지막이기를 바랐다. 아무래도 젠킨스의 아버지가 깨끗하고 안전한 셋집을 구할 수 있도록 에이전시 차원에서 도와야 할 것 같았다. 첫 번째 발판에 발을 내딛는 순간, 누군가 날카롭게 소리쳤다.

"내 집에서 썩 꺼져!"

"악!"

메리는 화들짝 놀라 하마터면 사다리에서 떨어질 뻔했다. 뭔가 냄새나고 따끔한 것이 얼굴을 강타했다. 그것을 쳐내며 역겨움에 침을 뱉었다. 밀짚 빗자루의 솔 부분이었다.

빗자루가 바닥에 떨어졌고 지난번에 문을 열어주었던 굽은 등의 노파가 보였다. 잔뜩 겁에 질린 노파는 길고 뾰족한 손톱으로 얼굴을 쥐어뜯을 기세로 메리에게 달려들었다.

"나가! 꺼지라고!"

"노크했어요!"

메리가 차갑고 굽은 손가락을 피해 몸을 비틀며 소리쳤다.

"젠킨스를 보러 왔다고요."

"나가! 여긴 훔쳐 갈 것도 없어!"

"훔치러 온 게 아니에요! 노크를 했는데 아무도 대답하지 않았다고요!"

마침내 노파는 기진맥진해서 미약한 공격을 멈추었다.

"이보게, 젊은이."

노파는 공포에 질리고 무력한 표정으로 침울하게 말했다.

"난 가진 게 없어. 보면 알잖아. 여긴 아무것도 없어."

메리는 고개를 저었다.

"저는 도둑이 아닙니다."

메리는 또박또박한 발음으로 다시 말했다.

"피터 젠킨스를 만나러 왔어요."

"뭐라고?"

"피터 젠킨스요!"

메리가 지하실을 가리키며 고함치듯 말했다.

"여기 사는 남자애요!"

노파는 고개를 저었다.

"여긴 아무도 안 살아."

"피터 젠킨스가 살잖아요. 가족과 함께요."

메리도 지지 않았다.

노파가 또 고개를 흔들며 말했다.

"젠킨스는 어제 아침에 이사 갔어. 어린애들도 데려갔고."

"어디로 갔나요?"

노파는 어깨를 으쓱했다.

"더 나은 곳으로 갔겠지. 여기보다 못한 곳은 없을 테니까."

메리는 속으로 동의했다.

"어디로 갔는지 모르세요? 근처로 갔나요?"

"그냥 올라오더니 나갔어. 아무 말도 없었고."

어쩌면 좋은 소식이 아닐 수 있었다. 하지만······.

"그 애 아버지는요? 아버지도 같이 가셨나요?"

"아버지?"

노파는 혼란스러운 얼굴로 메리를 보았다. 그러나 눈빛만은 또렷해 정신이 오락가락한 것처럼 보이지 않았다.

"젠킨스에겐 아버지가 없는데."

"아니, 있어요. 목수나 뭐 그런 일을 하잖아요?"

노파는 다시 고개를 저었다.

"걔한텐 아버지가 없어. 지미 젠킨스는 재작년에 죽었거든."

7월 8일 금요일
램버스, 코럴 스트리트

피터 젠킨스에 대한 걱정에도 불구하고, 메리는 플락스 양의 하숙집에 들어온 이래 그 어느 때보다 곤히 잠들었다. 피로와 적응이 결합된 결과라고 결론 내렸다. 침대가 진동할 만큼 위압적인 로저스의 코골이조차 메리의 단잠을 방해하지 못했다. 로저스가 방에서 나가자, 메리는 침대에서 다리를 내리고 기지개로 근육통을 풀었다. 씻을 시간이 있을까? 세면대 옆 물통에 깨끗한 물이 얼마나 남아 있는지 확인한 뒤 씻기로 마음먹은 순간 쾅 소리와 함께 문이 열리며 누군가 좁은 방으로 비틀비틀 걸어 들어왔다. 하녀인 위니였다. 대걸레와 양동이를 든 채였다.

메리를 본 위니는 눈이 커지면서 얼굴이 달아올랐다.

"죄…… 죄송해요."

몇 초 뒤에 위니가 겨우 말을 이었다.

"저…… 저는…… 안에 계신 줄 몰랐어요. 며칠 동안 들어오지 않으셔서."

메리는 어깨를 으쓱했다.

"가끔 친구네 집에서 머물러."

위니가 고개를 끄덕였다. 좀처럼 비킬 기미를 보이지 않고 또다시 메리를 뚫어져라 쳐다보았다.

메리는 부츠를 신기 시작했다. 아무래도 씻으려면 한참 기다려야 할 듯했다.

"어디예요?"

"'어디'냐니, 무슨 소리지?"

위니는 시선을 바닥에 고정한 채 조심스럽고도 힘차게 대걸레질을 하며 말했다.

"친구분들이 어디에 사시냐고요. 라임하우스인가요? 아니면 포플러?"

결코 은근하다고 부를 수 없는 접근이었다. 런던 동부에 아시아인들이 많이 산다는 것은 누구나 아는 사실이었다. 메리는 일주일 내내 이 순간을 피하려 애써왔다. 그러나 결국 위니가 비록 서툴지만 용기를 내 이렇게 물어본 마당에 시치미를 떼는 것은 의미 없는 짓이었다.

"아니."

메리가 말했다.

"세인트 존스 우드에 살아."

메리는 위니가 애써 차분한 표정을 유지하는 것을 느꼈다.

"친구들은 중국인이 아니거든. 우리 아버지는 그렇지만."

위니가 갑자기 고개를 들었다. 기쁜 나머지 평소에는 축 처져 있던 이목구비가 활짝 펴지며 함박웃음이 번졌다. 이어서 위니의 입에서 속사포처럼 질문이 쏟아졌다. 모두 광동어였다.

메리는 바로 이런 상황이 싫었다. 자신의 태생과 관련된 질문을 회피하는 이유 중에는 이런 점도 적지 않는 부분을 차지했다. 메리는 고개를 저으며 말했다.

"미안하지만 무슨 말인지 못 알아듣겠어."

위니가 경악한 표정으로 입을 떡 벌렸다. 그 얼굴이 너무나 바보처럼 보여서 웃음을 참기 힘들었다.

"알아듣지 못한다고요?"

"그래."

메리는 단호하게 말했다. 설명하거나 사과할 생각은 추호도 없었다.

"하지만 아버지께서…… 가르쳐주시지 않았나요?"

"돌아가셨어."

"그럼 어머니는……?"

"돌아가셨어. 그리고 어머니는 **궤일로**(鬼佬, 백인을 비하하는
표현—옮긴이)야."

그것이 메리가 아는 유일한 광둥어였는데 그마저도 악센트
가 틀렸다.

"아……."

위니의 목소리에 담긴 동정은 감동적인 동시에 귀찮았다. 자
리를 피할 구실이 생긴 데 감사할 일이었다. 메리는 재킷을 입
으며 말했다.

"오늘 밤에도 안 들어올지 몰라."

메리가 무엇보다 피하고 싶은 것은 위니에게 다시 질문할 기
회를 주는 것이었다.

메리는 씁쓸한 기분으로 하숙집에서 성큼성큼 걸어 나왔다.
사람들은 꼬치꼬치 캐묻거나 분류하고 일반화하는 것을 좋아
했다. 아마 그녀는 평생 그와 비슷한 질문에 시달릴 것이고, 거
기에 만족스럽게 답할 방법은 없다. 만일 거짓말을 한다면 자
신의 피를 부정하는 셈이다. 그렇다고 사실대로 말한다면 동정
의 대상이 되거나 열등한 종족 또는 잡종 취급을 받을 게 뻔했
다. 가장 이성적인 해결책은 수년간 해오던 대로 하는 것이었
다. 이목을 끌지 않고 전적으로 회피하는 것.

아버지라면 어떻게 했을까? 이런 생각을 천 번은 한 것 같았

다. 아버지는 자신이 속한 작은 공동체에서 존경받는, 용감하고 현명한 사람이었다. 메리는 아버지가 어떤 진실을 밝히려다 사망했다는 것을 작년에야 비로소 알게 되었다. 이상하게도 아버지의 삶이나 죽음에 대한 자세한 사실들은 철저히 감춰져 있었다. 그러나 지난해에 비록 한정적이지만 모든 것을 뒤엎을 만한 중대한 사실을 알게 되었을 때, 그것은 에이전시를 위해 일하겠다는 메리의 결의를 더욱 확고하게 만들었다.

진실을 밝히는 것.

진실을 위해 일하는 것.

아버지에게 인정받을 만한 삶을 사는 것.

아버지가 남긴 비취 펜던트, 인도 선원 보호소 화재에서 유일하게 건진 물건이자 메리의 유년 시절을 간직한 유일한 기념품은 지금 아카데미의 책상 서랍에 안전하게 보관되어 있었다. 펜던트는 메리에게 가장 소중한 보물이었다. 그런데 아버지의 혈통을 지켜주는 부적인 펜던트, 그리고 태생에 관한 질문을 완전히 묻어버리고 싶은 강렬한 욕망 사이의 갈등을 어떻게 조율할 것인지가 문제였다. 그러나 그녀는 자신이 다시 메리로, 메리 자신으로 돌아가고 나서도 그 문제에 대해 고민할 시간이 충분할 거라고 생각했다.

17

웨스트민스터, 팰리스 야드

이상할 만큼 느릿해서 뭔가 부자연스러운 아침이었다. 기압이 무척 불안정한데 막상 기다리던 폭풍은 닥칠 기미가 보이지 않는 상황과 비슷하달까. 키넌은 아예 출근하지 않아서 다른 인부들을 의아하게 만들었고, 레이드는 그에 대한 안도감을 감추지 못했다. 하크네스가 키넌의 결근을 어떻게 받아들였는지는 분명하지 않았다. 현장 책임자라면 당연히 화를 내며 주변을 닦달해 납득할 만한 설명을 요구한 뒤, 나태한 십장을 징계해야 마땅했다. 그러나 그동안 키넌을 대하는 하크네스의 태도를 보면 전혀 그럴 것 같지 않았다. 오히려 키넌이 없다는 사실을 모른 척하기 위해 일부러 조적공들이 있는 쪽을 보지 않는 것 같았다.

하크네스는 잠을 설친 듯했다. 밀랍처럼 창백한 안색에 눈두덩이는 평소의 녹회색이 아닌 짙은 자주색이었다. 하크네스는 불안할 때마다 수염을 문지르는 버릇이 있었는데 오늘은 턱에 난 수염을 어찌나 자주 훑는지 털을 고르는 유인원처럼 보일 때가 여러 번 있었다. 게다가 눈 밑의 신경성 경련도 심했다. 언제나와 같은 경련이었다. 분명 하크네스는 고통에 시달리고 있었다. 그러나 평판이 썩 좋지 못한 일꾼의 때 이른 죽음 정도로 이렇게 불안해하는 것은 납득이 가지 않았다. 아니, 분명 하크네스의 걱정은 사소한 범죄나 현장 규율 문제쯤은 훌쩍 뛰어넘는 것이었다.

새로 짓고 있는 의사당은 불운의 상징으로 유명했다. 의사당 설계자 중 한 명인 A. W. N 퓨진은 7년 전에 요절했고, 들리는 소문으로는 건축가 찰스 배리 역시 작업에 대한 중압감에 시달리다 병상 신세를 지고 있다고 했다. 이제 비난의 화살이 현장 소장인 하크네스에게 돌아오기 직전이니 상태가 저런 것도 당연했다. 예정보다 25년이나 늦어진 공사, 견적보다 몇 배나 불어난 예산, 조적공의 사망에다 산처럼 쌓인 온갖 문제들의 책임자인 그에게 영향을 미칠 공사 감리. 이런 악운들을 모두 합친 데 비하면 「런던의 눈」이 주장하는 황당무계한 '시계탑의 저주'가 오히려 그럴싸하게 들릴 지경이었다.

메리는 팰리스 야드를 가장 늦게 떠나는 인부 중 하나였다. 그녀는 제임스와 함께 꾸준히 작업하며 메모하고 측정하는 등

전반적으로 성실한 잡역부 역할을 충실히 수행했다. 듬성듬성 줄지어 걷는 남자들을 뒤따라 현장 출입문을 통과하던 메리는 레이드의 뚜렷한 태도 변화에 갑자기 관심이 쏠렸다. 오늘 아침의 레이드는 무척 긴장하고 있었고 무엇인가 꺼리는 모습이었다. 그리고 키넌이 나타나지 않았을 때에는 주변에 신경을 곤두세우고 경계하는 것처럼 보였다. 그런데 지금은 운동선수처럼 계산적이고 우아한 동작을 선보이며 빠릿빠릿하고 단호하게 공사장 출입구를 향해 걸어갔다. 그리고 얼굴에 떠오른 표정으로 미루어 봤을 때는 분명 저녁 식사에 대해 생각하고 있는 것은 아니었다.

레이드는 무엇인가에 지나치게 몰두한 나머지 손 씻는 것도 잊고 현장을 나섰다. 꼼꼼한 손 씻기는 레이드만의 유별난 습관이었고, 그것 때문에 종종 다른 동료들의 핀잔을 사기도 했다. 레이드는 매일 저녁 식사 전, 그리고 퇴근하기 전에 빗물통에서 물을 철벅거리며 손과 팔뚝을 씻은 다음 녹슨 못에 걸린 올이 죄다 풀린 수건으로 정성스레 물기를 닦곤 했다. 그러나 오늘은 빗물통은 물론이고 늘 함께 식사를 하던 보조공 두 명에게 눈길도 주지 않았다.

메리는 의사당 광장을 건너 갓 구운 페이스트리의 진한 향기가 솔솔 풍겨오는 번잡한 카페까지 레이드를 미행했다. 카페 안에는 25명에서 30명가량의 남자들이 본래는 그 절반 정도 앉도록 만들어졌을 의자에 다닥다닥 붙어 앉아 있었다. 그런 불편은 아랑곳하지 않고 다들 자기 자리에 만족한 듯 접시 가득 쌓인 음식을 맛있게 먹고 있었다. 콩을 곁들인 파이, 감자를 곁들인 파이, 파이, 파이……. 메리의 배가 미친듯이 꼬르륵거렸다.

메리는 카페 바로 앞에서 걷는 속도를 줄였다. 떠들썩한 대화와 날카롭게 터져 나오는 웃음에 열린 창이 부르르 떨렸고, 상대적으로 낮은 웃음소리 위로 포크가 달그락거리는 경쾌한 소리가 더해졌다. 여유로운 분위기 속에 레이드가 한 가지 목적에만 몰두해 있다는 사실이 더욱 뚜렷하게 드러났다. 그는 사람들 사이를 정신없이 비집고 들어가 곧 시야에서 사라졌다.

메리는 잠복할 준비를 했다. 일단 길을 건넌 뒤 개중 가장 깔끔해 보이는 노점에서 껍질을 벗기지 않은 뜨끈뜨끈한 감자를 저녁거리로 샀다. 물론 앉을 곳은 없었지만 상관없었다. 가로등이나 담벼락에 느긋하게 기대는 것을 좋아했기 때문이었다. 젊은 숙녀에게는 결코 권장되지 않는 자세였지만 거리의 부랑아라면 필수적으로 익혀두어야 했다. 지금은 한창 저녁 먹을 시간이었고, 노동자들은 각자의 주머니 사정에 따라 저녁 메뉴를 골랐다. 풍족한 이들은 레이드처럼 의자에 앉아 따뜻하게 조리된 음식을 먹을 수 있는 곳을 골랐다. 주점은 에일 맥주 몇 파인트에 이따금 몰래 숨겨 들어간 버터 바른 빵을 곁들이며 '영양'을 공급하는 것을 선호하는 부류에게 매력적인 곳이었다. 파이를 비롯해 밖으로 가져가 먹을 수 있는 간식거리를 파는 빵집도 있었다. 여기서 '밖'이란 물론 길거리를 뜻했다. 가장 싼 곳은 금방이라도 쓰러질 듯한 좌판에서 쉰 목소리로 "감자요, 감자! 맛있어요!"를 외치며 방금 메리에게 감자를 판 아주머니 같은 노점상들이다. 저마다의 식욕과 예산에 따라 끈적끈적한 푸딩, 자투리 식재료를 페이스트리로 돌돌 만 음식, 그리고 이름 모를 생선 조각 따위를 튀겨낸 튀김 종류를 사 먹을 수도 있었다.

물론 그마저도 살 여력이 없는 사람들도 있었다. 그런 부류는 하루의 장사가 파하기를 기다렸다가, 인심 좋은 카페 주인이 주방에서 쓸어 담은 잔반이나 자투리 음식처럼 다음 날 다시 팔 수 없는 음식을 한 보따리 챙겨주기를 기대했다. 아니면 직접 해결하는 방법이 있었는데, 메리가 부랑아 시절에 만났던 어떤 친구의 표현처럼 '스스로 자기 몫을 챙기는' 것이었다. 음식을 훔치는 것은, 특히 공모자가 있을 경우 어렵지 않았다. 과자 장수는 지나가는 행인을 유혹하려고 전날 남은 제품을 좌판에 진열하기 때문에 훔치기 쉬웠다. 가끔 운이 좋으면 과일을 슬쩍하는 횡재도 누릴 수 있었다. 하지만 따뜻하게 조리된 음식에는 늘 덮개가 덮여 있어 손대기 어려웠으므로 메리는 절대 조리된 음식을 욕심내지 않았다. 잘못 구워 겉은 타고 속은 설익은 감자라도 따끈하니 감지덕지였다.

메리는 타지 않은 감자를 모조리 먹어치우고 두 번째로 뭘 먹을까 고민했다. 그러나 저녁 시간은 빠르게 지나갔고, 길 건너편 카페는 손님들이 빠져나가 실내가 한산했다. 다들 배가 잔뜩 불렀는지 나른한 포만감에 젖어 입구까지 느긋하게 걸어 와 즐거운 꿈에서 깨어난 듯한 모습으로 인도로 나왔다. 이제 다시 주의를 기울일 때였다.

제일 먼저 알아본 사람은 옥타비우스 존스였다. 그는 구석 자리 테이블에 노트를 펼쳐두고 등받이가 높은 의자에 편안히 앉아 있었다. 이곳이 그가 가장 좋아하는 카페, 「런던의 눈」에 서 최신 소식을 들으러 오는 사람들로 북새통을 이룬다고 언급 한 바로 그 카페인 모양이었다. 창을 등지고 존스의 건너편에 앉아 있는 이는 다름 아닌 레이드였다. 메리는 그들을 오랫동 안 잘 살필 수 있는 위치에 멈춰 섰다. 레이드는 마치 몸을 앞 으로 기울이면 집중하는 데 도움이 되는 것처럼 존스를 향해 몸을 숙이고 있었다. 그가 앉은 의자가 흔들거리는 것으로 보 아 뭔가 중요한 얘기를 나누고 있는 것이 분명했다. 반면 존스 는 편안한 자세였다. 연필을 쥐고 있었지만 아무것도 적지 않 고 이따금 짧은 질문만을 던졌다. 두 남자 모두 서로를 보지 않 은 채 온전히 그들 사이에 흐르는 이야기에만 집중했다.

어떤 이야기인지 알 수 있다면 무슨 짓이라도 할 것 같았다. 아마도 내일 자 「런던의 눈」에 실리겠지만 그때는 너무 늦다. 벌써 금요일이었고 윅은 이미 땅속에 묻혔으며, 제임스가 사인 심문에 감리 보고서를 제출하기만 하면 곧 평결이 내려질 것이 었다. 좀 더 구체적인 증거가 없다면 에이전시는 그 결정에 이의를 제기할 수 없는 상황이었다. 그러나 당장은 메리가 더 살필 수 있는 것이 없었다.

자리를 뜨려고 움직이는 순간, 존스의 눈이 메리의 미묘한 움직임을 포착했다. 존스는 눈을 크게 뜨고 잠시 미동도 하지 않은 채 가만히 있었다. 그러더니 그녀를 알아본 듯 눈빛이 날카로워지더니 유리창을 통해 싱긋 웃어 보였다. 염탐을 목격하고도 전혀 당황하는 기색 없이, 오히려 건배를 제안하듯 메리를 향해 두꺼운 유리잔을 들어올렸다. 안 그래도 불안감으로 좌불안석하던 레이드가 곧바로 뒤를 돌아보았다. 불안과 흥분에 휩싸인 눈이 순간적으로 반짝이며 의심의 빛이 어렸다.

메리는 말문이 막혀 가만히 서 있었다. 지금 그녀가 할 수 있는 최선은 레이드가 그저 호기심 많은 어린 소년을 본 것뿐이라고 생각하고 그냥 가던 길을 가는 것이었다. 그러나 그의 눈빛과 메리를 알아보고 깜짝 놀란 표정에서 레이드가 다른 무엇인가를 보았다는 생각을 떨쳐낼 수 없었다. 다른 누군가, 마치 포담 부인처럼 구체적인 것은 아니겠지만 레이드는 그 순간 메리를 다르게 본 것 같았다. 그것이 무엇을 의미하는지 메리는 대단히 걱정스러웠다.

18

웨스트민스터, 팰리스 야드

"어디로 가고 있는 것 같소?"

제임스가 메리의 심장 박동에 미친 영향은 가히 놀라웠다.

"음…… 집 아닐까요?"

주변을 둘러보니 현장에는 거의 사람이 없었다.

"틀렸소. 당신은 나와 저녁을 먹을 거요."

"이 꼴로요?"

메리는 흙 묻은 옷과 진흙이 덕지덕지 붙은 신발, 더러운 손을 내려다보았다.

"그럼 먼저 우리 집에 가서 목욕부터 해도 좋겠군."

제임스의 목소리에 엉큼함이 역력히 묻어났다.

메리의 온몸이 머리부터 발끝까지 빨갛게 달아올랐다.

"당신 형님께서 보시면 기절할 텐데요."

"그건 확실히 그렇군."

제임스는 수긍했다.

"그럼 다른 곳을 찾는 게 좋겠군."

"어디요?"

"그렇게 불안해할 것 없소."

제임스는 싱긋 웃었다.

"내 사무실에 갈 생각이니까."

"하지만 당신 형이……."

"지금은 없을 거요. 늘 근무 시간을 준수하니 말이오. 게다가 형이 있다 해도 지저분한 사내아이에게는 신경도 안 쓸걸."

바라 마지 않던 기회가 드디어 왔는데…… 지금 메리는 무엇을 망설이고 있는 것일까?

"새삼스레 숙녀 행세를 할 때가 아닌 것 같은데……."

"바보 같은 소리 하지 말아요."

메리의 음성은 날카로웠으나 어느덧 그녀의 발은 제멋대로 움직이기 시작했다.

"뭐 먹을 건데요?"

만족스러운 듯 제임스가 씩 웃었다.

"그건 아직 모르오. 아무튼 사무실로 가는 게 좋을 것 같소."

팰리스 야드에서 그레이트 조지 스트리트에 있는 이스턴 엔지니어링 사무실까지는 말도 안 되게 짧은 거리였다. 3백 야드나 될까? 마크로 살면서 누릴 수 있는 자유 중 하나는 하루 일과를 마치고 먼지를 뒤집어쓴 지친 몸으로, 어떤 의심도 받지 않고 제임스의 옆에서 함께 조용히 걸을 수 있다는 점이었다. 제임스가 장담했던 대로 퇴근을 준비하는 사무원 두 명을 제외하면 사무실은 텅 비어 있었다. 제임스는 태연하게 그들에게 고개를 끄덕여 인사했고 사무원들도 인사에 답했다. 제임스가 퇴근 시간 이후에 나타나는 데 익숙한 눈치였다. 아무도 메리를 유심히 보지 않았다.

개인 사무실에 들어가자 제임스는 의자를 빼주었고, 메리는 그것을 내심 즐기며 앉았다. 처음 이곳을 방문했을 때의 제임스는 다소 적대적이었다. 하지만 그때는 메리도 마찬가지였다.

"곧 저녁을 먹을 수 있을 거요."

제임스가 말했다.

"근처 주점에서 배달시켰소."

"항상 사무실에서 저녁을 먹나요?"

제임스는 어깨를 으쓱해 보였다.

"야근을 자주 하니까."

사무실을 둘러보니 무척이나 깔끔했다. 마지막으로 봤을 때와는 딴판이었다.

"요즘은 공사 감리 이외에 무슨 일을 하죠?"

"뭐, 지금이야 그냥 옛날 문서를 정리하면서 다음 일을 준비하고 있소."

그게 얼굴이 빨개질 만한 일일까?

"그런 일을 할 시간이 있다니 많이 변했네요."

그러니까 지금 제임스는 할 일이 충분치 않은 것이었다. 그의 건강 때문인지 아니면 회사 자체의 계약이 부족하기 때문인지 궁금했다.

"그래서……."

"내 생각엔……."

두 사람이 동시에 입을 열었다.

"미안해요. 무슨 말을 하려던 참이었소?"

"먼저 말씀하세요."

이번에도 동시에 말이 나오자 제임스는 싱긋 웃으며 말했다.

"숙녀 먼저."

"나 같은 사람도 숙녀로 쳐주나요?"

"누구보다 흥미로운 숙녀요."

메리는 미소를 억누를 수 없었다.

"못 보던 새, 아부하는 기술을 익히셨네요."

"흠, 그런 기술은 원래부터 있었소."

째깍째깍 시간이 흘렀다. 제임스는 그녀의 입가에 맴도는 미소를 보았다. 아무 말 없이 함께 앉아 있는 것만으로 충분했다. 아니, 충분한 것 이상이었다.

마침내 제임스가 상체를 앞으로 기울이며 입을 열었다.

"메리."

"네?"

몸은 지칠 대로 지쳤지만 요 며칠 동안 이처럼 정신이 말똥말똥한 적이 없었다.

"혹시……."

제임스는 머뭇거리며 적당한 말을 떠올리려 했다.

그 순간 노크가 두 번 울리는 바람에 제임스와 메리 모두 화들짝 놀랐다.

"들어와요."

제임스가 허둥지둥 뒤로 물러나 앉으며 말했다.

"안녕하세요."

구릿빛 머리의 젊은 주점 여종업원이 2층으로 쌓은 쟁반을 들고 들어왔다. 그녀는 당당하게 다가와 쟁반을 책상 위에 내려놓았다.

"2인분을 주문하셔서 무슨 착오가 있는 줄 알았어요."

종업원이 킬킬거렸다. 그녀의 시선이 순간적으로 메리 쪽으로 움직였다가 다시 제임스에게로 돌아갔다.

"그래서 힉스 부인의 1인분이 시장한 신사분께는 부족한가 보다 생각했네요."

제임스가 다소 멋쩍은 미소를 지었다.

"안녕, 낸시."

낸시라고?

"오늘은 저녁이 이르시네요."

낸시가 제임스 앞에 쟁반을 내려놓으며 책망하 듯 말했다.

"두어 시간 뒤에야 오실 줄 알았어요."

메리의 눈에 낸시라는 종업원은 필요 이상으로 제임스를 향해 몸을 숙이는 것 같았다. 깊이 파인 블라우스 사이로 풍만한 가슴골이 훤히 드러났다.

"음······."

제임스가 헛기침을 했다.

"낸시, 우리 현장의 귀염둥이 조수 마크 퀸과 인사하지. 마크, 이쪽은 '황소 머리' 주점의 낸시야."

"만나서 반가워요."

낸시가 메리에게 살짝 보조개를 내보이며 속삭였다.

"평소 드시던 대로 강낭콩과 감자를 곁들인 두툼한 양 갈빗살이에요. 그리고 디저트는 따로 말씀하시지 않았지만, 평소에 과일 크럼블을 좋아하셔서 생크림과 같이 가져왔어요."

"냄새가 근사하군. 고마워요."

낸시가 빠른 손놀림으로 접시를 꺼냈다. 음식과 음료를 모두 차린 뒤, 그녀는 만족스러운 듯 책상을 훑어보았다.

"동행이 계시니 오늘은 말벗이 필요 없으시겠네요?"

"음······ 생각해줘서 고맙지만 그럴 것 같네요."

낸시는 장난스럽게 뿌루퉁 입술을 내밀었다.

"그럼 1시간 뒤에 빈 그릇 가지러 올게요."

"그래요."

윙크를 날리며 낸시는 살이 튼 통통한 팔로 쟁반을 잡아 겨드랑이에 끼우고 바람을 일으키듯 치마를 나부끼며 당당하게 문으로 걸어갔다. 문이 닫힌 뒤 1분이 넘도록 완벽한 정적이 흘렀다. 메리는 눈앞에 펼쳐진 성찬을 뚫어지게 쳐다봤다. 정말로 먹음직스럽고 푸짐하며 화려해 보였지만, 먹고 싶은 마음이 싹 사라졌다.

제임스가 어색하게 목청을 가다듬고 말했다.

"음, 냄새 좋군."

"그 소리만 벌써 몇 번째인지 모르겠네요."

메리는 날카롭게 쏘아붙였다. 한편으로는 유치한 짓이라는 생각도 들었다. 제임스가 예쁘장한 주점 여종업원과 뭘 하든 대체 무슨 상관이람? 그러나 좀처럼 자신을 주체할 수 없었다.

"힉스 부인의 요리를 좋아할 만하네요."

제임스의 눈에 그녀가 좋아하지 않는 표정이 떠올랐다. 만족스러운 의심의 눈빛이었다.

"무엇보다 요리가 마음에 들어요."

제임스는 대수롭지 않게 말했다.

"가끔은 안쪽 별실에서 맥주 한 잔을 곁들이곤 하죠."

메리는 미끼를 덥석 물지 않으리라고 마음먹었다.

"그러실 테죠."

하지만 생각과 달리 튀어나온 말은 퉁명스러웠다.

"친절한 가게요."

제임스는 포크와 나이프를 들면서 천천히 말했다.

"조용하고, 고급스러운 데다 친절하기까지 하죠. 내가 그 얘기도 벌써 했소?"

메리는 길쭉한 강낭콩을 필요한 것보다 더 힘줘서 포크로 찍었다. 익힌 정도가 완벽했으나 그조차도 불만이었다.

"아주 즐거운 곳이겠군요."

"물론이오."

"좋겠네요."

"늘 반가이 맞아주죠."

"무슨 얘기인지 알아들었어요."

침묵 속에 식사가 시작되었다. 불편한 심기에도 불구하고 메리는 자기도 모르게 게걸스럽게 음식을 퍼먹고 있었다. 테이블 예절 따위는 굶주려본 적이 없는 사람들이 발명한 허식일 뿐이라고 그녀는 생각했다.

제임스는 천천히 접시를 비웠다. 만만치 않은 일이었다. 힉스 부인의 1인분은 양이 어마어마했다. 마침내 한참 만에 접시를 다 비운 제임스는 의기양양한 한숨과 함께 등받이에 몸을 기대고 맥주를 쭉 들이켰다.

"여기 온 게 기쁘지 않소?"

제임스는 커다란 맥주잔 너머로 메리를 보며 물었다.

메리는 아직 남아 있는 불만을 떨쳐내려 했다. 지금은 유치하게 굴 때가 아니었다.

"그거야 우리가 무슨 얘기를 할지, 그리고 어떤 결정을 내릴지에 달려 있죠."

제임스는 맥주잔을 유심히 바라보며 애써 무덤덤한 목소리로 말했다.

"당신 생각부터 말해봐요."

적어도 메리는 이 부분에서는 준비가 되어 있었다.

"서로 정보를 공유하면 훨씬 좋을 것 같네요. 현장 안전과 관련해 당신이 알게 된 정보는 잡역부의 삶을 이해하는 데 도움이 될 거예요. 그리고 마크의 역할을 하면서 내가 파악하거나 얻어들은 정보 중 당신에게 도움이 될 만한 것들도 좀 있죠."

"예를 들면?"

"하크네스가 나를 때리려는 키넌을 저지한 후, 키넌이 그를 거의 위협하다시피 했어요. 마치 복수하겠다는 것처럼, 잊지 않겠다고 말했거든요."

"음."

제임스는 잠시 생각에 잠긴 듯하더니, 몸을 앞으로 숙이고 뚫어져라 메리를 쳐다봤다. 너무도 강렬한 그의 눈빛에 메리의 얼굴이 달아오르기 시작했다.

"그럼 당신은 어떻소?"

"그게…… 대체 무슨 뜻이죠?"

"음, 당신은 이번 일에서 협력 관계를 구축하려고 애쓰는 것처럼 보인단 말이오. 팀워크라고 해야 할까. 뭐 아무렇게나 불러도 좋소. 아무튼 당신답지 않잖소. 이렇게 말해도 좋을지 모르지만, 당신은 남들과 잘 어울리지 않으니 말이오. 지난번에 우리가 협력하려 노력했을 때 둘 다 그 부분은 확인했던 걸로 기억하는데."

메리는 침을 꿀꺽 삼켰다.

"당신 말이 맞아요. 소롤드 사건 때는 내 결정에 대해 충분히 생각하지 못했어요. 그리고 당신과 좀 더 정보를 공유해야 했었다는 생각도 들고요."

제임스는 짐짓 놀란 척했다.

"잘못을 인정하는 거요? 정말 당신답지 않군, 퀸 양."

"당신이 전에 말했던 것처럼 사돈 남 말 하시네요."

"옳은 얘기요. 그러니 더더욱 당신은 나와의 협력을 제안하기보다 거부해야 마땅한 것 아니오?"

제임스의 말이 옳았다. 이번만큼은 메리 쪽에서 상대의 도움이 필요했다. 그녀는 잠시 조용히 앉아 마음의 준비를 한 다음 한숨을 쉬었다.

"좋아요. 당신은 내가 당신과 다시 협력하고 싶어 하는 진짜 굴욕적인 이유를 듣고 싶은 건가요?"

"당신은 사탕발림에도 전혀 소질이 없지. 그건 알고 있소?"

메리는 그 말을 무시했다.

"현장 인부들이 '마크'를 신뢰하지 않아요. 말투도 너무 고상하고 경험도 너무 없고, 한마디로 그들과 달라도 너무 달라서

죠. 내가 근처에 있을 때에는 경계를 늦추지 않아요. 몇 가지 정보를 얻어듣긴 했지만, 기대했던 것은 아니었죠."

"아하. 마침내 우리가 끔찍한 진실을 직면하게 되었군요. 당신이 나를 필요로 한다는 사실 말이오."

"나로서는 당신과 정보를 공유할 필요가 있어요. 당신에게 현장에 대한 정보를 듣고 싶고요. 하지만 꼭 그렇게 말할 필요는⋯⋯."

"이제 그냥 인정하시오. 당신에게 내가 필요하다는 사실을. 나 없이는 살아남을 수 없소. 당신의 성공과 진정한 행복에 있어서 나는 가장 중요한, 아니, 유일한 기회요."

메리는 코웃음을 쳤다.

"꼭 그렇게 표현하고 싶으시면 그렇게 하세요."

제임스의 미소는 눈부시며 얄밉고 사랑스러웠다.

"당신도 곧 인정하게 될 거요."

"그래서 동의한다는 건가요?"

메리는 급작스레 인내심을 잃고 따져 물었다.

"물론이오."

제임스가 침착하게 말했다.

"이렇게 될 줄 알았지. 사실 이 순간을 고대하고 있었소."

"하지만 당신은⋯⋯ 여전히⋯⋯ 나를 변명하게 만들어요."

메리는 답답한 마음에 신음을 토했다.

"가끔은 내가 당신을 미워한다는 생각마저 든다고요."

"당신은 날 미워하지 않소."

제임스가 장담하듯 말했다.

메리는 아무 말도 하지 않았다. 이번에도 그가 옳았다.

"그래서…… 키넌이 위협을 했다고 했소?"

"아주 분명하게요. 그런데 하크네스는 대답하지 않았어요."

"그 상황에서 가장 현명한 대처였을지도 모르지. 키넌이라는 자는 아주 고약한 인간이니까."

"예전 동료인 웍처럼요?"

"확실히 아무도 그의 죽음을 애석해하는 것처럼 보이진 않더군."

"엉망이 된 웍 부인의 얼굴과 웍이 늦은 밤까지 귀가하지 않았던 것, 그리고 그가 키넌과 단짝이었다는 점을 종합적으로 생각해보면……."

"용의자 명단이 짧지 않겠군. 누구라도 탑에서 밀어버리고 싶었을 정도였을지도 모르오."

"레이드는 어때요?"

"레이드가 뭐 어떻단 말이오?"

"깜빡하고 있었는데…… 당신이 나타나기 직전에 레이드가 갔거든요."

메리는 두 사람이 웍 부인의 집에 갔던 날 레이드가 그 집에 있었던 것을 설명했다.

"그리고 지난 월요일에는 레이드의 얼굴에 멍이 들어 있었어요. 주먹다짐이라도 벌인 것처럼요."

"지금도 얼굴이 엉망진창이던데. 어쩌면 상습적인 싸움꾼인지도 모르잖소."

메리가 고개를 저었다.

"그건 아닌 것 같아요. 레이드는 신중하고 책임감 있는 사람이에요. 내 생각에 이번 주에 그가 벌인 몸싸움 두 번은 현재의 사건에서 상당히 의미심장한 것 같아요. 아, 어제 저녁에 키넌과도 싸웠거든요."

"그러니까 당신 생각에 첫 번째 싸움은 윅의 아내를 두고 윅과 벌인 것이었을 거란 말이오? 시계탑에서?"

"충분히 가능하죠. 싸우다가 윅이 추락했을 수도 있고요."

제임스는 잠시 말이 없었다.

"지금으로서는 가장 그럴싸한 추리로군. 윅의 시신에 타박상이 있었는지 검시관에게 물어보겠소. 그밖에 본 건 또 없소?"

"크게 중요한 것 같진 않지만 공사장에서 투덜대는 소리가 많이 들려요."

"그렇더군. 목수와 석공들이 좀도둑 때문에 걱정하고 있소. 처음에는 여기서 못 한 줌, 저기서 석회석 조금, 이런 식으로 찔끔찔끔 없어지는 것 같았지만 점차 불평이 커지고 있지. 이 정도면 자재 손실의 정도가 심각하단 소리요."

"자재를 조금씩 빼돌리는 게 이례적인 일인가요?"

"현장이나 인부들 수준에 따라 다르오. 관리도 영향을 미치고. 존경받는 건축 기사가 이끌고 잘 관리되는 현장의 경우에는 확실히 분실이 적으니까."

"자기들끼리 얘기하는 걸 들어보면 인부들은 하크네스에 대한 존경심이 별로 없는 것 같더군요. 그에 대해 어떤 면에서건 긍정적인 소리를 하는 사람을 본 적이 없어요."

제임스는 괴로운 듯 인상을 찌푸렸다.

"알아요. 내게도 거의 똑같이 얘기하더군요."

제임스는 잠시 멈추었다가 다시 천천히 말을 이었다.

"현장 전체에 만연한 절도 행위가 안전 문제에 영향을 끼쳤을 수도 있고……."

"어떻게요?"

"십장들이 불평할 정도의 절도라면 자재 예산에 심각한 영향을 미치고 있을 수도 있소. 그것 때문에 여러 부문에서 긴축 경영을 하고 있을지도 모르오."

메리는 제임스의 머릿속에 흐르고 있는 생각이 보이는 듯했다. **현장 예산을 점검하라.**

"지능범인가요?"

메리의 물음에 제임스는 잠시 생각했다.

"글쎄, 비교적 사소한 절도들이오. 여러 명이 각각 저지른 짓일 수도 있고."

"하지만 지금 다른 생각을 하고 있는 거죠?"

"한편으로 생각해보면 절도들이 하나같이 상당히 비슷하단 말이오. 단순히 기회를 틈타 벌인 절도라기보다, 마치……."

제임스는 잠시 생각했다.

"누군가 일종의 세금을 징수하듯 신중하게 모든 자재를 조금씩 빼돌린 느낌이오."

"'세금'이라고 하니 마치 권리처럼 들리네요."

"물론 계획적이라고 판단하기에는 시기상조지만, 그렇소. 누군가 신중하게 각종 장비에서 세금을 떼가는 것 같소."

"자재 반출을 감독하는 책임은 각 분야별 십장들이 맡고 있는 걸요."

"그래요. 그래서 납득하기 어렵다는 거요. 십장들 선에서는 절대 일어날 수 없는 일이란 말이지."

메리는 몸을 앞으로 기울였다.

"키넌과 웍이 '호시탐탐 기회를 노린다'는 소리를 들었어요. 어쩌면 두 사람이 모든 절도 사건의 배후이고, 아무것도 모르는 사람들이 자재 절도를 사소한 문제로 여기게끔 만들고 있는 거라면요?"

제임스는 말없이 다시 인상을 쓰며 고개를 끄덕였다.

"가능한 얘기지만, 무슨 증거라도 있소?"

"아뇨. 하지만 만일 그렇다면 어딘가에는 분명 증거가 존재하겠죠."

제임스는 고개를 끄덕이며 머릿속에서 이 문제를 추후 검토해볼 건으로 분류했다.

"하지만 이런 것들은 공사 현장의 안전 실태나 노동 계급, 잡역부의 삶과는 거리가 먼 문제인데, 왜 조사하고 있는 거요?"

메리는 무척 흥분한 상태였다. 제임스가 제공한 정보와 그들의 새로운 협력 관계, 그리고 무엇보다 제임스의 존재 자체 때문이었다. 그런데도 하품을 참기 힘들었다. 물기 어린 눈으로 자신을 향해 웃고 있는 제임스가 보였다.

"피곤하네요."

솔직한 메리의 말에 제임스가 고개를 끄덕였다.

"어떤 상태인지 충분히 알 것 같소. 특히 이런 삶을 맛보는 건 처음 아니오."

메리는 그 말을 부정할 수도 있었다. 그러나 그로 인해 애써 지켜온 절반의 진실이 위태로워질 수 있었다.

"실례지만 가봐야겠어요. 무척 피곤해요."

"그럼 마차로 데려다주겠소."

메리는 제임스의 말에 하마터면 웃음을 터뜨릴 뻔했다.

"친절한 제안이지만 말도 안 돼요."

"이렇게 늦은 시간에 예의범절을 따질 입장은 아니잖소?"

"예의범절 얘기가 아니에요. 현실적인 이유죠. 나 같은 사람이 근사한 마차를 타고 하숙집에 올 리가 없잖아요?"

제임스는 메리의 말에 깜짝 놀란 것 같았다.

"그럼 이제 여학교 기숙사에 살지 않는 거요?"

"네? 스크림쇼 여성 아카데미 기숙사요? 물론 나왔어요. 거기 산다면 그야말로 위선이죠. 지금은 램버스에 있는 싸구려 하숙집에 살아요."

제임스의 표정에 이번에는 메리가 대놓고 웃었다.

"충격받으셨나 봐요."

제임스는 여전히 아무 말이 없었지만 그의 눈에는 많은 말이 담겨 있었다.

메리는 악취 나는 양말을 신고 그녀와 한 침대에서 자는 남자에 대해서는 언급하지 않기로 마음먹었다. 그 얘기까지 솔직히 털어놓았다가는 이 불쌍한 남자가 충격으로 실어증에라도 걸릴 것 같았다.

"집주인이 좀 구두쇠이긴 하지만 괜찮은 편이에요. 그럭저럭 안전한 곳이고요. 지금까지 몸싸움 같은 일은 없었으니까요."

메리는 일어서서 마크의 낡은 모자를 썼다.

"게다가 당신은 이미 이토록 멋진 만찬으로 과분하게 대접해줬어요. 원래라면 버터 바른 빵만 먹어도 다행이라고 생각해야 할 입장인 걸요."

제임스는 고개를 가로저었다.

"당신은…… 참…… 특별하군."

이미 메리의 손은 문손잡이를 잡고 있었다. 손잡이를 돌리며 미소 지었다.

"그 말씀은 칭찬으로 받아들여야겠죠? 솔직히 그렇게 들리지는 않지만요."

메리는 모자를 살짝 들어 올리며 제임스의 얼굴에서 희미한 미소를 본 것에 만족했다.

"내일 뵙겠습니다, 이스튼 씨."

19

7월 9일 토요일

웨스트민스터, 팰리스 야드

토요일은 반휴일이자 주급이 지급되는 날이었다. 런던을 짓누르는 후텁지근한 날씨에도 불구하고, 오전 작업을 하는 내내 메리는 흥분에 들떠 있었다. 1시간 후면 소중한 하루 반나절 동안의 자유를 누릴 수 있기 때문이었다. 생각할 시간, 그리고 그녀를 괴롭히는 질문들을 해결할 자유가 필요했다.

정확히 1시가 되자 현장 전체로 해방감이 번졌다. 인부들은 연장을 내려놓고 짐을 싼 뒤 여유로운 걸음으로 두세 명씩 현장 사무실을 향했다. 평소 출입문을 향해 돌진하던 기세와 대조적으로 느슨하게 삐뚤빼뚤 줄을 서서 서로의 말에 고개를 끄덕이거나 뭔가 투덜거렸고 시답잖은 농담을 건넸다. 메리는 현장에 온 이래 처음으로 인부들 사이의 유대감과 공통의 관심사를 목격했다.

하크네스는 사무실 문밖에 서 있었다. 코에는 안경이 느슨하게 걸쳐 있었는데, 그래서인지 둥글고 창백한 얼굴이 오늘은 다소 학자 같은 풍모를 풍겼다. 앞에는 작은 탁자를 꺼내놨고 그 위에 납작한 철제 상자를 하나 올려놓았다. 상자에는 길쭉한 마닐라지 봉투가 나란히 꽂혀 있었다. 인부들이 한 명씩 앞으로 나가면 하크네스가 주급 봉투를 하나씩 건넨 다음 별도의 종이에 표시를 했다.

어떤 인부들은 봉투를 주머니에 쑤셔 넣기 전에 꾸벅 목례를 하거나 감사 인사를 웅얼거렸고, 또 어떤 이들은 한쪽으로 비켜서서 봉투를 뜯어 대놓고 액수를 확인한 뒤 구부정한 자세로 걸어갔다. 하크네스는 봉투를 주기 전에 받아 가는 사람의 이름을 두 번씩 확인했기 때문에 진행이 더뎠다. 그의 동작에서 내키지 않아 하는 속내가 역력히 드러났다. 과연 인부들에게 그 돈을 받을 능력이나 자격이 있는지 의심스러워하는 것 같았다. 그리고 금주주의자이자 독실한 기독교인인 하크네스의 눈에는 봉급을 술집에서 쓰는 것이 아예 잃어버리거나 다른 데 탕진하는 것보다 더한 악행으로 보일 것 같았다. 하크네스는 술을 그 자체로 악인 동시에 또 다른 악을 낳는, 악의 축으로 여기는 것이 분명했다.

하크네스의 예상처럼 인부들은 주점으로 향했다. 주말에 대한 기대와 흥분으로 공기가 들썩였다. 인부들은 큰 소리로 서로를 부르고 등을 철썩 쳤다. 메리에 대한 적대감도 한결 누그러졌다. 석공 중 한 명은 그녀의 앞을 지나가다가 속도를 늦추고 말을 붙이기까지 했다.

"너도 토끼로 올래?"

메리는 그를 보며 멍하니 눈만 껌뻑였다. 그러나 석공이 고개를 돌리려는 순간 간신히 대답했다.

"네……. 감사합니다."

토끼라. 아하, 산토끼 말인가. 당연히 '산토끼와 사냥개' 주점을 말하는 거겠지.

말을 건 석공은 다소 황당하다는 듯 고개를 끄덕였다.

"그래. 이따 보자."

메리가 마지막이었다. 신참이니 당연한 일이었다. 그녀가 앞으로 나가자 하크네스는 지친 듯 눈을 비비면서도 애써 친절한 미소를 지어 보였다.

"첫 주 일한 소감이 어떤가, 퀸?"

"아주 흥미로웠습니다."

메리는 하크네스 뒤쪽의 침침한 사무실에서 제임스를 발견했다. 그는 서류가 쌓인 책상에서 커다란 파란색 장부를 살피고 있었다. 제임스는 메리의 시선을 느낀 듯 눈을 들더니 순간적으로 밝은 미소를 지어 보였다. 태연한 얼굴을 유지하기 어려웠지만 가까스로 마크 퀸의 목소리로 하크네스에게 인사를 건넸다. 그리고 봉투를 주머니에 찔러 넣고 주점으로 향했다.

다행스럽게도 '산토끼와 사냥개'는 '푸른 종'과는 딴판이었다. 물론 고급스러움과는 거리가 멀었지만 절망에 짓눌리지 않았고 다들 떠들썩하며 유쾌한 분위기였다. 주위를 둘러보니 왜 인부들이 이곳을 좋아하는지 알 것 같았다. 주점에는 오래되었지만 널찍하고 긴 의자와 테이블, 적절한 조명, 즐거운 대화, 무엇보다 상당히 괜찮은 맥주가 있었다. 테이블마다 진 대신 맥주잔이 놓여 있는 것을 보니 이 집 맥주 맛이 썩 괜찮다는 것을 확실히 알 수 있었다. '산토끼'는 인부들에게 대체로 집보다도 훨씬 편안한 장소였고, 서로 어울릴 수 있는 공간이기도 했다.

아직 그렇게 부르기는 좀 어색하지만 메리의 동료들은 이미 구석 테이블에 자리를 잡고 첫 잔을 들이켜고 있었다. 남자들은 서로 어깨가 닿을 정도로 밀착해 앉아 있었고, 메리가 다가오는 것을 눈치챈 사람은 두어 명뿐이었다. 그리고 그 두어 명은 실뚱머룩한 표정으로 그녀를 쳐다보았다. 메리를 초대한 석공은 구석에 앉아 있었다. 어쩌면 각자 자기 자리에서 일에만 집중하는 현장보다 이곳에서 더 조심해야 할 것이다. 그러나 그녀는 이것도 업무의 연장선이라고 스스로를 다잡았다. 그렇게 생각하니 용기가 났다.

"뭐 드실래요?"

메리는 가장 가까운 쪽에 앉아 있는 남자들에게 물었다.

그 말에 의자 끝에서 한 손으로 얼굴을 감싼 채 반대쪽을 보고 있던 남자가 고개를 돌렸다. 그리고 시선이 마주쳤을 때, 메리는 비로소 레이드임을 깨달았다. 화살촉처럼 날카로운 두려움이 가슴을 꿰뚫었지만 되돌리기에는 너무 늦었다. 메리는 애써 아무렇지 않은 척했다.

레이드 역시 메리를 보고 깜짝 놀란 기색이 역력했지만 잠시 후 대답했다.

"난 주인장 추천 맥주."

레이드가 고른 술이 가장 인기가 좋은 모양이었다. 몇 차례 카운터와 테이블을 오가며 맥주를 나른 뒤 마지막으로 자기 잔을 가져오자 앉아 있던 남자들이 간격을 좁혀 메리의 자리를 마련해주었다. 아무래도 술 한잔씩 돌리는 것이 동료로 인정받는 지름길인 것 같았다. 왜 닷새 전에는 이 생각을 떠올리지 못했는지 아쉬울 뿐이었다.

맥주잔에 코를 박고 술을 마시는 것은 사람들을 관찰할 수 있는 이상적인 방법이었다. 자리에 앉은 지 불과 10분 만에 메리는 일주일 동안 현장에서 알게 된 것보다 인부들의 관계에 대해 더 많은 정보를 얻었다. 원래도 한 현장 인부들은 술집에서 한곳에 몰려 앉는 경향이 있는데, 그 안에서도 같은 분야의 동료들끼리 가까이 앉는 듯했다. 한쪽에는 석공들이 모여 앉았고, 그 옆에 목수들이 자리를 잡아 근처에 앉은 유리공들과 이따금 대화를 나눴다. 조적공 중에는 레이드와 스미스, 스텁스만 온 것 같았는데 메리로서는 사실 이쪽이 더 좋았다. 키넌이

275

있었다면 모두의 흥을 깼을 것이 뻔했다. 한 주점에 모인 것만으로 남자들은 사교적으로 변했고, 그 뒤는 맥주가 맡았다. 예상처럼 떠들썩한 분위기를 주도하는 것은 목수들이었다. 인부들은 이런저런 소문을 교환하기도 하고 신참내기 잡역부의 얼굴을 붉힐 셈으로 일부러 저속한 농담을 떠들어댔다.

오후가 깊어지면서 인부들과 함께 있는 것이 불편하게 느껴졌던 때를 상상도 할 수 없을 만큼 분위기가 좋아졌다. 아무도 메리를 의심하는 것처럼 보이지 않았다. 술집에서는 다들 좋은 동료였다. 훌륭한 동료들. 그들끼리는 분명 수년 동안 동료로 지냈을 것이다. 인부들은 술 없는 티타임에 대한 농담에 이런저런 불평을 덧붙여 늘어놓았다. 하크네스에 대한 불평, 더디게 진행되는 공사, 심지어 새로 온 감리원에 대한 불평까지 들렸다.

"그런데 신참."

레이드가 약간 풀리긴 했지만 진지한 눈빛으로 메리를 향해 몸을 기울이며 말했다.

"새로운 신사 양반에 대해 잘 알지? 상류층인가?"

방금 마신 맥주가 배 속에서 느릿하게 요동쳤다.

"그렇지도 않습니다."

술 때문에 흐릿해진 정신으로 이 대화를 어떻게 풀어나가야 할지 생각하려 애썼다.

"하키와 비슷한 정도죠."

레이드는 확신에 찬 동작으로 천천히 고개를 내저었다.

"하키 영감보다 더 위쪽일걸. 틀림없어."

"자네가 그걸 어떻게 알아?"

메리의 옆에 앉아 있는 남자가 물었다.

"어느 날인가 퇴근한 뒤 그자가 윅의 집에 찾아갔다더군. 그래서 제이니는 죽은 윅이 또 무슨 사고를 쳤나 싶어 가슴이 철렁했다는 거야."

"죽고나서까지 사고를 칠 수 있는 인간이 있다면 아마 세상에 존 윅뿐일 거야."

다른 남자가 코웃음을 쳤다. 몇몇은 실례되지 않는 수준에서 자기들끼리 농담을 주고받으며 웅성거렸지만, 대부분은 레이드의 이야기에 집중했다.

"아무튼 이 신사 양반께서 윅의 집을 찾으시더니 공손히 고인을 뵙고 싶다고 했다는 거야. 그래서 제이니는 시신이 아직 검시관에게 있는데 언제 돌려줄지 모른다고 대답했다더군. 당장 내일이 장례식인데 시신을 돌려줘야 염을 하고 수의를 입히는데 큰일이라고 하니 그 이스튼이라는 작자가 걱정 말라며 자기가 도울 수 있는 일이 있는지 알아보겠다고 했다더군. 그 말에 제이니는 이렇게 생각했대. '흥, 당신도 똑같아. 다들 입으로만 떠들지 사실 아무것도 하지 않지. 날 좀 내버려두고 어서 집으로 돌아가시지.' 그런데 아뿔싸. 다음 날 아침 9시쯤 커다란 마차가 나타나더니, 남자 두 명이 윅의 시신을 가져와서는 '예,

윅 부인', '아닙니다, 윅 부인' 해가며 대단히 깍듯하게 굴었다
는 거야."

놀라움으로 분위기가 술렁였다.

"그자가 대체 무슨 재주를 부린 건지도 들었나? 그러니까 그
이스튼이라는 작자 말이야."

메리 옆에 앉은 남자가 다시 물었다.

레이드가 고개를 저으며 맥주를 한 모금 쭉 들이켰다.

"아무 말도 하지 않고, 도움이 필요하면 언제든 연락하라며
명함만 남겼다더군."

누군가 알 만하다는 듯 음흉하게 킬킬거렸다.

"과부한테 눈독 들인 거지, 뭐. 안 그래? 보나마나 곧 그 여자
가 수고에 대해 답례하겠지."

레이드가 발끈해서 고개를 돌리며 말했다.

"제인 윅이 그런 짓을 할 리 없어. 좋은 여자라고."

테이블 여기저기에서 들리는 억눌린 웃음소리로 보아 윅 부
인에 대한 레이드의 연정은 공공연한 비밀인 것이 분명했다.

"어쨌든 그것 때문에 물어본 거야. 이스튼은 실제로 고상한
인간이라는 거지. 그 잘난 하크네스는 날마다 찬송가를 부르고
차나 홀짝이는 주제에 정작 가엾은 젊은 미망인에게는 해준 게
없잖아."

대화가 계속되었다. 다른 사람들에게 제임스 이스튼과 윅 부
인에 대한 이야기는 그저 지나가는 화제일 뿐이었다.

그러나 레이드는 얘기를 계속하고 싶었는지 맞은편에 앉은 메리에게 계속 이야기를 늘어놓았다.

"전에 공사장 일을 해본 적이 없다고 했지?"

이것은 질문이 아니었다.

"예."

메리가 대답했다. 그리고 하크네스에게 했던 것과 똑같이 설명했다. 고아가 되었는데 견습직 자리를 살 돈도 없었고, 지금은 하숙집에서 살고 있다는 설명이었다.

"학교에 다녔나?"

레이드가 눈썹을 찌푸리며 물었다. 메리는 머뭇거리며 고개를 끄덕였다.

"잠깐 동안요."

레이드는 그녀의 대답을 무시하고 말했다.

"어제 창문으로 너와 눈이 마주친 후에, 존스 씨, 그러니까 옥타비우스 존스 씨가 그러더구나. 넌 똑똑한 녀석이니 네가 옆에 있을 때에는 조심하라고 말이야."

옥타비우스의 성이 아닌 이름을 입 밖에 낼 때 레이드는 어딘가 조심스러웠다.

맥주가 들어가서인지 메리는 한층 대담해졌다. 잔뜩 움츠러든 채 자신을 숨기거나 최대한 말을 아끼는 대신 활짝 웃으며 말했다.

"조심하실 게 많은가 보죠?"

레이드의 얼굴에 순간적으로 공포의 빛이 스쳤다.

"시계탑의 유령 같은 것 말인가요?"

레이드의 몸에서 긴장이 빠져나갔다.

"난 아니야, 꼬마. 하지만 그 얘기라면 존스 씨 전문이지."

레이드는 지금 떠보는 중이었다. 메리가 무엇을 알고 있는지 가늠하려는 것이었다.

"그 존스라는 분은 신문 기사 같은 걸 쓰시나 봐요."

레이드는 메리에게 시선을 떼지 않고 고개를 끄덕였다.

"언제나 우리 현장을 예리하게 주목하고 있지."

"그분을 그렇게 여러 번 보진 못했는데요."

"나름대로 다 비결이 있는 거야."

큰 판돈이 걸린 카드놀이에 참가한 것만 같았다. 각자 상대의 패를 읽으려 노력하면서 자신의 패는 꼭꼭 감추려는 도박판이나 다름없었다.

"정보의 대가로 돈을 주는 건가요?"

레이드가 살짝 숨을 토했다.

"뭐, 그런 거지."

"저는 아직 그분에게 아무 말도 하지 않았어요."

메리가 솔직하게 말했다.

"그분이 정말 자기 말처럼 후하게 주나요?"

"흠……. 솔직히 나도 몰라. 난 그 사람에게 말해줄 만한 것이 하나도 없거든."

레이드의 얼굴이 빨개지더니 무의식적으로 바지 주머니에 손을 찔러 넣었다. 아마도 그곳에 존스가 건넨 작은 뇌물이 들어 있으리라.

"난 비밀이 없다고."

최근 들어본 것 중에 가장 설득력 없는 소리였다. 거짓말이 어찌나 서툰지 레이드가 웍과 키넌 같은 사기꾼들과 뭔가 공모했다는 것이 새삼 놀라울 정도였다. 계속 질문을 할 필요나 있는지조차 의심스러웠다.

"키넌에게는 있죠."

커다란 술잔을 쭉 들이키며 메리가 대담하게 말했다.

레이드의 얼굴이 어딘가 음흉해 보였다. 단지 무언가에 베인 듯한 눈 밑 상처 때문일까? 그 상처가 어쩐지 야비해 보이는 인상을 만들고 있었다.

"아마도."

"키넌은 하키와 얘기할 때 자기가 대장인 것처럼 굴잖아요."

"으음."

"그리고 키넌과 웍, 당신은 뭔가를 꾸미고 있고요."

레이드는 얼굴을 붉혔다. 반쯤은 수치심으로, 반쯤은 방어하는 듯한 태도였다.

"무슨 소리인지 도통 모르겠는데."

"물론 그러시겠죠."

메리는 말을 멈추고 살짝 몸을 앞으로 숙였다. 아무도 그들에게 관심을 기울이지 않았다. 절호의 기회였다.

"당신도 그걸로 번 수입이 꽤 짭짤하잖아요."

술 때문에 볼이 붉게 물든 레이드는 입을 떡 벌리고 몸서리를 쳤다. 그렇지 않아도 동그랗고 커다란 파란 눈이 경악으로 더욱 휘둥그레졌다.

"그 정도는 아냐!"

갑작스러운 고함에 가까이 앉은 동료들의 나른한 눈이 레이드에게 쏠렸다.

"난 그렇게까지 할 생각은 아니었다고."

레이드는 메리를 향해 몸을 기울이며 속삭였다.

"하지만 알고 있었죠."

메리는 레이드의 분별 있고 순수해 보이는 얼굴에서 얻은 용기에 술기운을 보태 그를 몰아붙였다.

"당신은 뭔가 알고 있고, 그 사실을 옥타비우스 존스에게 털어놨어요."

"소변이 마렵군."

레이드가 갑자기 벌떡 일어나며 말했다. 주머니에서 손을 뺄 때 돌돌 말린 종이 한 장이 튀어나오더니 의자에 맞고 튕겨서 바닥에 떨어졌다. 불안에 사로잡힌 레이드는 그 사실을 눈치채지 못했고, 그대로 뒷문을 통해 다들 화장실로 쓰는 골목으로 나갔다. 메리는 종이를 주워 주머니에 넣었고, 잠시 후 다시 나타난 레이드는 맥주 한 잔 더 하겠느냐는 질문에 흔쾌히 응했다.

호랑이도 제 말 하면 온다고 했던가. 잠시 후 주점 문이 열리면서 키넌이 나타났다. 카운터 쪽으로 걸어가고 있던 레이드의 얼굴이 창백해지더니 테이블에 몸을 기댔다. 그리고 가만히 서서 기다렸다.

키넌은 평소와 다름없이 기분이 더러운 듯했다. 그날 아침 현장에 나온 키넌은 그답지 않게 조용했고, 하크네스는 애써 그를 못 본 척했다. 어제의 무단결근에 대한 징계는 없었다. 이제 키넌의 시선은 레이드에게 고정되었다. 주점 안의 조명은 어두웠지만, 키넌의 가늘게 뜬 눈이 보였다. 두 사람 사이에 흐르는 침묵이 길어지며 긴장감이 고조되었다. 마침내 키넌이 낮은 목소리로 말했다.

"같이 산책 좀 하지."

레이드는 숨을 깊이 들이쉬고 키넌을 응시했다. 메리가 한 잔 마시는 동안 레이드는 두 잔 꼴로 잔을 비웠다. 급하게 마셔서인지 취한 것처럼 보였다. 아니면 키넌의 표정 때문에 당황한 것일까?

키넌은 초조하게 입을 씰룩거렸다.

"어이, 정신 차려. 자네를 죽이고 싶지 않으니까."

부적절한 단어 선택이었다. 레이드의 얼굴에서 핏기가 가셨다. 레이드는 술잔을 꽉 움켜쥐었다. 그러더니 술잔의 존재가 이제야 생각났다는 듯 잔을 들어 단숨에 비웠다. 레이드의 눈은 휘둥그레졌고 경계의 빛을 띠었다. 두 볼은 연지라도 찍은 듯 발그레했다. 레이드는 가까운 테이블에 술잔을 내려놓은 뒤 도살장에 끌려가는 소처럼 키넌을 따라 밖으로 나갔다.

메리는 30초쯤 시간을 두고 그들을 따라 나가려고 벌떡 일어섰다. 그런데 갑자기 세상이 한쪽으로 기울더니 남자들의 얼굴이 흐릿해지며 제멋대로 휘어졌다. 무릎이 휘청거렸다. 몸을 지탱하기 위해 테이블을 꽉 움켜잡아야 했다. 단단한 무언가가 그녀의 손바닥을 후려치는 것처럼 손마디가 울렸다. 젠장, 이게 대체……?

커다란 손이 어깨를 거칠게 움켜쥐는 것을 느끼고 메리는 도리질을 하며 손을 떼어내려 했다. 등을 만지면 안 되는데. 그때 무언가 그녀의 엉덩이를 세게 때렸고, 어디가 위이고 어디가 아래인지 분간할 수 없는 상태로 몸부림쳤다. 눈이 어떻게 된 거지? 귀도 윙윙거렸다. 그녀는 숨을 헐떡였다. 분명히 땅이었으나 물에 빠진 것만 같았다. 분명 땅을 딛고 있었는데 배 속에서 액체가 출렁이며 요동치기 시작했다. 어, 안 돼! 안 된다고!

뭔가 메리의 엉덩이를 계속 눌러댔다. 단단하고 평평한, 인간적 특징이 느껴지지 않는 무언가였다. 그렇다면 남자는 아니겠군. 서서히 여기저기서 너털웃음이 들려왔다. 점차 세상이 희미한 갈색, 노란색, 살구색으로 변하더니 마침내 뚜렷해졌다. 메리는 여전히 주점에 있었다. 아까와 같은 인부들에게 둘러싸여 똑같은 의자에 앉아 있었다.

귀의 이명이 잠잠해졌다.

메스꺼움도 물러났다.

메리는 떨리는 숨을 길게 들이쉬었다.

"기절이라도 할 것 같다, 야."

목수 중 한 명이 깔깔거리며 말했다.

옆에 앉은 남자가 메리의 어깨에서 손을 떼며 싱긋 웃었다.

"녀석, 술이 약하구나, 그렇지?"

녀석. 메리는 그 말에 안도했다.

"엉덩방아까지 찧고 말이야."

다른 남자가 점잔 빼며 말했다.

"그러게."

또 다른 남자가 맞장구를 쳤다. 그때부터 합창처럼 조언이
쏟아졌다. 두어 잔쯤 덜 마셨을 때 알려줬으면 좋았을 것들이
었다. 메리는 초심자의 실수를 두 가지 범한 듯했다. 첫째, 빈속
으로 주점에 온 것. 둘째, 너무 갑자기 일어서면 즐겁고 편안한
느낌이 넘어갈 정도의 취기로 바뀔 수 있다는 것을 몰랐던 점.

모두 유용한 조언들이었다. 조언대로 천천히 일어서자 여전
히 바닥이 울퉁불퉁해 보였지만 시야는 조금밖에 흔들리지 않
았다. 메리는 조심스럽게 한 걸음 두 걸음 발을 내딛으며 새로
운 동료들에게 상냥하게 작별 인사를 건넸다. 주점 출입문이
눈에 들어왔다. 문은 위험스러울 만큼 쉽게 활짝 열렸다. 메리
가 비틀거리며 거리로 나오자 무슨 문제가 있는 듯 뒤에서 우

렁찬 쾅 소리와 함께 문이 닫혔다. 적어도 이제 메리는 밖에 있었다. 런던 거리의 복잡하고 풍부한 냄새가 정신을 차리도록 도와줄 것이었다.

그런데 몇 시지? 거리에는 노점상이 별로 없었다. 주간 노점은 문을 닫고 야간 노점은 아직 문을 열지 않은 어중간한 때인 듯했다. 늦은 오후나 이른 저녁쯤 되었을까. 마차가 지나다니긴 했지만 아직은 흐름이 빨랐다. 보행자들의 속도도 빠른 편이었다. 여전히 업무 중인 정장 차림의 남자들과 아픈 발로 열심히 귀가 중인 노동자들이 지나갔다. 저급 매춘부 몇 명은 오가며 건성으로 손님을 끌었다. 그중 한 명이 메리에게 키스를 보낸 뒤 그다지 요염하지 않은 어깨를 으쓱했다. 그리고 깜짝 놀라는 메리의 반응에 짓궂게 깔깔거렸다.

왠지 뭔가 해야 할 것 같은 느낌이 들었다. 그 느낌이 메리의 마음 한구석을 자극했다. 해야 할 일이 있었는데…… 아무리 애를 써도 무엇이었는지 기억해낼 수 없었다. 하지만 상관없다. 하숙집까지는 한참 걸어야 했고, 가는 길에 기억이 날지도 모를 일이었다.

20

팰리스 야드에서 블룸스베리 가는 길

제임스는 적잖이 당혹스러웠다. 그저 형식적인 절차로써 최종 장부를 검토하겠다고 요청했을 때 하크네스는 말을 얼버무리더니 꾸물거리며 시간을 끌다 마지못해 수락했다. 자료를 볼 수 있게 되었을 때에도 1시간이면 검토를 마칠 수 있을 것이라 생각했다. 그런데 예상과 다르게 작업은 하루를 통째로 잡아먹었다. 그는 지금 블룸스베리의 자택으로 향하는 마차에서 다리를 넓게 벌리고 앉아 창밖을 멍하니 응시했다. 그리고 일주일 내내 뇌리를 떠나지 않았던 유쾌하지 않은 의심에 대해 생각했다. 그 의심은 빠르게 확신으로 바뀌고 있었다.

사실 서둘러 귀가할 이유는 없었다. 토요일 오후이니 조지는 외출했을 테고 그 큰 집에 덩그러니 혼자 있을 생각을 하면 약간 풀이 죽었다. 결국 하크네스의 지긋지긋한 현장과 자신이 이제 뭘 할 수 있을지에 대해 고민할 일만 남았다. 또한 집으로 가는 것은 그날 저녁 그를 기다리고 있는 의무로 한 걸음 더 다가가는 것이기도 했다. 오늘 저녁 하크네스의 집에서 만찬이 있었다. 며칠 전 의무감에 마지못해 초대를 받아들였지만, 오늘 있었던 일로 보건대 제임스나 하크네스 둘 다 오늘의 만찬을 기대할 만한 처지는 아니었다. 그럼에도 막판에 약속을 취소할 구실을 만들고 있지 않는 이유는 순전히 어리석은 희망 때문이었다. 아버지의 옛 친구인 하크네스와 저녁 식사를 하며 시선을 맞춘다면, 어쩌면 생각했던 것만큼 상황이 끔찍하지 않을지도 모른다는 헛된 희망이었다.

마차가 북쪽 강변도로를 달리는 동안 제임스는 가볍게 흔들리는 마차의 진동에 몸을 맡기며 생각했다. 우울한 기분으로 거리 풍경을 내다보았다. 금방이라도 비가 내릴 듯 도시를 짓누르는 흐린 날씨에 공기는 끈적끈적하고 탁해졌고, 하늘은 숨막히는 회색으로 물들었다. 제임스의 시선이 위태롭게 터벅터벅 걷고 있는 형체에 고정되었다. 그 형체는 가로등에서 우체통을 향해 이상한 방향으로 걷고 있는데 미끄러지거나 넘어질 것이 두려운지 지나치게 조심스러웠다. 한눈에도, 아니 그 이전에 본능적으로 익숙한 형체였다. 이토록 망가진 모습을 보게 되리라고 상상조차 못했던 인물이었지만, 언제 어디서건 제일 먼저 알아볼 사람이었다. 제임스는 마차 지붕을 두 번 쿵쿵

쳤고, 마차는 속도를 줄여 비틀거리는 형체 옆에서 터덜터덜 굴러갔다.

가냘픈 체구. 지저분한 행색. 그리고 장밋빛 뺨.

제임스는 히죽거렸다. 이보다 더 좋은 기분 전환 거리를 상상이나 할 수 있을까.

"길이라도 잃었소?"

제임스가 열린 창문으로 소리쳤다.

고개를 홱 돌리는 바람에 몸이 휘청거렸다. 잠시 후 메리가 간신히 제임스의 얼굴에 초점을 맞추었다. 알아보자마자 그녀의 얼굴에 숨길 수 없는 기쁨이 떠올랐고, 그 모습에 제임스의 마음은 봄눈처럼 녹아내렸다.

"당신이군요!"

제임스는 바보처럼 활짝 웃었다. 지금은 어떤 재치 있는 입담도 불가능했다.

"지금 상태를 보니 마차로 태워다줘야 할 것 같소."

마차가 속도를 늦추더니 멈춰 섰다. 바커는 고개를 돌리고 문을 열어 계단을 내렸지만, 제임스는 애써 불쾌함을 참고 있을 마부의 표정을 상상할 수 있었다.

마차 밖에서 위를 올려다보고 있는 메리의 얼굴은 유난히 작았고 조금은 당혹스러워 보였다.

"여기서 뭐하는 거예요?"

"집에 가는 중이오. 타요."

메리는 뭔가를 기억해내려는 것처럼 한 손을 이마에 댔다.

"아직도 예의범절을 걱정하는 거요?"

"아뇨……."

"그럼 배역의 진정성?"

제임스가 인상을 찌푸렸다.

"저는…… 그러니까, 내 생각엔……."

"아, 그만 좀 망설여요."

제임스는 몸을 밖으로 빼고 메리의 팔을 잡아 마차 안으로 끌어당겼다. 계단이고 예의범절이고 진정성이고 다 필요 없었다. 깜짝 놀라 긴장한 채 끌려오는 그녀의 몸은 가벼웠으나 제임스는 쇠약해진 자신의 몸에 충격받았다. 1년 전만 해도 이정도쯤은 아무것도 아니었다. 그런데 오늘은 그녀를 들어올리기 위해 온 힘을 써야 했다. 어쨌든 제임스는 결국 메리를 끌어올리는 데 성공해 약하게 쿵 울리는 소리와 함께 자신의 옆에 앉혔다. 그리고 그녀가 씩씩거림과 킥킥거림을 멈출 때쯤 마차는 이미 출발한 후였다.

"휴. 맥주를 마신 모양이오."

"당신도 맥주를 좋아하는 줄 알았는데요."

"좋아하지."

제임스는 두 손으로 메리의 얼굴을 감싸 쥐고 그녀의 입술에 키스했다. 놀랐는지 메리가 소리를 내며 두 손을 들어 올렸다. 밀어내려는 듯한 몸짓이었다. 그러나 곧 그 손은 제임스의 가슴에 내려앉았다. 메리는 달콤하고 격렬하게 키스에 응했다. 쌉쌀한 에일 맥주 맛 뒤로 달콤하고 익숙한 맛이 느껴졌다. 지금 키스는 지난번보다 좋았다. 훨씬 더. 짧은 포옹 한 번으로 끝내려 했던 것이 길고 연속적인 키스로 이어졌다.

깊이.

황홀함.

충만한 쾌락.

세상 모든 것을 지워버릴 것만 같은 키스였다.

시간이 제멋대로 흘러갔다. 익숙한 움직임이 멈추고 예상치 못한 정적이 찾아온 뒤에야 비로소 서서히 그것을 인지했다. 마차가 멈춘 것을 깨닫고 제임스는 적잖이 놀랐다. 게다가 그들은 지금 블룸스베리에 있는 제임스의 집 뒷문 앞에 있었다.

"무슨 일이에요?"

메리가 나른하고 아득한 목소리로 속삭였다.

"우린……."

제임스가 잠긴 목청을 가다듬고 말했다.

"우리 집에 도착했소."

"어머."

메리는 갑자기 긴장하며 감고 있던 팔을 풀었다. 잠시 어색한 침묵이 흐른 뒤 동시에 침묵을 깼다.

"가야겠어요."

"들어갔다 가지 않겠소?"

메리의 눈이 휘둥그레졌다. 그제야 제임스는 자신의 말이 어떻게 들릴지 깨달았다.

"차나 한잔 마시거나 얘기라도 나눕시다. 내 말은, 뭐 다른 마음은 없다는 거요. 그리고 당신도 바로 돌아가야 할 필요는 없잖소."

메리는 한 손으로 머리를 정리하며 누더기 같은 사내아이의 옷차림을 내려다보았다.

"들어갈 수 있을 것 같지 않은데요."

"조지 형은 집에 없소."

제임스는 열심히 설득했다.

"나뿐이오."

메리는 창가로 몸을 기울여 그의 집의 규모를 살폈다.

"하인들이 있잖아요."

제임스는 놀란 듯했다.

"물론이오. 하지만 다들 과묵하지."

메리는 재미있다는 표정으로 말했다.

"**보이는 게 다**는 아닐 텐데요. 하인들은 언제나 말이 많은 법이에요."

"그들이 뭐라고 하는지가 중요하오?"

"난……."

메리는 좀처럼 설명하지 못했다.

제임스는 알 만하다고 생각했다.

"비록 이런 차림이지만 난 당신이 여전히 젊은 아가씨라는 걸 알아요. 게다가 당신은 술에 취했지. 절대 이런 상태의 당신을 위험한 하숙집에 돌려보낼 수 없소."

"그렇게 많이 취하진 않았어요."

메리가 발끈했다.

"물론 완전히 정신이 나간 상태는 아니길 바라오. 그랬다면 내 자존심이 구겨질 테니 말이오. 하지만 어쨌든 술이 깰 때까지는 여기 있어야 해요."

제임스는 웃음을 감출 수 없었다. 평소라면 그녀가 무슨 생각을 하는지 추측하느라 골머리를 썩을 텐데, 오늘 메리의 얼굴에는 당황한 표정이 너무도 역력했기 때문이다.

메리를 집으로 데려오는 것은 신기한 경험이었다. 평소에는 관심조차 없던 주변을 과도하게 의식하게 되었다. 딸깍하고 자물쇠 돌아가는 소리, 구두 밑에 깔린 발판의 탄성, 천정 높은 현관에서 울리는 목소리. 메리가 안으로 들어갈 수 있도록 옆으로 비켰지만, 그녀는 오히려 뒤로 물러나 호기심 어린 천진난만한 눈으로 정원을 둘러보았다. 그런 메리의 모습이 몹시도 사랑스러웠다.

실내는 밀랍 왁스와 빵 굽는 냄새로 향기로웠다. 30여 년 동안 이스튼 가의 가정부로 일한 바인 부인이 현관으로 나왔다.

"2시간 동안 언제 오시나 기다렸답니다, 제임스 씨."

바인 부인은 제임스의 얼굴을 뜯어보며 말했다.

"그래도 걱정했던 것만큼 지쳐 보이시진 않네요."

제임스가 미소 지었다.

"이번 주에 들은 것 중 처음으로 좋은 소리군요."

바인 부인은 혀를 끌끌 차며 말했다.

"어쨌든 어서 옷 갈아입고 오세요. 더 데우다간 스콘이 타버리겠어요."

부인의 시선이 제임스의 뒤에 서 있는 누군가에게 향했다. 표정에는 변화가 없었지만 목소리는 다소 딱딱하고 정중했다.

"이쪽 청년분의 자리도 준비할까요?"

제임스는 애써 마음을 숨기고 침착하게 말했다.

"사실, 청년이 아니라 퀸 양입니다. 퀸 양은 나와 함께 차를 마실 거고요."

눈으로 보지는 못했지만 등 뒤에서 메리가 긴장하고 있는 것이 느껴졌다.

"바인 부인이 손 씻는 곳을 알려줄 거요."

바인 부인은 얼굴 근육 하나 까딱하지 않았다. 그저 고개를 끄덕이며 감정을 드러내지 않는 음성으로 말했다.

"이쪽으로 오세요, 퀸 양."

제임스는 두 여성이 걸어가는 모습을 지켜보았다. 키가 큰 바인 부인이 위풍당당하게 앞섰고, 메리는 그 어느 때보다 조용히 세 걸음쯤 뒤에서 쫓아갔다. 과연 메리를 데려온 것이 잘한 짓인지 확신이 서지 않았다. 대체 무슨 바람이 분 것일까?

한두 번의 키스야 그럴 수 있었다. 그러나 마차에서 나눈 교감은 전혀 다른 문제였다. 메리는 그의 세계에 깊숙이 침범할 권리가 없었다. 게다가 어쩌면 그녀는 그 사실조차 자각하지 못했을 수도 있다. 그리고 지금 제임스는 사적인 영역으로 메리를 초대하고 있었다. 이름 말고는 아는 것이 전무한 그녀에게 자신의 삶을 너무 깊이 보여주는 것은 현명하지 못한 일이었다. 그러나 그런 걱정을 하기에는 이미 늦었다.

메리는 놀라움과 즐거움을 동시에 느끼며 아마존의 여전사 같은 가정부를 따라 넓은 계단을 두 층 올라갔다. 놀라움은 그녀가 이곳 제임스의 집에, 그의 사적인 영역에 있다는 사실에서 비롯된 것이었다. 제임스는 경계심이 강한 편이었고 이 초대는 그들 사이의 친밀함이 새로운 단계로 들어섰음을 암시했다. 생각만으로도 꺼려지고 두려운 일이었다. 즐거움 쪽은 보다 단순했다. 앞에서 씩씩하게 걸어가는 바인 부인은 뮤직홀 (19세기와 20세기 초 유행했던 식사와 음료를 즐기며 춤이나 노래를 관람하는 극장식 식당—옮긴이)의 모범 종업원 같았다. 길고 날카로운 얼굴 윤곽과 빈틈없는 말씨까지 완벽했다. 잘 상상되지는 않았지만 아마 제임스가 포동포동한 아기였을 때부터 이스튼 가를 위해 일했을 텐데, 작은 주인님께서 웬 꾀죄죄한 사내아이를 집에 데려온 데다 그 아이가 사실 여자임을 알게 되었는데도 눈 하나 깜짝하지 않는다는 점이 놀라웠다.

술이 깨기 시작했다. 적어도 그 점은 확실했다. 팔다리의 움직임이 한결 평소에 가까워졌고, 갈증이 심해졌으며 고통스러울 만큼 절박하게 소변을 배출하고 싶었다. 몇 잔이나 마신 걸까? 두 잔? 세 잔? 인생의 어느 때보다 많이 마신 것만은 확실했다. 메리는 자신이 훨씬 조심스러워졌다고 생각하고 있었다. 그런데 그것과 별개로 남자에 대해서는 아는 것이 전혀 없었다. 현장의 인부든 오만한 신사든 모르기는 마찬가지였다.

바인 부인은 2층 층계참에서 잠시 걸음을 멈추고 정중하고 사무적인 어조로 말했다.

"퀸 양, 실례인지 모르겠지만 본격적으로 몸단장을 하실 의향이 있으신지요?"

메리의 얼떨떨한 얼굴을 보고 부인이 덧붙였다.

"목욕 준비를 할까 합니다만⋯⋯."

이 상황에서는 굴욕감을 느껴야 마땅하다는 것을 메리도 알았다. 바인 부인은 메리를 보며 지저분한 데다 산발한 여자가 굴러 들어오더니 이제 염치도 없이 식사에 목욕까지 요구하고 있다고 생각하는 것이 분명했다. 그런데 메리의 머리에는 **목욕**이라는 마법의 단어밖에 떠오르지 않았다.

"아, 예. 부탁드립니다. 폐를 끼치는 게 아니라면⋯⋯."

메리는 간곡히 말했다.

말하고 보니 우스웠다. 목욕은 그 자체로 이미 민폐였다. 목욕을 하려면 끓인 물을 3층까지 계단으로 올려야 한다. 게다가 다 쓴 물을 첨벙거리며 도로 가지고 내려가야 하며 수건도 빨아야 했다. 그런데 바인 부인의 입꼬리에는 위엄 있는 승낙이 떠올랐고, 메리는 곧 목욕을 위해 특별히 고안된 방으로 안내되었다. 기발하고도 사치스러운 발상이었다. 타일이 깔리고 온수 배관과 자체적으로 물이 빠지는 욕조를 갖춘 단독 욕실이라니. 제임스가 욕실에 집착하는 현대화의 선구자일 줄이야. 거기까지 생각이 미치자 갑자기 재미있어졌다.

일주일이 가기도 전에 두 번째 목욕이라. 그야말로 진정한 노동자의 삶에 철저히 위배되는 것이었다. 마크 퀸에게 목욕은 일상이 아니라 아주 가끔이나 누릴 수 있는 사치여야 마땅했다. 그나마도 청결의 신전으로써 세워진 전용 욕실이 아닌 주방 화로 옆의 얕은 양철통에서 이루어질 것이 뻔했다. 그러나 그날 오후만큼은 그런 것에 신경 쓰지 않았다. 이토록 풍부한 물과 비누 거품에 몸을 흠뻑 적신 것은 난생처음이었다. 욕조에서 나왔을 때 메리는 칸막이 건너편에 벗어둔 때에 찌든 마크의 옷이 사라진 것을 발견했다. 대신 그 자리에는 완벽하게 다림질되고 삼나무 향이 밴 남성용 리넨 잠옷과 가운이 놓여 있었다. 둘 다 메리에게는 너무 커서 잠옷 밑단이 발목 근처에서 출렁였고 가운은 바닥에 질질 끌렸다. 익숙한 제임스의 향기가 감싸는 순간 몸에 온기가 퍼지며 부르르 떨렸다. 자신이 대담하고 앙큼하면서 타락한 여자가 된 기분이었다. 메리가 한 번도 되어보지 못한 여자의 모습이었다.

메리는 머리를 빗었다. 짧고 뻣뻣한 머리칼이 목을 스치자 묘한 기분이 들었다. 그때 바인 부인이 나타나 그녀를 다시 아래층으로 안내했다. 다분히 전통적인 거실 풍경에 메리는 약간 몸이 움츠러들었다. 제임스나 조지가 소품이나 쿠션을 고르는 데 주도적으로 관여한 것 같지는 않았다. 지금 메리의 신경은 자신의 몸을 감싼 두 겹의 얇은 천에 집중되어 있었다. 제임스의 잠옷은 익숙하지 않은 남성적 영역에서 벌거벗은 몸을 가려주는 유일한 보호막이었다.

제임스는 소파 위에 긴 다리를 쭉 뻗고 앉아 책을 읽고 있었다. 그러나 메리가 들어오는 것을 보자 벌떡 일어섰다. 이번만큼은 신랄한 빈정거림이 돌아오지 않았다. 오히려 제임스는 부끄러워하는 것처럼 보였다.

"바인 부인이 곧 차를 가져올 거요."

메리는 그가 가리키는 대로 소파 위, 제임스의 옆자리에 조심스럽게 앉았다.

"바인 부인이 틀림없이 이상하게 생각할 거예요. 웬 남장 여자가 와서 목욕을 하지 않나. 게다가 깨끗한 잠옷과 가운까지 갖다줘야 했잖아요!"

"그나마 당신에게 맞을 만한 건 잠옷뿐이었소. 거기에도 폭 파묻혔지만."

"음, 당신이라면 여자 옷 한두 벌쯤은 준비해뒀을 거라 생각했어요. 만약을 대비해서 말이에요."

제임스는 싱긋 웃으며 말했다.

"그럼 자주 올 생각이오? 아니면 내가 얼마나 자주 반라의 여자들을 접대하는지 알아내려는 속셈이신가?"

메리의 얼굴이 새빨개졌다.

"둘 다 아니에요!"

"정말이오? 내게는 둘 중 하나로 들렸는데."

이것이 메리가 아는 제임스였다. 놀림에도 불구하고, 아니 오히려 그 놀림 덕에 갑자기 한결 편안한 기분이 되었다.

"물론 당신은 반라의 여자들을 얼마든지 만나겠지만 형님이 무서워 집까지 데려올 엄두는 못 내겠죠."

"터무니없군. 당신을 질투하게 만들려고 그런 것뿐이오."

"그런 거라면 지난번에 당신 사무실에서 벌써 겪었어요."

"흠. 그런 거군. 그럼 이제 더 이상은 낸시를 신경 쓰지 않는 거요?"

"그래요."

진심이었다. 지금 이렇게 제임스의 옆에 있으니 애초에 그런 데 신경을 썼다는 것 자체가 바보짓처럼 느껴졌다.

제임스 역시 씻고 나왔는지 넥타이와 재킷을 벗고 있었다. 벌거벗은 것이나 다름없는 메리를 편안하게 만들어주려는 배려인지, 아니면 옷을 마저 벗으려는 속셈인지는 알 수 없었다.

그 생각을 하니 몸이 떨렸지만 두렵지는 않았다. 적어도 일반적인 의미에서는 아니었다.

"당신 머리 말인데."

제임스는 반짝이는 머리칼을 만졌다.

"자를 때 아쉬웠소?"

메리는 혹시라도 그가 손을 뗄까 조심조심 고개를 저었다.

"자른 뒤 어떤 기분이 들지는 생각하지 않았어요. 꼭 필요한 일이었으니까요."

"다시 기르는 데 오래 걸릴 것 같소?"

"아닐 거예요. 빨리 자라는 편이거든요."

"음."

제임스의 손가락이 아래로 스르륵 내려가 목선을 더듬었다.

"남자로 위장할 때 여기가 곤란하겠군."

"목…… 내 목이 어때서요?"

따지는 와중에도 숨이 막혔다.

제임스가 미소 지었다.

"너무 길고 또 가늘어요. 그리고……."

몸을 숙인 제임스가 메리의 쇄골에 가볍게 키스했다.

"전혀 꼬질꼬질하지 않거든."

메리는 웃음을 터뜨렸다.

"그래서 불만인가요?"

그때 바인 부인이 묵직한 쟁반을 들고 들어왔다. 부인은 쟁반을 내려놓고 메리를 보며 말했다.

"실례합니다, 퀸 양. 바지를 세탁하려다가 주머니에서 이것을 발견했습니다. 혹시 필요하신 물건인가요?"

'이것'이란 바로 그날 오후 레이드가 흘린 종이였다. 취하기 전, 그리고 제임스가 모든 논리와 전략을 그녀의 머리에서 몰아내기 전에 기억해내려 애쓰던 바로 그것이었다. 메리는 종이를 움켜쥐며 지나치게 큰 소리로 말했다.

"예, 고마워요!"

메리의 얼굴에 공포의 흔적이 역력했다. 그러나 바인 부인은 전과 다름없는 무표정을 유지하며 고개만 살짝 기울여 보이고 재빠르고 조용한 걸음으로 방에서 나갔다.

"그게 뭐요?"

대답 대신 메리는 조심스럽게 종이를 펼쳤다. 뜻밖에도 그것은 오래 사용해서 가장자리가 너덜너덜하고 꼬질꼬질해진 작고 낡은 봉투였다.

"오늘 오후 주점에서 레이드가 흘린 거예요."

"흘렸다고? 혹시 떨어뜨리도록 당신이 유도한 건 아니오?"

메리는 싱긋 웃었다.

"아니요. 훔친 것도 아니고요. 물론 돌려주진 않았지만요."

메리는 봉투를 뒤집어 한 귀퉁이에서 시작되어 이어지는, 연필로 그린 검은 표식들을 가리켰다. 길쭉한 삼각형 여러 개로 이루어진 단순한 도안이었고 하나 건너 하나 꼴로 삼각형에 검게 음영이 칠해져 있었다.

"눈에 익나요?"

제임스는 침을 꿀꺽 삼켰다. 잠시 얼어붙은 듯 꼼짝도 않던 그가 머뭇머뭇 고개를 끄덕였다.

"이제야 아귀가 맞는군."

"설마 그랬던 건가요?"

메리는 제임스의 얼굴에 떠오른 참담한 표정이 싫었다.

"물론이오."

제임스의 목소리가 날카로웠다.

"이것 때문에 하크네스가 유죄 판결을 받지는 않겠지만 이 표시들은…… 논쟁의 여지가 없소. 하크네스는 생각할 게 있을 때마다 연필을 쥐고 그림을 그리는 버릇이 있소. 회계 장부며 설계도마다 온통 이런 표시가 뒤덮여 있는데 여기에서 이걸 볼 줄이야. 이 봉투는 하크네스가 조적공들의 절도에 연루되었다는 증거요."

"레이드가 훔친 걸 수도 있잖아요."

"이까짓 낡은 봉투를 뭐하러 훔치겠소? 아니, 그런 생각은 일단 접어두시오. 이렇게 생각해봅시다. 만일 하크네스가 연루되었다면 조적공들이 그 많은 자재를 이렇게 오랫동안 훔칠 수 있었던 이유가 설명되잖소."

메리는 말이 없었다. 봉투의 표시는 적어도 그 봉투가 하크네스의 손에서 레이드에게 넘겨진 것임을 증명했다. 주급 봉투도 아니었으므로 처음 떠올린 가능성은 배제해도 무방했다. 게다가 봉투가 어찌나 앙증맞은지 설계도 같은 것을 담기에는 너무 작았다. 주소가 적혀 있다거나 우표가 붙어 있는 것도 아니었다. 생각해 보면 당연한 일이었다. 누가 은밀한 정보를 우편으로 보내겠는가?

증거를 똑바로 노려보고 있자니 마음속에 갑자기 당혹감이 밀려왔다. 만일 레이드와 키넌이 오늘 오후 화해했다면 지금쯤 키넌도 메리가 자신들의 음모에 대해 눈치챘음을 알게 되었을 것이다. 그리고 설사 레이드와 키넌이 여전히 다투고 있다 해도 키넌은 아마 레이드에게 정보를 끌어냈을 것이다. 키넌은 목적을 위해서라면 친구와 동료를 공격하고 심지어 폭력까지 휘두를 수 있는 잔악무도한 인물임이 분명했다. 어찌 되었든 잔뜩 화난 위험한 남자가 메리를 뒤쫓을 것이다. 그리고 이번에는 하크네스가 구해주러 나타나지 않을 것이다.

메리의 몸이 떨렸다. 오롯이 자신의 실수였다. 어리석은 과신이 초래한 결과였다. 레이드를 압박해 정보를 캐내지 말아야 했다. 대체 무슨 생각으로 그런 짓을 저질렀던 거지? 마음속 목소리가 즉시 대답했다. 애초에 주점에 간 것 자체가 문제였어. 맥주 때문에 대담해진 상태에서 사교적이고 편안한 주점 분위기에 취한 나머지, 현장이었다면 감히 입에 담지도 못했을 말을 내뱉어도 될 것 같은 생각이 들었다. 대체 무슨 짓을 저지른 거지?

"무슨 일이오?"

제임스의 목소리가 걱정으로 날카로워졌다.

메리는 고개를 저었다.

"얘기해봐요, 메리. 털어놔야 해요."

"'털어놔야' 한다고요?"

이런. 제임스의 권위주의적인 성격이 고스란히 드러나는 표현이었다. 그가 어떤 사람이었는지 거의 잊을 뻔했다.

"그래요. '털어놔야' 하오. 이제 관계가 달라졌잖소."

제임스는 메리의 손을 붙잡고 부드럽게 흔들었다.

"우리 둘 다 그걸 느끼고 있고."

짧은 순간 메리는 그의 눈을 들여다보았다. 제임스의 눈빛에 몸이 파르르 떨렸다. 기쁨에 어쩔 줄 모르고 행복에 겨운 순간도 잠시, 메리는 갑자기 덜컥 겁이 났고 철저하게 절망의 나락으로 떨어졌다. 둘의 관계에서 진실이란 메리의 감정뿐이었다. 그녀와 제임스 사이의 다른 모든 것은 여전히 거짓에 머물러 있었다. 그리고 앞으로도 결코 자신에 대한 진실을 알려줄 수 없었다. 에이전시, 그리고 메리의 목숨을 구해주었을 뿐 아니라 애초에 이 모든 것을 가능하게 만들어준 여인들을 배신하지 않고서는 불가능한 일이었다.

"메리."

제임스의 입술이 또다시 이름을 불렀다. 울고 싶었지만 그런 사치를 부릴 여유가 없었다. 대신 메리는 숨을 깊이 들이쉬고 고개를 끄덕인 뒤 레이드와의 대치에 대해 설명했다. 그 정도는 털어놓을 수 있었다. 말을 마친 메리는 제임스의 표정을 한번 더 흘낏 살폈고 그의 얼굴에서 걱정, 보다 정확하게는 경악을 읽었다.

"경찰에 신고해야겠소."

"뭘 신고하죠? 어떤 남자를 절도로 고발한다고요?"

"폭력적인 성향이 다분하고 절도 혐의가 강하게 의심되는 남자가 당신을 해칠 수 있다고 말이오. 키넌도 곧 알게 될 거요. 당신이 너무 영리해서 레이드가 아는 것을 모를 리 없다는 걸 말이오."

"경찰이 할 수 있는 일은 없어요. 대체 무슨 소리를 하는 거예요? 당장 월요일부터 경찰이 내 뒤를 졸졸 따라다니게 만들 셈인가요?"

제임스는 꽉 다물고 있던 입을 열었다.

"월요일에는 현장에 나가지 말아요."

"이거 봐! 또 시작이군요!"

"무슨 소리요?"

진심으로 영문을 모르겠는 얼굴이었다.

"멍청한 꼬마 대하듯 나에게 이래라저래라 명령하는 것 말이에요."

"당신을 멍청하다고 생각하지 않소. 꼬마는 더더욱 아니지."

"하지만 방금 내게 이래라저래라했잖아요."

"난 그저 **분별력 있는 행동**에 대해 충고한 것뿐이오."

"그게 그거 아닌가요. 당신은 내게 **명령**하고 있다고요!"

진짜 연인이 아닌 사이에서도 사랑싸움이 가능할까? 아마 그런 것 같았다.

"당신이 대신 결정을 내려줄 권리는 없어요."

제임스의 얼굴이 굳었다.

"이건 권리의 문제가 아니오. 상식 문제지."

"입장 바꿔서 당신이 나라면 월요일에 일하러 나가지 말라는 내 명령을 받아들일 거란 얘긴가요?"

"가정까지 해가며 따지고 들 필요 없소. 어쨌든 안 되는 건 안 되는 거요."

"그리고 당신은 역시 당신이고요!"

"그게 무슨 뜻인지 설명해요."

화가 났는지 제임스는 차가운 목소리로 느릿하게 말했다.

"오만하고 고압적인 데다 매사 자기 생각대로 하려 든다는 소리죠!"

"오만하고 충동적인 데다 무책임한 것보단 낫잖소."

메리는 소파에서 벌떡 일어나 방 안을 왔다 갔다 했다.

"내 인생이에요, 당신 인생이 아니라! 모르겠어요?"

"내가 지금 알고 있는 건 당신은 내 말이 옳다는 것을 인정하느니 차라리 월요일에 자신의 안위를 위험에 빠뜨리는 편을 택할 거라는 사실이오."

"그렇지 않아요! 키넌에 대한 판단은 맞을지 모르지만 그 문제를 처리하는 당신의 방식에는 동의할 수 없어요. 그리고 난 당신이 내게 명령하는 걸 용납하지 않겠어요. 아무리 당신이…… 아무리……."

메리가 일어났을 때 신사답게 함께 일어났던 제임스는 이제 팔짱을 끼고 서 있었다.

"어서 말해요. '아무리 당신이' 뭐요?"

난감해진 메리는 허둥댔다. 제임스에 대한 자신의 감정을 입 밖에 내고 싶지 않아서였다. 제임스 역시 자신과 똑같은 감정이라고 장담할 수도 없었고, 상대는 지금 냉정하고 화난 눈으로 그녀를 노려보고 있었다. 허둥대는 동안 메리가 품었던 정당한 분노는 서서히 빠져나가고 절망만 남았다. 이 말다툼이 어떻게 끝날지는 중요하지 않았다. 갑자기 녹초가 된 기분이었다. 관자놀이 안쪽 깊숙한 곳에서 두통이 피어올랐다.

"아무리 당신이 내 안전을 걱정해도 말이에요. 나도 알아요. 그리고 그 문제에 신경 쓸 거예요. 하지만 경찰에 신고하는 건 아직 안 돼요."

제임스는 한참 말이 없었다. 그리고 마침내 입을 열었다.

"월요일엔 어쩔 거요?"

"아직 모르겠어요."

"지금 우리가 뭘 하면 좋겠소?"

"음, 하크네스와 키넌, 레이드 사이의 정확한 관계를 알아보는 게 어떨까요?"

대답 대신 메리 쪽으로 차 쟁반을 밀며 제임스가 말했다.

"따라주겠소?"

익숙한 의식은 둘 사이의 분위기를 부드럽게 하는 윤활제 역할을 했다. 차와 크림, 설탕, 샌드위치와 케이크. 일단 소일거리로 손이 바빠지니 생각이 더 수월했다.

"어쩌면 우리가 하크네스에 대해 성급하게 결론 내리고 있는지도 몰라요."

제임스가 영원히 자기 찻잔만 들여다보고 있을 작정인 것처럼 보일 무렵, 결국 메리가 먼저 입을 열었다.

"아까 얘기한 것처럼 레이드가 봉투를 훔쳤을 수도 있고요."

제임스는 살짝 고개를 가로저었다.

"하지만 하크네스가 정말 무고하다면, 왜 절도를 신고하거나 키넌과 레이드를 해고하지 않는지 이해할 수 없소. 키넌들과 어떻게든 연루된 것이 분명한데 사적인 문제인 것 같소."

"흠, 인부들에게 책임감을 느끼는 건 아닐까요? 마크 퀸에게 그런 것처럼요. 단순히 고용하려는 것이 아니라 뭐라도 가르쳐 주려는 마음도 있는 것 같더군요."

"사실이오."

제임스가 긴 손가락으로 스콘 하나를 바스러뜨렸다.

"어쩌면 키넌들을 잡기 위해 덫을 놓거나 설득해서 나쁜 짓을 그만두게 만들려는 걸까?"

"가능한 얘기죠. 그러니까 제 말은 최악을 가정하기 전에 그들의 관계부터 알아보는 게 어떠냐는 거예요. 만약 의심만으로 경찰에 신고했는데 하크네스에게 죄가 없는 것으로 판명난다면 당신은 평생 자신을 용서하지 못할 거예요."

"하크네스도 날 용서하지 않겠지."

제임스는 쏩쓸한 미소를 지으며 말했다. 벽난로 위의 시계가 선명한 소리로 6시 정각을 알렸다. 두 사람은 시계를 본 뒤 깜짝 놀라 서로를 쳐다보았다.

"오늘 밤 하크네스의 집에서 저녁 식사가 있소. 어쩌면 거기서 뭔가 알아낼지도 모르겠소."

제임스는 찻잔을 비우고 결연한 동작으로 내려놓은 뒤 메리를 향해 매력적인 미소를 보였다.

"함께 가겠소?"

"잠옷 바람으로요?"

메리가 웃었다.

"솔직히 잠옷은 필요 없을 것 같소."

"뭐라고요?"

온몸이 순식간에 빨갛게 달아올랐다.

"쯧쯧, 퀸 양. 대체 무슨 생각을 하는 거요? 젊은 숙녀가 순수하지 못하게."

"그래서 무척 실망하신 모양이네요."

제임스는 큰 소리로 웃었다. 순수한 즐거움에서 우러나온 웃음이었다.

"평생 이렇게 실망한 적이 없소."

또 한 번 따스한 기운이 메리의 온몸에 강렬하게 퍼졌고, 입가에는 미소가 멈추지 않았다.

"그럼 어서 가세요. 그런데 어떻게 합류하죠?"

"물론 마크 퀸으로 말이오. 당신이 그런 걸 묻다니 정말 놀랍군."

21

터프넬 파크, 레이튼 크레센트

하크네스의 집은 터프넬 파크에 위치한 폭이 제법 넓은 장방형 저택으로, 10여 년 전에 조성된 주택 단지의 일부였다. 밀집된 주택들의 전체적인 모습이 풀밭에 떨어진 의치의 고른 치열을 연상시켰다. 아니면 그저 비뚤어진 시선 탓일까? 오늘 밤에는 모험과 소득이 약속되어 있었으나 메리는 무척 지친 상태였다. 버드나무 껍질 가루를 충분히 먹었는데도 두통이 점점 심해져 걸을 때마다 누군가 관자놀이를 두드리는 것 같았다. 입이 마르고 텁텁했다. 단단히 병이 났거나 과음으로 인한 숙취일 것이다. 그러고 보면 하크네스의 금주주의에도 나름 합리적인 면이 있는 듯했다.

메리는 모자를 눈썹까지 푹 눌러쓰고 눈앞의 집에 대해 생각했다. 아직 8시가 채 안 되어 어스름한 황혼이 남아 있었으나 집 안은 파티라도 벌이듯이 환하게 불을 밝히고 있었다. 집 밖에는 마차들이 질서 정연하게 일렬로 늘어서 있었다. 1층 커튼은 아직 열려 있었고, 이브닝드레스 차림의 숙녀와 신사들이 커다란 창문 앞을 오갔다. 메리가 집 앞을 지나칠 때 마차 한 대가 멈춰 서더니 땅딸막한 모녀 한 쌍을 토해냈다. 튀어나온 눈부터 보석이 박힌 실크 슬리퍼까지 눈에 띄게 꼭 닮은 모습이었다. 쌀쌀함과는 거리가 먼 날씨였지만 두 여자 모두 습한 밤공기 때문에 다소 숨이 죽은 모피 목도리를 두르고 있었다.

어머니 쪽이 집을 보고 인상을 찌푸렸다.

"뭐, 규모는 이만하면 괜찮은데. 하지만 맙소사! 집 위치가 이게 뭐니!"

메리는 걸음을 멈추고 하인이 문을 열어주는 것을 지켜보았다. 현관에는 가스등을 켜두어 휘황찬란하게 불을 밝혔고, 문이 닫히기 전 보인 실내는 반짝반짝 광을 낸 장식이 많다는 인상을 주었다. 이제 속도를 높여 길모퉁이를 돌아 뒷골목으로 들어갔다. 설사 하크네스의 집을 몰랐더라도 새어 나오는 불빛과 소음 덕에 단번에 알아차렸을 것 같았다.

1층 창문으로 웅성거리는 말소리와 함께 남자들의 웃음과 높다란 환호성이 중간중간 흘러나왔다. 가끔은 아래층에서 접시 달가닥대는 소리와 반쯤 공황에 빠진 하인들의 탄식이 들리기도 했다. 메리가 소리에 귀를 기울이려 걸음을 멈췄을 때, 도

자기 깨지는 소리와 당황에 찬 비명, 지겨운 일장 연설과 뺨을 맞은 여인의 흐느낌이 이어졌다. 멀지 않은 곳에 있는 마구간에서는 힝힝거리는 말들의 울음과 건초의 부스럭거림, 그리고 작업 중인 마구간지기의 나지막한 휘파람이 뒤섞여 소란스러웠다. 오늘 저녁 단연 최고의 임무를 맡은 셈이었다. 멀리서도 집 안의 잔뜩 긴장된 분위기가 뚜렷이 느껴졌다.

소음과 혼란은 메리에게 유리했다. 사실 만능열쇠 없이 안으로 들어갈 것이 걱정이었다. 보통 대부분의 사람들이 현관과 창문은 철저하게 단속하기 때문이다. 그런데 오늘은 처음 시도한 창문이 쉽게 밀려 올라갔다. 안으로 들어가자 불 꺼진 조찬실이 나왔다. 문은 약간 열려 있었고 복도에서는 분주한 발걸음이 일반적으로 바람직하다고 여겨지는 것보다 덜 우아하고 부주의하게 바닥을 울렸다. 걸음이 느려지거나 날카로운 지시가 멈추고 당혹스러운 표정이 누그러지면서 침착한 무표정의 가면을 쓰게 되는 지점이 어디인지 관찰하면 그 집의 사적인 공간과 공적인 공간 사이의 거리를 가늠할 수 있었다.

메리는 문 뒤에 웅크리고 있으면 되겠다고 생각했다. 그러나 이렇게 계속 하인들이 오간다면 언제 조찬실에서 나갈 수 있을지 알 수 없었다. 옆으로 살짝 퍼진 형태의 화려하게 장식된 벽난로 선반 위 시계가 째깍거리며 시간의 경과를 알렸다. 5분. 10분. 15분. 그때 집 앞쪽 층계에서 다른 종류의 발소리가 들렸다. 느린 걸음과 가벼운 잡담. 손님들이 저녁 식사를 하러 들어가고 있는 것이었다. 다시 5분이 흐르고 메리는 열린 문틈으로 하인 두 명이 흠잡을 데 없이 침착한 태도로 뚜껑을 덮은 수프 그릇을 들고 가는 것을 보았다. 조금 전 메리가 목격한 정신없는 허둥거림을 전적으로 부인하는 풍경이었다. 식당 문이 닫히자 메리는 복도를 내다보았다. 텅 비었다. 지금 움직이지 않으면 수프에서 생선 요리로 넘어가는 순서에 꼼짝없이 들키고 말 것이다. 복도에는 짙은 색 나무 벽판이 붙어 있고 가스등 때문에 녹갈색이 도드라져 보이는 꽃무늬 벽지로 도배되어 있었다. 지금까지 살핀 바로 이 집은 누군가의 극도로 요란한 취향을 보여주는 증거였다. 화려하게 꾸민 자단 식탁과 의자, 현관 천정에 매달린 여러 단짜리 대형 샹들리에, 금박 입힌 그림 액자들이 벽을 빈틈없이 채운 실내. 넓은 계단 옆에서 보초를 서고 있는 갑옷은 심지어 진짜여서 처음 발견한 순간 눈이 휘둥그레졌다. 하크네스가 현장에서 보여주는 청교도적인 모습과는 딴판이었다. 메리는 눈을 크게 뜨고 계속 걸었다. 속에서 스멀스멀 올라오는 메스꺼움에는 오후에 마신 맥주 못지않게 이곳의 현란한 장식이 한몫하는 것이 분명했다…….

다행히 이런 집은 서재를 배치하는 장소가 한정적이었다. 사방으로 복잡하게 뻗은 고관대작의 저택이라면 서재는 고사하고 제대로 된 방향만이라도 찾기 위해 한없이 헤매야 할 수도 있다. 빈민가에서 어느 가족이 어떤 집에 사는지 알아내기 위해 미로처럼 좁은 골목을 한없이 헤매야 하는 것처럼. 그러나

경험으로 미루어 보건대 사각형으로 된 중산층 가정에서 서재
는 대체로 **이쯤**에 있었다.

　문고리는 쉽게 돌아갔다. 하마터면 늦을 뻔했다. 복도 아래
쪽에서 누군가 발을 반쯤 끌고 반쯤 종종거리며 다가오는 기
척이 난 것이었다. 뭔가 가져오거나 가져가려는 하인일 것이
다. 메리는 재빨리 서재로 들어가 문을 닫고 잠갔다. 눈이 어둠
에 적응하는 데 잠시 시간이 걸렸다. 그리고 그 짧은 시간 동안
갑자기 제임스와의 첫 만남이 생생하게 떠올랐다. 어둠에 잠긴
서재의 옷장 안에서 이루어졌던 만남이었다. 살짝 몸이 떨리더
니 갑자기 방이 춥게 느껴졌다. 그러나 두통은 사라지기 시작
했다.

　주머니에는 양초 한 자루와 황린 성냥 한 갑이 들어 있었다.
집 안 곳곳을 비추는 눈부신 노란색 불빛을 본 직후라 초의 작
은 불꽃은 다소 초라했지만, 그래도 앞을 보기에는 충분했다.
방의 세부적인 것들이 보이기 시작하자 메리는 적잖이 놀랐다.
집의 다른 공간들에 어울리는 서재를 기대했기 때문이었다. 가
장 값비싸고 위압적인 가구들이 불협화음을 이루고 있을 것이
라는 예상과 달리 메리의 눈에 들어온 것은 수도사의 거처처럼
소박한 방이었다. 터키산 양탄자나 화려한 벽지는 물론 꽃병이
나 조각상, 그림조차 없었다. 약간 낡고 널찍한 책상과 서로 짝
이 맞지 않는 서류 캐비닛 두어 개가 전부였다. 이곳을 안락한
공간으로 만들어줄 만한 물건은 하나도 없었다. 심지어 책상

의자에는 방석조차 놓여 있지 않았다.

건설 현장에 있는 하크네스의 사무실은 가구를 집어삼킬 것처럼 흐트러진 서류 더미가 전부라 해도 과언이 아니었다. 이런데 이곳에서는 고이 접힌 채 책상 한 귀퉁이에 놓여 있는 오늘 자 「타임스」를 제외하면 다른 종이는 찾아볼 수 없었다. 메리는 또다시 몸서리 쳤다. 바깥과의 뚜렷한 대비에 어쩐지 측은한 기분이 들었다. 하크네스는 이곳에서 거의 시간을 보내지 않는 것 같았고, 고단한 가정생활로 인해 서재에서조차 그의 존재가 지워진 것 같았다. 그렇지만…….

놀란 눈으로 주변을 둘러보는 동안 메리는 이 방이 과연 하크네스의 공간임을 깨달았다. 이곳은 스스로 술을 거부하는 남자의 서재였고, 비록 그들의 의지와는 관계없지만 자기 인부들 또한 자신처럼 살 수 있도록 도우려 서툴지만 최선을 다하는 사람의 서재, 그리고 마크 퀸의 발전을 응원하는 사람의 서재였다. 책상 위에 놓인 압지에는 희고 검은 삼각형들이 겹겹이 찍혀 있었다. 이곳에서 일하는 사람의 불안과 검소함을 동시에 보여주는 증거였다. 놀라움에 방 안을 그저 멍하니 쳐다보며 잠시 서 있었다. 그때 복도 건너편 식당 문이 철컥 열리며 사람들이 떠드는 소리가 더 커졌다. 장식은 화려했지만 벽 자체의 두께는 얇은 듯했다.

이제 작업에 착수할 시간이었다. 제일 먼저 한 일은 갑자기 탈출해야 할 때에 대비해 창문 빗장을 풀어놓는 것이었다. 그런 뒤 잠시 머뭇거렸다. 하크네스의 서류 캐비닛을 뒤지고 사적인 서신을 훔쳐보는 것이 왠지 내키지 않았던 것이다. 이런 죄책감을 느낀 것이 이번이 처음은 아니었다. 전에도 사생활을 엿본다는 생각에 몹시 힘들었지만 자신은 옳은 일을 하는 것이며 진실을 찾기 위한 것이라고 스스로를 정당화했다. 그런데 오늘 밤, 이 슬프고 초라한 방에서 메리는 갑작스런 의구심에 휩싸였다.

하크네스에게 죄가 없다고 생각했기 때문은 아니었다. 그는 분명 키넌, 레이드와 관련되어 있었다. 만일 하크네스가 키넌들의 절도에 맞서 싸우려는 생각이라면, 대단히 기이하고 간접적인 방법을 택한 셈이었다. 따라서 하크네스가 키넌 일당과 협력하고 있을 가능성이 훨씬 더 컸다. 그러나 이 서재에는 비극적인 무엇인가가 드리워져 있었다. 메리는 겨우 서재에 들어온 것만으로 지극히 사적이고 고통스러운 비밀을 우연히 발견한 기분에 휩싸였다.

어쨌든 메리는 하크네스의 서재에 있었고 이 일은 임무였다. 책상 서랍이 부드럽게 열린 것은 다소 의외였다. 책상이 낡은 데다 오랫동안 사용하지 않은 것처럼 보여 서랍도 뻑뻑할 거라 예상했던 것이다. 맨 위 서랍에는 평범한 물건들이 들어 있었다. 펜, 펜 닦개, 잉크병, 자, 티자, 각도기 등이었다. 다른 서랍도 열었다. 편지지와 우표 한 줌. '헤티'라는 서명이 있는 마게이트(영국 남동부의 해안 휴양지—옮긴이)에서 온 엽서 한 장.

마음에 드는 것만 골라 오려낸 시계탑에 관한 신문 기사들. 그리고 마침내 제일 아래 서랍에 찾던 것들이 선물처럼 차곡차곡 쌓여 있었다.

수표책과 금전출납부.

은행 통장.

메리는 잠시 멈추고 한창 진행 중인 저녁 파티에 귀 기울였다. 웅성거리는 점잖은 대화가 파도처럼 크게 부풀어 올랐다가 잦아들기를 반복했고 이따금 웃음소리에 부서지기도 했다. 하이에나가 낑낑거리는 것처럼 째지는 한 남자의 웃음소리가 나머지 모든 소리를 제치고 겹겹이 가로막은 벽을 뚫고 들어왔다. 흡사 그 남자 옆 테이블에 앉아 있는 것 같은 기분이었다. 메리는 과연 웃음소리의 주인이 누구이며 다음에도 초대받을 수 있을지 궁금해졌다. 그리고 마지못해 파티에 참석한 제임스는 뭘 하고 있는지도 궁금했다. 또…….

이럴 시간이 없었다. 메리는 급히 수표책을 펼쳤다. 하크네스는 현금으로 바꾸려는 목적이 아니면 수표를 쓰지 않는 듯했다. 그리고 월별 총액이 놀랄 정도로 크긴 해도 꽤 일관적인 편이었다. 하지만……. 메리는 금전출납부를 한두 페이지 앞으로 넘겨 방금 전에 훑어본 페이지로 돌아갔다. 지난해 하크네스가 필요로 한 현금 액수가 꾸준히 증가한 것이 보였다. 처음에는 가계 지출 때문이겠거니 가볍게 생각했다. 가족을 부양하는 데 들어가는 비용일 수도 있었다. 새로 집 단장을 하거나 가족들의 옷을 구입하는 비용인지도 몰랐다. 하크네스네 가족들은 쇼핑을 좋아하는 것처럼 보였다. 메리의 기준에서 보면 큰 액수이긴 했지만, 하크네스에게 봉급 이외에 다른 수입이 있을지도 모를 일이었다.

그러나 은행 통장을 보니 전혀 그렇지 않은 것 같았다. 6개월쯤 전 통장에 기록된 마지막 항목은 하크네스가 2백 파운드나 초과해 인출했음을 보여주었다. 2백 파운드라면 과연 어느 정도의 돈인가? 하크네스가 받는 연봉의 3분의 1, 혹은 절반에 이를 만한 액수였다. 대부분의 사람들이 1년 동안 버는 돈보다 많은 액수이자 피터 젠킨스라면 평생 만져보지도 못할 큰돈이었다. 그리고 채무를 변제했음을 보여주는 기록은 없었다.

메리는 다른 서류를 찾기 위해 남은 책상을 뒤지는 데 열을 올렸다. 6개월 전에 초과해서 인출한 상태였고 그 돈을 변제하지 않았다면 아마 다른 부채도 있을 것이었다. 가족이나 친구에서 빌린 부채나 은행 대출, 어쩌면 정말 돈이 궁한 사람들만 거래하는 사채업자에게 빌린 돈도 있을지 모른다. 이제 죄책감 따위는 멀리 사라졌고, 오히려 속도를 늦추려 노력해야 할 정도였다. 체계적으로 수색하고 필요한 것에만 손대려 했지만 역시나 차분하게 뒤지는 것은 불가능했다.

마침내 수첩 한 권을 찾아냈다. 크기가 제법 컸지만 드문드문 '11시 파울러 박사' 등의 약속이나 '에이미 생일' 같은 가족 행사가 기록되었을 뿐 대체로 빈 페이지가 많았다. 그러나 페이지를 휙휙 넘기는 동안 본능적인 긴장감이 메리의 혈관을 관통했다. 수첩에 남아 있는 마지막 페이지는 7월 10일 일요일, 바로 내일이었다. 이 페이지 역시 비어 있었다. 그런데 그 이후의 페이지들은 전부 뜯겨 있었다. 하크네스의 수첩에는 미래가 없었다. 메리는 수첩을 노려보았다. 머릿속에 가능한 해석들이 물밀듯이 밀려왔다. 틀림없이 무엇인가의 끝을 암시하는 게 분명했다. 키넌 일당과의 관계를 끝내겠다는 걸까? 그러나 분명한 시점 말고는 하크네스가 무엇을 준비하고 있는지 보여주는 흔적은 아무리 찾아도 없었다.

메리는 일어나 오랫동안 쭈그리고 있었던 탓에 뻣뻣해진 근육을 쭉 폈다. 그때 압지철 가장자리의 꼬불꼬불한 곡선이 눈에 들어왔다. 그 곡선은 압지철 위의 다른 자국과는 전혀 달랐다. 하크네스의 긴장되고 휘갈겨 쓴 필체와는 대조적으로 동글동글하고 우아한 글씨였다. 다른 누군가의 필체처럼 보였지만 그 자체로는 압지를 사용한 다른 사람이 있다는 것을 알려줄 뿐이었다. 메리는 잉크 자국을 자세히 살펴보기 위해 얼굴을 찌푸리며 몸을 숙였다. 손가락으로 자국을 만지며 머릿속으로 문자를 거꾸로 뒤집어서 그려보았다. 그리고 눈이 휘둥그레졌다. 맙소사. 이게 정말일까? 물론 말도 안 되는 것처럼 보였지만 충분히 일어날 수 있는 일이었다.

엄청난 모험이었으나 메리는 문제의 자국이 찍힌 압지 가장자리를 찢어 주머니에 넣었다. 그대로 나가려 돌아섰다가 마음을 바꿔 책상 서랍에서 조심스럽게 편지지 한 장을 빼내 그것 역시 주머니에 넣었다. 식당에서 또 한차례 웃음소리가 터져 나왔다. 뒷목에 소름이 돋게 만드는, 아까와 같은 하이에나의 웃음이었다. 서재 창문으로 빠져나와 그늘진 정원으로 조용히 뛰어내리면서, 메리는 제임스가 적어도 이 시간만큼은 파티를 즐기고 있기를 바랐다. 조금 뒤 메리가 알려줄 정보가 오늘밤 제임스의 기분을 망쳐놓을 게 분명하므로.

22

그 웃음소리! 날카롭고 신경을 긁어대는 히스테릭한 **낑낑거
림**이라니! 제임스는 그런 웃음을 들어본 적이 없었다. 게다가
하크네스의 웃음소리가 그럴 줄은 상상도 못했다. 하크네스는
입에 술을 대는 법이 없었으며 늘 성실하고 다소 거만하기까지
했다. 그런데 지금 제임스와 바커가 어둠 속에서 작은 소년을
찾기 위해 터프넬 파크를 달리는 와중에도 하크네스의 광기 어
린 웃음소리가 끊임없이 제임스의 귓전에 울렸다.

메리는 약속 장소에 이미 도착해 있었다. 레이튼 로드의 한
적한 주점에서 몇 야드 떨어진 곳이었다. 메리는 공원이나 교
회처럼 사람들 눈에 덜 띄는 곳에서 만나자고 주장했지만, 제
임스는 오히려 번화한 상점 근처가 주변 환경에 섞여들기 쉬울
거라며 설득했다. 사실 메리의 안전을 걱정해 어둡고 한산한

공원을 피하려 했다는 것을 인정할 용기가 없었다. 상대는 까다롭고 고집불통이었다. 메리 퀸. 불안 속에도 그녀를 생각하는 것만으로 제임스의 마음속에서 깊은 흥분이 요동쳤다.

"저녁 식사는 즐거웠나요?"

완전히 멈추지도 않은 마차에 올라타며 메리가 물었다. 마차는 이제 속력을 높여 블룸스베리에 위치한 제임스의 집을 향해 달렸다.

제임스는 어깨를 으쓱했다. 음식만 두고 말하자면 괜찮은 식사였으나 와인이나 독주가 전혀 없으니 좀 어색했다. 달콤한 과일 향 음료를 곁들인 식사는 어쩐지 아이들 파티 같았고, 포트와인 한 잔 없이 즐기는 스틸튼 치즈는 의미가 없었다.

"하크네스가 걱정이오. 아무래도 정신이 이상해진 것 같소."

메리의 눈이 휘둥그레졌다.

"그 미친 것 같은 웃음소리가 하크네스였다고요?"

제임스가 고개를 끄덕였다.

"구제불능의 썰렁한 농담을 던지고는 혼자 좋다고 웃더군. 안주인은 어떻게 해야 할지 몰라 쩔쩔맸소. 다른 사람들도 마찬가지였지."

"혹시 짐작 가는 거라도……?"

"하크네스가 왜 그렇게 행동하는지 말이오? 음, 일단 취한 건 아니오. 그건 분명해요."

"그럼 현장에 대한 압박감 때문일까요?"

"그거야 하루 이틀 일도 아니잖소. 벌써 몇 년째인데."

메리는 아무 말 없이 수심이 가득한 제임스의 빛나는 두 눈을 쳐다보았다. 제임스는 갑자기 그녀의 목에 얼굴을 묻고 울고 싶은 충동을 느꼈다. 대신 그는 창밖을 내다보며 눈앞을 스쳐 지나가는 가로등에 집중했다. 가스등마다 옅은 노란색의 광륜이 주위를 감싸고 있었고, 눈을 깜빡이면 사라졌다.

"이상한 행동, 회계 장부. 전부 하크네스의 유죄를 지목하고 있지 않소?"

그에 대한 대답으로 메리는 주머니를 뒤져 미안한 눈으로 뭔가를 건넸다.

"이걸 찾았어요."

제임스는 얼떨떨한 표정으로 받아들었다. 특별한 물건들은 아니었다. 여러 번 사용한 길고 두꺼운 압지 조각과 빈 편지지 한 장. 그러나 압지 조각을 들여다본 순간, 오늘 저녁 내내 그를 따라다녔던 막연한 두려움이 갑자기 뚜렷해졌다. 배 속이 울렁거리는 바람에 조용히 욕설을 내뱉었다.

"하크네스의 압지에서 찢은 거요?"

메리는 고개를 끄덕였다.

"미안해요."

"당신이 왜 미안해하는 거요?"

제임스는 격앙된 목소리로 내뱉었다. 빈 종이로 시선을 돌리고 따끔거리는 손끝으로 음각된 글씨를 가만히 만졌다.

"확실하군."

제임스가 부드럽게 내뱉었다.

질문이 아니었지만 메리는 고개를 끄덕였다.

"우연일지도 몰라요……."

"장관의 서명이 하크네스의 압지에 버젓이 찍혀 있는데 우연이라고?"

"어쩌면 장관이 하크네스의 집에 들렀다가 책상을 빌려 편지를 썼을 수도 있잖아요."

메리가 재빨리 말했다.

"그렇다면 편지지를 빌려 썼을 수도 있겠군."

"맞아요."

메리는 천천히 덧붙였다.

"그리고 장관이 하크네스의 집을 방문했는지 확인하는 건 간단해요."

갑자기 제임스가 쥐고 있던 종이를 조심스레 구겼다.

"헛된 기대요. 장관이 공사 감리를 위해 그 정도로 급박하게 나를 임명해야 하는 상황이었다면, 편지를 쓰러 터프넬 파크까지 달려가진 않았을 거요. 팰리스 야드에 있는 자기 사무실에서 썼겠지. 그래요. 이건 내가 받은 임명장을 하크네스가 위조했다는 명백한 증거요. 그리고 건설부 장관의 임명장을 위조했다면 앞으로 상황이 어떻게 흘러갈지 누가 알겠소?"

제임스는 메리의 곤란한 표정을 보고 신음을 토했다.

"이런, 맙소사. 할 말이 남은 거로군. 그런 거요?"

메리의 시선이 그의 손으로 떨어졌다. 하지만 제임스는 그녀가 다시 고개를 들기를 바랐다. 이런 대화가 정말 싫었지만 메리의 눈을 보면 그나마 조금은 수월할 것 같았다.

"하크네스에 대해 말씀해주세요."

메리가 조용히 말했다.

제임스는 잠시 뜸을 들이다 말했다.

"우리 아버지와 친구였소. 괜찮은 건축 기사지만 뛰어나다고 볼 수는 없소. 독실한 기독교인이고 아내와의 사이에 내 또래거나 나보다 어린 자녀를 넷인가 뒀소. 약간 답답한 구석이 있지만 선량하고 건전한 분이오."

제임스의 입매가 일그러졌다.

"적어도 전에는 그렇게 생각했지."

"재산은 좀 있나요? 아니면 부유한 친척이라도?"

제임스가 얼떨떨해하며 고개를 저었다.

"아마 아닐 거요. 늘 자신이 게으른 귀족이 아니라 전문 직업인인 것을 자랑스러워하니까. 당신도 봐서 알잖소."

"그러니까 다른 수입이 있을 것 같지는 않다, 이거군요."

"대체 무슨 말이 하고 싶은 거요, 메리?"

메리는 여전히 시선을 피한 채 가느다란 손으로 무릎을 꽉 움켜쥐고 있었다.

"그 집에 대해 어떻게 생각하세요?"

"무슨 소리요?"

제임스는 메리의 두 팔을 잡고 자신을 바라보게 만들었다.

"당신이 생각하고 있는 게 뭐요?"

"난 동기를 찾고 있어요."

제임스의 폭발이 적잖이 두려웠지만 그래도 메리는 차분하게 말을 이었다.

"하크네스의 집에 대해 어떻게 생각하는지 말씀해주세요. 가구나 장식들 말이에요."

제임스는 멍하니 그녀를 쳐다볼 뿐이었다.

"그거야 그냥 집이지 뭐요. 조금 심하게 화려하지만, 하크네스 부인은 항상 그런 식이오. 필요도 없는 곳에 레이스 깔개를 몇 개씩 깐달까. 하지만 천박한 취향이 죄는 아니잖소."

"하지만 세간들의 값은……. 그건 눈치챘나요? 그 중세풍의 조각상들이며 장식부터 모두 수제이고 목제 가구에는 금박까지 입혔더군요. 그리고 식탁 위의 촛대는 또 어떻고요? 현장 소장의 임금으로 그 모든 걸 감당할 수 있을까요?"

제임스는 인상을 찌푸렸다.

"난 쇼핑을 하지 않아서 물건 값은 잘 모르오."

"내 말을 믿어요, 제임스. 그런 물건들은 정말 비싸요. 가재도구가 그렇게나 많으니 설령 어디서 대여했거나 비교적 저렴하게 샀다 해도 거금이 들었을 거예요."

제임스 한참 동안 눈을 감고 마차에 감도는 정적에 귀 기울였다. 고요 너머로 다가닥다가닥 울리는 말발굽 소리와 마차 바퀴가 포석에 부딪치는 소리, 불이 환히 밝혀진 시내가 가까워짐에 따라 도심 특유의 소음이 점점 커졌다. 그리고 지금 마차 안의 적막은 이 모든 소리들보다 훨씬 더 위압적이었다.

"그럼 이제 동기는 찾았군. 탐욕 말이오."

"절박함일 수도 있죠."

메리는 조심스럽고 부드러운 음성으로 주장했다. 제임스의 머릿속에는 차라리 메리가 이 문제에 가차 없으면 좋겠다는 생각마저 들었다.

"하크네스의 서재는 전혀 달랐어요. 벽지나 카펫은 아예 없고, 가구도 부족해 전혀 안락하지 않았죠. 그 점은 하크네스의 취향이 가족들과 맞지 않는다는 것을 암시하지 않을까요?"

제임스는 곰곰이 생각했다.

"그 집 자식들은 용돈을 두둑이 받소. 아들은 케임브리지에 다니고 딸들은 신부 학교에 다니는 걸로 알고 있소. 하크네스 부인은 당신 말대로 온몸에 보석을 휘감고 다니지."

"그렇다면 하크네스는 가족들의 욕망을 채워주기 위해 애쓰는 가장인 셈이네요."

"그리고 실패했겠지. 적어도 그의 봉급으로는 말이오."

"하지만 그것이 하크네스에게 압박으로 작용한 것 같아요. 적어도 서재를 보면 하크네스는 가족들과 취향이 다르고, 선택의 자유가 있다면 다르게 살 사람 같거든요."

제임스는 갑자기 깊은 피로감을 느꼈다.

"누구나 선택의 자유는 있소."

"하지만 그 선택이 가족들을 부정하거나 불행하게 만든다면……."

"그렇더라도 그렇게 해야 하는 게 그의 책임이오."

제임스는 단호하게 말했다.

"인간은 누구나 자기 가치관에 따라 살아야 하잖소. 특히 하크네스처럼 공적으로 알려지고 올바르게 사는 척하는 사람이라면 말이오. 과거에는 정말로 그랬지만."

잠시 침묵이 흘렀다. 그때 메리가 제임스의 손 위에 자기 손을 올려놓고 조용히 말했다.

"바람직한 사고방식이에요. 하지만 하크네스가 너무 늦게 상황을 깨달았을 수도 있어요. 엄청난 스트레스를 받고 있는 게 틀림없고요. 저녁 식사 때의 모습만 봐도 그렇잖아요."

"갑자기 왜 그렇게 하크네스를 두둔하는 거요?"

제임스가 갑자기 짜증스럽게 물었다.

"지금 탐욕으로 현장의 안전을 위협하고, 순전히 금박을 입힌 촛대를 위해 인부 한 명을 죽음으로 몰아넣었을지도 모르는 사람에 대해 얘기하고 있는 것 아니었소?"

"만일 그게 아니라면요? 만일 웍이 뛰어내렸거나 키넌 혹은 레이드가 밀어버린 거라면 어쩔 거죠? 하크네스가 위협한 안전이 웍의 죽음과 아무 상관도 없다면 어쩔 셈인가요?"

"그렇더라도 하크네스에게는 여전히 도의적 책임이 남아 있소. 내가 공사 감리 보고서를 제출하면 당국은 물론이고 온 세상이 동일한 결론을 내릴 거요. 당신이 어떤 변명을 만들어 들이댄다 해도 말이오."

메리는 재빨리 손을 빼고 뒤로 물러나 어깨와 척추를 꼿꼿이 세우고 앉았다.

"난 변명거리를 만드는 게 아니에요. 윅의 진짜 사인을 찾으려는 것뿐이라고요. 그리고 어쩌면 약간의 동정심은 적절하지 않나요? 당신처럼 그렇게……."

"계속 해봐요. 말하는 편이 좋을 거요."

"고집스럽게 독선을 부리는 것보다 말이에요."

"그럼 당신은 하크네스가 한 짓들을 용납하자는 거요? 절도를? 부실한 장비로 사람들의 목숨을 위험에 빠뜨리는 짓을? 게다가 뭐가 더 있을지 누가 알겠소?"

"물론 그런 건 아니에요. 하지만 세상에 완벽한 남자는, 아니 완벽한 사람은 없다고요."

메리는 표정을 감춘 채 한참동안 제임스를 쳐다보았다.

"어쩌면 당신만 빼고요."

더 이상 할 말이 없었다.

23

메리는 그에게 화가 나 있었다. 그것만은 분명했다. 하지만
제임스는 자신이 무슨 짓을 했는지, 그리고 메리가 무엇을 기
대했는지 도통 기억나지 않았다. 그녀의 얼굴은 보이지 않았
고, 서둘러 멀어지는 가녀린 등만 볼 수 있었다. 그들이 있는 곳
은 공원 같았다. 어쩌면 벌판이었는지도 모르겠다. 밤이 깊어
그곳이 어디인지 알 수 없었다. 제임스는 따라가 말을 걸려 했
지만, 아무리 빨리 달려도 메리가 앞섰다. 계속 그랬다. 어떻게
그녀는 저렇게 빨리 움직일 수 있지?

등 뒤에서 메리를 불렀지만, 그녀는 듣지 못했다. 계속 쫓아
가다가 비틀거렸다. 그리고 이제 숨을 헐떡였다. 숨을 쉴 때마
다 폐가 찌르는 듯 아팠고 주변 공기는 뜨거웠다. 담요처럼 온

몸을 감싸는 캘커타의 숨 막히는 무더위처럼 너무 후텁지근했
다. 앵앵거리는 모기 소리가 들렸다. 한 차례, 또 한 차례. 영국
은 모기가 생길 만큼 덥지 않다고 제임스는 생각했다. 그러니
메리는 인도에 있는 것이 틀림없고 자신도 인도로 돌아온 것이
다…….

　모기는 계속 앵앵거리며 서서히 다가오더니 한 차례 공격을
준비하듯 갑자기 뒤로 물러났다. 제임스에겐 모기장이 없었다.
모기장 없이 자는 건 어리석은 짓이다. 그러나 지금은 걷고 있
지 않은가? 자는 게 아니다. 잠을 자고 있을 리 없다. 온몸이
땀투성이에 셔츠가 등에 착 달라붙었고, 폐도 간신히 기능하고
있었다. 메리는 이미 시야에서 사라졌고, 풀밭도 사라졌다. 그
리고 그 망할 놈의 모기가 히스테릭하게 키득키득 웃기 시작했
다. 더 크게, 더 크게. 귀를 막아도 모기의 키득거림은 귓전에서
떠나지 않았다. 이 소리만 멈출 수 있다면…….

　"제임스 씨."

　누구라도 좋으니 제발 이 소리 좀 없애줄 수 없소?

　"제임스 씨!"

　거기 누구 없어요?

　"제이미! 어이, 제이미!"

　투박한 손이 그의 머리를 감쌌다. 짜증스레 쳐냈지만, 손은
고집스럽게 버티며 그의 머리에 무슨 짓인가 하고 있다. 그를
질식시키고 있다. 그리고 그 목소리가 계속해서 이름을 부르고

있다. 그의 이름, 어릴 적의 이름을.

제임스는 버둥거리며 공격에 저항했다.

"그만! 그만하라고!"

"그래, 그만할게."

누군가 또렷한 목소리로 말했다.

"네가 일어나면."

제임스는 몸서리치면서 숨을 헐떡이며 깨어나 런던의 햇빛처럼 보이는 희미한 빛에 눈을 깜빡였다. 주변을 둘러보았다. 자신의 침실이었다. 지독히도 추웠다. 두 쌍의 눈이 그를 내려다보고 있었다. 바인 부인과 조지였다.

"누가 나를 그렇게 부른 거야?"

제임스가 물었다. 입에서 시큼한 맛이 났다.

"뭐? '제이미' 말이야? 내가 그랬어."

조지가 말했다.

"'제이미'라고 부르는 거 싫어하는 거 알잖아. 다시는 그렇게 부르지 마."

빌어먹게도 이가 덜덜 떨렸다. 이렇게 추운 날 대체 왜 불을 지피지 않은 거지?

"이제야 정신을 차린 것 같네요."

조지가 말하며 안도의 한숨을 크게 내쉬었다.

"불행히도 말이지."

"환각에 빠지셨어요, 제임스 씨."

바인 부인이 서늘한 손을 제임스의 이마에 올렸다.

"열이 있군요. 그럴 줄 알았어요."

"열이 있는 게 아니에요. 추워 죽겠다고요."

"오한이에요."

부인은 사무적으로 말하며 한손으로 부채질을 해주었다.

"식은땀도 나는 것 같고요."

"맙소사. 그럼 재발한 거군요?"

조지가 이렇게 말하더니 초조하게 서성이기 시작했다.

"의사를 불러와야겠어. 의사가 이런 걸 조심하라고 했는데."

"수선 좀 피우지 마. 재발한 게 아니야. 그냥 난방이 필요한 것뿐이라고."

"지금은 11월이 아니라 7월이야."

"그래도 추, 춥단 말이야. 바인 부인, 불 좀 지펴주세요."

부인은 정색하며 고개를 저었다.

"불을 때지 않아도 벌써 몸이 불덩이 같습니다."

유치하고 한심한 줄 알면서도 이불을 홱 집어 던졌다.

"그럼 내가 직접 때야지, 뭐."

양다리가 납처럼 무거웠고 힘도 없었다. 카펫에 닿은 맨발이 따끔하니 화끈거렸고, 일어서려 하자 허벅지 근육이 풀렸다.

"젠장!"

바인 부인은 마치 여덟 살짜리 어린애 다루듯 제임스를 침대 가운데로 옮겼다.

"그냥 누워 계시는 게 현명합니다, 제임스 씨. 버드나무 껍질 차를 가져올게요."

왜 바인 부인이 항상 옳은 걸까? 멀어지는 부인의 등을 노려보다가 그녀가 문밖으로 사라지자 조지에게 관심을 돌렸다.

"그런데 형은 왜 아직 집에 있는 거야? 링글리 가족과 교회에 간 줄 알았는데."

"바인 부인이 네가 소리치면서 심하게 잠꼬대를 하는 걸 듣고서 알렸거든."

"내가…… 뭐라고?"

방이 숨 막힐 듯 후텁지근해져 다시 이불을 집어 던졌다.

"내가 뭐라고 했는데?"

"와인이며 위조 편지, 하이에나에다 그야말로 온갖 말도 안 되는 얘기들이었지."

조지의 입이 벌어지며 발그레한 얼굴로 음흉하게 웃었다.

"혹시 와인을 즐기는 문서 위조범 하이에나 얘기를 하려던 거니?"

갑자기 기억이 물밀듯이 밀려와 숨이 멎을 것 같았다. 어쩌면 이것 역시 말라리아 증상일지도 몰랐다.

"설명한다 해도 형은 믿지 않겠지."

혼자 있고 싶었다. 생각을 해야 했다. 격심한 두통이 밀려오며 관자놀이가 욱신거렸다.

"링글리 가족을 못 만나서 안됐네."

"걱정 마. 오후에 방문할 거니까. 물론 네 상태가 좀 호전된다면 말이야."

"틀림없이 나아질 거야."

차 쟁반이 도착하자 제임스는 쓰디쓴 차를 단숨에 들이켰다.

"진짜 뉴컴 박사를 부른 건 아니겠지? 순 돌팔이라니까."

"뉴컴 박사님은 훌륭한 의사야. 단지 네가 그분의 조언을 좋아하지 않을 따름이지."

조지가 나무랐다.

"'온종일 침대에 누워 카드놀이나 즐기세요. 1파운드 1실링입니다.' 항상 처방이 똑같잖아. 다른 환자들이야 죄다 할머니들이니 만족하고 그자가 천재라고 생각하겠지."

"휴. 말라리아에도 그놈의 성질은 전혀 달라지지 않았군."

조지가 피곤한 듯 말했다.

제임스는 뭔가 잘못 알고 있었다. 물론 뉴컴 박사가 침대에서 푹 쉬라고 처방을 내린 것은 맞지만, 오늘은 일요일이기 때문에 1파운드 10실링을 청구했다. 그러나 조지는 제임스가 크게 저항하지 않는다는 점에서 특히 처방에 만족했다.

"다행이야."

조지가 링글리 가족을 방문하러 가는 길에 다시 들렀다.

"네가 건강을 소중히 여기고 지키려는 걸 보니 나도 마음이 한결 가벼워졌다. 너도 알겠지만 나는 인도에서의 사업이 늘 탐탁지 않았어. 우리 회사에 하나도 득될 게 없는 일이었지. 하지만 네가 완전히 회복되기만 하면, 바로 여기, 즐거운 영국에서 더 크고 더 괜찮은 일거리가 나타날 거야. 힘내라고!"

제임스는 빈정대는 손짓을 보냈지만 조지가 발그레한 볼로 쾌활하게 응답하는 바람에 효과가 없었다. 침실 문이 닫히자마자, 제임스는 새로 빤 리넨 베갯잇에 감싸인 베개를 겹쳐 놓고 등을 기댔다. 버드나무 껍질 차를 두 잔이나 마신 뒤 벨을 울려 편지지와 펜, 잉크, 필기용 테이블을 주문했다.

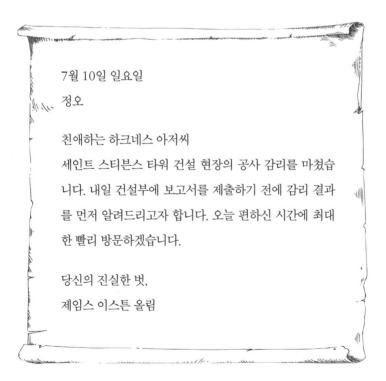

7월 10일 일요일
정오

친애하는 하크네스 아저씨
세인트 스티븐스 타워 건설 현장의 공사 감리를 마쳤습니다. 내일 건설부에 보고서를 제출하기 전에 감리 결과를 먼저 알려드리고자 합니다. 오늘 편하신 시간에 최대한 빨리 방문하겠습니다.

당신의 진실한 벗,
제임스 이스튼 올림

제임스는 신속하고도 망설임 없이 편지를 작성한 뒤 심부름 꾼에게 보냈다. 그런 뒤 편지지를 한 장 더 앞에 놓고, 펜을 잉크에 찍은 뒤 종이 위에서 한참을 망설였다. 몇 차례 망설이며 펜을 움직였지만, 한 번도 종이에 펜촉을 대지 못했다. 인상을 찌푸리고, 펜을 던지듯 내려놓았다가 다시 한 번 펜을 집어 들었다. 그러나 또다시 마음이 바뀌었다. 10분. 그리고 20분이 지났다. 마침내 제임스는 좌절의 신음과 함께 필기용 테이블을 정리했다. 무의미한 짓이었다. 그로서는 절대 쓸 수 없었다.

24

램버스, 코럴 스트리트

레이드. 최대한 빨리 레이드를 찾아야 했다. 지난밤에는 제임스에게 수첩에 대해 말도 꺼내지 못했다. 말할 기회를 잡기 전에 두 사람 사이가 틀어져버린 것이다. 어차피 수첩에 대해 어떻게 해석해야 하는지도 몰랐다. 그러나 수첩은 긴박감과 함께 하크네스가 무슨 일을 벌일 생각이건 실행에 옮길 날이 바로 오늘이라는 확신을 남겼다. 하크네스와 조적공들이 어떤 짓을 벌이고 있건 사건 해결의 열쇠는 레이드였다. 그는 그나마 제일 마음이 여리며 유순했고 양심의 가책을 느끼고 있었다. 제인 윅에 대한 애정은 잃을 것이 가장 많은 사람이 레이드라는 것을 의미했다. 레이드가 자백하도록 설득할 수 있다면 에이전시로서는 이 문제를 해결할 수 있는 최선의 기회를 얻게 될 것이었다. 만일 실패로 돌아간다면 하크네스와 키넌이 미처 인멸하지 못한 단편적 증거들에 의존할 수밖에 없었다.

플락스 양은 일요일에는 하숙생들이 앞문을 이용할 특권을 주었기 때문에 메리는 정문으로 나와 컷 가의 빵집을 향해 걸 어갔다. 대부분의 상점이 문을 닫는 일요일에는 에이전시의 메 시지를 받기 어려웠다. 그러나 아예 불가능하지는 않았다. 문 닫은 상점들 뒤로 좁은 골목이 있었다. 꼭 누가 있을 거라고 생 각해서는 아니지만, 메리는 어깨 너머로 뒤를 한 번 돌아본 뒤 골목으로 들어갔다. 빵집 쓰레기통은 역시 쓰러져 있었다. 팔 다 남은 상품들은 대개 주인장 가족이 먹었지만, 오래된 빵 껍 질이나 바닥에서 쓸어 담은 찌꺼기, 바구미가 생긴 밀가루 등 그들이 못 먹겠다고 생각해 내놓는 음식물은 쓰레기통을 뒤지 는 극빈자들에게는 더할 나위 없이 귀중한 양식이었다. 쓰레기 통을 뒤질 특권을 두고 몸싸움이 벌어지는 광경을 종종 보기도 했고, 메리 자신도 오래전 어린 시절에 무심코 버려진 빵이나 자투리 음식을 두고 싸운 적이 있었다.

뒷문 옆 담벼락, 지면에서 네 번째 단의 세 번째 벽돌이 헐거 웠다. 메리는 벽돌을 비틀어 뺀 뒤 빈틈에 손가락을 넣었다. 인 상을 찌푸렸다. 한 번 더 빈 공간을 훑었다. 이상한 일이었다. 지금까지는 매일 메시지가 있었다. 다른 벽돌과 벽까지 꼼꼼히 살핀 뒤, 아예 무릎을 꿇고 푸석한 흙을 파헤쳤다. 아무것도 없 었다. 아직 도착하지 않은 것인지 아니면 중간에 누군가 가로

챈 것인지 알 길이 없었다. 젠장, 젠장, 젠장.

메리는 어떻게든 레이드를 찾아야 했고, 지금 당장 그녀가 선택할 수 있는 방법들은 영 마뜩찮았다.

제임스의 도움은 고려할 여지도 없었다.

한 가지 방법은 '산토끼와 사냥개'로 돌아가 키넌의 어제 행적을 추적하는 것이었다. 그러나 키넌에 대한 두려움은 차치하고라도, 변화무쌍한 도시의 거리에서 그 계획은 어리석어 보였다. 게다가 아직까지 누군가 주점에 있다 한들 소동 축에도 끼지 못할 사소한 일을 기억해낼 만한 상태는 아닐 것이 뻔했다. 실제 소동이 벌어졌다 해도 마찬가지일 것이다.

선택할 수 있는 유일한 방법이란 월요일 아침까지 가만히 기다리는 것이었는데 하크네스의 의미 모를 디데이를 생각하면 그럴 수는 없었다. 그러나 최소한 에이전시에 한 번 더 긴급 메시지를 보낼 수는 있을 것이다. 메리는 '돼지와 휘파람'을 향해 걷기 시작했다. 웨스트민스터에서 1마일 떨어진, 개업한 지 얼마 되지 않은 주점이었다.

처음에는 평소처럼 활기차게 성큼성큼 걸었다. 물론 10대 소년인 마크의 걸음걸이를 생각해 일부러 조금 건들거렸다. 그러나 짜증이 한풀 꺾이며 메리는 서서히 뭔가 이상한 낌새를 알아차렸다. 누군가 그녀를 지켜보고 있었다. 게다가 미행하고 있었다. 앞이나 옆에는 아무도 없었다. 그러나…….

베일리스 로드에 이르자 메리는 속도를 늦추었다. 미행자가는 여전히 뒤에 있었다. 계속 걸으면서 자신을 따라오는 것이 누구인지 생각했다. 제임스일까? 지난밤 그렇게 헤어졌으니 아닐 것이었다. 게다가 오늘 제임스는 보고서 작성을 마친 뒤 양심과 싸워야 했다. 어느 일요일보다 열심히 일해야 할 테니 메리의 꽁무니를 쫓아다닐 시간 따위는 없을 것이다.

제임스가 아니라면 미행할 만한 사람은 키넌뿐이었다. 생각이 거기까지 미치자 등골이 서늘해졌다. 그를 피할 수 있는 가능성은 낮았다. 메리는 잘 알지 못하는 지역에 와 있었다. 비가 오거나 안개가 유난히 짙게 끼지도 않았다. 게다가 그녀는 녹초가 된 상태였다. 지난밤의 사건과 극도의 긴장, 플락스 양 하숙집의 취약한 기초를 뒤흔들 듯 요란하게 코를 골아대는 룸메이트. 도저히 편히 쉴 수 있는 조건이 아니었다. 언제가 되었든 결국 미행자와 대면해야 한다면, 차라리 지금처럼 사람이 많은 거리가 더 나을 것이다. 특히 그것이 키넌이라면.

마음을 고쳐먹을 틈을 남기지 않고 잽싸게 돌아섰다. 일직선 상으로 5야드쯤 떨어진 곳에 눈 한 쌍이 보였다. 검은 눈동자의 익숙한 눈이었다. 믿기지 않아 한참 동안 바라만 보던 메리가 마침내 입을 열었다.

"위니? 왜 나를 쫓아오는 거지?"

소녀는 뺨을 분홍빛으로 물들인 채 떨고 있었다.

"전…… 죄송해요."

위니는 정신을 수습하려 애썼지만 그리 성공적이지 않았다.

"전 그저…… 그냥…….

"그냥 뭐?"

메리는 거의 고함치듯 물었다. 그런 뒤 위니의 표정을 보며 목소리를 누그러뜨렸다.

"미안. 겁줄 생각은 아니었어."

참 아이러니한 일이었다. 쫓기던 자가 쫓아온 자에게 사과하다니. 하지만 위니는 여전히 대답하지 않았고, 분홍빛에서 진홍빛으로 더욱 짙게 얼굴을 물들이며 혼이 쏙 빠지기라도 한 듯 주눅 들어 메리를 쳐다보기만 했다.

"너 때문에 놀랐거든. 그뿐이야."

메리는 최대한 부드러운 목소리로 말했다.

위니가 고개를 끄덕였다. 그녀는 옷소매를 만지작거리며 뭔가 입 밖으로 꺼내기 위해 용기를 내고 있었다. 오늘은 평소에 입던 깡똥한 소매의 갈색 드레스 차림이 아니었다. 그녀가 가진 것 중 가장 좋은 외출복으로 보이지만 그다지 잘 어울리지 않는 빳빳한 파란색 원피스를 입고 있었다.

"친구분들 만나러 가세요?"

위니는 작은 목소리로 물었다.

"그래."

메리는 이 순간이 길어지지 않기를 바랐다. 어쩌면 결국 매몰차고 시건방진 소년을 연기해야 할 것 같았다. 친절하게 굴었다가는 여기서 30분을 또 잡아먹게 될지도 몰랐다.

"세인트 존스 우드의 친구들인가요?"

"그럴 수도 있고. 난 친구가 많거든."

메리는 일부러 바쁜 척 주위를 두리번거렸다.

"그러실 것 같아요."

그러나 위니가 너무 쓸쓸해 보여서 측은하게 느껴졌다.

"졸졸 따라다니지 마, 위니. 위험하잖아."

"따라다닌 게 아니에요! 전 단지, 그냥 묻고 싶었어요."

위니는 깊게 숨을 들이쉬고 메리가 알아듣기 힘들 만큼 빠르게 한바탕 말을 쏟아냈다. 미리 연습한 것이 분명했다.

"일요일에 포플러에 있는 저희 집에서 저녁 드시지 않을래요? 저희 집에는 항상 제대로 된 음식이 있어요. 중국 요리죠. 플락스 양 하숙집에서 나오는 쓰레기와는 달라요. 우리 엄마는 요리를 정말 잘하시고, 아버지는 선원인데 휴가를 받아 지금 집에 계세요. 좋아하실 거예요. 어쩌면 고향이 떠오르실 수도 있고요."

한동안 메리는 어안이 벙벙해서 이것이 꿈일 거라고 생각했다. 아마 악몽일 것이다. 일요일 저녁에 중국인의 집에서 중국인 가족과 중국 음식을 먹자는 위니의 제안에, 두려움과 분노, 열등감과 질투가 동시에 엄습해 위장이 꼬일 듯했다.

바보 같은 위니. 이상한 사내아이를 집으로 초대하다니.

얄미운 위니. 돌아갈 가족이 있잖아.

잘난 척쟁이 위니. 자기 가족이 그렇게 대단한 줄 아나.

행운아 위니. 어쨌거나 가족이 있으니까.

메리는 희망에 찬 소녀의 분홍빛 얼굴과 소심한 눈을 보았다. 포플러에 요리를 잘하는 어머니와 바다에서 돌아온 아버지가 있다는 것을 알게 된 순간, 메리는 차갑고 무감각해졌다.

"안 돼. 바빠."

그리고 메리는 뒤돌아서 걸었다.

메리는 울고 있었다. 또다시.

메리는 다른 골목으로 숨어들어 흐르는 눈물을 멈추려 했다. 그러나 비록 냄새나는 골목이었지만 그래도 혼자 있는 사치를 누리게 되니 감정이 가라앉기는커녕 더욱 복받쳐 올랐다. 메리는 이제 아예 통곡했다. 동그랗게 몸을 말고 앉아, 더러운 돌담에 몸을 기댄 채 흐느꼈다. 죽고 곁에 없는 어머니 때문에. 실종되어 잊혀진 아버지 때문에. 그리고 무엇보다 자기 자신, 중국인 선원과 아일랜드인 침모 사이에서 태어난 혼혈아 메리 랭 때문에. 아직 부모님이 살아 계셨던 달콤한 어린 시절 때문에. 그리고 부모님이 돌아가신 뒤의 공포 때문에. 한때 소유했던 것들 때문에. 그리고 이제 다시는 그것들을 가질 수 없다는 것을 알기 때문에 울었다. 위니는 그렇게 푸대접받을 이유가 없었다. 그러나 위니는 자신이 얼마나 축복받았는지 결코 모를 것이다.

메리는 몇 년 만에 처음으로 펑펑 울었다. 어쩌면 난생처음일 것이다. 한참 우는 중에도 그녀는 이 눈물이 계속되지 않을 것임을 알았다. 이번이 마지막 사치이며, 이제 그런 것들과 이별할 것이었다. 이렇게 나약해빠진 시간이 지나면 중국인으로서의 정체성을 놓아버릴 생각이었다. 어떤 대가를 치르더라도 중국인의 핏줄을 부정함으로써 오히려 그것을 지키고, 또 감출 것이다. 그 진실은 너무나 고통스럽고 위험했다. 영국 사회에서 혼혈아가 설 곳은 없었으므로 주어진 선택지는 간단했다. 중국 혈통을 부정할 것인가, 혹은 영원히 구속될 것인가. 아버지의 혈통으로 자신의 존재가 규정되는 것은 결코 바라지 않았다. 어떻게든 완전히 희생시켜야 했다.

가증스럽고 막돼먹은 선택이었다. 그러나 뻔한 운명을 속절없이 떠안느니 차라리 그편이 나았다. 흐느낌이 점차 가라앉았고 눈물도 말랐다. 메리는 외투 안감으로 최대한 말끔히 얼굴을 훔쳤다. 그런 다음, 정신을 집중하기 위해 깊이 숨을 들이쉬며 진동하는 템스 강의 악취를 받아들였다. 그리고 다시 웨스트민스터로 출발했다.

25

일요일 오전의 '돼지와 휘파람'은 붐비는 교회와 비슷했다. 깨끗하고 반짝반짝 윤이 나는 실내와 하나같이 똑같은 목적으로 모여 있는 사람들. 대부분의 테이블은 서너 명씩 모여 조용히 담소를 나누는 일행들이 차지했고, 혼자 온 신사들은 카운터에 기대 명상하듯 맥주를 홀짝였다. 리본 달린 모자를 쓴 풍만한 가슴에 얼굴이 발그레한 여주인은 카운터에서 잘 보이지도 않는 얼룩을 열심히 지우고 있었다.

메리는 암구호로 인사를 건넸다.

"목마른 소년에게 에일 맥주 반 파인트만 주세요, 부인."

여주인은 손으로 카운터 끝 쪽을 가리킨 뒤, 메리에게 에일 맥주 반 파인트뿐 아니라 메모지 한 장과 몽당연필, 그리고 어지간한 오지랖의 소유자가 아니면 이 작고 지저분한 소년이 예

상 외로 글씨를 잘 쓰는 것을 감지할 수 없을 만큼 외진 공간을
제공했다.

메모는 쉽게 암기할 수 있고 빠르게 해독할 수 있는 단순한
암호로 쓰였다. 짤막한 일련의 숫자의 형태로 수신자에게 전달
하면 받은 사람이 각 숫자에 해당되는 문자로 대체해 해독하는
방식이었다. 메리의 메시지는 간결했다. **K, R과 함께 H가 의심됨.
증거는 아직 없음. 조언 바람.** 이렇게 쓴 뒤 맥주잔을 비웠다. 다시
청하기도 전에, 새 술잔이 앞에 놓였고 빈 잔은 메모지와 함께
치워졌다.

"천천히 음미하면서 마시도록 해, 꼬마야."

주점 여주인이 단호하게 말했다.

"이건 벌컥벌컥 마시는 게 아니라 천천히 음미하며 마시는
고급 에일이란 말이야."

메리는 여주인의 지시를 따랐다. 대단한 주당은 아니었지만
최근 복잡하면서도 쌉쌀한 맥주의 풍미에 빠르게 익숙해지고
있었다. 극도로 힘겨운 육체노동이 요구되는 현장에서 일하면
서도 그 어느 때보다 음식이 부족한 상황을 겪으며 메리는 매
일 조금씩 마시는 맥주가 인부들에게는 대단히 중요한 영양 공
급원이라는 사실을 깨달았다. 맥주를 금지하다니, 하크네스는
제정신이 아닌 모양이었다. 맥주 없이 어떻게 힘을 쓸 수 있단
말인가?

커다란 손이 메리의 어깨를 움켜쥐었다.

"그다지 편해 보이지 않는군."

손의 주인이 천천히 말했다.

깜짝 놀란 나머지 메리는 술잔을 엎을 뻔했다. 옥타비우스 존스가 능글맞게 웃으며 서 있었다. 다른 한 손에는 맥주잔을 쥐고 재미있다는 듯 나른한 녹색 눈을 가늘게 뜨고 메리 옆의 등받이 없는 의자에 걸터앉았다. 재미, 그리고…… 뭔가 캐내려는 시선이었다.

메리는 놀란 마음을 진정시키려 했다. 설마 그녀가 메모하는 장면은 보지 못했을 것이다. 각별히 주의를 기울였기 때문이다. 아마도 존스는 메시지를 치우는 도중이나 그 이후에 나타났을 것이다. 그럼에도 존스의 눈이 뭔가를 아는 듯 번쩍여 메리는 영 거슬렸다.

"존스 씨."

메리가 퉁명스러운 소년의 목소리로 말했다.

"애송이 퀸. 이런 끔찍한 일요일에 이 동네에서 자네를 보다니 놀랍군! 안 그래도 자네 생각을 하고 있었는데 말이야."

메리는 불편한 기분에 몸을 틀었다. 그 나이의 소년이라면 누구라도 그런 소리를 들었을 때 비슷한 반응을 보일 것이다.

"저는 아무 짓도 안 했는데요."

존스의 손은 여전히 메리의 어깨 위에 얹혀 있었다. 그녀가 어깨를 으쓱했지만 치울 생각이 없는 듯했다. 존스는 한쪽 눈썹을 치켜 올렸다. 이런 경우에 대비해 거울을 보고 연습한 것이 분명한 표정이었다.

"난 그런 생각을 한 게 아닌데. 전혀 아니야."

메리가 남은 맥주를 꿀꺽꿀꺽 마시고 일어서자 존스가 위압적으로 말했다.

"여기 맥주 한 잔 더 주시고, 우리 꼬마 친구에게도 한 잔 주세요, 휴 부인. 그리고 이제 안쪽 자리로 들어갈 겁니다."

"안 됩니다. 가봐야 해요."

"한 잔만 더 들고 가지."

여전히 편안하고 친근한 목소리였다. 그러나 어깨에 얹힌 존스의 손에 힘이 들어가며 멍이 들 정도로 강하게 손가락이 파고들었다.

"자네와 얘기를 나누고 싶을 뿐이야, 애송이 퀸."

"할 말 없어요. 아무것도 모른다고요."

"헛소리. 서로 할 말이 아주 많을 텐데."

"손 치우세요."

메리가 큰 소리로 말했다.

"난 그런 녀석이 아니에요."

"나도 그런 놈이 아니야."

사람들의 시선이 그들에게 돌아왔음에도 불구하고, 존스는 동요하지 않고 즉시 대답했다.

"걱정 마, 애송이 퀸. 성적인 서비스를 바라는 게 아니니까."

"그럼 뭘 원하죠?"

존스는 메리에게 눈을 떼지 않고 조용히 말했다.

"나와 함께 술을 마시는 편이 좋을 거라는 걸 곧 알게 될 거야, **퀸 양**."

여주인이 거품이 부글거리는 맥주 두 잔을 내려놓으며 메리를 뚫어지게 쳐다보았다.

"괜찮니, 꼬마야?"

여주인의 시선이 한동안 메리에게 머물렀지만 메리가 침착한 눈빛으로 바라보자 어깨를 으쓱해 보이고 카운터의 다른 쪽 끝에 앉아 있는 손님들에게로 돌아갔다.

"여기서 얘기해요. 방은 싫어요."

메리가 낮은 목소리로 말했다.

"좋으실 대로."

존스는 선선히 대답했다.

"방에서도 똑같이 안전할 테지만 말이야. 난 경쟁자를 덮치는 습관은 없거든."

경쟁자……? 메리는 갑자기 안도감이 밀려오는 것을 느꼈다. 존스가 뜻하는 것이 정말 그뿐이라면 메리의 입장에서는 정말 다행이었다.

"「런던의 눈」이 경쟁 상대로 삼을 가치가 있는 신문이라고 생각하시나 보죠?"

메리가 비웃으며 말했다.

존스는 능글능글 웃으며 대답했다.

"얼마든지 모욕해도 좋지만, 당신은 방금 내 술수에 넘어가 당신 역시 기자라는 걸 고백했어."

"술수에 넘어간 게 아니에요."

메리는 곧바로 역할에 몰입했다.

"위장을 꿰뚫어본 건 살짝 흥미롭지만 사실 간단하죠. 여자가 남장을 하고 공사판에서 일하는 데 다른 이유가 있나요?"

"그건 그렇지."

존스가 메리 옆 등받이 없는 의자에 자리를 잡으며 말했다.

"솔직히 당신에게 속은 건 사실이야. 그 카페에서 당신과 눈을 마주치기 전까지는. 그게 아주 결정적인 증거였지."

"아아, 그때 레이드의 힌트가 대단했죠."

메리는 히죽거리며 말했다.

"불쌍한 사람이에요."

"무슨 뜻이지?"

"저한테 정보를 요구하는 건가요, 존스 씨? 대가도 없이?"

메리의 말에 존스는 내키지 않는 듯한 얼굴로 싱긋 웃었다.

"당신의 소년 잡역부 연기에 속아 넘어갔다고 이미 고백했잖소. 당신이 창문을 통해 뭔가를 알아내려는 어른의 눈빛으로 엿볼 때까지는 깜빡 속았지."

존스는 객관적으로 평가하려는 듯한 눈길로 메리를 훑었다.

"진짜 이름을 말해주지 않겠소?"

"그냥 계속 퀸이라고 부르세요."

존스는 상처받은 것처럼 보였다.

"속임수는 지겨운 짓이오. 그렇잖소? 나 자신은 진실을 선호하지. 우리 업계에서는 그것만이 올바른 자세 아니겠소."

"그러는 당신이야말로 옥타비우스 존스가 본명이라는 소리인가요?"

존스가 싱긋 웃었다.

"도저히 믿을 수 없지? 하지만 그게 정말 내 이름이오. 난 여덟 번째 아들이오. 중요한 건, 여덟 번째 자식이 아니라 여덟 번째 아들이라는 거요. 누이도 세 명이나 있지. 아버지는 절제를 모르시는 분이셨거든. 테르티우스, 퀸투스, 셉티무스(각각 라틴어로 셋째, 다섯째, 일곱째라는 뜻이며 옥타비우스는 여덟째를 가리킨다—옮긴이). 어렸을 때 좋아했던 형들의 이름이라오."

메리가 웃었다.

"지금은 화젯거리가 됐군요."

"사실이오! 외람되지만 어머니는 교육을 거의 받지 못했고 존스라는 깡패와 야반도주를 할 만큼 상식 없는 분이셨소. 우리 이름을 라틴어로 지은 건 성자와는 거리가 먼 아버지에 대한 유일한 복수였지."

존스는 의심할 테면 의심해보라는 눈빛으로 당당히 메리를 쳐다봤다.

"당신은 아버지를 닮았겠군요."

"당연하지."

존스는 잔을 높이 들고 말했다.

"'마크 퀸' 양. 진실을 밝히기 위하여! 내 경우에는 스캔들과 수익을 위하여!"

존스는 메리의 반응을 기다리지 않고 맥주잔을 비운 뒤 흡족하게 한숨을 쉬며 말했다.

"그럼 당신은 어디 소속이오? 아무래도 평범한 신문사는 아닐 거 같은데. 그런 곳에서는 연약한 여성에게 기사를 쓰게 하지는 않을 테니 말이오."

뭔가 곰곰이 생각하는 듯 존스가 아랫입술을 톡톡 두드리며 말했다.

"진보 성향의 주간지 중 하나 아니겠소? 내가 보기에 당신은 딱 크리놀린 입은 하이에나(고딕 소설가 호레이스 월폴이 여성주의자였던 메리 울스턴크래프트를 지칭한 표현—옮긴이)와 같은과 같은데."

메리가 싱긋 웃었다.

"쓰레기 신문의 기자가 메리 울스턴크래프트(영국의 작가, 철학자, 여성주의자로 남성의 전유물이었던 교육을 여성에게 확대할 것을 주장했다—옮긴이)를 읽을 줄은 몰랐네요."

"딱 그 여자를 모욕할 수 있을 만큼만 읽었지."

존스는 쾌활하고 태연하게 대답했다.

"그런데 아까부터 자꾸 주의를 딴 데로 돌리는군. 어디 소속이냐니까?"

"아무 데도 아니에요. 난 책을 쓰기 위해 조사 중이에요."

과장된 탄성이 터져 나왔다.

"맙소사. **책**을 쓰기 위해 **조사** 중이라고? 천하에 이상주의적이고, 비현실적인데다 어리석기 짝이 없는 짓이군. 책이라니! 그렇다면 하층민의 삶과 그들의 생존 투쟁 따위를 다루는 선한 의도의 충실한 보고서쯤 되려나."

존스는 메리의 표정을 포착하고 낄낄거렸다.

"내 이럴 줄 알았지! 이럴 줄 알았어! 당신은 열정적인 바보였어! 그런 게 팔릴 리 없다는 걸 모르는 거요? 차라리 당신이 입고 있는 반바지를 파는 게 나을걸. 그쪽이 당신의 **멍청한 책**보다 더 비싸게 팔릴 거요."

"어쩌면요. 하지만 장담하건대 난 당신보다 존 윅의 죽음에 대해 더 많은 걸 알고 있어요."

메리는 쌀쌀맞게 대꾸했다. 그 말에 존스가 갑자기 정색하며 말했다.

"허튼소리. 온종일 노동자 임금을 받고 어깨가 빠지도록 짐을 실어 나르면서 대체 뭘 알아낼 수 있었겠어?"

메리는 어깨를 으쓱하고 의자에서 일어나려 했다.

"당신은 절대 모를 만한 일인데 애석하네요!"

"잠깐!"

존스는 손을 뻗어 메리를 덥석 붙들었다. 그리고 그녀와 눈을 맞춘 뒤 순순히 놓아주었다.

"거참, 빡빡하게 굴긴. 좀 친하게 지내면 안 되겠소?"

"당신이 제 책과 조사를 모욕했는데도 말인가요?"

메리는 존스가 어떻게 나오는지 보기 위해 짐짓 자존심이 상했다는 투로 쏘아붙였다.

"너무 예민하시네. 얼굴이 두꺼워지지 않으면 제대로 된 기자가 될 수 없어요, 이 아가씨야."

메리는 자신의 앞에 서 있는 남자에 대해 생각해 보았다. 끊임없이 헛소리를 지껄여대긴 하지만 어쨌든 민첩하고 관찰력이 뛰어났다. 이제 보니 스스로에게 충실한 사람이었고, 공사장 스캔들에 집착하고 있었다. 게다가 그는 발이 넓었다. 뭐가 어떻게 된 건지, 누가 어디에 있는지 알 만한 사람이 있다면 바로 존스일 것이었다.

지금 메리는 절박했다. 하크네스의 찢겨 나간 수첩이 아직도 눈에 선했다. 오늘이 바로 그날인데, 메리는 하크네스가 어디서, 무엇을, 어떻게, 왜 저지를 것인지 아무것도 모르고 있었다. 시간이 충분하다면 에이전시의 지시를 받을 때까지 기다려야 마땅하다. 그러나 지금 그럴 여유가 있는지 의심스러웠다.

"그런데 내가 아는 걸 왜 당신에게 알려줘야 하죠? 나는 그걸 알아내려고 열심히 일하기까지 했다고요."

그것을 증명하기 위해 메리는 여기저기 멍들고 베인 손을 내밀었다.

"아하, 또 뻔한 수작이군. 그래서 넌 나를 위해 뭘 주겠느냐,

이 말 아니오?"

존스가 메리의 손을 본체만체하며 말했다.

"훌륭한 요조숙녀라면 '제가 어떻게 도와드리면 될까요, 존스 씨?'라고 말했을 거요."

"훌륭한 요조숙녀라면 벌써 하인을 불러 당신을 문밖으로 내쫓았을 걸요, 존스 씨."

"아이고, 언젠가 성질 고약한 호랑이 할멈이 되겠군. 자, 그럼 내가 당신을 유혹하려면 뭘 제공하면 되겠소?"

"첫째, 9월 1일까지, 또는 내가 허락할 때까지 당신이 아는 사실을 한 마디도 기사화하지 않겠다고 약속하세요. 둘째, 그때까지 아무에게도 말하지 마세요. 셋째……."

"이런 앙큼한 숙녀 같으니. 그건 거래가 아니라 조건이잖소. 어서 **원하는 걸** 말해요. 돈? 아니면 출판사 소개? 아니면 납 범벅된 사탕을 살 푼돈?"

"곧 얘기하려던 참이었어요."

메리가 말했다. 그녀는 그 자체로는 아주 불쾌했음에도 이제 존스의 스타일에 익숙해졌고 점점 몸에 붙었다.

"당신 도움이 필요해요."

"아하."

존스는 진지한 눈으로 몸을 앞으로 기울였다.

"어떤 종류의 도움을 말하는 거요?"

"키넌과 레이드를 찾고 싶어요. 오늘 중으로."

"그거야 가능하지."

존스는 냉큼 답했다.

"그게 다요?"

"그리고 윅이 어떻게, 왜 죽었는지에 대한 당신 생각을 듣고 싶어요."

존스는 길고 낮은 휘파람을 불었다.

"내 이럴 줄 알았지! 서로 같은 걸 쫓고 있었어. 이런 내숭덩어리 같으니라고. 왜 진작 말하지 않은 거요?"

"당신이 나를 쫓아낼지도 모르니까요."

"물론 그랬겠지! 하지만 난 당신의 무모한 자신감을 높이 평가했을 거요."

"지금처럼요?"

존스는 어깨를 으쓱하며 손바닥을 들어올렸다.

"공교롭게도 난 오늘 좀 너그럽소. 게다가 꿍꿍이도 별로 없고. 그게 큰 문제요. 그렇지 않소? 어떻게 그 악당이, 적어도 다들 그 작자가 악당이라는 점에는 동의하는 것 같더군. 아무튼 그 인간은 어떻게 죽었을까? 조적공들이 하크네스를 등쳐먹고 있는 건 분명해요. 시계탑의 유령에 관한 소문은 전적으로 내가 지어낸 얘기만은 아니오. 어떻게 보면 키넌이 시작한 것이라고 할 수 있지. 한밤중에 일어나는 수상한 사건들, 그리고 값비싼 건축 자재가 갑자기, 그것도 대량으로 사라져버린 걸 설명하기 위해서 말이오. 그런데 말이지."

존스는 고개를 갸웃거리며 말했다.

"난 그 소문이 사실일 수도 있을 거라 생각하오. 옛 의사당 건물을 전소시킨 1830년대의 화재에서 사람이 많이 죽은 건 사실이니까. 요즘은 그 얘기는 쏙 들어가고, 빅 벤과 고딕 양식이 노동계급의 사기를 올리고 있다는 얘기뿐이지만. 아이고, 얘기가 또 옆길로 샜군. 아무튼 키넌과 레이드가 유령에 대한 정보를 주고 있었는데 그러다가 이 콩알만 한 팀에 엄청난 문제가 생겼소. 레이드가 웍의 아내를 좋아하게 된 거지. 꼭 뼈만 앙상한 새끼 참새 같아서 내 눈에는 영 별로더만⋯⋯. 뭐, 생산력 하나는 끝내주지. 아무튼 그 일로 웍과 레이드는 사이가 틀어졌소. 키넌은 이런 균열이 탐탁지 않았겠지. 팀이 분열되면 이익도 날아갈 거 아니오. 그러다 둘 중 누군가 비밀을 발설하지 않는다고 누가 장담하겠소. 그래서 키넌은 상황을 해결하기 위해 두 사람을 노렸을 거요. 그 작자라면 충분히 그런 마음을 품을 만한 인간이지. 그야말로 입막음을 위해 웍을 탑에서 밀어버렸을 가능성도 있소."

"왜 레이드가 아니라 웍이었던 거죠?"

"뭐, 웍의 눈빛이 거슬렸을지도 모르지. 내막이야 모르지만, 키넌이 감상적인 인물이 아닌 건 분명하니까."

"레이드가 웍을 밀어버렸을 가능성이 더 높지 않나요? 웍의 아내를 사랑하잖아요."

존스가 한숨을 지었다.

"이론상으로는 그렇소. 하지만 레이드는 겁도 많고 선량한 척하는 부류요. 물론 미망인과 결혼해서 그녀의 아이들을 키우며 한평생 선하게 살아가기를 간절히 원하긴 할 거요. 하지만 위험천만한 짓을 저지르기보다는 차라리 20년이고 30년이고 윅이 죽기만 기다렸다가 이 빠진 미망인과 결혼하면서 진정한 사랑의 승리라고 떠들어댈 확률이 더 높지."

"흥."

"정말이오."

"그럼 키넌을 의심하고 있군요."

"그렇게 서두를 거 없소, 퀸 양. 또 다른 문제가 있으니. 윅은 감정 기복이 심하고 음울한 성격이었소. 어떤 때는 둘도 없는 친구처럼 굴다가 다음 순간 생판 남처럼 행동하는 부류지. 그리고 윅은 하크네스와 밀담을 나누곤 했소."

메리는 갑자기 너무 긴장한 티를 내지 않으려 애썼다.

"하크네스는 어때요?"

존스는 과장되게 한숨을 쉬었다.

"내가 이해되지 않는 부분이 바로 그거요. 어쩌면 윅이 키넌과 레이드에 대해 밀고하고 있었을지도 모르고, 아니면 하크네스를 자기네 패거리에 끌어들이려 했을 수도 있소. 하지만 후자는 어떻게 봐도 말이 안 되는 얘기잖소. 셋으로 나눌 수 있는 이익을 뭐하러 굳이 넷으로 나누겠소? 나라면 몇 푼 안 되는 보상 때문에 윅이 동료들을 배신했다는 쪽에 돈을 걸겠소. 존 윅은 원래 그런 위인이니까."

메리는 빠르게 머리를 굴렸다. 존스의 추측은 하크네스의 생활 수준이 격상된 것에 대해서는 설명하지 못했지만, 어쨌든 그와 별도로 재고해볼 가치가 있는 듯했다. 어쩌면 그녀와 제임스 둘 다 너무 성급하게 원인과 결과를 판단했을지도 모를 일이었다.

"이제 지난번에 내가 레이드와 나눴던 소소한 대화에 대해 얘기할 때가 되었군. 당신이 그토록 듣고 싶어 했던 바로 그 얘기 말이오."

존스는 그때의 기억을 떠올리며 킬킬거렸다.

"헛소리를 어찌나 많이 지껄이던지! 아무튼 레이드는 무언가를 몹시 두려워하고 있었소. 그게 내가 아는 전부요. 그자는 나를 붙들고 윅에 대한 헛소리를 떠들어댔지. 든든한 가장이라든가, 독실한 기독교 신자라든가, 뭐 그런 것들 말이오. 윅이 밤마다 자기 마누라를 초주검이 되도록 팬다는 건 사우스워크 전체가 다 아는 사실이고, 그 여자의 비명이 템스 강 건너까지 들릴 지경인데 말이지."

메리는 부르르 떨었다. 그녀로서는 그런 가정 폭력의 장면을 겨우 상상만 할 수 있을 뿐이었다. 하지만 존스는 눈치채지 못하고 이야기를 이었다.

"어쨌든 레이드의 헛소리에서 흥미로웠던 부분이 있다면 자꾸 키넌에게 화살을 돌리려 한다는 점이었소. 직접적으로 언급한 건 아니지만 자꾸 키넌의 이름이 튀어나오더군. 둘 사이가 틀어진 게 틀림없소. 그 일당 사이에 금이 갔고, 레이드는 거기서 발을 빼고 싶은 거요. 머리를 굴리다 제일 먼저 떠올린 방안이라는 게 기자를 자기편으로 만드는 거였지."

존스가 기분 좋은 미소를 지었다.

"하기야 신문이 새로운 법정처럼 보이긴 하지. 심지어 우리처럼 선정적인 가십이나 다루는 신문조차 말이오."

"그럼 레이드는 자신의 결백을 증명하고 키넌에게 모든 책임을 전가하기 위해 기사가 나가기 전에 웍의 됨됨이를 미화하려던 걸까요?"

"그런 것 같소. 그야말로 속 보이지 않소?"

"영리한 거죠. 당신이 레이드의 말을 믿는다고 가정하면요."

"사람들은 가정을 너무 많이 해서 탈이야."

휴 부인에게 맥주를 더 달라는 신호를 보낸 뒤 존스는 주먹으로 턱을 괴고 메리를 쳐다봤다.

"자, 이제 당신 차례요."

메리는 존스의 빠르고 가벼운 스타일에 맞춰 티타임에 대한 이야기부터 간단히 꺼냈다. 그리고 웍의 집을 방문했던 일과 웍의 장례식에 하크네스가 참석한 것, 이후 레이드와 키넌 사이에 벌어졌던 주먹다짐, 그리고 어제 주점에서 술 취한 레이드와 멀쩡한 키넌이 같이 사라진 사실까지 말을 이었다.

존스는 철저히 침묵하며 이야기에 귀 기울였다. 절대 그러지 못할 위인이라고 생각했는데 솔직히 의외였다. 그런 뒤 존스는 입을 꼭 다물고 낮게 휘파람을 불었다.

"그러니까 당신은 레이드가 범인이라고 생각하는 거군. 우리가 고려할 만한 사람이 또 있소? 혹시 그 대단한 하크네스 영감이라던가?"

메리는 침묵을 지켰다.

"물론 웍이 자살했을 가능성도 존재하지. 하지만 도무지 그럴 만한 이유를 찾을 수 없단 말이오. 갑자기 자식들이 기다리는 집으로 돌아가는 게 너무 버겁게 느껴졌다면 모를까."

그 말을 하며 존스는 공감한다는 표정으로 덧붙였다.

"그 이유라면 충분히 이해할 만하지. 진심이오."

"본인은 아무 짓도 안 했는데 자식들이 어디서 저절로 생겨나기라도 했나요?"

메리가 발끈해서 물었다.

존스는 흥미로운 듯 눈을 반짝였다.

"진정해요, 급진주의자 아가씨. 그저 농담이었을 뿐이오. 인정하고 싶지 않지만 사실 당신의 추측이 더 마음에 들어요."

"그럼 이제 알려주시죠."

메리는 일어나서 다리를 쭉 뻗었다. 익숙하지 않은 자세로 오래 있었더니 다리가 저렸다.

"키넌과 레이드를 어디서 찾죠?"

메리는 존스를 쳐다보았다. 존스는 무언가 깊이 생각하는 듯한 눈으로 술잔 밑바닥을 응시하고 있었다.

"벌써 약속을 잊은 건가요?"

"아니니 걱정 마시오."

존스가 느긋하게 대꾸했다.

"다만 그자들을 찾으러 당신을 보내는 것이 다소 무책임한 행동이 아닌가 싶어서 그렇지. 특히 키넌 그자는 끔찍하게 폭력적이잖소."

"알아요."

"그리고 만일 그들이 당신의 정체를 꿰뚫어 본다면……."

"겁줄 필요 없어요. 그런 건 내가 알아서 할 거예요."

"하지만 왜 굳이 그를 찾으려는 거요? 당신 입장에서는 지나친 오지랖 아니오? 그냥 술이나 한 잔 더 하면서 내일 현장에서 어떤 일이 벌어지는지 지켜보는 게 어떻소? 나라면 레이드가 살해되었다는 데 돈을 걸겠소. 덧붙이면 템스 강에서 레이드의 시신이 발견되고 키넌은 대담하게 도주하다가 붙잡히는 쪽에 걸 거요."

"그게 당신 계획인가요? 내기하면서 지켜보는 거요?"

"원래 주님께서도 일요일에는 쉬셨다오."

메리는 미소 지었다.

"키넌과 레이드가 어디 사는지만 알려줘요. 내가 당신한테 원하는 건 그뿐이에요."

"그뿐이라고?"

존스는 메리를 다시 한 번 위아래로 훑었다. 이번에는 무심하지도 않았고 허점을 찾으려는 눈빛도 아니었다.

"애석하군."

어쨌거나 존스는 길을 알려주었다.

26

사우스워크

존스가 알려준 곳은, 그야말로 우연히 형성되었다고 밖에 할수 없는 대형 연립 주택 단지였다. 삐딱하게 기울어져 서로 맞닿은 집 두 채가 서로를 지탱하며 간신히 붕괴를 막으며 버티고 있는 형국이었다. 문 하나는 판자를 대뫄 폐쇄했고, 1층에 난 창문들 중에는 멀쩡한 것이 하나도 없었다. 숙련공의 거주지로 기대했던 것보다 훨씬 형편없었다. 아무리 근검절약하는 사람이라 해도 심하다 싶을 정도였다. 맨 처음 든 생각은 존스가 그녀를 속였다는 것이었다. 그냥 아무 주소나 지껄여댄 것이다. 그녀가 배신을 알아차렸을 때쯤이면 이미 한참 전에 '돼지와 휘파람'을 떠났을 것이다. 아니면 군이 그럴 필요조차 느끼지 못했을 수도 있다. 따지러 주점으로 돌아가 보면 의자 두

개를 편안하게 차지하고 앉아 순진한 메리를 비웃고 있는 존스를 발견하게 될지도 모를 일이었다.

잠시 동안 이러지도 저러지도 못하고 길에 서 있었다. 시간 낭비였다. 하지만 실패를 보고하러 세인트 존스 우드로 가는 것 외에 다른 선택지가 있을까? 무너질 것 같은 건물 밖에서 한동안 서성이고 있는데, 비쩍 마른 소년 한 명이 다리를 절뚝이며 밖으로 걸어 나왔다. 소년은 장애인처럼 뻣뻣한 동작으로 조심스럽게 두 칸 높이의 현관 계단을 내려왔다. 메리의 눈이 커졌다. 설마 그럴 리가…….

그러나 소년이 몸을 돌리다가 무심코 메리를 발견했고 주근깨투성이 얼굴에 반가운 기색이 떠올랐다.

"젠킨스!"

메리가 길을 건너 달려갔다.

"안 그래도 널 찾았어!"

"그래? 몰랐네."

젠킨스는 애써 퉁명스러운 척했지만 기쁜 기색을 억누르지 못했다.

"그래, 어떻게 지내?"

젠킨스가 무사한 것을 보게 되어 안도하는 와중에도 메리는 최대한 빨리 레이드 쪽으로 화제를 유도했다. 젠킨스는 메리의 입에서 튀어나온 레이드의 이름에 조금도 놀라지 않았다.

"맞아, 레이드는 좋은 사람이야. 레이드 덕분에 우리 가족들이 여기서 살게 되었거든."

젠킨스는 메리의 얼굴에서 놀란 기색을 포착하고는 특유의 젠 체하는 미소를 지었다.

"몰랐어? 레이드는 내가 키넌 때문에 일자리를 잃은 게 안타까웠는지 지하 창고로 날 찾아왔어. 그리고 여기 방을 내줬지."

젠킨스가 뒤쪽을 가리켰다.

"괜찮은 사람이네."

메리가 조심스럽게 말했다. 레이드의 불법 소득을 생각하면 이 정도는 사소한 선행이었다.

그러나 젠킨스는 레이드의 행동에 몹시 감동한 것 같았다.

"겨우 괜찮다니?"

젠킨스가 꾸짖듯 말했다.

"괜찮은 정도가 아니라 숭고하다고 해야지. 망할 하키 영감은 돈을 긁어모으는 데다 자기가 진짜 신사라도 되는 양 술은 입에도 안 대고 성자 행세를 하는 주제에 하루치 임금조차 없어 주지 않았어. 하지만 레이드는 자기 임금을 쪼개서 나와 동생들이 살 수 있도록 방세를 지불하고 음식도 대주고 있다고. 그거야말로 괜찮은 것을 넘은 대단한 행동이지."

"여유가 되면 그럴 수도 있잖아."

메리는 흡사 레이드를 숭배하기라도 하듯 젠킨스가 열을 올리는 것이 탐탁지 않았다. 게다가 그 숭배의 대상이 자재 절도에 연루되어 곧 재판을 받게 될 부정한 노동자가 아닌가!

"무슨 뜻이야?"

젠킨스는 발끈하며 처음 만났을 때처럼 다시 경계의 발톱을 곤두세웠다.

"무슨 소리냐고!"

"호시탐탐 기회를 노리는 조적공에 대한 얘기야."

메리가 침착하게 말했다.

"네가 해준 얘기잖아."

젠킨스는 혐오감 섞인 탄식을 내뱉더니 말했다.

"내가 언제 그랬어. 호시탐탐 기회를 노리는 건 언제나 키넌이야. 아니, 키넌과 웍이었지. 둘이서 하크네스를 등쳐먹었어. 하지만 레이드는 키넌네 패거리가 아냐. 레이드는 옛날 하숙집과 우리를 버릴 수 없어서 여기 살고 있는 거라고."

메리는 젠킨스의 말에서 어디까지가 영웅 숭배의 연장이고 어디까지가 예리한 관찰의 산물인지 확신할 수 없어서 망설였다. 만일 레이드가 정말 절도범 일당 중 하나가 아니라면…….

"그럼 레이드는 지금 어디 있지? 키넌과 같이 있지 않아?"

젠킨스는 걱정스러운 얼굴로 말했다.

"모르겠어. 우리 방 바로 옆이 레이드 방인데 비어 있어. 뭐, 일요일마다 웍 부인네 집에 가느라 나가긴 하지만 어젯밤에는 아예 들어오지 않았거든."

"어제 키넌과 같이 나갔어."

"절대 그럴 리 없어!"

"내가 직접 봤는걸. 둘이 함께 나가더라니까."

레이드가 불안에 떨며 주점에서 나갔다는 얘기를 들으며 젠킨스의 얼굴에는 점점 더 근심이 짙게 드리워졌다. 지금 이 소년은 레이드의 빛나는 성품에 푹 빠져 있었다.

"우리가 찾아야 해."

젠킨스가 이제 무척 불안한 목소리로 말했다.

"키넌은 나쁜 놈이라고."

"모두들 그렇게 말하지."

"너랑 나."

젠킨스가 힘주어 말했다.

"우리가 레이드를 찾아야 해. 어제 '산토끼'에 내가 있었어야 했는데."

젠킨스는 진지했다. 메리가 빤히 쳐다보며 말했다.

"네가 있었다고 한들 레이드가 키넌과 나가는 걸 막을 수 있었을 것 같아?"

"적어도 시도는 해볼 수 있었잖아."

"그럼 이제 어쩔 건데?"

"레이드를 찾으러 갈 거야."

젠킨스는 자신 있게 말했다.

"그러니 너도 도와."

27

블룸스베리, 고든 스퀘어

고열에 시달리며 잠들었던 제임스는 얼마 남지 않은 인내심이 완전히 바닥난 상태로 잠에서 깨어났다. 머리가 욱신거리는데다 부드러운 리넨 이불을 덮고 있어도 살갗이 쓰라리고 따가웠다. 째깍거리는 시계 소리가 지나치게 크게 들렸다. 그는 의심스러운 눈으로 시계를 빤히 쳐다보았다. 시계는 7시를 가리키고 있었다. 뭔가 잘못된 게 틀림없었다. 바인 부인이 쟁반을 들고 들어왔을 때 그는 여전히 시계를 응시하고 있었다.

"바인 부인, 지금 몇 십니까?"

부인이 시계를 흘긋 보더니 조금 놀란 듯 말했다.

"7시네요, 제임스 씨."

도무지 말이 안 되는 얘기였다.

"**아침** 7시요?"

"저녁입니다. 일요일 저녁이고요. 그리고 저녁 식사를 간단히 챙겨 왔어요."

제임스는 가슴이 철렁 내려앉는 기분이 들었다. 땅거미가 지고 있는 걸 보면 당연히 저녁이었다. 만일 그렇다면 몇 시간 동안 내리 잠만 잤다는 얘기였다.

"저녁은 그냥 두세요. 그런데 아까 기다리던 편지는 어디 있습니까?"

"편지 온 게 없는데요."

"분명 있을 겁니다. 오늘 아침에 심부름꾼을 통해 편지를 보내면서 기다렸다가 답장을 받아오라고 시켰단 말이에요. 대체 답장은 어디 있는 겁니까?"

자신의 목소리가 점점 커지고 날카로워지는 것을 느꼈지만 제임스 스스로도 제어할 수 없었다.

"심부름꾼 말로는 편지를 전했지만 답장은 못 받았답니다."

제임스는 욕을 하며 이불을 던지 듯 제쳤다. 갑자기 덤벼드는 차가운 공기에 몸이 떨렸다.

"외출할 겁니다. 바커에게 10분 뒤에 출발할 테니 마차를 준비하라고 전해주세요."

"정말 현명하지 못한 행동인 것 같습니다, 제임스 씨. 말라리아는 심각한 병입니다. 건강을 크게 해칠 거예요."

"무슨 말을 해도 출발할 겁니다."

"정 그러시다면 수프라도 조금 들고 가세요. 입술이 바짝 마르셨어요."

"10분입니다, 바인 부인."

제임스는 서랍을 열어 작고 얇은 이국적인 양피지 봉투를 꺼내 챙겼다.

바인 부인은 완벽하게 감정을 감추고서 말했다.

"알겠습니다. 조지 씨가 돌아오셔서 여쭤보실 텐데, 전하실 말씀은 없는지요?"

"고맙지만 없어요."

바커도 거의 반항에 가까울 만큼 격렬하게 만류했다.

"밖에 나가실 상태가 아닙니다. 편지는 제가 가서 받아올 테니 쉬십시오, 제임스 씨."

"자네와 협상할 기분이 아니야, 바커."

"열이 있잖습니까. 바보처럼 굴지 마세요."

"걱정 고맙네, 바커. 어서 출발하지."

거리는 조용했고 도로는 바싹 말라 있었지만, 터프넬 파크로 가는 길은 소음으로 가득해 고문이 따로 없었다. 포석에 바퀴가 부딪히는 소리, 마차의 지속적인 흔들림, 다가닥다가닥 울리는 날카로운 말발굽 소리. 이 모든 소리가 제임스에게는 괴기스러울 만큼 커다랗게 들렸다. 게다가 두꺼운 모직 코트를 입었음에도 여전히 지독하게 추웠다. 가벼운 외투를 걸치고 거리를 활보하는 사람들이 이상하게 보일 지경이었다. 그러나 생생하게 느껴지는 열을 무시하며 생각했다. 이 정도는 감당할 만하다. 상태가 나빠도 임무를 끝마칠 수 있다. 그냥 이성적으로 행동하기만 하면 될 일이다.

하크네스의 집에 도착하니 하인이 얼빠진 얼굴로 문을 열어 주었다. 하인은 제임스가 명함을 이미 건넸는 데도 두 번이나 더 요청하더니 한참 동안이나 현관에 세워두었다. 위층에서 분주한 발소리와 문이 여닫히는 소리가 들렸다. 마침내 하크네스 부인이 아래층으로 내려왔다. 부인은 화려한 새틴 드레스 위에 보풀이 일어나 볼썽사나운 잠옷 윗도리를 걸쳤다.

"존함이, 아, 이스튼 씨. 이렇게 갈팡질팡해서 죄송합니다. 바깥양반은…… 지금 손님을 맞을 수 있는 상태가 아니랍니다."

제임스는 잠시 기다리다 정중하게 물었다.

"어디 편찮으신가요?"

"세상에, 하느님. 잘 모르겠어요."

부인은 당장이라도 쓰러질 듯 비틀거리면서도 제임스가 내민 팔을 무시하며 탄식했다.

"정말 모르겠네요!"

술 냄새는 나지 않았지만 그것 말고는 달리 무엇 때문에 이렇게 행동하는지 제임스로서는 상상이 가지 않았다.

"의사가 왔었습니까?"

하크네스 부인의 휘둥그런 눈이 제임스를 지나쳐 무언가 응시했다. 사실상 이 짧고도 이상한 만남 내내 하크네스 부인은 한 번도 제임스와 눈을 맞춘 적이 없었다.

"아뇨, 의사는 안 왔어요."

처음부터 아예 부르지 않은 것인지, 하크네스 쪽에서 진료를 거부한 것인지는 분명하지 않았다. 제임스는 초조한 마음을 다스리기 힘들었다.

"부군을 좀 뵐 수 있습니까? 어쩌면 제가 도와드릴 수 있을 것 같습니다만."

마침내 하크네스 부인이 제임스를 보았다. 두려움이 가득한 부인의 눈은 차오르는 눈물로 반짝였다.

"그럴 수만 있다면 정말 도움이 되겠지요."

말과는 다르게 부인은 움직이지 않았다. 제임스는 한 발짝 앞으로 다가서며 물었다.

"위층에 계신가요?"

부인이 고개를 저으며 대답했다.

"아뇨. 위층에 안 계셔요."

정작 의사가 필요한 사람은 하크네스가 아니라 부인인 것 같았다.

"부군께서 계신 곳으로 안내해주시겠습니까, 부인?"

하크네스 부인의 입에서 비명과 흐느낌이 반씩 섞인 이상하고 기괴한 소리가 나왔다.

"그럴 수 있다면요!"

부인이 다시 비틀거렸다. 뻣뻣해진 몸이 서서히 허물어지고 있는데도, 그녀는 몸을 똑바로 세우려 하거나 손을 짚는 등 넘어지지 않으려는 시도조차 하지 않았다. 제임스는 관절이 아플 만큼 신속한 동작으로 두 팔을 뻗은 채 앞으로 튀어 나갔다. 하크네스 부인은 하크네스에 견줄 수 있을 만큼 키도 크고 몸집이 풍만했고, 오늘 제임스에게는 그녀를 일으켜 세울 만한 힘이 없었다. 그가 할 수 있는 최선이라고는 부인이 더 넘어지지 않도록 부축하는 것뿐이었다. 제임스는 실신한 여자를 두 팔로 부여잡고 땀을 뻘뻘 흘리며 몸이 잔뜩 휜 어색한 자세로 한참을 버텼다. 마침내 예의 얼빠진 하인이 돌아왔다.

"서두르게!"

제임스가 날카롭게 외쳤다.

"부인을 소파로 옮기게 도와줘!"

하인은 눈을 한 번, 두 번 깜빡인 뒤 꾸물꾸물 움직였다. 그들은 절뚝이는 하크네스 부인의 육중한 몸을 양쪽에서 부축하여 거실로 옮겼다. 제임스는 벨을 울리는 줄을 발견하고 세게 잡아당겼다.

"스멜링 솔트와 브랜디를 가져오고 의사를 부르게. 당장."

벨 소리를 듣고 달려온 당황한 얼굴의 하녀에게 제임스가 날카롭게 지시했다.

"그리고 자네……."

그러고는 잽싸게 몸을 돌려 슬쩍 빠져나가려던 하인을 불러 세우고 물었다.

"하크네스 씨는 어디 계시지?"

하인이 옆걸음질로 물러나면서 눈을 빠르게 깜빡였다.

"저는 정말 모릅니다."

"모른다니, 그게 무슨 뜻이지? 집에 계시다는 건가, 안 계시다는 건가?"

"안 계십니다."

"손님에게만 안 계신 걸로 하는 건지, 아니면 정말 안 계신 건지 똑바로 대답하게."

"정말 안 계십니다."

제임스는 얼간이를 노려보며 말했다.

"그럼 어디 가셨는지 말해."

"전, 전 모릅니다. 말씀하지 않으셨어요."

"몇 시에 나가셨지?"

하인은 제임스와 눈을 맞추고 싶지 않지만 달리 시선 둘 곳이 없는 것처럼 눈을 굴렸다.

"한 1시쯤? 1시 바로 지나서입니다."

"얘기하는 동안에는 가만히 좀 서 있을 수 없나? 마차를 타고 나가셨나?"

"아닙니다."

"그럼 말을 타고 가셨나?"

"그게…… 그런 것 같지 않습니다."

"뭐라고 하셨지?"

"전…… 전 정말 모릅니다."

하인은 그렇게 말하면서 마치 겁먹은 토끼처럼 눈을 빠르게 깜빡였다. 제임스는 한숨을 쉬었다. 자신의 직선적인 태도 때문에 그렇지 않아도 가뜩이나 얼빠진 하인이 더욱 정신을 못 차리는 것 같았다.

"좋아."

제임스는 어렵사리 인내심을 가지려 애쓰며 말했다.

"어떻게 된 일인지 설명해주게."

하인은 두 차례 입술을 핥고 침을 꿀꺽 삼킨 뒤 말했다.

"주인어른은 제정신이 아니셨습니다. 사실 지난밤부터 그랬죠. 그리고 오늘 편지를 한 통 받으셨어요. 오후쯤이었을 거예요. 그런데 서재에서 편지를 읽더니 막 웃으시는 겁니다. 어제 들으셨죠? 그 째지고 시끄러운 웃음이요. 그러더니 갑자기 막 웃다가 우셨지요. 마님이 내려오셔서 대체 뭐가 문제냐고 물으시니 이렇게 대답하셨습니다. '모든 게 문제야. 아니, 아무 문제도 없는 건가. 그리고…….'"

하인은 얼굴에 주름을 잡고 기억해내려 애썼다. 그러더니 결국 고개를 저었다.

"무슨 말씀이셨는지 모르겠습니다. 프랑스어 비슷한 말이었던 것 같습니다."

"그건 일단 두고. 다음엔 뭐라고 했지?"

"그리고 마님에게 이렇게 말씀하셨어요. '내가 다 해결할 수 있어. 이것만 기억하시오, 여보. 오직 당신을 위해 이 모든 일을 저질렀다는 사실을.' 그 말씀을 들은 주인마님께서는 다시 뭐가 문제냐고 물으며 투덜대셨죠. 하지만 그게 주인어른의 마지막 말씀이었어요. 그러고는 모자와 지팡이를 들고 나가셨죠. 그대로요."

"어디로 가신다는 말씀은 없었나?"

"없었습니다."

"어느 방향으로 가셨지?"

"남쪽입니다."

"왜 따라가지 않았나?"

하인은 핑계를 댔다.

"주인마님이 소리를 지르며 투덜대시는 바람에 상대해드리느라 바빴거든요."

제임스는 고개를 끄덕였다.

"잘 알았네. 이 근방에는 하크네스 부인의 친척이 없나? 여동생이나 부인을 보살피러 와줄 만한 사람 말이야."

하인이 고개를 끄덕였다.

"펠프스 부인이 계십니다. 당장 가서 모셔오겠습니다."

"잠깐 기다리게. 자네와 하녀 둘 다 의사가 올 때까지 부인

곁을 지키도록 해. 일단 의사가 도착하면 그때 자네가 펠프스 부인을 모시러 가고."

하인은 고개를 끄덕였다. 그는 지시를 받는 데 익숙했고, 일단 지시를 받고 나니 조금 전과 달리 하인 본연의 질서 정연한 태도로 돌아갔다. 제임스는 하크네스 부인에게 고개를 돌렸다. 부인은 미동도 없이 소파에 조용히 누워 있었다. 눈은 감겨 있었고, 쥐 죽은 듯 조용히 꼼짝도 안 해 손목에 손을 대봐야 하지 않을까 하는 걱정마저 들었다. 다행히 손은 따뜻했고 맥박도 좀 빠르긴 하지만 제법 강했다.

"부인, 저는 부군을 찾으러 가겠습니다. 찾는 대로 즉시 연락드리죠."

대답은 돌아오지 않았고, 알아들었다는 표시로 눈꺼풀이 파르르 떨리지도 않았다.

제임스의 모자는 여전히 현관에 얌전히 걸려 있었다. 그 난리통에 모자가 멀쩡히 제자리에 걸려 있는 것이 이상할 지경이었다. 마차에 다시 올라타며 제임스는 상의 주머니를 더듬어 양피지 봉투가 무사한지 확인하고 안도했다. 하크네스가 사라진 지 7시간이 되었다. 그가 어디로 갔을지는 생각할 필요도 없었다. 목적지는 그곳뿐이었다.

"댁으로 모실까요?"

바커가 큰 기대 없이 물었다.

"아니, 세인트 스티븐스 타워로 가주세."

본인은 부인했지만 메리가 봤을 때 젠킨스는 여전히 키넌에게 당했던 매질의 후유증에 시달리는 것이 분명했다. 젠킨스가 감당할 수 있는 것은 기껏해야 꾸준히 걷는 정도였는데, 그나마도 속도가 느려지며 절름거리기 시작했다. 젠킨스로서는 그 정도만 해도 엄청난 노력을 들여야 했다. 창백한 얼굴로 땀을 뻘뻘 흘리며 한 걸음 한 걸음 내딛을 때마다 저절로 인상이 찌푸려지려는 것을 간신히 감추고 있었다.

"거의 다 온 것 같아."

메리가 격려했다.

"그렇지?"

얼마나 알고 있는지, 왜 관심을 갖는 것인지, 젠킨스가 아직 묻지 않았지만 메리로서는 가급적 조수 역할에 머무는 편이 가장 안전했다.

젠킨스는 비장하게 고개를 끄덕이며 말했다.

"모퉁이만 돌면 돼."

"내가 먼저 가서 볼까? 9번지라고 했지?"

윅의 집을 방문하는 것은 이번으로 두 번째였다. 메리의 입장에서 보면 이번 방문은 지나치게 낙관적인 것이었다. 사실 레이드가 거기 있을지 의심스러웠지만 이번만큼은 자신이 틀리면 좋겠다는 생각이 들었다.

젠킨스가 고개를 끄덕였다.

"어서 가봐."

메리는 일렬로 늘어선 집들을 훑어보았다. 두어 곳에서 커튼이 흔들렸다. 또 호기심 많은 이웃들이었다. 그러나 윅의 집에는 커튼이 달려 있지 않았다. 대체 일요일에 누가 커튼을 뺀 걸까? 커튼이 없으니 어쩐지 버려진 집처럼 보였다. 상장으로 달아두었던 검은 리본도 사라졌다. 사라진 리본을 보니 한 사람의 삶이 얼마나 빨리 잊힐 수 있는지 실감이 났다.

"이사 온 거예요?"

메리가 돌아보았다. 맞은편 집 문에서 아홉 살쯤 되어 보이는 빨간 머리 여자아이가 침울한 얼굴로 메리를 보고 있었다.

"이사라니, 어디로?"

"그 집 말이에요. 9번지."

"집이 비었니?"

"오늘 나갔어요."

"그렇게 갑자기?"

"밤새 짐을 싸는 걸 봤어요."

"어디로 갔는데?"

소녀가 어깨를 으쓱했다.

"여자, 그러니까 윅 부인이 혼자 가방을 다 쌌니? 아니면 도와주는 남자가 있었니?"

누군가 있었을 것이 분명했다. 제인 윅은 결단력이 있는 성격도 아니었고 동작이 빠르지도 못했다. 이렇게 갑작스러운 이사라면 분명 누군가 부추긴 것이 틀림없었다. 문제는 윅 가족이 이사 가도록 만든 것이 키넌이냐, 아니면 레이드냐였다.

"어이! 퀸! 대체 뭐하는 거야?"

갑자기 끼어든 목소리에 메리와 소녀 모두 화들짝 놀랐다. 물론 피터 젠킨스가 절룩거리는 늑대처럼 그들을 향해 돌진하고 있었다. 조그맣게 비명을 지르며 소녀는 즉시 자기 집으로 사라졌고 문이 쾅 닫혔다.

메리는 한숨을 쉬었다.

"젠킨스."

"지금 이렇게 노닥거릴 때가 아니잖아! 이해가 안 돼?"

"알아, 젠킨스. 방금 그 여자애가 윅 가족이 오늘 아침 일찍 이사 갔다고 알려줬어."

"말도 안 돼! 그랬으면 레이드가 나한테 얘기했을 거라고!"

메리는 어깨를 으쓱했다.

"그럼 직접 확인해 봐. 그런 뒤 너희 집으로 돌아가서 레이드가 집세를 선불로 지불했는지, 그리고 얼마나 지불했는지 확인해봐."

젠킨스는 그녀를 빤히 쳐다봤다.

"왜? 그게 대체 무슨 상관인데?"

메리는 한숨을 쉬었다.

"만일 선불로 지불했다면 레이드가 이미 떠날 생각을 하고 있었다는 뜻이야. 아마 짐을 꾸려서 윅 가족과 함께 떠났겠지. 지불하지 않았다면 키넌이 전부 데려갔을 가능성이 커. 어서 서둘러."

젠킨스는 여전히 빤히 쳐다보았다. 그의 얼굴에 서서히 놀라움이 피어났다.

"난…… 네가……. 너 보기보다 멍청이는 아니구나!"

메리가 반쯤 미소 지었다.

"그런 다음 공사 현장으로 와. 전세 마차나 뭐 그런 걸 잡아타고 오면 돼."

젠킨스의 눈이 더욱 더 커졌다.

"팰리스 야드로?"

메리가 고개를 끄덕였다.

"왠지 진짜 답은 거기 있을 것 같은 느낌이 들거든."

28

웨스트민스터의 거리는 음울하고 황량한 분위기를 풍겼다. 일요일이어서 호객꾼이나 오가는 주민 모두 거의 없었다. 그리고 평소와 달리 조용히 정지된 주변 환경 때문에, 그림자 속에 도사리고 있는 어깨 넓은 남자가 유독 도드라졌다. 메리는 걸음을 멈추고 그의 움직임을 관찰하기 쉽도록 우체통에 몸을 바짝 붙였다. 메리는 그 남자가 어디로 가고 있는지 이미 알고 있었다.

두 가지 의미에서 익숙한 인물이었다. 건장한 어깨 위에 얹힌 사각형 두상은 분명 키넌의 것이었다. 그리고 덧붙여 지난 월요일에 공사장에 침입했던 남자의 정체도 이제 알 것 같다. 하크네스의 사무실을 뒤지고 거리까지 메리를 추적해서 거의 잡을 뻔했던 남자. 그자와 키넌은 동일 인물이었다. 그것을 깨닫자 왜 하크네스가 절도에 대해 신고하지 않았는지 그 이유도 짐작할 수 있었다. 하크네스가 키넌과 공모했다면 그때의 침입 역시 합의된 계획의 일부였을 것이다. 만일 하크네스가 자재 절도 문제를 해결하려는 중이었다면 그 절도는 아마 덫이었을 것이다. 어느 쪽이든 경찰을 개입시킬 이유가 없었다. 적어도 아직까지는.

메리는 키넌이 목재 담장에 발판을 끼워 넣기를 기다리며 잠자코 지켜보았다. 그러나 오늘의 키넌은 어쩐지 망설이고 있었다. 주변을 훑어보며 의심하는 기색으로 담장을 따라 걸었다. 그가 길모퉁이에서 멀지 않은 그녀의 은신처로 다가오는 동안 메리는 달릴 준비를 했다. 큰 덩치에도 키넌은 동작이 빨랐다. 그를 피할 수 있는 유일한 방법은 앞질러 먼저 출발하는 것뿐이었다. 그러나 키넌은 길 쪽을 보지 않았다. 인상을 쓰며 키넌이 집중하는 대상은 담장 또는 담장 너머의 무언가였다. 그는 다시 뒤돌아서 현장 입구로 걸어가 맹꽁이자물쇠를 확인했다. 그런 다음 어깨 너머를 한 번 넘겨다 본 뒤 그대로 빗장을 올려 문을 열었다.

메리는 그 모습을 똑똑히 지켜보았다. 키넌은 열쇠를 사용하지 않았다. 그것은 곧 자물쇠가 이미 열려 있었음을 의미했다. 불가능한 일이었다. 현장 열쇠를 가진 사람은 오직 하크네스 본인, 혹은 건설부 장관 정도일 것이었다.

마차 바퀴가 덜커덕거리는 소리에 메리는 다시 바짝 긴장했다. 그러나 마부의 얼굴을 알아보는 순간 마음이 놓였다. 바커를 만나게 된 것이 딱히 반가운 일이라고 할 수는 없지만 다른 누군가와 마주치지 않게 된 데 안도한 것이다. 그러나 바커 쪽은 그렇지 않은 모양이었다. 우체통 그림자 뒤에서 걸어 나오는 메리를 보자 찡그린 얼굴을 더욱 일그러뜨리더니 급기야 눈이 거의 보이지 않을 정도가 되었다. 마차가 마지못해 멈췄고, 바커가 뛰어 내려와 퉁명스럽게 고개를 까딱거렸다. 그러고는 계단을 내리고 문을 연 뒤 간호사가 아픈 아이를 돌보듯 조심스레 손을 내밀었다.

"발 조심하십시오."

"한 번도 마차에서 내려본 적이 없는 사람을 대하는 것처럼 얘기하는군."

"오늘은 꼭 혼이 빠진 것처럼 보이셔서 그럽니다."

"얼마나 머물지 몰라."

마침내 나타난 목소리의 주인이 바커의 팔에 힘없이 기댔다. 제임스의 검은 눈이 주변을 훑다가 10야드도 안 되는 거리에 서 있는 메리를 발견하고는 화들짝 놀라더니 뭔가 켕기는 사람처럼 동작을 멈추었다. 초췌한 모습에 메리는 눈이 휘둥그레졌고, 경악과 함께 날카로운 고통을 느꼈다. 그러나 그의 표정을 보니 자신이 할 수 있는 최악의 행동이 바로 제임스에 대한 걱정을 표현하는 것임을 깨달았다. 메리는 도로 쪽으로 걸어가며 짐짓 아무렇지 않다는 투로 말을 걸었다.

"자주 뵙네요."

제임스는 흥미롭다는 듯 짧게 한숨을 내쉬고는 마차에서 완전히 내려왔다.

"하크네스를 따라온 거요?"

"키넌이요."

"키넌이 들어가는 걸 봤소?"

"방금 전에 들어갔어요. 하지만 하크네스는 못 봤어요. 여기 있다고 확신하는 건가요?"

"공사 감리원으로서 내 직책을 걸겠소."

제임스가 쓸쓸한 미소를 지어 보였다. 메리는 그가 휴전을 제안하고 있다는 것을 알아차렸다.

"그럼 어서 가요. 기다리기라도 한 것처럼 문이 열려 있어요."

"아쉽군. 월담을 기대하고 있었는데."

"그것 참 재미있겠네요."

메리가 신랄하게 덧붙였다.

"지금의 당신이라면 평소처럼 걸어 다니는 것만 해도 감사히 여겨야 할 텐데요."

"이런, 당신까지 이러기요. 침대에 편안히 누워 휴식을 취해야 할 필요성에 대해서는 이미 귀에 못이 박히도록 들었소."

"그렇다면 다행이군요."

제임스를 따라 출입문으로 가면서 메리는 바커를 돌아보았다. 마부는 침통해 보였다. 순간적인 충동으로 메리는 조용히 말했다.

"제가 잘 돌볼게요."

"노력이야 하실 테죠."

침울한 대답이 돌아왔다. 출입문 말뚝 사이로 메리와 제임스는 키넌이 현장 사무실에서 나오는 것을 보았다. 특유의 찌푸린 표정이 더욱 짙어졌고, 뭔가 중얼거리는 것 같았다. 보나마나 욕 아니면 저주이리라. 그러더니 다시 현장 사무실로 쿵쾅거리며 들어갔다. 키넌은 사무실에 30초쯤 머물렀고, 다시 나타났을 때에는 방금 전만큼이나 불만스러워 보였다. 마지막으로 짜증스럽게 으르렁거린 키넌은 열린 문도 닫지 않고 시계탑 입구를 향해 씩씩거리며 걸어갔다. 도둑 치고는 특이할 정도로 부주의한 행동이었다. 키넌이 시계탑으로 사라질 때 메리는 제임스를 힐끗 쳐다보았다. 그는 고개를 끄덕였고 그들은 함께 공사장으로 들어갔다.

메리는 잠시 멈춰 서서 맹꽁이자물쇠를 확인했다. 훼손된 곳 없이 멀쩡했다. 메리가 자물쇠를 보여주자 제임스는 또 한 번 고개를 끄덕였다.

"열쇠를 가진 건 하크네스뿐이오."

긴장으로 굳은 목소리였다.

조용한 안뜰에서 두 사람의 부츠 밑창이 포석에 부딪치는 소리가 크게 울렸다. 건물은 거의 완성되었으나 현장에는 황량한 분위기가 감돌았고 그 때문에 건축사에 길이 남을 획기적인 건물이라기보다 버려진 폐허처럼 보였다. 물론 이 또한 메리의 상상일지도 몰랐다.

제임스는 사무실 문을 최대한 활짝 열어젖혔다. 그런데 저쪽에 있는 뭔가가 걸렸다. 메리가 처음 떠올린 것은 하크네스였다. 제임스가 안으로 튀어 들어가는 속도로 보아 그 역시 같은 생각을 한 것 같았다.

"서류요."

제임스가 메리를 보며 침울하게 말했다.

"언제나 서류지."

하늘에 해가 낮게 걸려 있어 좁다란 사무실은 어두침침했다.

메리는 유심히 방을 둘러보며 지금의 아수라장과 그녀가 기억하는 가장 최근의 사무실을 비교해보려 했다. 분명 물건들의 위치가 바뀌었다. 하지만…….

"여기를 샅샅이 뒤진 걸까요?"

제임스는 어깨를 으쓱했다.

"누가 알겠소? 일주일 내내 이 모양이었는데."

"하지만……."

메리의 시선이 책상 위에 머물렀다. 맨 위의 서랍이 약 1인치가량 열려 있었는데, 전에는 그런 모습을 본 기억이 없었다. 메리는 조심스럽게 서랍을 열었다. 봉투 하나를 제외하면 서랍은 텅 비어 있었다. 메리는 그것이 레이드의 주머니에서 떨어진 것과 같은 봉투임을 바로 알아봤다. 하크네스의 개인적인

물품이었다. 그 위에는 휘갈겨 쓴 짤막한 메시지가 있었다. **이번 주 치는 이곳에.** 옆에는 세인트 스티븐스 타워의 약도가 그려져 있었다. 약도라고 해봐야 낙서처럼 서툴게 휘갈긴 선 몇 줄에다 조잡한 검은색 X자로 시계탑의 위치를 표시한 것이 전부였다.

"뭔가 찾았소?"

"이거 보세요."

제임스는 메리의 어깨 바로 뒤에 섰다. 그의 숨결에 메리의 머리칼이 가볍게 날렸다.

"젠장, 젠장, 젠장."

제임스가 조용히 내뱉었다.

"너무 극단적이네요. 그렇죠?"

"계단 때문에 이러는 거요."

봉투는 비어 있었지만 메리는 빈 봉투를 주머니에 넣었다.

"저기…… 혹시 괜찮다면…… 당신은 그냥……."

"여기 그냥 있으라고?"

제임스는 이미 단호하게 안뜰을 가로질러 걷고 있었다.

"어림없는 소리요."

"얼마나 안 좋은 거예요?"

"그런 대로 괜찮소. 그건 그렇고 지금은 숙녀요, 아니면 잡역부 소년이오?"

"마크인 편이 나을 것 같네요."

"좋아. 한 번만 더 내 상태에 대해 물어보면 그땐 한 대 때려 주겠어, 마크 퀸."

체념의 한숨과 함께 메리는 시계탑 계단으로 통하는 작은 문을 열었다.

"앞장서시죠, 이스튼 씨."

29

계단 오르기는 더디고 고통스러운 과정이었다. 지난번보다 훨씬 더 심했다. 이번에는 제임스가 그녀에게 기댈 준비가 되어 있었지만 그들은 20칸마다 한 번씩 쉬어야 했고, 나중에는 10칸, 그보다 더 뒤에는 서너 칸마다 멈췄다. 제임스는 헉헉거리며 부들부들 떨었다. 제임스의 창백한 안색은 모든 것을 노랗게 보이게 만드는 가스등 때문만은 아니었다. 3분의 1 지점에서 제임스는 차가운 돌바닥에 풀썩 주저앉아 몇 분 동안 몸을 웅크렸다.

"제임스."

"1분만."

제임스는 상의 가슴 부근의 주머니를 더듬어 폭이 좁은 양피지 봉투를 꺼냈다. 그러더니 머리를 뒤로 젖히고 내용물을 입

에 쏟아 넣은 뒤 꿀꺽 삼키며 인상을 찌푸렸다. 정체 모를 분말
이었다.

"끔찍하군. 이제 됐소. 왜 부른 거요?"

메리는 제임스의 손에 들린 종이를 빤히 쳐다보았다.

"그게…… 그게 대체 뭐죠?"

"당연히 버드나무 껍질 분말이오. 대체 뭘 상상한 거요?"

지친 얼굴에 재미있는 듯한 표정이 스쳤다.

"동양에서 가져온 위험한 독약이라도 되는 줄 알았소?"

제임스는 메리의 당황한 표정을 보며 싱긋 웃었다.

"아니면 아편? 내 젊음과 아름다움을 앗아가는 악마?"

"좀 들어보세요."

메리는 필요 이상으로 정색을 하며 말했다.

"시간이 없어요. 내가 먼저 가서 무슨 일이 일어나고 있는지
살펴볼게요."

제임스는 고개를 저었다.

"같이 갑시다."

"그럼 앞으로 1시간은 족히 걸릴 거예요. 그렇게 오래 기다
릴 여유가 없다고요. 키넌은 지금쯤 벌써 시계탑에 도착했을
텐데 이따 내려오고 있는 그 작자와 마주치고 싶지는 않아요."

제임스는 천천히 일어섰다. 조금은 불안하지만 처음 현장에
도착했을 때보다 한결 기운이 나는 것처럼 보였다.

"그리 오래 걸리지 않을 거요. 아까보다 훨씬 좋아졌소."

메리는 의심스러운 눈으로 제임스를 관찰했다.

"아까처럼 심하게 유령처럼 보이지는 않네요. 그건 그래요."

"여전히 아부에는 소질이 없군."

"버드나무 껍질에 그런 효능은 없어요. 특히 이렇게 바로 효과가 나타나는 건 더욱 아니죠. 효능이라고 해봐야 기껏해야 진통과 해열 정도라고요."

제임스는 어깨를 으쓱해 보였다.

"맞소. 솔직히 얘기하자면 여기에 순수하게 버드나무 껍질만 들어간 건 아니오. 하지만 입씨름에 시간을 낭비하지 맙시다. 자, 어서 가요."

그 말에 더는 반박할 수 없었다. 그들은 다시 계단을 오르기 시작했다. 점점 좁아지는 계단은 구불구불 이어져 뿌연 공기와 일몰, 그리고 빠르게 내려앉고 있는 어둠 속으로 사라졌다. 그러나 그들에게는 아무것도 보이지 않았다. 제임스는 올라가면서 점차 힘이 솟는 것처럼 보였다. 메리의 어깨에 얹힌 손이 가벼워지며 호흡도 한결 안정되고 발걸음도 빨라졌다.

"그런데 그 분말이 정확히 뭐죠, 제임스?"

"'이스튼 씨'라고 불러야지, 마크 퀸."

"말 좀 돌리지 마세요."

제임스는 한숨을 쉬었다.

"주성분은 아까 얘기한 것처럼 버드나무 껍질이오. 거기에 독일에 사는 친구가 발견한 뭔가를 넣었지. 열대 식물의 이파리에서 추출한 순한 흥분제요. 걱정할 만한 건 없소."

"제가 보기에는 별로 순한 것 같지 않은데요. 얼마나 복용한 거예요?"

"귀찮은 잔소리쟁이 할머니처럼 구는군. 일을 할 수 있을 만큼 먹었소."

"일이 다 끝난 뒤에는 길바닥에 뻗은 당신과 씨름해야 할 것 같네요."

"걱정 말아요. 그건 바커가 할 테니."

두 사람은 조용히 계단을 올랐다. 마지막 구간에 이르렀을 때 제임스가 그녀의 팔을 잡았다.

"일단 계획부터 세워야 할 것 같소."

"어떤 상황인지 전혀 예측할 수 없잖아요. 일단 그걸 알아야 계획을 세우죠."

"음, 내 추측은 이렇소. 하크네스와 키넌은 위쪽에서 얘기하고 있을 거요. 내가 알고 싶은 건 하크네스가 절도에 개입했는지, 그렇다면 어느 정도나 연관되어 있는지요. 가까이 가서 살피다가 움직여야 할 때까지 최대한 들어봅시다."

"당연하죠. 하지만 어쩔 생각이죠?"

"경찰이 도착할 때까지 키넌을 붙들어두는 거요."

"키넌을 붙들어둔다고요? 꿈도 야무지시네요."

"우리 둘이 함께라면……. 아니, 어쩌면 셋이 될 수도……."

메리는 제임스를 보았다. 가스등 조명 아래에서도 제임스의 눈에 생기가 빛나는 것이 보였다. 열이 내려서 그런 것일 수도 있었지만 아까 복용한 흥분제의 효과일 가능성이 더 컸다. 평소의 제임스답지 않게 초조함과 흥분으로 떨고 있었다. 문득 제임스가 자신이 생각했던 것처럼 든든하고 똑똑하며 현명한 조력자가 맞는지 의심이 솟았지만 우선은 잠시 접어두기로 했다. 지금은 그럴 때가 아니었다. 무슨 일이 있어도, 제임스가 무슨 짓을 저지르더라도, 메리로서는 즉흥적으로 상황에 대처해야 했고, 거기에 운이 따르길 바랄 따름이었다.

메리는 마지막 몇 계단을 오르며 전에 이곳에 올라와본 것을 다행스럽게 생각했다. 이제 곧 해가 지평선 너머로 떨어질 텐데 시계탑의 조명이 얼마나 밝을지 알 수 없었다. 대략의 구조와 크기를 전혀 몰랐다면 자신이 무엇을 보고 있는지 알 수 없을 것이고, 들키지 않을 가능성도 희박해질 것이었다. 그것만으로는 대단히 유리한 입장에 있다고 볼 수 없지만 어쨌든 마음만은 한결 편했다.

"메리?"

제임스가 바로 뒤에서 입을 열었다. 그의 속삭임에 귀가 간질거렸다.

"네?"

"의사가 흥분은 금물이라고 경고했소. 어떤 종류의 흥분이건 말이오."

메리는 하마터면 웃음을 터뜨릴 뻔했다.

"**시끄러워요**, 제임스."

"뭐 보이는 게 있소?"

"아뇨. 들리는 소리도 딱히 없네요."

그 순간 갑자기 소리가 들렸다. 남자 목소리가 가깝고 선명하게 울렸다.

"그래서 돈을 줄 겁니까, 말 겁니까? 밤새 이러고 있을 수는 없소."

"그건 나도 마찬가질세, 키넌."

하크네스의 어조는 이상할 만큼 차분했다.

"나도 마찬가지라고."

두 남자의 목소리가 너무 가까이 들려 메리는 본능적으로 뒷걸음질 치다가 제임스의 따스한 품에 폭 안겼다. 제임스가 메리의 어깨에 손을 얹었다. 메리의 마음을 편안하게 해주려는 의도였는지는 모르겠지만 정반대 결과를 낳고 말았다. 아주 미미한 수준이었지만 제임스의 손가락이 가늘게 떨리고 있었던 것이었다. 또다시 아까 복용한 분말에 대한 의심이 치솟았다. 이전까지는 제임스가 손을 떠는 것을 한 번도 보지 못했다. 오히려 어떤 압박 속에서도 동요 없이 침착함을 유지하는 모습에 감탄할 정도였다. 그런데 지금 제임스는 손을 떨고 있었다.

"그러니까 이제 어쩔 겁니까?"

"아, 자네는 물론 마땅한 대가를 받게 될 걸세, 키넌. 그것만은 내가 장담하지."

"설마 지금 위협하는 겁니까, 하크네스? 난 당신 따위는 두렵지 않소."

"흥미로운 사실을 하나 알려주지. 나도 이제 더 이상 자네가 두렵지 않다네."

잠시 침묵이 흘렀다.

"혹시 생각해봤나? 멍청한 하크네스 영감이 더 이상 자네를 두려워하지 않으면 어떻게 될지?"

또 한 차례의 침묵.

"자네에게서 명석한 답변이 나올 리 없지. 안 그런가, 키넌? 자넨 원래 그런 쪽으로 재주가 없잖나."

"그만 좀 떠드시죠. 돈을 줄 거요, 말 거요?"

"안 줄 걸세."

하크네스가 깊이 숨을 들이쉬며 말했다. 말투에서 웃음이 묻어났다.

"내 말 들었나? 이제 자네 같은 공갈 협박범에게 더 이상 돈을 주지 않을 거라네."

제임스가 날카롭게 숨을 들이쉬자 메리는 긴장했다. 숨소리가 크게 울렸기 때문이었다. 그러나 키넌과 하크네스는 자기들만의 대화에 완전히 몰입해 아무것도 듣지 못했는지 얘기를 이어갔다.

"오늘 아침에 계산을 좀 해봤는데 말이야."

하크네스가 아무렇지 않게 말했다.

"자네가 나한테 뜯어간 돈이 얼마인 줄 아나? 내가 자네와 웍에게 지난 10개월 동안 지불한 총액 말일세."

하크네스는 대답을 기다리지 않았다.

"처음에는 그럭저럭 감당할 수 있었지. 일주일에 1파운드 정도였으니까. 그러다가 1파운드가 2파운드가 되고, 곧 5파운드가 됐지. 5파운드까지도 사실 감당할 만했어. 하지만 자네들이야 셋이서 나눴을 테니 시간이 좀 지나자 그 정도는 별로 큰 액수로 느껴지지 않았겠지. 그래서 10파운드로 올렸고. 일주일에 10파운드라니. 결국 난 파산했어. 사실 하찮은 액수지. 딸아이가 새 옷 몇 벌 살 값, 아내가 여는 파티 비용 정도니까, 뭐. 하지만 전부 합산해 보니, 여태까지 준 돈만 2백 파운드가 넘더구면. 그런데 말이야, 내가 정말 알고 싶은 건 이 부분이야. 내 경우에는 그 돈이 어떻게 쓰였을지 대충 보이지. 내겐 아내와 자식들이 있으니까. 딸은 돈이 많이 들고, 아들은 더 많이 들지. 그리고 웍에게도 가족이 있으니 마찬가지였을 거야. 불쌍한 영혼들이지. 하지만 자네는 그 80파운드로 대체 뭘 했나, 키넌? 그걸 당최 모르겠네."

"지옥에나 떨어져요!"

키넌이 으르렁거리듯 말했다.

"돈을 주지 않으면 어떤 일이 벌어질지 알잖소."

"지옥 문제라면 전지전능하신 주님 손에 달려 있지. 하지만 키넌, 지금쯤이면 자네도 이해해야 하는 것 아닌가. 난 이제 자네가 내게 무슨 짓을 하건 두렵지 않아. 사실, 오히려 기대하고 있을 정도라네."

긴 침묵이 뒤따랐다. 그동안 메리는 계단 맨 위의 출입구에서 조심스럽게 상체를 앞으로 내밀었다. 제임스도 마찬가지였다. 메리가 상상했던 것처럼, 두 남자는 시계탑의 저쪽 귀퉁이에 있었다. 하크네스는 런던 거리 위로 펼쳐지는 저녁놀을 감상이라도 하듯 난간에 손을 올려 몸을 지탱하고 있다. 언뜻 보기엔 태연한 듯했으나 구부정하고 경직된 어깨가 마음 밑바닥에 깔린 긴장을 드러냈다. 이와는 대조적으로 하크네스를 마주보고 서 있는 키넌은 금방이라도 몸싸움을 벌일 기세로 상체를 앞으로 약간 빼고 있었는데 묘하게 경직된 자세였다. 마치 자신이 처한 상황에 어떻게 대처해야 할지 모르는 것처럼 보였다. 하크네스가 필사적으로 유지하고 있는 침착함이 키넌이 가진 가장 효과적인 무기를 앗아간 것이다.

"그럼 왜 여기로 부른 거요?"

키넌이 화난 어조로 물었다. 그는 주먹을 쥐었다 폈다. 손가락 사이로 하크네스의 물컹한 목이 느껴지는 듯했다.

"이런, 물론 자네에게 내 결심을 말해주기 위해서지."

"여기까지 올라와서요? 사무실은 뒀다 뭐할 거요?"

하크네스가 미소 지으며 눈앞에 펼쳐진 도시의 풍경을 내려다보았다.

"아름다운 저녁이잖나. 저녁 풍경을 즐기고 싶었네."

"난 풍경 따위에는 관심 없소."

"자네의 미래가 어떨지 생각하면 관심이 생길걸."

"그게 무슨 소리요?"

"기껏해야 죄수복 입고 돌이나 깨고 있겠지."

잠시 동안 키넌은 당황하여 눈을 깜박였다. 그러다가 갑자기 한바탕 웃음을 터뜨렸다.

"너무 무리하시는군, 하크네스. 내가 감옥에 가게 되면 당신도 마찬가지 신세라는 걸 모르는 거요? 나보다 당신이 더 호되게 당할 게 뻔한데 겨우 그 꼴을 보자고 악마에게 영혼이라도 팔 생각이신가!"

하크네스 역시 미소 짓고 있었다. 입꼬리가 이상하게 올라간 것이 키넌의 웃음만큼이나 유머와는 거리가 멀었다.

"자네는 예상했던 것보다도 머리가 안 돌아가는군, 키넌. 솔직히 좀 실망했네."

하크네스는 이제 몸을 곧게 펴고 종탑 가장자리에 기대며 말을 이었다.

"자네의 저속하고 교활한 성품은 범죄자와 다를 게 없어. 뭐, 자네 계급에서는 별로 드문 일도 아니지. 하지만 키넌, 자네의 진짜 문제는 빈곤한 상상력이라네. 자네는 지금 내가 무엇을 생각하고 무엇을 느끼는지 절대 상상할 수 없을 거란 말이지. 그 때문에 자네는 파멸할 거야."

"개소리."

키넌이 퉁명스럽게 몸을 홱 돌리며 으르렁거리듯 말했다.

"순 개소리군. 당신이 연루되었다는 걸 감추면서 어떻게 나를 궁지에 몰아넣겠다는 거요? 이익의 절반을 가져가면서, 망할 놈의 장부까지 조작한 주제에."

하크네스는 흔들림 없는 눈빛으로 이글거리는 지평선을 뚫어지게 바라보았다. 극도의 평온이 하크네스의 얼굴을 변화시켰다. 얼굴에 다시 혈색이 돌아왔고 심지어 젊은 시절로 돌아간 것처럼 보였다. 그때 메리는 그의 모습에서 가장 큰 변화를 감지했다. 눈가의 경련이 사라진 것이다. 하크네스의 왼쪽 뺨은 미동 없이 매끈했다.

"난 이제 내 죄를 은폐하는 데 관심이 없다네. 손톱만큼도 없지. 오히려 사건의 전모를 상세히 설명한 편지까지 남겼다네."

그러고는 고개를 홱 돌려 키넌의 놀란 얼굴을 마주했다.

"그래, 내가 자네의 도둑질을 발견한 순간부터 일어났던 모든 일을 편지로 적었네. 내가 왜 이익의 절반을 받는 대가로 자네의 절도를 못 본 척하기로 하고 장부까지 조작했는지에 대해서도 밝혔지. 그리고 자네 친구 윅이 우리 계획에 대해 알아차리고 나를 협박하기 시작한 것도. 그 덫의 배후에 자네가 있다는 걸 간파하기까지는 시간이 좀 걸렸어. 자네가 그 친구에게 그렇게 하라고 시킨 거라는 사실 말이야. 그런 사기는 지금까지의 내 경험을 완전히 벗어난 종류였어."

"하지만 지금은 아니잖소."

"맞아."

하크네스의 목소리는 교장 선생님처럼 근엄했다.

"난 죄를 지었어. 아주 심각한 잘못이지. 이제 난 그 죄를 갚아야 해."

"어떻게 말이오?"

키넌이 의심스러운 목소리로 물었다.

"그 편지란 게 뭐요? 대체 어디 있소?"

"자네의 그 저속한 생존 본능이 다시 고개를 드는구먼. 이렇게만 얘기해두지. 편지는 안전한 곳에 있어. 자네는 절대 찾지 못할 곳이지. 하지만 당국은 찾을 거라네. 믿어도 좋아. 그리고 당국은 진상을 정확히 알게 될 걸세."

"뭐, 그건 아무래도 좋소. 그 편지가 정말로 있고 경찰이 그걸 발견한 뒤 당신 말을 전부 믿는다고 칩시다. 그런데 경찰이 나를 찾아낼거라고 어떻게 장담하는 거요? 런던은 큰 도시요. 설령 내가 런던에 계속 머무른다 쳐도 말이오."

키넌은 하크네스를 노려보았다. 하크네스는 꼼짝도 않고 서서 어두워지는 거리를 응시했다.

"뭐? 그럼 어떻게 되느냐고?"

하크네스가 몽상에서 깨어난 듯 눈을 깜빡이며 미소 지었다.

"윅이 왜 죽었는지 알고 싶지 않나?"

키넌의 얼굴이 고요해졌다.

"어떻게 된 건지는 나도 알아요. 여기서 떨어졌죠."

"하지만 어떻게?"

하크네스가 집요하게 물었다.

"그리고 언제, 왜?"

"그냥 떨어진 거요, 됐소? 사고는 늘 있는 법이죠. 특히 이런 시계탑에서는 더욱 그럴싸해 보이잖소?"

"물론 사고가 일어날 수도 있지. 하지만 애초에 윅이 왜 여기에 올라왔는지 궁금하지도 않나?"

"궁금하지 않소."

차갑고 냉담한 목소리였지만 전율의 흔적이 묻어났다.

등 뒤에서 제임스가 숨을 죽이고 있는 것이 느껴졌다. 키넌을 자극해 자백을 얻어내려는 의도라면 너무나 극단적이고 어리석은 방법이었다. 이 방법은 오래가지 못할 것이다. 키넌이 아직까지 폭발하지 않은 것이 오히려 이상했다.

메리는 키넌의 얼굴을 좀 더 잘 살피기 위해 약간 더 앞으로 나갔다. 이제 그녀는 키넌과 하크네스의 눈에 띌 수 있는 위치에 노출되어 있었다. 시계탑에는 몸을 숨길 곳이 마땅하지 않았다. 들키지 않고 숨을 만한 작은 공간조차 없었다. 그리고 그들 위로 탑 꼭대기에는 거대한 종이 걸려 있었다. 내부가 시커먼 거대한 종은 마치 심판을 내리려는 신처럼 근엄하게 아래를 굽어보며 나약한 인간들이 결정적인 행동을 저지르기를, 그냥 말로만 떠들 것이 아니라 어떤 행동이라도 개시하기를 기다리는 것 같았다.

405

"내가 들려주지."

"듣고 싶지 않다고 했잖소!"

채찍처럼 날카로운 키넌의 목소리는 좁은 공간에 메아리치며 종 안쪽의 거대한 공동에도 미미한 공명을 일으켰다.

"여기서 만나자고 제안한 건 윅이었네."

아랑곳하지 않고 하크네스가 운을 뗐다. 키넌의 공포심이 고조되고 있다는 것을 눈치채지 못했을 리 없었다. 오히려 반기는 듯했다.

"사실은 윅이 우긴 거지. 솔직히 윅을 만나고 싶지 않아서 만남을 최대한 미루려 했다네. 윅이 날 만나려는 이유가 금액을 올리려는 것 말고 뭐가 있겠나. 물론 자네가 더 잘 알겠지. 그렇게 하도록 부추긴 것이 바로 자네일 테니까. 안 그런가, 키넌?"

키넌은 움직이지 않고 하키네스를 쏘아보았다.

"어쨌거나. 윅의 요구대로 우리는 날이 어두워진 뒤 이 시계탑에서 만났네. 아마 10시쯤이었을 거야. 그날 내가 좀 늦게 왔는데 윅은 그것 때문에 이미 기분이 상해 있었지. 윅은 상스러운 말로 나를 나무라더군. 나는…… 기가 죽어서 그냥 가만히 듣고만 있었다네."

하크네스의 왼쪽 눈이 딱 한 번 씰룩거렸다.

"어쩌면 가장 후회스러운 순간일지도 모르겠네. 내가 신사의 신분을 망각한 것 말이야."

잠시 말을 멈추는가 싶더니 키넌이 몸을 살짝 움직이자 다시 현재로 돌아왔다.

"당연히 윅은 액수를 더 올려 달라고 요구했지. 순전히 장부 위조를 발설하지 않는 대가로, 일주일에 12파운드라는 터무니없는 액수를 받고 있었으면서 말이야. 일주일에 10파운드를 주는 바람에 파산했다고 아까 얘기했나? 나는 이미 파산 상태였네. 그때는 그걸 몰랐지만. 하지만 내 입장에서는 윅의 요구를 더 이상 감당할 수 없었고, 그 악당에게 그 점을 확실히 했네. 그랬더니 감히 내 아내에게 직접 상황을 설명하겠다고 하더군. 그러면 아내가 내 체면을 위해 패물을 팔 수도 있을 거라면서. 게다가 그 자식…… 그 더러운 자식이 날 협박했어. 만일 패물이 충분하지 않으면…… 태생부터 비천한 악당이 아니고서야 도저히 입에 담을 수도 없는 그런……."

하크네스는 다시 말을 멈추고 분노를 삼켰다. 다시 입을 열었을 때 그의 목소리는 침착하고 초연해져 있었다.

"신사라면 그런 모욕을 참지 못하는 법이지. 화가 치민 나머지 나는 윅과 난투를 벌였네. 윅과 나는 이렇게 서 있었지. 윅은 여기에, 그리고 나는 지금 자네가 서 있는 바로 그 자리에."

키넌은 화들짝 놀란 듯 움찔했으나 곧 평정심을 되찾았다.

"들을 만큼 들었소."

후두에서 새어 나오는 듯 낮은 목소리였다. 그러나 키넌은 자리를 뜨려 하지 않았다. 오히려 넋이 나간 것처럼 하크네스에게 조금씩 다가갔다.

"윅은 물론 나보다 힘이 훨씬 셌어. 육체노동을 하니 당연한 일이지. 하지만 윅이 내게 달려들었을 때 난 어디서 솟아났는지 모를 힘으로 맞섰지. 우린 서로 엉켜서 **싸웠어.**"

하크네스가 거의 감동한 듯한 목소리로 말했다.

"난 싸움을 잘 모르네. 신체적인 폭력에는 늘 고통이 따르지. 하지만 그때는 두렵지 않았네. 오히려 싸움을 즐기고 있었어."

"이 악마! 어디 이것도 즐겨보시지."

키넌이 하크네스에게 달려들어 멱살을 잡았다. 하크네스는 휘청휘청 뒤로 물러나며 석재 난간에 쿵 하고 부딪쳤다. 난간 너머로 몸이 휘어져 몹시 아팠을 텐데도 고통이나 두려움에 찬 비명을 지르지 않았다. 키넌은 한층 더 격앙된 목소리로 소리치며 하크네스의 목을 조르기 시작했다.

"지옥에나 떨어질 악마 같으니! 네놈이 윅을 밀었어. 그렇지? 네놈이 윅을 이쪽으로 유인한 다음 난간에서 밀어 떨어뜨린 거야."

"그만둬!"

또렷하고 위엄 있는 목소리가 종의 공동에서 메아리치는 순간, 제임스가 메리를 지나쳐 두 남자를 향해 튀어 나갔다. 시계탑은 좁았고 제임스의 다리는 길다 보니 겨우 몇 걸음 만에 두 사람 앞에 이르렀다.

그러나 한 발 늦었다. 제임스의 목소리에 소리에 놀란 키넌이 벌떡 몸을 일으켰고 그의 밑에 깔린 하크네스는 팔다리를 마구 휘젓고 있었다. 두 사람의 동작이 맞물리며 하크네스의 다리가 그만 난간 너머로 넘어가고 말았다. 희한하게도 넘어가는군. 메리는 기계적으로 자신이 목격한 장면을 분석했다. 어차피 넘어갈 거였다면 머리부터 넘어갔어야 했다. 그랬다면 키넌도 함께 끌려갔을 텐데. 그러나 이제 하크네스는 시계탑 밖에 매달려 있고, 키넌은 안쪽에서 배를 난간에 걸친 채 아슬아슬한 균형을 잡고 있었다. 날카로운 공포의 비명이 이어졌다. 그것이 하크네스의 비명인지 아니면 키넌의 것인지, 메리는 분간할 수 없었다.

제임스가 몸을 날려 몸부림치는 키넌의 다리를 붙잡았고 고통스런 신음과 함께 쿵 소리를 내며 바닥에 떨어졌다. 격렬한 헐떡거림이 동시다발적으로 터져 나왔다. 그러나 그 이후로는 뻥 뚫린 공간에 쌩쌩 몰아치는 바람 소리만이 울렸다.

키넌은 제임스의 손아귀에 붙들린 채 완벽하게 정지해 있었다. 그의 상체는 시계탑 밖에 매달려 있었는데 일어나려 움직일 수 없는 듯했다. 제임스보다 한 발 뒤에 서 있던 메리는 난간으로 달려가 넘겨다 보았다. 키넌의 두터운 팔뚝을 붙잡고 있는 하크네스의 크고 물컹한 손이 보였다. 그는 아래에 있는 기와에 발이 닿을락말락한 상태로 대롱대롱 매달린 채 이상하게 침착한 표정으로 위를 올려다보고 있었다.

그러나 난간 너머로 나타난 메리의 얼굴을 보는 순간 하크네스는 인상을 찌푸렸다.

"퀸? 대체 여기서 뭘 하고 있는 거지?"

메리는 침을 꿀꺽 삼키고 자신이 여전히 신분을 위장하고 있는 상태임을 상기했다.

"이스튼 씨를 돕고 있습니다. 그냥 매달려 계세요. 저희가 끌어 올릴게요."

"당황하지 마시고요."라고 덧붙이려 했으나, 그 말은 하크네스의 경우에는 적절하지 않은 것 같았다. 하크네스는 메리가 보았던 그 어느 때보다 더 평온해 보였던 것이다.

그러나 키넌은 두려움에 짓눌려 금방이라도 토할 것 같은 표정이었다. 거꾸로 매달린 탓에 얼굴이 점점 더 시뻘겋게 물들고 있었다.

"제발 끌어올려 줘!"

키넌이 쉰 목소리로 소리쳤다. 평소의 적극적이고 공격적인 남자에게 어울리지 않는, 수동적인 태도였다. 발을 잘못 움직이면 자칫 자신의 다리를 붙잡고 있는 제임스가 손을 놓아버릴 위험이 있었고, 하크네스는 하크네스대로 너무 무거웠다.

하크네스는 영문을 모르겠다는 표정이었다. 자신이 어떻게 웨스트민스터의 포장도로 위 100피트 높이에 매달리게 되었는지 도무지 모르겠다는 듯한 얼굴이었다. 그러나 곧 하크네스의 표정이 밝아졌다.

"자네로군, 이스튼. 이 악당이 떨어져 죽지 못하게 막고 있는 사람이."

제임스는 반은 힘에 부쳐, 반은 우스워서 탄식을 내뱉었다.

"그래요, 접니다. 그런데 두 사람 다 끌어올릴 힘이 없다는 게 문제네요."

"그 점에 대해서는 걱정 말게."

하크네스는 놀라울 만큼 태연한 목소리로 대답했다.

"난 주님과 구세주 그리스도를 영접할 준비가 되어 있다네."

"이렇게 빨리요? 안 됩니다."

경악이 번진 메리의 얼굴을 본 키넌은 사색이 되었다.

"지금이 무슨 한가롭게 차 마시는 시간인 줄 알아!"

키넌이 고함쳤다.

"야, 애송이! 내 팔이 빠지기 전에 어서 빨리 안으로 끌어당기라고!"

메리가 키넌의 한쪽 다리를 잡고 끌어당겼지만 그녀의 가벼운 체중으로 이렇다 할 성과를 낼 수 없었다. 하크네스와 키넌의 체중을 합치면 350파운드는 족히 될 텐데, 그녀와 제임스의 체중은 거기에 훨씬 못 미쳤다. 누군가의 도움이 없이 중력을 거슬러 두 사람을 끌어올리는 것은 불가능했다. 그리고 도움을 청하러 갈 시간도 없었다.

메리는 제임스를 보며 말했다.

"이쪽에 온갖 종류의 밧줄이 있어요. 그걸 이용해보면 어떨까요?"

이마에 송글송글 땀이 맺히기 시작한 제임스가 고개를 끄덕거렸다.

"좋아. 내가 매듭짓는 법을 가르쳐주지."

"이스튼, 이 친구. 더 쉬운 해결책이 있네만."

하크네스의 목소리였다. 그의 목소리는 바람과 벽에 가려져 매우 작게 들렸다.

"원래 키넌을 함께 데려갈 생각이었는데, 자네가 키넌을 붙들고 있다면 그럴 수 없겠지. 하지만 키넌이 나를 놔주면 자네가 이자를 구해서 경찰에 넘기게."

여기저기에서 동시에 격렬한 항의가 터져 나왔다.

"미쳤군!"

"도대체 뭐하시는 거예요, 아저씨?"

"키넌이 놔준다니, 무슨 뜻입니까?"

"방금 말한 대로야."

하크네스가 미친 것처럼 보일 정도로 냉정하게 말했다.

"제임스, 자네와 그 꼬마는 우리 대화를 들을 만큼 들었을 테니 상황이 어떻게 된 건지 알 것 아닌가?"

제임스가 외마디 탄식으로 그의 말을 인정했다.

"제임스, 이 친구. 내겐 선택의 여지가 없어. 지금 내가 바라는 건 죽음뿐이라네."

"이 멍청한 늙은이!"

키넌이 고함쳤다.

"그럼 가시오. 기꺼이 놔줄 테니. 나로서는 대환영이지! 여기 당신이 죽고 싶어 했다고 증언해줄 목격자도 있으니까."

"안 돼!"

제임스가 날카롭게 말했다.

"그 손을 놓으면 내가 당신을 밀어버리겠어, 키넌."

키넌에게 소리친 뒤, 이번에는 하크네스를 이성적으로 설득하려 애썼다.

"아저씨, 이 문제는 일단 아저씨가 안전하게 올라오고 나서 그때 다시 얘기해요. 지금은 그런 얘기를 할 때가 아니에요. 퀸, 가서 밧줄을 가져와."

메리는 가장 가까운 곳에 놓여 있는 돌돌 말린 밧줄 뭉치를 향해 달려갔다. 종을 설치하고 남은 밧줄이었다. 메리는 키넌의 발목에 밧줄을 감고 단단하게 매듭을 지은 뒤 돌벽에 박힌 고리에 다른 쪽 끝을 고정했다. 그런 다음 진정한 의미의 분투가 시작되었다.

메리와 제임스는 중앙의 수직 통풍구 가장자리에 발을 지탱한 채 밧줄을 끌어당기기 시작했다. 밧줄은 두껍고 튼튼했으며 중간에 장애물도 없었다. 우선 키넌이 안으로 반쯤 끌려 왔고, 반대쪽 끝에 매달린 하크네스도 죽은 것처럼 가만히 멈춰 있어 일정한 무게를 유지했다. 그러나 약간 진전되자마자 벽 쪽에서 격심한 난투가 시작되었다.

"어이!"

키넌이 소리쳤다.

"하크네스가 떨어질 것 같아. 곧 떨어질 거라고."

"꽉 붙잡아!"

제임스가 고함을 질렀다.

"살고 싶으면 하크네스 씨를 놓치지 마."

"하지만 이 영감탱이가 내 손을 풀고 있다니까!"

"그럼 더 꽉 붙잡아."

악전고투 끝에 밧줄이 조금씩 올라왔다. 어떤 때는 1인치씩, 때로는 반 인치씩 끌려 올라왔다. 덩치 크고 버둥대는 두 남자를 끌어올리는 것은 상상을 초월하는 작업으로, 1분 동안 아무 성과도 얻지 못할 때도 있었다. 메리의 이마에 흘러내리는 땀줄기는 제임스의 것이었다. 영웅적인 노력에도 불구하고 제임스는 서서히 지치기 시작했다. 그의 눈에서 광적인 번뜩임이 사라졌고, 힘을 쓰느라 붉게 달아오른 피부 아래로 얼굴이 점점 잿빛이 변하고 있는 것이 보였으며, 호흡은 점점 빠르고 가빠졌다.

제임스는 탐색하는 듯한 메리의 눈빛을 간파하고 말했다.

"더 세게 당겨!"

이미 온 힘을 다해 당기고 있었지만 그래도 메리는 고개를 끄덕였다.

우여곡절 끝에, 말 그대로 정말 어쩌다 보니 키넌의 상체가 고통스럽게 조금씩 난간 너머로 끌려왔다. 키넌은 쥐 죽은 듯 고요하고 조용하게 기다리며 버티고, 집중했다. 그리고 마침내 그의 겨드랑이가 난간 벽 모서리에 걸쳐졌다.

"조심해!"

제임스가 숨을 헐떡이며 말했다. 기진맥진한 얼굴에 안도하는 빛이 뚜렷했다.

"지금 바로 하크네스 씨를 끌어올리도록 도와주겠네."

메리와 제임스가 난간에 도달하기까지 걸린 시간은 불과 몇 초였다. 그런데 그 찰나의 순간, 키넌은 반항적인 몸짓으로 손을 번쩍 들어올렸다.

"당신이 원한 게 이거 아냐?"

허공을 가르는 끔찍하고 날카로운 비명이 괴기스러운 메아리를 일으켰다. 메리의 두개골을 꿰뚫을 것만 같은 소리였다. 부질없는 짓임은 알면서도 그녀는 비틀거리며 난간을 향해 걸어갔다. 가지런히 깔린 지붕널과 정교한 고딕 양식의 곡선 장식을 살핀 뒤, 목을 길게 빼고 그 아래 그림자에 가려진 포석 깔린 안뜰을 내려다보았다. 그 순간 지평선 너머로 해가 완전히 떨어졌고 손에 만져질 것처럼 짙은 어둠이 도시에 내려앉으며, 저 아래에서 여기저기 부서진 채 피를 흘리며 큰 대자로 뻗어 있을 시체를 가렸다.

잠시 후, 메리는 깜짝 놀라 비명을 질렀다. 거친 손이 옷깃 뒤를 움켜쥐고 허공으로 들어 올린 것이었다. 메리는 조금 전의 하크네스처럼 세인트 스티븐스 타워의 비스듬하고 아름다운 지붕 위에서 대롱대롱 매달린 신세가 되었다. 옷깃 솔기가 메리의 목을 파고들어 기도를 조였고, 부츠 끝이 종탑 석벽에 스쳤다. 물론 키넌의 짓이었다. 자유로워진 키넌 근처에 가다니 얼마나 어리석은 짓이었던가!

제임스가 메리를 향해 돌진했지만 키넌의 위압적인 몸짓에 저지되었다. 제임스는 공포에 질린 얼굴로 완벽하게 정지했다. 제임스의 입술이 그녀 이름의 첫 음절을 뱉으려 했다.

놀라고 두려운 와중에도 메리는 판단력을 잃지 않았다. 그녀는 아주 살짝 고개를 저었다. 지금 성별을 밝혀서는 안 된다. 만일 키넌에게 알려진다면 메리를 더욱 괴롭힐 빌미와 즐거움만 제공하게 될 것이다. 메리는 제임스의 얼굴에 초점을 맞추고 눈짓으로 뜻을 전달하려 애썼다.

"끌어올려 줘서 고마워."

키넌이 씩 웃으며 말했다.

"하크네스 일은 유감이야."

"그 아이를 안에 내려놔."

제임스가 긴장과 탈진으로 떨리는 목소리로 말했다.

"키넌, 지금 스스로 곤경을 자초하고 있단 걸 모르나?"

"그래? 지금까지 살핀 바로는 당신이 이 쓸모없는 애송이를 애지중지하는 것 같더군. 이놈을 위해서라면 뭐든지 할 것처럼 보여."

"착한 애야."

제임스의 목에서 맥박이 쿵쿵 뛰었다.

"당신만의 특별한 애송이지, 안 그래?"

키넌이 경멸스러운 눈으로 보았다.

"둘이 그렇고 그런 사이처럼 보이진 않지만 나야 뭐 동성애에 대해 아는 게 없으니."

메리는 아슬아슬한 상태였다. 2, 3초마다 부츠 앞코가 난간벽에 부딪쳤다. 그녀는 이 순간 한 가닥의 희망에 집중했다. 목구멍이 턱 막히고 귀에는 이명이 윙윙거리며 사지가 떨어져나갈 듯한 극심한 공포에 시달리고만 있는 것보다 뭐라도 생각하는 편이 나았다. 1초만 시간을 벌 수 있다면, 아주 약간의 반동만 얻을 수 있다면……. 손잡이나 기둥처럼 몸을 앞으로 당기기 위해 붙잡을 수 있는 것이 하나라도 있다면…….

"원하는 게 뭔가?"

키넌이 싱긋 웃었다.

"이제야 말이 통하는군. 내가 원하는 건 말이야, 감리원 나리, 이곳에서 지금까지 일어났던 일을 전부 잊어주는 거야. 당신은 아예 여기 온 적이 없는 거지. 하크네스도 못 봤고, 특히 난 본 적도 없는 거야."

"좋아."

제임스가 즉시 대답했다.

"이제 그 아이를 내려줘."

"안…… 돼."

메리가 쉰 목소리로 말했다. 제임스는 약속을 철저히 지키는 남자였다. 그런데 제임스의 증언 없이는 키넌에게 유죄 판결을 내릴 수 없을 것이었고, 세 사람 모두 그 사실을 알았다.

"함부로 나대지 말라고 아무도 가르쳐주지 않았나?"

키넌은 메리를 더 높이 들어올리더니, 그녀가 숨을 헐떡이는 것을 보며 싱긋 웃었다.

"얌전히 있을수록 오래 살게 될 거야."

"난 이미 당신 조건에 동의했어."

제임스가 말했다.

"그러니 아이를 데려와."

"저런, 그게 다가 아니거든."

키넌이 태연히 말했다.

"당신이 쓰고 있는 보고서를 고쳐 써. 나와 윅은 아무 관련도 없다고 말이야. 우리는 그저 일에만 전념하던 무고한 조적공일 뿐이었고, 윅의 죽음은 더없이 안타까운 비극이었던 거지."

"또 다른 건?"

제임스와 키넌이 협상을 하는 동안 메리의 예민한 귀는 시계탑 밖에서 나는 낯선 소리를 포착했다. 저 멀리 도시의 소음 위로 낯선 소리가 침범했다. 길고 새된 호각 소리. 그리고 부츠가 포석에 쿵쿵 부딪히는 소리였다. 최소 두 명 이상이었고 달리는 중이었다.

점차 소리가 가까워졌으나 제임스와 키넌은 이 새로운 전개를 눈치채지 못한 것 같았다. 낚싯바늘에 꿰인 미끼처럼 대롱

대롱 매달린 탓에 무슨 일인지 보기 위해 몸을 움직이는 것은 불가능했다. 그러나 메리는 눈을 감고 귀 기울였다. 소음들이 머릿속에서 분류되기 시작하자 지금 아래에서 일어나고 있는 장면이 생생하게 그려졌다. 호루라기. 쫓아오는 경찰 두 명. 현장 출입문이 삐걱거리며 열리는 소리. 부츠를 신은 발은 계속 전력으로 질주했고, 이제 소리가 바뀌었다. 더 이상 죽어라고 뛰지 않았지만, 발걸음은 더 작고 빨라졌다. 왜 그런 거지? 어떤 상황인지 깨닫는 순간 메리의 눈이 떠지고 함박웃음이 저절로 번졌다.

"어이, 뭘 그렇게 히죽거리는 거야?"

키넌이 자세히 살피려 그녀를 가까이 끌어당겼다.

절호의 기회였다.

"이거 때문이지."

메리는 이렇게 말하며 키넌의 사타구니를 힘껏 걷어찼다.

고통스런 울부짖음이 들리더니, 곧 무언가 턱을 강타하는 바람에 거의 의식을 잃을 뻔했다.

메리는 무의식 중에 필사적으로 매달렸다. 그리고 잠시 후, 자신이 탑 가장자리에 달라붙어 있음을 자각했다. 그녀의 턱을 세게 누르고 있는 것은 난간 밑으로 돌출된 발판이었다. 조금씩 흘러나오는 피가 그것을 확인시켜주었지만 아무런 고통도 느껴지지 않았다.

"맙소사, 메리! 조금만 버텨요!"

사색이 된 제임스의 얼굴이 보였다. 그의 긴 손가락이 메리의 팔뚝에 감겨 있었다.

"키넌! 키넌은 어디 있어요?"

제임스는 뒤를 돌아보지도 않았다.

"그 자식은 달아났소. 내 손을 잡을 수 있겠소?"

당연히 그럴 수 있었다. 1분보다 훨씬 더 길게 느껴졌지만 사실은 그보다 짧았을 시간이 흘렀고, 메리는 난간을 넘어와 제임스의 품에 뛰어들었다. 제임스는 뒤로 넘어지며 아플 만큼 메리를 세게 끌어안았다. 제임스의 가슴은 미친 듯 빠르게 쿵쾅거렸고, 그의 턱은 메리의 정수리를 파고들었다.

"맙소사, 메리. 하느님 맙소사. 난 당신이……. 오, 메리."

제임스는 메리의 머리와 얼굴에 격렬한 키스를 퍼부었다. 그녀가 그의 품에 꼭 안기자 제임스는 신음하는 동시에 웃었다.

"당신은 정말 부주의하고 무모하고 대책 없는 바보요. 키넌을 걷어차는 만족감을 맛보려다 하마터면 죽을 뻔했잖소."

"그럴 생각은 아니었어요."

메리 역시 웃으며 이의를 제기했다.

"계산을 잘못했어요. 그렇게까지 멀리 나가 있는 줄은 몰랐거든요."

"뭐, 이제 됐소."

제임스가 한 바퀴 굴러 메리의 위로 올라왔다.

"이런 바보."

"누가 바보라고요? 당신은 키넌이 제시한 말도 안 되는 조건에 동의했어요. 고작……."

"그래요. 고작 당신 목숨을 구하기 위해 그랬소."

그 말이 끝남과 동시에 제임스는 다시 메리에게 키스했다. 너무도 격렬한 키스에 메리는 숨을 제대로 쉴 수 없었다.

"내가 멍청이지."

"키넌은 절대 약속을 지킬 인물이 아니에요. 당신이 맹세를 하거나 말거나 어차피 키넌은 순전히 재미로 나를 밖으로 던져 버렸을 거라고요."

"지금 도망치게 놔뒀다고 꾸짖는 거요?"

메리는 제임스의 얼굴을 유심히 살펴봤다. 눈은 충혈되었고 맥박은 너무 빨랐으며, 피부도 메마르고 뜨거웠다. 아까 복용한 의심스러운 '흥분제'의 효과가 떨어지고 있는 것이 분명했다. 잠시 후면 제임스는 지독한 고통에 빠질 것이고 퉁명스러워질 것이다. 그러나 그 모든 사실을 알고 있음에도, 메리는 지금의 제임스보다 자신이 더 원하는 사람, 제임스와 함께 있는 이곳보다 더 가고 싶은 장소를 떠올릴 수 없었다.

"아니에요."

메리가 진지하게 말했다.

"그렇지 않아요."

제임스는 짐짓 놀란 척했다.

"키넌은 붙잡혔을 거예요. 들어봐요."

그들은 잠시 침묵했다. 넓은 수직 통풍구를 통해 둔탁한 발소리와 힘을 쓰느라 끙끙대는 소리, 반항으로 가득 찬 절규가 메아리쳤다.

"경찰이 올라오고 있어요."

"흥."

"흥? 그 말밖에 할 말이 없나요?"

"음, 평소라면 대단히 기뻤을 테지만……."

"그런데 지금은 아닌가요?"

제임스는 다시 한 번 메리에게 키스했다. 깊고 달콤하게.

"시간이 얼마나 있소? 5분쯤?"

"그보다도 짧을 거예요."

그러면서도 메리는 제임스에게 밀착해 키스를 되돌려주었다.

"망할 놈의 영국. 거리 곳곳에 경찰이 깔렸다니까."

"음. 우리도 당장 나가지 않으면 저들에게 체포될 걸요."

"나만 체포되겠지. 난 그런 위험을 감수할 용의가 있는데."

메리는 그 말에 웃으며 애써 몸을 움직여 그의 아래에서 빠져나오려 했다.

"그럼 나는요? 티끌 하나 없이 깨끗한 제 평판은 어쩌죠?"

숨 가쁜 와중에도 냉소적인 목소리가 들렸다.

"그런 걱정을 하기에는 너무 늦은 것 같습니다, 아가씨."

메리는 눈을 감고 속으로 욕을 했다. **젠장, 젠장, 젠장.**

첫 마디를 듣자마자 제임스는 고개를 번쩍 들었다. 함박웃음을 지은 뒤 제임스는 벌렁 굴러 바닥으로 내려갔다.

"하느님, 감사합니다."

제임스는 갑자기 기진맥진해진 목소리로 말했다.

"집으로 데려다주게, 바커."

30

메리는 제임스의 집으로 가지 않았다. 바커를 도와 의식을 거의 잃고서 떨고 있는 제임스를 마차에 태운 뒤 메리 자신은 마차에서 뛰어내렸다. 의아해하는 바커를 향해 메리가 고개를 저었다.

"편지 보낼게요."

바커의 대답을 기다리지도, 제임스에게 제대로 된 작별 인사를 건네지도 않았다.

메리는 유혈이 낭자한 시계탑 아래 사고 현장으로 돌아가지 않았다. 시체라면 볼 만큼 봤고, 그녀가 있을 자리도 아니었다. 이미 엄청난 인파가 현장 주위에 모인 것이 멀리서도 보였다. 제복 경찰, 경찰의, 런던 경시청 소속 형사들, 어쩌면 에이전시의 요원. 피턴 젠킨스도 있었다. 그리고 메리가 착각한 게 아니라면 조심스러운 태도로 주변을 기웃거리는 꾀죄죄한 금발의 옥타비우스 존스도 있었다. 순 거짓말쟁이잖아. 일요일에는 쉰다더니.

메리는 오래 머물지 않았다. 이제 남은 임무는 에이전시로 돌아가 최종 보고를 하는 것이었다. 이제 30분 후면 다락방 사무실에서 앤 트렐리븐과 펠리시티 프레임 앞에 다시 서야 한다는 심리적 압박이 몸의 피로를 압도했다. 앤은 잠옷과 가운 차림으로도 특유의 위엄 있는 자태를 잃지 않았다. 그러나 느슨하게 땋아 내린 적색 머리 때문인지 놀랄 만큼 여성스러워 보였다. 메리는 자신의 생각보다 앤 트렐리븐이 훨씬 젊을지도 모른다는 의심을 처음으로 품었다. 펠리시티는 파티라도 가려는 듯 우아한 차림이었다. 공작을 연상시키는 파란색 실크 드레스와 화려한 웨이브 머리. 메리의 행색은 두 고용주와 뚜렷하게 대비되었다. 온몸에 흙을 뒤집어쓰고 얼굴에는 멍이 든 데다 그동안 억눌러온 충격이 이제야 덮쳐와 부들부들 떨기까지 했다.

"정말 다친 데 없니?"

앤이 물었다.

"널 진찰해줄 의사가 대기하고 있어. 필요하면 보고하기 전에라도⋯⋯."

"아니, 괜찮습니다."

메리는 의자에 풀썩 주저앉아 말했다.

"하크네스가 웍의 사망에 책임이 있다고 스스로 주장했습니다. 레이드는 사라졌고, 젠킨스는 어떻게 됐는지 모르겠습니다. 그리고 존스는 제가 여자라는 걸 눈치챘습니다."

펠리시티가 인상을 찌푸렸고 앤은 눈을 깜빡였다.

"다치지 않았더라도, 일단 술부터 한 잔 마시는 게 좋을 것 같구나."

생각만 해도 속이 울렁거렸지만 앤은 고집을 부렸다. 독한 브랜디가 들어가자 메리는 손발에 온기가 돌아오고 어느 정도 생각이 정리되는 것을 느꼈다.

"죄송합니다."

메리는 조금 전의 두서없는 보고를 떠올리며 얼굴을 붉혔다.

"다시 시작하겠습니다. 제 정보원인 피터 젠킨스라는 잡역부의 말에 따르면, 키넌과 레이드, 웍은 현장에서 자재를 훔쳐 팔았습니다. 하크네스가 절도를 눈치챘지만 어떻게 설득되었는지 눈감아 주었고, 수입의 일부를 받는 대가로 회계 장부를 조작해 사실상 키넌과 웍이 절도를 계속할 수 있도록 도와줬죠. 하크네스의 수표책을 찾았는데 심각한 초과 인출 상태였습니다. 아마 다른 채무도 있을 것으로 예상됩니다. 봉급만으로는 변제할 방법이 없었을 거예요."

"그래."

앤이 고개를 끄덕이며 말했다.

"우리도 하크네스가 대출한 금액이 엄청나다는 사실을 확인했어. 전부 런던에서 가장 악명 높은 대부업자에게 터무니없이 높은 이율로 빌렸더구나."

메리가 고개를 끄덕였다.

"처음에는 괜찮은 거래처럼 보였습니다. 그런데 아마 키넌이 부추겼을 것으로 생각되는데, 윅이 이 거래의 양쪽 모두에서 이익을 챙길 수 있다는 걸 깨달았고, 하크네스에게 절도에 가담한 사실을 폭로하겠다며 협박하기 시작했습니다. 정말 어리석은 발상이었죠. 만일 하크네스가 할 테면 해보라고 맞섰다면 윅은 결국 불법 소득을 더 이상 챙길 수 없었을 테니까요. 그런데 어떤 이유에선지 하크네스는 돈을 주기로 했습니다. 아마도 처음에 윅이 요구한 액수가 감당할 만했고, 빚 때문에 다급해졌기 때문이겠죠. 매주 10파운드씩 줬다더군요. 그러나 윅이 요구하는 액수가 커지면서 하크네스는 점점 절망에 빠졌습니다. 키넌의 암시장 수입으로 더 이상 윅의 요구를 충당할 수 없었지만 도저히 벗어날 도리가 없었습니다. 그러던 어느 날 윅 쪽에서 하크네스에게 해 진 뒤 시계탑에서 만날 것을 요구했습니다. 거기에 응했다는 것만으로도 하크네스가 얼마나 깊이 말려들었는지 보여주고 있죠. 어쨌든 하크네스는 윅을 만나기로 했습니다. 그날 밤, 윅은 하크네스에게 부인이 돈을 마련하게 만들자고 제안했습니다. 한술 더 떠 돈을 주지 않으면 부인을 겁탈하겠다고 위협했죠."

"하크네스가 직접 털어놓은 거니?"

펠리시티가 물었다.

"네. 윅 입장에서는 단순히 하크네스를 겁주려고 그런 협박을 던졌는지도 모르지만 너무 멀리 가버렸던 겁니다. 하크네스는 격분했고, 몸싸움이 벌어졌습니다. 그리고 두 분 다 알고 계신 것처럼 윅이 떨어졌죠. 본인의 실수로 추락한 건지, 밀려서 떨어진 건지는 솔직히 분명치 않습니다. 윅이 사망한 그다음 주, 하크네스는 키넌에게 마지막 돈을 지불했습니다. 하크네스의 사무실 책상에서 키넌이 직접 돈을 꺼내 가기로 했던 것 같습니다. 지난 월요일 저녁에 키넌이 공사장에 들어가는 걸 제가 목격했거든요. 그런데 바로 그 주에 건설부 장관이 건설 현장의 공사 감리를 실시하겠다고 선언한 겁니다. 하크네스는 그 순간 자신이 궁지에 빠졌다는 사실을 깨달았을 겁니다. 공사 감리가 제대로 이루어지면 그동안 키넌이 훔칠 자재를 충당하기 위해 편법을 쓰고 안전 기준을 낮추는 것을 용인했다는 사실이 만천하에 드러날 테니까요. 이스튼 씨의 보고서에서도 역시 의심스러운 회계 기록을 지적하고 있습니다."

"또 제임스 이스튼이네."

펠리시티가 중얼거렸다.

"정말 흥미로운 젊은이로군."

메리는 펠리시티의 말을 무시하는 것 말고 달리 어떻게 반응해야 할지 알 수 없었다.

"직업적 청렴에 개인적 평판까지 추락할 위기에 처하자, 하크네스는 자신에게 남은 선택은 자살뿐이라고 생각했습니다. 가능하면 키넌도 길동무로 데려가기로 결심했죠. 그래서 키넌을 탑으로 유인했습니다. 키넌은 윅과 아주 가까운 사이였던 것 같은데, 하크네스는 키넌에게 윅의 죽음에 대해 보란 듯이 떠벌렸습니다. 그런 식으로 키넌을 자극해서 자신을 공격하도록 만드는 데 성공했고요. 이스튼 씨가 붙잡지 않았다면, 키넌과 함께 추락하는 것도 성공했을 겁니다. 이스튼 씨가 아슬아슬하게 키넌의 다리를 붙잡아 끌어당긴 덕에 키넌은 목숨을 건졌습니다."

메리는 침을 삼켰다. 끔찍한 비명 소리가 여전히 귓전에 메아리쳤다.

"그런데 키넌이 고의로 하크네스의 손을 놨습니다."

잠시 후 앤이 물었다.

"한데 너와 이스튼 씨가 어떻게 키넌을 체포할 수 있었던 거니? 도움을 청하러 갈 시간이 없었을 텐데."

"우연이었습니다. 운이 좋았죠."

메리가 천천히 말했다.

"일요일 오후, 사라진 레이드를 찾으러 갔다가 우연히 젠킨스를 만났습니다. 그래서 젠킨스에게 레이드가 자의로 사라졌는지 확인해달라고 부탁했어요. 확인 결과 스스로 사라진 것이었습니다. 레이드가 젠킨스의 방세를 내주고 있었는데, 사라지던 날 집주인에게 2개월분 집세를 선불로 냈다고 합니다. 젠킨스는 저와 약속했던 대로 현장으로 왔는데, 순찰을 돌던 경찰 두 명이 휴일에 공사장으로 뛰어 들어가는 소년을 수상히 여기고 뒤쫓아 가다가 때마침 시계탑에서 내려오던 키넌을 붙잡게 된 거죠."

"정말 어처구니없을 정도로 운이 좋았군."

펠리시티가 중얼거렸다.

메리는 에이전시 사무실에 들어온 뒤 처음으로 미소 지었다.

"이스튼 씨의 마부도 현장에 있었는데, 상황이 급박해진 것을 눈치채고 젠킨스와 경찰보다 1, 2층쯤 앞질러 올라왔습니다. 어쩌면 마부가 키넌의 체포를 돕지 않았을까 생각됩니다."

메리는 천천히, 그리고 길게 숨을 내쉬었다.

"중요한 사항은 이 정도인 것 같습니다."

갑자기 이루 말할 수 없이 심한 피곤이 몰려왔다. 눈꺼풀이 납처럼 무거웠고, 근육은 욱신거렸다. 턱에 말라붙은 두꺼운 피딱지 때문에 말을 할 때마다 피부가 당기고 따가웠다. 그리고 올가미처럼 목을 휘감은 벌건 손자국이 화끈거리며 키넌의 손아귀에 붙들려 대롱대롱 매달렸던 오싹한 순간을 상기시켜 주었다.

앤은 시원스럽게 고개를 끄덕였다.

"물론 미진한 부분이 두어 곳 있긴 하지만, 그 점은 내일 건설부 장관을 만나기 전에 마무리 지을 수 있을 것 같아. 그런데 말이 나왔으니 말인데, 하크네스에 대한 '믿을 만하다'는 장관의 평가는 아예 빗나간 것이었구나."

메리는 펠리시티를 쳐다보며 물었다.

"설마 우리를 시험한 걸까요?"

펠리시티는 그 질문에 당황한 듯 눈을 깜빡였다.

"음…… 그렇게는 생각하지 않았는데."

"음."

앤이 완고해 보이는 각도로 턱을 기울이며 말했다.

"한번 알아봐야 할 것 같군요. 장관에 대해 모르는 것이 너무 많아요. 이번 건에 대해서 전체적으로요."

펠리시티의 입매가 단호해졌다.

"물론 이 문제는 좀 더 논의해야겠죠."

그리고 다시 메리에게 고개를 돌렸다.

"하나 더."

의자에서 반쯤 일어서던 메리는 그대로 얼어붙었다.

"네, 프레임 선생님."

"제임스 이스튼 말이야. 그 사람을 어떻게 할 셈이니?"

"전…… 아직…… 그러니까, 정확히 뭐라고 얘기해야 할지 아직 모르겠습니다."

"아무튼 그 사람을 다시 보긴 할 셈이로구나."

"그냥 도망치거나 사라질 수는 없습니다."

두 고용주의 시선이 그녀를 꿰뚫어 보는 것 같았다.

"적어도, 작별 인사는 해야 한다고 생각합니다."

그 말이 자신의 입술을 떠났을 때, 메리가 예상치 못했던 고통스러운 실망이 가슴을 후려쳤다. 그들이 처한 상황에서 다른 해결책이 있긴 한 걸까? 그럴 것 같지 않았다. 메리가 사실상 자신의 목숨이나 다름없는 이곳, 에이전시의 일을 소중히 생각하는 이상.

"결과는 우리에게 보고하기 바란다."

"물론입니다."

31

7월 13일 수요일
블룸스베리, 고든 스퀘어

역시나 후텁지근하고 숨 막히는 오후였다. 며칠 내내 도시를 위협하던 뇌우는 아직 모습을 드러내지 않았고, 변덕스런 영국의 기후에 익숙한 사람들조차 당시의 날씨를 두고 말이 많았다. 메리가 탄 멋진 마차가 고든 스퀘어로 들어갈 때, 그녀는 포석 위에 두껍게 깐 밀짚이 말발굽 소리를 거의 집어삼키는 것을 느꼈다. 밀짚은 보통 환자들이 편안하게 걸을 수 있도록 깔아놓는 것이었다. 그녀는 이 배려가 제임스를 위한 것이 아니기를 바랐다. 따지고 보면 제임스가 편지도 쓰지 못할 정도로 아픈 건 아니었다.

예의 귀족적인 가정부가 문을 열고 메리를 내려다보았다.

"퀸 양, 들어오시죠."

응접실로 가니 통통하고 머리가 벗겨진 남자가 정중하고 조심스러운 태도로 메리를 맞았다.

"퀸 양. 오랜만입니다."

남자의 날선 목소리는 오늘 이 자리에서 이루어지고 있는 그들의 만남이 유감스럽다는 점을 분명히 했다.

"이스튼 씨, 잘 지내셨는지요?"

메리는 정중하게 인사했다.

'작은 이스튼 씨'는 가슴까지 담요를 덮은 채 얌전히 소파에 비스듬히 기대어 있었다.

"와줘서 고맙소."

제임스가 말했다.

"일어나 맞고 싶지만 그랬다간 형이 날 죽일 것 같아서."

메리는 미소 지으며 의례적인 인사를 속삭였다. 오늘은 제대로 격식을 갖춰야 할 자리였다. 아무도 모자와 장갑을 벗으라고 권하지 않았다. 짧은 방문을 바란다는 의미일 것이다. 기껏해야 15분 정도일까. 차라리 잘된 일이었다. 길고 편안한 만남이었다면 이별의 고통만 길어졌을 것이다.

"차 한잔 하시겠습니까?"

조지가 물었다.

"고맙습니다만 괜찮습니다."

"그래, 차 좀 부탁해."

제임스가 갑자기 기운이 솟는 듯 말했다.

"그리고 모자 좀 벗어요, 메리. 그리고 형은 좀 나가 있어. 여기 훌륭한 샤프롱이 있잖아."

조지는 수탉처럼 발끈했다.

"내가 여기 있는 건 퀸 양을 위해서야, 제이미. 그리고……."

"흥, 헛소리. 소파에 누워 있는 내 꼴을 보고 말해. 메리를 어떻게 할 만한 힘도 없다고. 그리고 제이미라고 좀 부르지 마!"

조지는 잠시 씩씩거리다가 거실 문을 열어둔다는 조건으로 퇴장했다.

목적을 달성한 제임스는 메리에게 더없이 매력적인 미소를 지어 보였다.

"내 옆으로 와서 앉아요."

메리는 싱긋 웃었다.

"무척 버릇없는 동생이네요."

"형은 독재자요. 형이 방문을 허락하는 것은 내가 이 소파에 누워 있고 자기가 대화를 감시할 수 있을 때뿐이라니까."

메리는 장갑을 벗어 사이드 테이블에 놓았다.

"회복될 때까지 기다리지 못할 만큼 급한 일이 뭐죠?"

"보고 싶었소."

메리의 얼굴이 기쁨으로 달아올랐다. 그러나 곧 안타까움을 삼켜야 했다.

"새로운 소식을 알고 싶기도 했고. 형은 내가 너무 흥분할까 두려운지 아무것도 얘기해주지 않소."

"그게……."

세인트 스티븐스 타워에서의 비극 이후 길고도 치열한 며칠이 지났다.

"월요일에 빅 벤이 처음 울렸어요. 소리가 제법 좋아요. 15분마다 울리는 종들은 아직 이지만요."

제임스는 메리를 빤히 쳐다보았다.

"제대로 된 소식은 없소? 난 당신의 노처녀 이모가 아니오."

메리는 화끈 달아오른 얼굴로 제일 처음 떠오르는 것부터 이야기를 시작했다.

"키넌은 살인 혐의로 기소됐어요. 당신이 기소 증인이니 벌써 아시겠지만."

제임스는 고개를 끄덕였다.

"레이드는 사프론 월든에서 발견되었어요. 제인 윅과 신혼살림을 차렸더군요. 윅 가족과 런던을 떠나 입 다물고 살면 가만두기로 키넌 쪽에서 약속한 모양이에요. 그런데 이제는 불가능해졌죠. 정부에서 레이드에게 증언을 요구할 테니까요."

제임스는 고개를 끄덕였다.

"레이드가 무사할지 모르겠소. 키넌에게 불리한 증거가 워낙 많아서."

"분명 레이드가 절도에 가담했던 건 사실이지만 정상을 참작해서 어느 정도 관대한 처분을 받아야 한다고 생각해요. 레이드는 협박 건에 대해서는 무척 분개했거든요. 애초에 세 조

436

적공들 간의 마찰도 그것 때문이었고요. 레이드는 계속 반대했지만 키넌과 윅이 가만히 있으라고 압력을 넣은 거죠."

"하지만 절도로 이익을 챙기는 게 잘한 짓이란 말이오?"

메리는 코를 찡그리고 말했다.

"도덕적으로 차이가 크죠. 그리고 레이드의 관점에서는 그 정도는 누군가에게 직접적인 피해를 주지 않는 것으로 보였을 수도 있어요. 현장 예산 전체로 따지면 극히 일부지만 자기 임금과 비교하면 큰돈이었으니까요. 게다가 속죄의 의미로 좋은 일에 돈을 쓰기도 했고요. 예를 들어 다친 잡역부 소년과 그 여동생들을 부양했고, 윅 가족도 도왔죠. 그리고 월요일에 레이드의 얼굴에 들었던 멍에 대해서는 우리 추측이 맞았어요. 레이드와 윅이 제인 문제로 싸웠던 거예요. 제인이 레이드에게 또 임신했다고 얘기하자 레이드가 분개해서 윅에게 아내를 아이들에 치여 죽게 할 셈이냐며 제대로 된 남자라면 그녀를 잠시라도 가만히 놔두라고 했나 봐요."

제임스가 미소 지었다.

"당신이 맞고 내가 틀렸군. 난 레이드가 다혈질 술주정뱅이 이라고 했는데. 기억 안 나요?"

메리가 놀라움으로 눈썹을 치켜 올렸다.

"지금 실수를 인정하는 건가요? 정말 상태가 안 좋으신 모양이네요."

"난 대단히 아량이 넓은 영혼을 가지고 있다오."

"그렇게 마음이 넓은 척하시니 젠킨스에 대해 상의하고 싶군요. 시계탑까지 경찰을 데려왔던 소년 말이에요."

"그 소년이 뭐 어떻소?"

"젠킨스는 영리하고, 가난하고, 양친까지 잃은 다섯 남매 중 맏이에요. 특별히 기대하는 건 아니지만……."

제임스가 고개를 끄덕였다.

"우리 사무실로 보내봐요. 내가 다시 출근할 때까지 조지 형이 그 아이에게 적당한 일을 찾아줄 거요. 하다못해 연필 깎는 일이라도 주겠지."

메리는 싱긋 웃었다.

"그럼 미리 비품 숫자부터 세어두는 게 좋을 거예요. 슬쩍하는 걸 좋아하거든요."

제임스가 코웃음을 쳤다.

"이상한 친구를 곁에 두고 있군."

잠시 침묵이 흘렀다. 메리는 장갑을 만지작거렸다. 그에게 정말 묻고 싶은 질문을 어떻게 꺼내야 할까? 민감한 부분을 캐묻는 것은 그에게 너무 잔인한 일처럼 느껴졌다. 그러나 그녀는 알아야 했다. 제임스의 감정을 이해하기 위해서라도.

"뭔가 할 말이라도 있소?"

돌려 묻는 건 의미가 없었다. 제임스에게는.

"장관의 임명장이 위조되었던 것이 이스튼 엔지니어링에 영향을 미치진 않았나요?"

"하크네스뿐 아니라 우리 평판도 훼손됐느냐는 뜻이오?"

제임스가 인상을 찌푸리며 말을 이었다.

"보통 그렇게 되는 게 정상이지만 정말 이상하게도 그렇지 않소. 무엇 때문인지는 여전히 모르겠소."

제임스가 말을 잠시 멈췄다.

"가끔은 이런 생각이 들어요. 어쩌면 내가 젊고 다루기 쉬울 거라고 생각해서 하크네스가 나를 선택한 걸까? 아니면 내가 경험이 부족해서 뭐가 잘되고 잘못된 건지 정확히 구분하지 못할 거라 생각했는지도 모르고. 아니면, 맙소사, 어쩌면 이런 상황에서도 진심으로 내게 장관을 만날 기회를 주고 싶었는지도 모르겠다는 생각이 들어요. 마지막으로 좋은 일을 한다는 심정으로 말이오. 진실이야 이제는 절대 알 수 없겠지만 결과적으로 나는 정말 건설부 장관과 만났소. 이 만남이 어떤 결과로 이어질지는 예측할 수 없지만."

"그런데…… 당신 기분은 괜찮나요?"

"물론 괜찮지 않소. 나는 어울리지 않게 정치 게임을 하다가 손을 더럽혔고 결과는 참담했소. 그 저주받은 현장에서 보낸 거의 모든 순간이 후회스럽소."

제임스의 격한 말투에 메리는 흠칫 놀랐다. 그는 그녀와 눈을 맞추고 반쯤 미소 지었다.

"물론 당신과 함께 보낸 시간은 예외요."

메리가 못 믿겠다는 반응을 보이자 제임스는 웃었다.

"정말이오. 너무 뻔하고 진부한 사탕발림처럼 들린다는 건 나도 알아요. 하지만 진심이오. 당신을 다시 만난 것이 이 사건 전체에서 유일하게 좋은 일이었소."

메리의 안에서 두려움과 격렬한 기쁨이 치열하게 싸움을 벌였다. 너무 위험했다. 당장 입 밖으로 꺼내지 않으면 영원히 털어놓을 수 없을 것이다.

"사실…… 당신에게 할 말이 있어요."

갑자기 조심스러워진 메리의 목소리에 제임스의 시선이 날카로워졌다.

"무슨 얘기요?"

두 번, 메리는 얘기를 시작하려고 입을 열었다. 그리고 두 번 다 입을 다물었다.

마침내 메리는 간단한 질문부터 던졌다.

"제가 어떤 여자인 것 같나요?"

잠시 침묵이 흘렀다. 그리고 제임스가 천천히 입을 열었다.

"처음 만났을 때는 당신이 어떤 부자의 정부일 거라 생각했소. 그런 뒤 젊은 아가씨의 샤프롱으로 고용되었다는 걸 알았지. 지금은 당신 스스로 기자 지망생이라고 밝혔고."

제임스의 목소리는 신중했다.

"그런데 그건 왜 묻는 거요? 무슨 반전이라도 있소?"

"그런 건 아니에요. 그보다…… 말하지 않은 과거 얘기죠."

제임스는 눈을 반쯤 감은 채 가만히 있었다.

"계속해요."

"난…… 난 범죄자예요. 전직 도둑이죠."

무엇을 예상했건 적어도 이런 얘기는 아니었을 것이다. 깜짝 놀라 휘둥그레진 제임스의 눈이 메리를 향해 번뜩였다.

"뭐라고 했소?"

"열두 살 때, 가택침입죄로 유죄 선고를 받았어요."

"그건 사형감이잖소."

"그래요. 전 탈주했어요."

"하지만 여전히 수배 중이겠군. 혹시라도 붙잡히면 교수형에 처해질 거요."

"그래요."

"그렇다면 가명으로 살아야겠군."

"그래요."

제임스는 복잡한 감정이 뒤섞인 눈으로 한참 동안 메리를 응시했다.

믿을 수 없다는 혼란과 여전한 애정. 그리고 혐오감.

메리가 자신의 길을 가기 위해 필요한 답은 여기 있었다.

마침내 제임스는 낮고 탁한 음성으로 물었다.

"왜 이 모든 걸 털어놓는 거요?"

"당신이 진실을 알았으면 해서요."

쇄골 가운데 자리 잡은 조그마한 비취 펜던트는 언제나처럼 그녀에 관한 또 하나의 진실을 일깨워줬다. 누구에게도 털어놓을 수 없는 진실을.

"하지만 **왜?**"

"왜냐하면……."

이는 메리가 수년 간 했던 말 가운데 가장 꺼내기 힘든 말이었다.

"왜냐하면 당신이 나를, 정체를 알 수 없는 나 같은 여자를 사랑하지 않길 바라기 때문이에요."

메리는 잠시 말을 멈추었다.

"당신의 분명하고 확고한 원칙 아닌가요? 당신은 가족의 탐욕을 다스리지 못하고 부정을 선택한 하크네스를 비난했어요. 또 하크네스, 건설부 장관과 정치 게임을 벌였던 자신을 경멸하고 있죠. 방금 얘기를 들었으니 나에 대한 당신의 감정도 바뀌었을 거예요."

제임스는 메리와 눈을 맞추지 못했다.

몇 분 뒤, 그녀가 조용히 물었다.

"아닌가요?"

역시 대답이 없었다. 한 번의 눈 맞춤조차 없었다.

메리는 사이드 테이블에서 장갑을 집어 들고, 치맛자락으로 소파 다리를 쓸며 일어섰다.

"당신과 나눈 우정, 즐거웠어요. 그래서 감사해요."

더 얘기하고 싶은 생각이 간절했다. 제임스와 나누었던 우정 이상의 감정에 대해 감사하고 싶었다. 그러나 자신의 입에서 어떤 목소리가 흘러나올지 자신할 수 없었다.

메리가 응접실 문에 이르자 제임스는 마침내 입을 열었다.

"왜 그걸, 이제 와서 얘기하는 거요?"

메리는 고개를 돌려 상처 입은 검은 눈동자를 바라보았다.

"아예 얘기하지 않는 편이 나았을 거라고 생각하세요?"

"물론 아니오."

제임스는 갑자기 화가 치미는 듯했다.

"하지만 이제 당신의 목숨은 내 손에 있소. 내가 경찰에 신고하는 것이 두렵지 않소?"

"내 목숨은 일요일 밤에 이미 당신 손에 있었어요. 그리고 그때와 변한 건 아무것도 없어요. 적어도 내게는요."

32

메리는 무작정 서쪽을 향해 걸었다. 어디로 가고 있는지, 주변의 풍경과 냄새도 의식하지 못한 채 그저 아무 생각 없이 무턱대고 걸었다. 어른거리는 눈물에 앞이 보이지 않으면 이따금 장갑으로 쓱 닦아낼 뿐이었다. 손수건이 필요했지만 늘 그렇듯 망할 손수건은 정작 찾을 때에는 없었다.

몇 분 후, 메리는 누군가 그녀와 보폭을 맞추며 걷고 있다는 것을 깨달았다. 그녀의 오른쪽에서 담배에 찌들고 잔뜩 구겨진 정장을 입은 금발 남자가 커다랗고 깨끗한 사각형 리넨 손수건을 그녀에게 내밀었다. 메리는 멈춰 서서 침을 꿀꺽 삼켰다.

"옥타비우스 존스 씨."

존스는 과장된 몸짓으로 고개를 숙여 보였다.

"퀸 양, 뭔가 도움이 필요하신지요? 비탄에 빠진 숙녀를 보고 있자니 마음이 영 편치 않아서 말입니다."

"그러세요? 당신 업계에서는 수도 없이 보셨을 텐데요."

"당신네 업계이기도 하죠. 안 그렇습니까?"

존스는 짐짓 태연한 척하는 목소리와는 상반되게 긴장된 눈빛으로 물었다.

"어쩌면 저는 이 업계에 맞지 않는 것 같아요."

"설마 마크 퀸의 자리를 잃었다고 당신의 안목까지 의심하는 건 아니겠죠?"

"아니요."

메리는 인정하며 다시 발걸음을 옮겼다.

"그건 아니에요."

"무슨 일인지 내게 이야기해 주겠소?"

"어림도 없는 소리 하지 마세요. 당신은 기사 공개 시기에 대한 약속을 어겼어요."

하크네스의 불명예스러운 최후를 다룬 기사가 월요일 자 「런던의 눈」에 여덟 페이지에 달하는 '독점' 취재로 대서특필되었다!

"꼭 그런 건 아니오."

존스가 항변했다.

"상황이 급변했소. 하크네스가 그날 밤 죽을 거라고는 얘기하지 않았잖소."

"그랬죠."

메리는 걸음을 늦추며 또다시 제임스에 대해 생각했다. 하크네스의 끔찍한 죽음 이후 제임스가 어떻게 견디고 있는지 묻지는 못했다. 분명 힘들었을 테고 하크네스에 관한 의심이 사실이었다는 것을 확인하고 더더욱 비통했을 것이다.

"기운 내요."

존스가 뻔뻔하게 웃으며 메리의 턱을 가볍게 쓸었다.

"그자가 누군지 모르지만 그럴 가치가 없는 남자요."

"내 몸에 손대지 마세요."

메리가 날카롭게 말했다.

"내 기분이 왜 이런지 쥐뿔도 모르는 주제에."

"이런 거야 늘 비슷비슷한 얘기잖소. 가슴앓이, 끔찍한 오해와 다시는 예전으로 돌아갈 수 없는 상황, 그런 거 아니겠소?"

존스가 입담 좋게 늘어놓았다.

"당신이 해야 할 일은 앞을 보는 거요. 앞으로 올 미래에 대해 생각하는 것 말이오!"

메리는 코를 풀었다. 이토록 집요하고 재수 없는 남자가 앞에 있으니 비참한 기분조차 싹 달아났다.

"바로 그거요. 당신은 영리하고 생기 넘치는 여성이오. 볼 것도 많고 할 것도 많지. 자, 그럼 난 이쪽 방향이라서."

존스는 길을 가리켰다.

"그럼 안녕히 가시오. 마크 퀸 양. 다음에 또 봅시다."

"그럴 일은 없을 것 같네요."

존스는 한쪽 입꼬리를 씩 치켜 올리며 자신이 지을 수 있는 가장 매력적인 미소를 지어 보였다.

"난 그렇게 생각하지 않소. 조금도."

그 말을 남긴 뒤 존스는 군중들 속으로 사라졌다. 존스의 교묘한 수법은 본인의 주장대로 그저 저속한 신문 기자일 뿐인지 의심스럽게 만들었다. 그렇다기에는 너무나 예리하고 지나치게 박식하지 않은가? 혹시 그를 다시 만나게 된다면 반드시 확인해야 할 것 같았다. 물론 존스의 의기양양한 확신에도 불구하고 별로 그럴 것 같지는 않았지만. 눈을 반짝이며 세상 모든 것에 대해 다 아는 척 떠들기만 하고 들을 줄은 모르는 부류는 딱 질색이었다. 존스도 예외는 아니었다.

짜증 때문에 오히려 기운이 솟았다. 메리는 다시 평소처럼 활기차게 걸음을 내딛었다. 리전트 파크를 향해 걷는 도중 빗방울이 어깨를 살짝 때렸다. 그리고 또 한 방울이 모자챙에 맞아 토톡 튀었다. 곧 본격적으로 비가 쏟아지기 시작했다. 행인들이 우수수 흩어졌고 노점상들은 주섬주섬 짐을 쌌다. 메리는 우산이 없었다. 그러나 상관없었다. 그녀는 다시 걷기 시작했다. 가장 빠른 경로로 세인트 존스 우드로 돌아가기 위해. 모두가 고대하는 폭풍우는 아니었지만, 결국은 올 것이었다.

언젠가 때가 되면.

지은이 잉 리(Y. S. Lee)는 싱가포르에서 태어나 밴쿠버와 토론토에서 자랐다. 2004년 잉은 빅토리아 시대 문학과 문화에 대한 연구로 박사 학위를 받았는데, 이 연구와 런던에서 생활했던 경험이 여성 첩보 기관에 관한 소설을 쓰도록 영감을 불러일으켰다. 그 결과물인 『에이전시: 소롤드 저택의 스파이』는 잉의 첫 번째 소설이었고 이후 메리 랭과 에이전시의 활약을 그린 시리즈를 여러 권 출간했다. 그녀는 현재 온타리오 주 킹스턴에서 남편, 그리고 아들과 함께 살고 있다. www.yslee.com을 방문하면 작가에 대한 더 자세한 정보를 얻을 수 있다.

옮긴이 정해영은 이화여자대학교 통역번역 대학원을 졸업하고 현재 전문 번역가로 활동하고 있다. 옮긴 책으로 『에이전시 : 소롤드 저택의 스파이』『리버보이』『빌리 엘리어트』『정복자 펠레』『더 미러』『세계 챔피언』『내 귀에 바벨 피시』『사랑에 빠진 단테』『이 폐허를 응시하라』『멍때리기』『올드 오스트레일리아』『길 위에서 하버드까지』『어린 시절로 가는 티켓』 등이 있다.